현대소설의 이론과 분석

✳ 송 명 희

김시습 전등신화 황석영 장길산 김동인 감자 현진건 운수 좋은 날 염상섭 두 파산
김주영 객주 김만중 서포만필 조명희 낙동강 이광수 흙 이태준 청춘무성
심훈 상록수 강경애 파금 이효석 장미 병들다
신경숙 부석사 가는 길 송경아 나의 우렁 총각 이야기
박완서 그 많던 싱아는 누가 다 먹었을까
제임스 조이스 젊은 예술가의 초상 톨스토이 전쟁과 평화
길리안 비어 로맨스 밀턴 실락원
제인 오스틴 오만과 편견 에밀리 브론테 폭풍의 언덕
로렌스 아들과 연인 플로베르 보봐르 부인

푸른사상✳

현대소설의 이론과 분석

현대소설의 이론과 분석

초판 발행 2006년 3월 15일
재판 발행 2009년 9월 5일
지은이 · 송명희 | **펴낸이** · 한봉숙 | **펴낸곳** · 푸른사상사
등록 제2-2876호
주소 서울시 중구 을지로3가 296-10 장양B/D 7층
대표전화 02) 2268-8706(7) | **팩시밀리** 02) 2268-8708
메일 prun21c@yahoo.co.kr / prun21c@hanmail.net
홈페이지 www.prun21c.com
@2009, 송명희

ISBN 89-5640-438-0-93810

값 22,000원

☞ 21세기 출판문화를 창조하는 푸른사상에서 좋은 책 만들기에 노력하고 있습니다.

✾ 책머리에

현대는 산문의 시대이며, 소설이 문학의 꽃이라고 확신하던 것이 불과 엊그제 같은데, 인쇄매체인 소설은 영화나 텔레비전드라마와 같은 영상매체에 독자들을 빼앗기고 있다. 영화 〈왕의 남자〉의 관객이 천만을 넘어섰다는 뉴스가 문학 전공자인 나에게는 가슴에 아프게 와 꽂힌다. 서민 대중의 문학이던 소설이 어느새 대중으로부터 외면을 받는 상황이 된 것은 단지 문화적 기술적 상황의 변화 때문이라고 변명할 수만은 없을 것이다.

이 책을 집필하면서도 느낀 것이지만 현대의 어렵기만 한 문학이론들이 소설이 예술작품이기 이전에 시장에서 팔려야 하는 문화상품의 하나라는 것을 망각하고 있는 데서 독자들을 점점 소설로부터 멀어지게 만든 것은 아닌지 반성하게 된다. 나 역시 그 난해한 이론들을 가르치고, 그 이론들을 토대로 논문을 쓰지 않을 수 없는 처지이기에 갈등은 더욱 깊어질 수밖에 없다.

이 책은 '현대소설론'의 강의를 위해서 집필되었으며, 소설분석의 바탕이 되고 있는 기존의 신비평 이론들과 역사철학적 입장에 서 있는 루카치와 사회시학적 입장의 바흐친, 신화비평론의 N. 프라이, 그리고 프랑스 구조주의자들의 이론 가운데서도 비교적 많이 쓰이는 쥬네트, 채트먼의 이론들을 가능한 한 소개하고자 했다. 일관성이 없다고 말할 수도 있지만 소설분석의 다양한 방법론을 제시하기 위해서는 어쩔 수 없는 선택이었다. 따라서 나는 서로 상반되는 이론들 사이의 가치평가를 유보해야만 했다. 왜냐하면 이 책은 나의 주관적 견해를 밝히는 저서가 아니기 때문이다.

그리고 필요하다고 생각되는 경우에는 사회학 심리학 철학의 이론들도 소개하였는데, 현대의 학문들은 인문과학 사회과학 자연과학의 경계 없이 서로 영향을 주고받으며 발전해 가고 있기 때문에 결코 피할 일이 아니라고 생각했다.

가능하면 이론에 적합한 예문을 풍부하게 제시함으로써 이 교재 한 권만으로도 별도의 참고도서의 도움 없이 강의를 하거나 혼자서 공부할 수 있도록 배려했다. 예문은 소설사의 정전으로 여겨져 온 것들과 함께 학생들이 비교적 접하기 쉬운 최근의 작품들 중에서 선택했다. 필요한 경우에는 외국 소설작품도 예문 속에 포함시켰다.

학생들에게 〈현대소설론〉 강의 첫 시간에 이 강의에서 배우는 것은 이론이지만 이 강의의 목표는 소설이론을 지식의 대상으로 공부하는 것이 아니라 소설을 잘 이해할 수 있는 심미적 능력, 비평할 수 있는 분석 능력을 키우는 데 있다고 말해왔다.

소설이란 예술작품은 문학이론의 범위를 벗어나 새로움과 독창성을 추구하는 것을 목표로 삼고 있으며, 문학이론이란 기껏해야 수많은 작품들을 분석하여 귀납적으로 얻은 결론을 체계화한 것이기에 절대불변의 진리가 아니라 언제든지 바뀔 수 있다고도 했다. 그리고 문학의 읽기에는 다양한 방법이 있기 때문에 한 가지의 정답을 구하는 식의 독서법은 무의미하다고도……

이제 여러분들은 소설작품을 단순한 흥미의 대상으로 읽을 것이 아니라 전문가적인 눈으로 읽으며 일반 독자들이 느끼고 생각하지 못했던 것들까지 발견해 냄으로써 소설읽기의 풍요로움과 즐거움을 이 시간을 통해서 배울 수 있기를 바란다고……

좀더 친절한 책이 되기 위해서는 더 많은 예문으로 이론들을 알기 쉽게 이해할 수 있도록 배려했어야 했다. 아쉬움을 느낀다. 이런 아쉬움을 달래기 위해서 책의 마지막 장에 최근 몇 년 사이에 발표된 소설에 대한 가벼운 단평을 몇 편 수록했다.

이 책이 독자들에게 소설이라는 장르를 이해하고 분석할 수 있는 비평 능력의 배양과 심미적 안목을 키우는 데에 조금이나마 도움이 되기를 바란다.

그 동안 현대소설론 강의를 위한 저서를 출판하신 선배학자들의 저서에서 많은 가르침을 받았고, 내가 직접 쓰는 것보다 더 나은 경우에는 긴 인용을 서슴지 않았다. 고개 숙여 감사드린다.

항상 좋은 책을 만들어 주시는 한봉숙 사장님과 자료정리를 도와준 제자 이미화, 교정을 도와준 제자 송연주와 국문학과의 대학생이 된 아들 수리에게도 고마움을 전한다.

2006년 2월

송 명 희

차례

제1장 소설의 정의

'소설이란 무엇인가' 하는 정의는 결코 한마디로 쉽게 내릴 수 없다. 역사적으로 또는 나라에 따라서 소설은 달리 정의되어 왔다. 소설이란 장르도 생물처럼 진화·발전하는 것이기 때문에 역사적 시기에 따라 다른 정의가 내려져온 것은 당연하다. 또한, 나라에 따라서도 소설에 대한 인식의 차이가 나기 때문에 서로 다른 정의가 내려지는 것은 자연스러운 일이다. 뿐만 아니라 학자에 따라서도 소설의 정의는 다르게 내려진다. 그것은 학자들의 소설을 인식하는 태도, 즉, 소설관이 각기 다르기 때문이다.

그리고 미하일 바흐친(Mikhail Bakhtin)이 「서사시와 소설」에서 말했듯이 소설은 시나 희곡과 같은 다른 장르와는 달리 아직도 발전단계에 있는 장르이다. 소설의 장르적인 골격 또한, 아직도 굳어져 있지 않으며, 따라서 소설이 앞으로 발전하게 될 모든 가능성을 예측하기란 불가능하다. 소설은 시나 희곡 같은 여타의 문학 장르를 흡수하고 병합시키는가 하면, 편지나 일기 같은 비문학적인 장르마저 흡수하고 병합시키는, 즉, 소설화시키는 특성이 있다. 그렇기 때문에 소설에 대해서 정의를 내리는 일은 쉽지 않을 뿐만 아니라 거의 불가능하다고 할 수 있다.

왜냐하면, 소설은 일반적인 장르 원칙에서 크게 벗어나 있다. 그리고 그 자체로서 규범을 지니고 있지 않은 장르로서 본질적으로 비규범적인 특징을 지닌다. 즉, '반 장르'적 속성을 지니고 있기 때문에 다른 문학 장르를 정의하는 원칙과 방법에 따라 규정지을 수 없다.

하지만 소설이 지니고 있는 이러한 특수성에도 불구하고 소설의 기본적인 특성을 바흐친은 다음과 같이 말한다. 첫째, 소설은 '스타일상의 3차원성'을 지닌다. 둘째, 소설은 문학적 이미지에 있어 시간을 전혀 다른 방법으로 사용한다. 셋째, 소설은 문학적 이미지를 구성하는 데 있어 당대현실을 최대한으로 사용한다. 그리고 이 세 가지 특징은 서로 유기적으로 관련되어 있다.[1]

1. 소설(小說)의 어원

소설(小說)이란 단어는 한국과 중국, 그리고 일본에서 공통적으로 사용하는 용어이다. 중국의 사료에서 '소설'이란 단어가 처음 등장하는 것은 중국 고대의 도교 사상가인 장자(BC 369~BC 289)가 쓴『장자』에서이다. 장자는 그의 저서『장자』잡편, 외물 제26에서 소설을 다음과 같이 정의하고 있다.

---

1) 김욱동,『대화적 상상력』, 문학과지성사, 1988, 199~201면.

대체로 작은 낚싯대로 개울에서 붕어새끼나 지키고 있는 사람들은 큰 고기를 낚기 어렵다. 이와 마찬가지로 소설을 꾸며 현의 수령의 마음에 들려 하는 자는 크게 되기 어렵다.

하지만 이 경우의 소설이란 지금 우리가 생각하는 소설(novel)의 개념과는 다른, 세상을 다스리는 통치술과 관련된 말로서 장자는 당시 천하를 주유하며 현의 수령에게 현실적인 통치술이나 경륜을 가르쳤던 제자백가의 이론을 '소설'이라는 부정적인 말로 지칭했다. 『장자』의 「외물편」에서 "대붕(大鵬)의 뜻을 어찌 참새가 알리오"라고 하여 현실에 얽매이지 않는 자유자재의 도교적 정신세계를 최고의 가치로 여겼던 그가 지극히 현실적인 경륜을 설한 제자백가의 이론을 소설이란 말로 비하했던 것은 당연한 일이라고 하겠다. 이 때 소설은 '하찮은 말' 정도로 해석할 수 있을 것이다.

요즘 우리가 생각하는 소설이란 개념과 비교적 가까운 정의는 중국 후한(後漢) 초기의 역사가인 반고(班固, 32~92)의 『한서(漢書)』「예문지(藝文志)」에서 찾아볼 수 있다.

소설가라는 무리들은 대개 패관으로부터 나왔으며, 길거리와 뒷골목에 떠도는 이야기들을 길에서 듣고 말하는 자들로 이루어졌다.[2]

반고에 따르면 소설이란 민간에서 일어난 사소한 사건이나 길거리에 떠도는 잡다한 뜬소문 등을 의미하는 것이다. 반고와 동시대의 환담(桓譚)도 "소설가는 자질구레한 말들을 모아 가까운 곳에서 비유를

---

[2] 소설가자류 개출어패관 가담항어 도청도설자지소조야(小說家者流 蓋出於稗官 街談巷語 道聽塗說者之所造也).

취하여 짤막한 글을 지어내었는데, 몸가짐을 바르게 하고 집안을 다스리는 데 볼 만한 내용이 들어 있다"3)라고 하여 시정(市井)에서 떠도는 이야기를 단순히 기록하여 놓은 데서 그치지 않고, 일상생활에서 비유를 취하는 등 기록자의 의도가 부가된 교훈적 내용의 글이라고 정의하고 있음을 볼 수 있다.

따라서 소설은 패관들의 이야기로부터, 소설가는 바로 패관으로부터 나왔음을 알 수 있다.

하지만 이에 대해 중국 근대의 소설가 노신(魯迅)은 패관제도는 오래 계속하지 못하고 폐지되었으나 패사를 적는 풍습만은 그대로 계승되어 이것이 소설을 낳게 한 것이라고 말하고 있다. 즉, 시정에 떠돌던 전설, 설화가 문자로 정착되는 과정, 혹은 초보적인 스토리만을 가진 단순한 문학에서 소설이 재구성될 수 있는 가능성을 시사하고 있다.

우리나라에서 '소설'이라는 용어가 처음 쓰인 것은 이규보(李奎報)의 『백운소설(白雲小說)』이다. 이 때 '백운'은 이규보의 호이며, '소설'이란 시화(詩話)를 모아 놓은 잡록으로서 허구적 이야기라는 근대적 의미의 소설과는 거리가 있다. 조선 초 어숙권(魚叔權)은 그의 『패관잡기(稗官雜記)』에서 "우리나라에는 소설이 적다"라고 하며 고려시대에서 조선 초까지의 소설 19편을 제시하였다. 조선 중기 실학자인 이수광(李睟光, 1567~1628)의 『지봉유설(芝峰類說)』(1614)은 백과사전적 저술로서 조선 건국 이후 200년 동안에 소설로서 볼만한 것으로 18편을 제시하였다.

---

3) 소설가 합잔총소어 근취비유 이작단서 치신이가 유가관지사(小說家 合殘叢小語 近取譬喩 以作短書 治身理家 有家觀之辭) : 李善注 文選31, 『新論』(노신, 조관희, 역, 『중국소설사략』, 살림출판사, 1998, 31~32면.

이들이 제시한 작품들에서 겹치는 것을 빼면 모두 30여 편에 달한다.

하지만 본격적으로 소설이 문학이라는 양식으로 확립된 것은 조선 전기 김시습(金時習)이 지은 한문소설 『금오신화(金鰲新話)』[4]이다. 그리고 최초의 국문소설은 허균(許筠)이 지은 『홍길동전(洪吉童傳)』이다.

2. 우리나라의 소설관

김시습(金時習)이 『전등신화(剪燈新話)』를 읽고 "이야기가 사람을 감동시킬 수 있다면 허탄해도 기쁘다"[5]라고 말한 이래, 허균(許筠)은 『수호전(水滸傳)』의 작가가 삼대나 벙어리가 될 것[6]이라는 혹독한 평을 하였지만 소설의 여가 선용의 가치를 인정하는 인식 전환을 이룬다.

김만중(金萬重)은 『서포만필(西浦漫筆)』에서 북송시대의 소동파(蘇東坡)의 『동파지림(東坡志林)』을 인용하여 연의, 즉, 역사소설이 역사보다 훨씬 구체적이면서도 호소력 있게 독자들에게 수용된다고 결론지었다. 또한, 그는 마을 어린이들이 나관중의 『삼국지연의』를 들으면서 눈물을 흘리고, 기뻐하며 쾌재를 부르는 사례를 들면서, 진수(陳壽)가 쓴 정사(正史) 『삼국지』나 『자치통감』을 강설할 경우에도 그러기는 어렵다고 하여 연의체의 존재이유를 변호했다.[7]

김만중은 중국에서 유입된 통속소설이 독자층에 주는 감동과 쾌감

---

4) 김시습이 지은 한문 소설집으로 우리나라 전기체 소설의 효시이다. 「만복사 저포기」, 「이생규장전」, 「취유부벽정기」, 「용궁부연록」, 「남염부주지」 등 5편 이 현재 전해진다.
5) 語關世敎怪不妨 事涉感人誕可喜.
6) 水滸則姦騙機巧 皆不足訓 而著於一人之手 宜羅代之三世啞也.
7) 김만중, 홍인표 역주, 『서포만필』, 일지사, 1987, 385면.

을 『동파지림』을 예로 들면서 인정했고, 연의체와 통속소설을 등식화했던 것이다. 그런데 여기서 말하는 '통속'이라는 말은 소설이 경서나 사서보다는 많은 독자를 가졌다는 의미이며, 소설이 역사서보다 재미있게 읽힐 수 있음을 암시한 것이다. 즉, 연의는 역사서와 마찬가지로 과거의 사실을 대상으로 삼으면서도 역사에 비해 훨씬 큰 호소력을 준다고 하였다. 선한 자가 패배하면 눈물을 흘리며 안타까워하고, 악한 자가 패배하면 기뻐서 소리를 지른다는 어린이들의 반응에서 소설 특유의 효능, 즉, 권선징악을 이끌어 낸 것은 당시로 보아서는 주목할 만한 이론이었다.8) 또한, 역사서보다도 더 큰 호소력, 즉, 감동과 쾌감을 언급한 것도 매우 중요한 소설인식이라고 할 수 있다.

반면에 이덕무(李德懋)9)는 『사소절(士小節)』에서 "연의소설(演義小說)은 간사하고 음란한 것을 가르치므로 보아서는 안 된다"고 하였으며, 「세정석담(歲精惜譚)」에서는 야담, 전기, 지괴(志怪)10) 등에도 미치지 못하는 아무 가치 없는 글이라는 신랄한 비판을 가하였다. 이식과 홍만종도 소설이 거짓을 꾸미고 공론을 말한다는 의미에서 소설을 비판했지만 소설의 허구성을 인식하였다는 점에서 그 가치를 찾을 수 있다.

---

8) 조남현, 『소설신론』, 서울대학교 출판부, 2004, 21~23면.
9) 이덕무(1741~1793)는 이용후생의 북학파의 세계관과 고증학의 세계관을 공유한 실천유학자이다. 『사소절』은 그가 쓴 고활자본 8권 2책으로, 선비들의 수신제가에 대한 교훈을 내용으로 한 수양서이다. 이덕무는 천진(天眞)의 문학, 사실(寫實)의 문학, 당대(當代)의 문학을 주장하였다. 따라서 꾸며서 만든 소설은 그의 문학관에 어긋나므로 부정적 비판을 가하였다고 할 수 있다.
10) 중국 한말(3세기)부터 육조시대의 남조(4~5세기)까지 일어난 기괴한 일들을 적은 짧은 이야기로서 『수신기』, 『수신후기』, 『열이전』, 『습유기』 등이 있다.

하지만 만와옹(晩窩翁) 이이순은 「일락정기(一樂亭記)」의 서문에서 "「일락정기」는 비록 공허한 이야기(架空構虛)로 꾸며졌지만, 복선화음(福善禍淫)[11]의 이치가 바탕에 깔려 있다"라고 하여 소설이 지닌 허구성과 교훈성을 긍정하였다. 『금계필담』, 「육미당기(六味堂記)」의 저자 서유영(徐有英, 1801~1874)도 소설은 "빈 데다 시렁을 매고 공중을 뚫는 것(架虛鑿空)"과 같이 지루하고 너저분하여 진실로 취할 바가 없으나 인정세태의 묘사가 잘 되어 희비와 득실의 경계와 현우선악의 분별은 때때로 보고 느끼게 하는 것이 있다고 했다. 홍희복(洪羲福)은 청나라 이여진(李汝珍)이 지은 「경화연(鏡花緣)」을 번역한 「제일기언(第一奇諺)」 서문에서 "소설은 처음에는 사기(史記)에 빠진 말과 초야에 전하는 일을 거두어 모아내어 야사(野史)라고 하였다. 그 뒤에 문장력은 있으나 일 없는 선비가 필묵을 희롱하고 문자를 허비하여 헛말을 늘여내고 거짓 일을 사실처럼 하여 읽는 독자로 하여금 사실처럼 믿게 하고 매료시켜 소설이 성행하게 되었다"라고 하였다. 여기서 거짓을 사실처럼 꾸며 독자로 하여금 사실처럼 믿고 흥미를 가지게 하는 것이 소설이라는 인식은 매우 중요하다고 하겠다.

이식(李植)은 『삼국지연의』, 『열국연의』, 『수당연의』 등과 같은 연의체 소설이 민간에 확대되면서 내용이나 표현방법 면에서 역사에 연의가 침투하여 결국 적지 않은 혼란이 빚어졌다고 주장하였다. 즉, 소설 때문에 역사적 사실이 적지 않게 왜곡되거나 변형되어 버린 점에 대해 비판하고 있다.

---

11) 복선화음(福善禍淫) : 착한 사람에게 복을 주고, 악한 사람에게 화를 준다.

소설 부정론자들은 소설을 음란하고 황당한 이야기로 여기고, 소설이 유교적 질서를 해치지나 않을까 하고 염려하였다. 또 소설이 어느 정도 경전과 사서를 제치고 많은 사람들에 의해 수용되고 있다는 사실에 대해서도 대다수 유교적 지식인들은 바람직하지 않은 것으로 평가하였다. 긍정론자들도 소설을 자족적이면서도 독립된 서술양식으로는 평가하지는 않았다. 즉, 소설을 역사서술의 보조양식 정도로 파악하는 태도에서 크게 나아가지 못했던 것이다.[12]

위에서 살폈듯이, 소설양식은 역사를 허구적 상상력을 동원해 접근한 것이라는 인식을 동서양이 똑같이 지니고 있었던 듯하다. 소설 부정론자를 포함한 대다수의 선비들은 사실을 있는 그대로 기록하는 논픽션이 픽션보다는 우위의 양식이라는 고정관념에 사로잡힌 나머지 소설이 보다 더 큰 진실을 전달하기 위해 의도적으로 거짓된 이야기를 꾸미는, 이른바 허구성에 대한 자각을 갖지 못하였다. 따라서 당시의 소설가들은 존경보다는 천시의 대상이 되기 일쑤였다.

그리고 소설가라는 말은 옛날에는 사용되지 않았다. 대신 소설가의 유사 명칭으로 패관(稗官), 전기수(傳奇叟), 강사자(講史者), 이야기꾼, 강독사(講讀師), 강담사(講談師) 등이 사용되었다.

그런데 19세기말로 접어들면서 소설의 존재이유를 긍정하는 이론이 세를 얻는 시대적 흐름을 형성하게 되었다.

박은식(朴殷植)은 『서사건국지』의 서문에서 "소설이라고 하는 것은 사람들을 감동시키기 쉽고, 사람들에게 파고드는 것이 가장 깊어 풍속

---

12) 조남현, 앞의 책, 25~29면.

계급(風俗階級)과 교화정도(敎化程度)에 관계가 매우 크다"고 하였고, "그 나라에서 어떤 소설이 성행하는가를 보면 그 나라의 인심풍속과 정치사상이 어떠한 것인가를 알게 된다."라고 하였다. 『을지문덕전』, 『이순신전』 등의 역사전기소설을 썼던 신채호(申采浩)는 소설적 감화력이 민족공동체의식을 형성하는 데 결정적인 역할을 한다는 자각하에서 직접 을지문덕, 이순신과 같은 위인들의 전기를 집필했던 것으로 보아지며, 민족의 자립자강이라는 목표를 달성하기 위한 소설의 사회적 효용에 큰 가치를 부여했다. 따라서 그는 민족의식이 결여된 이인직의 신소설을 비판했고, 동시에 유교적 도덕관만을 고취하는 고소설도 비판했다.

이해조는 『화(花)의 혈(血)』(1912) 서문 및 후기에서 '빙공착영(憑空捉影)'이란 말을 소설의 본질로 사용하였다. 그는 소설을 '허공에 기대어 그림자를 잡는 허구적인 것(빙공착영)'이면서도 '사실에 기초한 거울과도 같은 것'으로 비유하였다. 즉, 소설의 허구성을 인정함과 함께 그것의 현실반영성 또한, 중시했다. 이해조의 소설관은 소설의 허구적 기법을 인정하는 가운데 소설의 사회적 기능을 강조하는 작가 의식의 발로로 해석된다. 따라서 그는 효용주의적 문학관을 지니고 소설의 '풍속 교정'과 '사회 경성'의 교육적 기능을 강조한다. 아래의 인용문에는 그의 문학관이 잘 표출되어 있다.

　　기자 왈, 소설이라 하는 것은 매양 빙공착영(憑空捉影)으로 실정에 맞도록 편중해야, 풍속을 교정하고 사회를 경성(警省)하는 것이 제일 목적인 중, 그와 방불(彷彿)한 사실이 있고 보면, 애독하시는 열위 부인, 신사의 진진한 자미가 일층 더 생길 것이요,

그 사람이 회개하고 그 사실을 경계하는 좋은 영향도 없지 아니
할지라. 고로, 본 기자는 이 소설을 기록하매 스스로 그 자미와
그 영향이 있음을 바라고 또 바라노라.[13]

이해조는 소설의 사실성이나 허구성과 같은 창작의 미학적 측면을
중시했고, 동시에 소설의 제일 목적을 사회교화에 두면서 소설의 쾌락
적 기능을 강조한 효용론자로 평가된다.[14]

1910년대에 불교소설 「슬픈 모순」을 발표했던 양건식은 「춘원의 소
설을 환영하노라」(1916)에서 주관주의적이고 유미주의적인 소설론을
개진한다. 그는 이광수의 『무정』에 대한 연재 예고를 보고 그것을 환
영한다는 내용과 함께 소설의 미적 가치와 효용적 가치를 동시에 인정
하는 소설관을 피력했다.

『창조』를 통하여 순문예운동을 전개했던 김동인은 「소설에 대한
조선 사람의 사상을」에서 통속소설을 예술적 독창성이 없을 뿐만
아니라 사상면에서도 건전성 대신에 비열한 아첨의 사상만을 독자
에게 주입시켜 결코 대중에게 유익하지 못하다고 비판했다. 그리고
예술성이 높은 순예술적 소설의 기준을 제시하였다. 그는 통속소설
뿐만 아니라 유교적 소설관 역시 터무니없는 것이라고 비판했다.
이광수의 '인생을 위한 예술'을 강조한 계몽적 문학관과 소설을 전
심전력을 다해 비판한 그는 『춘원연구』 같은 업적을 낳았고, 그 결
과 우리나라 최초의 형식주의 비평가로 평가받게 된다. 그는 「소설
작법」(1925)에서 소설 구성의 3요소와 문체(시점)에 관한 상당한 수
준의 이론을 개진한다. 당시로서는 거의 최고의 수준이라고 할만한

---

13) 문승준 · 이재인, 『우리소설 20선』, 성림, 1992.
14) 이선영 외, 『한국근대문학비평사연구』, 세계사, 1989, 93~98면.

이 글은 그의 단편소설이 보여주고 있는 완벽한 형식미가 결코 단순한 기교의 구사가 아니라 확고한 이론적 토대 위에서 성립된 것이라는 것을 확인시켜 주기에 충분하다. 그는 소설의 기본요소를 사건, 인물(성격), 분위기로 나누고, 사건소설, 성격소설, 배경소설로 그 유형을 분류했다. 이것은 E. 뮤어(Muir)의 이론과 근사한다는 점에서 그 근대성을 높이 평가할 만하다.15)

현철(玄哲)은 「소설개요」(1920), 「소설연구법」(1921) 등의 글에서 소설을 사건, 인물, 배경, 문장, 목적(주제)으로 구분하여 논했고, 인정소설과 전기소설로 그 유형을 분류했다. 뿐만 아니라 E. 뮤어의 정적 인물, 동적 인물이라는 용어 및 개념에 일치할 만한 소설론을 전개했다. 그의 소설론은 당시로서는 매우 체계적인 것이었다.

염상섭은 그의 최초의 평론인 「정사(丁巳)의 작(作)과 〈이상적 결혼〉을 보고」(1919)에서부터 생활과 교섭하는 문학, 사회의 진상과 인생의 기미를 포괄하는 문학이어야 한다는 리얼리즘 문학관을 전개했다. 그리고 이에 입각하여 자아각성과 자기발견이라는 근대적 이념의 문제를 민족적 개성론으로 발전시켰을 뿐만 아니라 "현실 위에 성립되는 생활에는 시대의식, 사회의식, 민족의식이 포함되며, 문예에는 바로 이러한 생활을 제거하면 시대의식, 사회의식, 민족의식이 제거되며, 그 가치를 생각키 어렵다"16)라고 하여 리얼리즘에 대한 철저한 인식을 보여주었다.17)

---

15) 송명희, 「일제강점 초기의 비평」, 신동욱 편, 『한국현대문학사』, 집문당, 2004, 638~639면.
16) 염상섭, 「문예와 생활」, 『조선문단』 제19호, 1927. 2.
17) 송명희, 앞의 글, 신동욱 편, 앞의 책, 640~643면.

3. 서양에서의 기원

1) 고대 서사시(epic) 기원설

소설의 기원에 관해서는 여러 가지 견해가 있지만 그 가운데서 고대 서사시(epic)로부터 비롯되었다고 보는 견해와 중세의 로망스(romance)에서 기원되었다고 보는 견해가 대표적이다. 전자는 고대까지 거슬러서 기원을 파악한 경우이고, 후자는 근대소설(novel) 바로 전단계인 중세의 로망스에서 소설이 기원되었다고 본 경우이다.

서사시란 장중한 문체로 심각한 주제를 다루는 장편의 이야기시로써 국가, 민족, 또는 인류의 운명과 직결되어 있는, 한 위대한 영웅의 행위가 그 중심적인 이야깃거리가 된다. 서사시는 성장의 서사시와 문학적 서사시의 둘로 나뉜다. 전승적 또는 일차적 서사시(성장의 서사시)는 한 민족 집단이 위대한 지도자(영웅)의 영도 하에 외적을 물리치고 국가를 형성하던 시대의 역사 및 전설을 소재로 한 것으로 전승되어 오던 노래가 뒤에 문자로 정착하게 된다. 그리스의『일리아드』,『오디세이』, 프랑스의『롤랑의 노래』, 독일의『니벨룽겐 이야기』, 인도의『마하바라타』 등이 그 예이다.

문학적 서사시(예술의 서사시)는 일차적 서사시를 모범으로 삼아 시인이 의도적으로 창작한 것을 지칭한다. 문학적 서사시의 대표적인 예는 로마의 베르길리우스의『아에네아스』, 이탈리아의 타쏘의『예루살렘의 구출』, 영국의 밀턴이 쓴『실낙원』 등이 있다.

서사시의 일반적 특성은 ①주인공은 위대한 국가 민족적, 인류적 영웅으로, 능력과 출생이 비범하다. ②사건이 벌어지는 배경이 광대하다.

③영웅적 행위는 인간의 차원을 넘어 초자연적 성격을 띤다. ④본래 귀족에게 음송되던 것이므로 장중한 문체와 운율로 구성되어 있다. ⑤ 보편적 중요성을 갖는 큰 주제를 다루므로 자연히 객관적이다. 즉, 커다란 역사공동체, 나아가 인류 전체의 이념을 기리는 입장을 고수한다. 또한, 소재가 다양하고 전체적으로 보아 포괄적이다.[18]

몰튼(R.G.Moulton), 허드슨(W.H.Hudson), 루카치(G. Lukács) 등은 소설의 기원을 고대 서사시에서 찾거나 서사시와 소설과의 연관성을 밝힌다. 몰튼은 『문학의 근대적 연구』에서 문학을 서사시, 서정시, 극시, 역사, 철학, 웅변까지 모함하여 여섯 가지로 분류하고 있다. 그는 창작예술로서의 문학만이 아니라 '존재를 토의하는 토의문학인 역사, 철학, 웅변까지를 문학의 범주에 포함시킨다. 그리고 고대의 운문설화와 근대소설을 포함하여 서사시의 영역을 확장시키고 있다. 서사시가 비록 당시의 표현의 일반성에 의해 운문으로 표현되었다고 해도 소설에서 볼 수 있는 어떤 배경에서 인물의 행동에 의해 전개되는 사건이 있고, 그것을 시간이나 공간적인 구성에 의해 서술하고 있다는 점에서 서사시와 소설이 동일한 요소로 형성되어 있다고 보았던 것이다. 즉, 소설의 설화성과 서술의 양식은 고대 서사시에서 이미 갖추고 있다고 보아 서사시를 소설의 기원으로 파악했다.[19] 허드슨(W.H.Hudson)도 서사시의 종류를 성장의 서사시, 예술의 서사시, 인생의 서사시로 나누고, 근대소설을 인생의 서사시로 지칭하며, 소설의 기원을 고대 서사시에서 찾았다.[20]

---

18) 이상섭, 『문학비평용어사전』, 민음사, 1976, 135~137면.
19) R.G. Moulton, *The Modern Study of Literature*, 구인환, 『소설론』, 삼지원, 1996, 40~41면.

루카치는 서사시와 소설을 서사문학의 중요한 두 형식으로 파악한다. 그리고 서사시와 소설은 창작 의도에 의해서 구분되는 것이 아니라, 작가의 창작의도가 직면하고 있는 역사철학적인 상황에 따라서 구분된다고 보았다. 즉, 소설은 삶의 외연적 총체성이 더 이상 구체적으로 주어지지 않고 있고, 또 삶에 있어서의 의미 내재성은 문제가 되고 있지만 그럼에도 총체성을 지향하고자 하는 시대의 서사시이다.21) 그에 의하면 "서사시가 그 자체로 완결된 삶의 총체성을 형상화한다면, 소설은 형상화하면서 숨겨진 삶의 총체성을 찾아내어 이를 구성하고자 한다"22)는 점에서 비교된다. 이를 칸트의 용어를 빌어서 설명하면 서사시에 대해 총체성은 '구성적' 원칙이고, 소설에 대해서는 총체성이 '규정적' 원칙이다.23) 또한, 브로흐(Herman Broch)도 서사시는 '우주적 총체성'을 소설은 '개체의 총체성'을 표현한다는 점에서 차이점을 보인다고 했다.24)

위르겐 슈람케(Jürgen Schramke)에 의하면 서사시와 소설의 차이는 우선 외양적으로 운문과 산문의 차이로 구별되지만 이것은 형식적 특징으로서는 큰 의미를 지니지 못한다고 본다. 본질적인 문제는 운문과 산문이 '시적' 또는 '산문적' 개념의 전의적(轉義的) 사용에서 암시받을 수 있다. 즉, 헤겔이 서사시에 대해 '근원적 시적 세계상황'으로, 반면에 소설에 대해서는 '이미 산문이 되어버린 현실'로 전제할 때 설명된다고 했다. 루카치는 이를 더욱 확장하여 '행복한 상태의 삶의 총체성'

---

20) W.H. Hudson, *An Introduction to the Study of Literature,* (London, 1958), pp.108~109.
21) Georg Lukács, 반성완 역, 『소설의 이론』, 심설당, 1985, 70면.
22) 위의 책, 76~77면.
23) 위르겐 슈람케, 원당희·박병화 역, 『현대소설의 이론』, 문예출판사, 1995, 45면.
24) 위의 책, 46면.

은 서사적 운문에 연결된 반면에 산문의 '무구속적 굴절과 리듬 없는 결합은 소설의 모순적 세계에 귀속된다고 보았다. 다시 말해 운문과 산문은 서사시와 소설의 형식적 특징보다는 역사적 또는 역사적 상관물, 요컨대 서사시적 형식에 부합되는 시기, 또는 '세계상황'의 특수한 성격으로서 통용된다. 헤겔은 영웅적, 서사적 세계상황과 시민적, 산문적 상황으로 구별한다.25)

소설의 기원을 서사시(epic)에서 찾으려고 할 때의 서사시는 위에서 말한 일차적 서사시(성장의 서사시)이다. 즉, 장중한 문체로 거창한 주제를 다루는 긴 이야기시(narrative poem)로써 인류나 민족의 운명에 직결되어 있는 신이나 영웅의 모험담을 다룬 고대의 서사시를 의미한다.

한편, 서사시의 원초적 유형으로는 신화를 들 수 있다. 신화는 모든 사회가 가지게 되는 이야기의 총체의 한 부분으로 신이나 신적 존재에 대한 이야기이다. 신화·원형비평이론을 확립한 프라이(Northrop Frye)는 문학의 원형으로서의 신화를 '문학의 자궁'으로 표현하였다. 즉, 신화가 소설을 포함한 모든 문학 장르의 모태라는 뜻이다. 신화가 존재한 뒤 그 뒤를 이어 나타난 것이 서사시라고 본 것이다. 신화의 세계는 서정적이라기보다는 서사적이라고 할 수 있다. 신화는 주인공과 그 주변 인물 사이에 빚어지는 갈등 양상을 이야기의 형태를 빌어 표현하고 있다는 점에서 소설과 깊은 연계성을 갖게 된다.

한국문학도 고대의 건국신화나 서사시까지 거슬러 올라가 소설의 기원을 찾을 수 있다. 단군신화, 주몽신화 같은 건국신화가 그것이다. 주몽신화는 고려시대에 이르러서 정제된 서사시의 형태로 발전한다.

---

25) 위의 책, 44~45면.

이규보의 『동국이상국집』의 「동명왕편」이 그 대표적인 예이다. 「동명왕편」은 비범한 인물이 광대 웅혼한 하늘과 땅을 배경으로 하여 펼쳐지는 초자연적인 사건을 작가가 예술적 의도로 재구성하였다는 점에서 예술적인 서사시의 양식으로 발전했다고 볼 수 있다. 이것은 구비전승 양식으로 전해오던 신화의 문자화로서 일차적 서사시가 문학적 서사시로 전이되는 과정을 보여준 적절한 예라고 할 수 있을 것이다.

미하일 바흐친에 의하면 소설과 서사시는 근본적인 면에서 차이가 있다. 한마디로 소설에는 서사시가 지니고 있는 모든 특징이 결여되어 있다. 즉, 소설은 절대적 과거 대신에 일시적이고 불완전한 현재를 중심적인 주제로 삼는다. 경우에 따라서 과거가 취급될 수는 있지만 그 과거는 어디까지나 상대적인 관점에서 묘사되기 마련이다. 소설은 국가적으로 영웅적인 전통보다는 오히려 개인의 경험 그리고 개인의 창조적인 상상력에 기초하고 있다. 모든 전통이 신성시되고 경건하게 받아들여진 서사시의 경우와는 달리 여기서는 오히려 이른바 '희극적인 친근감'에 의해 모든 것이 속화되고 희롱의 대상이 된다. 그리고 소설은 서사시적 거리감을 모두 배제한 채 당대의 현실세계를 취급하고 있다.

따라서 서사시가 권위와 특권을 지닌 지배계급의 문학 장르라고 한다면, 소설은 피지배계급인 민중의 문학 장르이다. 또한, 서사시가 지배계급에 의해서 인정된 '공식적인' 장르라고 한다면 소설은 지배계급의 권위와 특권을 파괴하는 '비공식적인' 장르에 속한다.[26]

---

26) 김욱동, 앞의 책, 204면.

위에서도 말했듯이 서사시는 주인공의 갈등 양상을 이야기 형식을 통하여 형상화하고 있다는 점에서 소설의 뿌리가 된다. 그럼에도 불구하고 루카치나 슈람케, 그리고 바흐친의 견해에서도 확인하였듯이 서사시와 소설 사이에는 상당한 거리감이 내재되어 있다. 서사시는 신화시대의 산물로서 신과 신적 능력을 부여받은 영웅들의 축복받은 이야기이다. 여기에는 고통과 갈등에 찬 인간의 삶의 모습이 끼어들 여지가 전혀 없다. 또한, 그 표현 방식에 있어서도 산문정신을 구체적으로 실현하기에는 지나치게 도식적이고 수사적이다. 예술적 관점에서 볼 때 서사시는 산문문학의 원초적 단계, 그 이상도 이하도 아니다. 이와 같은 서사시가 성숙한 형식인 소설로 거듭 태어나기 위해서는 로망스라는 또 다른 문학적 발전과정을 밟지 않을 수 없었던 것이다.27)

2) 중세 로망스(romance) 기원설

소설의 기원을 로망스에서 찾으려는 견해는 가장 보편화된 이론이다. 티보데(A. Thibaudet)에 의하면 소설은 전기적(傳奇的)이고 이상스러운 이야기가 주이며, 서민의 언어를 뜻하는 로망스(romance)에서 기원되었다고 본다. 그는 『소설의 미학』에서 라틴어가 아닌 스페인어, 프랑스어, 이태리어 등 '중세에 있어서 속어로 된 이야기', 곧 로망이 소설의 기원이라고 말한다. 교회나 수도원의 교양 있는 승려들이 사용한 기품 있는 라틴어 문학에 비해, 시민계급이 사용한 속어로 씌어진 「아더 왕의 전설」과 같이 중세기사의 연애와 모험을 다룬 것이 로망이라

---

27) 윤채한 편, 『신소설론』, 우리문학사, 1996, 26~31면.

는 견해이다. 오스틴 워렌도 근대적 소설양식인 노벨(novel)의 앞선 장르로 로망스(romance)를 지목했다.

로망스(romance)는 어원적으로 링구아 로마나(Lingua Romana)로써 링구아 라티나(Lingua Latina)에 대립된다. 링구아 라티나가 중세 유럽에 있어 교회와 지배층의 승려나 관리들이 사용한 고전적인 라틴어인 데 반해 링구아 로마나는 방언과 속어가 섞인 서민 계급이 사용한 라틴어였다. 그리고 링구아 로마나로 씌어진 작품을 로망스(romance)라고 했다.

파랄(E. Faral)에 의하면, "라틴어 작품의 독자들은 속어로 된 작품들의 감상도 사양하지 않았다. 그런데 그 반대는 성립되지 않았으니, 프랑스어로 쓴 작가들의 독자나 청중들의 대부분에 있어 라틴어는 죽은 글로 남아 있었던 것"이다. 즉, 속어인 프랑스어로 씌어진 문학은 온 민중 속에 퍼진 데 반해, 라틴어 문학은 교회학자들의 세계 속에 갇혀 있었다.

로망스(romance)는 당시 귀족·승려의 라틴어 문학에 대해 민간 서민의 문학이다. 이는 오늘날 소설이 서민대중의 문학 형태를 띠고 있는 사실과 연관된다. 로망스는 내용에 있어, 기사적인 모험과 연애의 이야기가 대부분인데, 군주에 대한 충성의 테마는 시대의 요구에 따라 여성 숭배적 취향으로 흘렀다. 즉, 로망스는 '아더 왕', '알렉산더' 등의 제목에서 보듯이 영웅적 이야기이거나 공상적인 사랑과 모험이 연속된 이야기다. 그리고 역사적으로 볼 때 로망스는 12세기에서 15세기까지 크게 번성했는데, 영국의 전설적인 왕의 이야기인 『아더 왕 이야기』 등이 대표적 작품이다.

길리안 비어(Gillian Beer)는 그의 저서 『로망스』(1970)에서 "로망스의 역사는 모두 어떤 의미에서 퇴폐의 기록일 것이다. 오늘날 일반적으로 '로망스'라 불리는 작품은 대개 저속문학이며, 『트루 로맨시즈(True Romances)』와 같은 잡지, 말하자면 백일몽을 만족시키려는 의도로 쓰인 가벼운 상업소설"28)이라는 기존의 부정적 개념으로부터 로망스에 관한 논의를 시작하고 있다.

그는 로망스의 특징을 다음과 같이 생각할 수도 있다고 했다.

> 연애와 모험의 주제, 독자와 주인공 쌍방의 사회로부터의 일종의 이탈, 많은 감각적 세부묘사(흔히 알레고리적인 의미를 암시하는), 단순화한 인물, 의외적인 것과 일상적인 것의 조용한 혼합, 흔히 클라이맥스 없는 복잡하고 길게 늘인 사건의 연속, 행복한 결말, 과장된 묘사, 모든 등장인물에게 강력하게 강요되는 행동의 규범이다.29)

크랄라 리브(Clara Reeve)는 로망스(romance)를 소설(novel)과 구별하는데, 로망스는 가공적 인물이나 사건을 다루는 영웅 이야기(heroic fable)인 반면 소설은 현실적인 인생이나 풍습, 그리고 그것이 씌어진 시대에 대한 묘사다. 로망스는 우아하고 품위 있는 언어로, 결코 일어난 적이 없는, 또는 일어날 성싶지 않은 일을 묘사하는 반면에 소설은 일상적으로 일어날 수 있는 일을 평이하고 자연스런 방법으로 재현하며, 독자가 그것을 자신의 이야기로 설득력 있게 받아들일 만큼 개연성을 부여한다고 했다.30) 소설의 사실성과 대조되는 로망스의 비사실성과

---

28) Gillian Beer, 문우상 역, 『로망스』, 서울대학교 출판부, 1982, 1면.
29) 위의 책, 13~14면.

환상성을 지적한 말이다.

다른 한편으로 로망스(romance)는 짙은 교훈적 색채를 띠고 있다. 전형적으로 선한 주인공과 악한 반동인물이 대립하는 플롯을 통하여 선과 악, 미와 추의 선명한 대비 및 예견된 귀결을 통해서 권선징악의 교훈을 주고자 한다. 하지만 이는 실재 인간의 행동이나 감정의 복합적이고 복잡한 면을 제대로 성찰하지 못한 이야기 구조라고 할 수 있다.

중세의 로망스와 근대소설(novel)을 비교하면, 양자 사이에는 많은 차이가 가로놓여 있다. 즉, 로망스가 스토리 중심인 데 반해 근대소설은 캐릭터 중심이요, 로망스가 소재 면에서 비일상적이고 공상적인 데 반해 근대소설은 일상적이고 현실적이다. 따라서 전자는 영웅적이고 초인적 인물의 진기한 모험담이요, 후자는 가장 평범한 인간상의 보편적인 진실을 획득하는 작업이다.

지금까지의 논의를 도표로 제시해 보면 다음과 같다.

로망스(romance)	근대소설(novel)
스토리 중심	캐릭터 중심
비일상적 소재	일상적 현실적 소재
영웅적 초인적 인물의 모험담	평범한 인간상의 보편적 진실추구

그리고 서양에서 소설의 발달과정은 신화→서사시→로망스→소설로 정리되고 있다. 논자에 따라 서사시가 신화의 다음 단계에 놓이기

---

30) Robert Scholes, "An Approach through Genre", *Toward a Poetics of Fiction*, 김병욱 편, 최상규 역, 『현대소설의 이론』, 대방출판사, 1986, 22면.

도 하고, 동시대의 단계에 놓이기도 한다.[31] 어찌 되었든 로망스는 그 이전의 서사양식인 서사시나 신화에 그 기원을 두고 있다고 할 수 있다. 이것이 시대의 흐름에 따라서 소설적 요소를 강하게 반영하면서 로망스를 지향해 간 것으로 볼 수 있다.

그런데 프라이는 『비평의 해부』의 네 번째 에세이 〈수사비평 : 장르의 이론〉에서 소설 대신에 '산문픽션(prose fiction)'라는 용어를 사용하며, 그 하위 형식을 노벨(novel), 로망스(romance), 고백(confession), 해부(anatomy)로 분류하고, 그 특징을 다음과 같이 규정한다. 즉, 로망스의 작가는, '실재의 인간'보다도 오히려 양식화된 인물, 인간심리의 원형을 나타내는 데까지 확대된 인물을 창조하려고 한다. 융이 말하는 리비도, 아니마, 그림자가 각각 주인공, 여주인공, 악역 등에 반영되어 있는 것이 로망스다. 로망스가 노벨에서는 볼 수 없는 주관의 강렬한 빛을 방출하며, 알레고리(allegory)의 암시가 계속 잠입하고 있는 것은 바로 인간 심리의 원형을 창조하기 때문이다. 노벨(novel)의 작가가 페르소나(persona), 즉, 사회적 가면으로서의 인격(personality)을 취급한다면, 로망스 작가는 개성(individuality)을 취급한다. 이 경우 등장인물은 진공 속에 존재하며, 몽상에 의해서 이상화된다. 그리고 로망스의 작가는 그가 아무리 보수적이라 할지라도 그의 글에는 허무적인 것 또는 야성적인 것이 계속 나올 가능성이 있는 것이다. 따라서 로망스는 노벨과 구별되지 않으면 안 되는 것이다.[32]

역사적인 관점에서의 로망스가 아니라 산문픽션의 한 유형으로서의 로망스는 내향적이면서 개인적인 경향을 나타내며, 시대의 제한성을 뛰

---

31) 조남현, 『소설신론』, 48면.
32) N. Frye, 임철규 역, 『비평의 해부』, 한길사, 1982, 429~432면.

어넘어 보편적인 인간 내면의 감추어진 열정과 욕망을 그려낸다. 로망스는 현실적인 '실재의 인간'보다는 '원형적 인간'의 창조에, 외향적이기보다는 내향적이고, 주관적이며, 알레고리가 풍부한 캐릭터에 더 관심이 많다. 에밀리 브론테의 『폭풍의 언덕』, 멜빌의 『백경』 등의 작품이 그 예라고 할 수 있다. 세르반테스의 『돈 키호테』는 로망스에 대한 일종의 패러디로서 로망스의 쇠퇴와 근대소설양식의 등장을 예고한 작품으로 알려져 있다.

그리고 프라이는 세 번째 에세이 〈원형비평 : 신화이론〉에서 '여름의 미토스(mythos)'에 로망스란 명칭을 부여한다. 이 때의 미토스는 이야기의 짜임새(plot)란 의미이며, 프라이는 미토스와 신화를 같은 개념으로 사용하고 있다. 로망스는 모든 문학의 형식 중에서 욕구충족의 꿈에 가장 가까운 것이며, 그렇기 때문에 사회적으로 역설적인 역할을 갖고 있다. 어느 시대이든 사회적으로나 지적으로 지배계급에 속하는 사람들은 그들의 이상을 로망스의 형식으로 투영시키는 경향을 갖는다. 이 로망스의 세계에서는, 덕 있는 주인공들과 아름다운 여주인들은 그들의 이상을 표상하고, 악인들은 이 주인공들과 여주인공들의 세력을 방해하는 위협을 표상하고 있다. 이것은 중세의 로망스, 18세기 이래 시민의 로망스, 그리고 현대의 러시아의 혁명의 로망스가 갖는 있는 일반적인 성격이다.

그리고 로망스에 있어서 플롯의 본질적 요소를 '모험', 즉, 편력(quest)으로 파악한다. 그리고 로망스의 완벽한 형식은 편력이 성공적으로 끝마치는 형식을 취하는데, 이 완벽한 형식에는 3단계가 있다고 보았다. 그 첫 단계가 위험한 여행과 준비단계의 소모험이며,

두 번째 단계는 생명을 건 필사의 투쟁의 단계로서 주인공의 생사가 걸린 치열한 대결 과정이며, 셋째 단계는 주인공(영웅)이 개선과 발견(discovery)을 이루는 마지막 단계이다. 이는 그리스어로 아곤(agon)−파토스(pathos)−아나그노리시스(anagnorisis)로 표현되는데, 이 3단계의 플롯은 로망스에서 반복적으로 사용된다고 프라이는 보고 있다.33)

로망스(romance)의 동양적 해석은 '이야기'에 부합될 것이다. 앞에서 살펴보았듯이 중국에서 소설이란 어휘의 어원을 찾으면 "소설이란 본래 대도(大道)와 거리가 먼 꾸민 말로서, 시정항간에 떠도는 이야기를 채록한 것"이다. 그 채록의 일을 맡은 사람이 패관(稗官)인데, 노신(魯迅)에 의하면 패관제도는 곧 폐지되었지만 패사를 적는 풍습만은 계승되어 이것이 소설을 낳게 한 것이라고 말하고 있어, 시정에 떠돌던 초보적인 이야기로부터 소설이 재구성되었을 가능성을 시사하고 있다.

소설의 연원으로 추정할 수 있는 우리의 설화도 흥미롭게 서구의 로망스의 속성을 갖추고 있다. 우선 설화는 한문문학이 귀족, 사대부 계급의 문학임에 반해 당시에 언문으로 씌어진 대중의 문학이었다. 이것은 로망스가 라틴어에 대한 속어의 문학인 것과 그 궤를 같이한다.

뿐만 아니라 설화를 바탕으로 발전한 우리의 『심청전』, 『흥부전』 등의 고전소설들도 대체로 로망스적인 속성을 갖추고 있다 할 수 있다. 즉, 주인공의 일대기인 전(傳)의 형식으로 씌어진 고전소설들은 시간적 공간적으로 생과 사의 경계를 넘나들고 현실을 초월한다. 또한, 선이

---

33) 위의 책, 260~262면.

승리하고 악이 패배한다는 권선징악적이고 교훈적인 주제 등에서 로망스의 전형적 속성이 드러난다고 볼 수 있다.

그런데 인간은 근대에 이르러 서사시가 취급하는 신이나 영웅의 이야기, 로망스가 들려주는 비현실적이고 환상적인 꿈의 세계에 만족하지 않고 좀 더 현실에 밀착한 이야기를 찾게 된다. 즉, 신이나 영웅의 신이(神異)한 이야기가 아니라 평범한 사람들의 삶의 문제를 제기하는 이야기를 원하고, 그 문제의 답을 소설에서 얻기를 원한다. 바로 그러한 욕망이 근대를 배경으로 소설(novel)이라는 장르를 탄생시켰다고 본다.

3) 근대소설(novel)의 탄생

소설의 개념을 근대소설로 좁혀본다면, 그것은 근대 시민사회의 발전과 더불어 출발한다고 보아야 할 것이다. 여기서 말하는 근대소설이란 노벨(novel)을 지칭하는 것이다. 16~18세기에 노벨이란 말은 프랑스어의 'nouvelle'와 이탈리아어인 'novella'와 스페인어 'novela'에서 유래된 이후로 통용되었다. 이 단어는 일상생활 속의 인물이나 행위를 그리는 허구적 산문설화를 뜻하였으며, 이따금 과거의 일을 그리기도 하였지만 대개는 현재의 일을 대상으로 취하였다. 여기서 새로운 것, 신기한 것을 뜻하는 노벨라(novella)라는 말이 나오게 되었으며, 이 말은 덜 사실적이고 비교적 긴 로망스의 양식과 대립하는 '새로운' 것으로 여겨졌다. 그러다가 노벨의 개념이 일반화되고 긴 분량의 이야기를 뜻하게 된 것은 로망스가 본격적으로 쇠퇴하게 된 19세기에 들어와서이다.

근대적 소설이 발생하게 된 배경을 여러 이론가들은 정치사 · 사회사 · 사상사 등에서 찾는다. 봉건주의의 붕괴와 중산층 부르주아지의 흥성, 뉴턴주의와 경험주의 철학의 영향으로 보는 경우들이 그 예이다. 어떠한 경우든 17세기 이후 자아의식의 확대와 경험주의적 세계관에 의해 인간과 세계의 다양성과 모순을 아이러니의 눈으로 응시하게 되었으며, 여기서 리얼리즘의 충동이 일게 되어 산문을 통한 리얼리즘의 구현으로서 노벨이 발달하게 되었다.

결국 근대적 소설은 자아의식과 체험에 대한 표현충동에 의하여 이루어진 것이라 하겠다. 인간성의 탐구와 삶의 양상을 표현하는 것이 현대소설의 특징이라 할 때, 그 기원을 근대사회의 발달과 함께 탄생한 노벨로 보는 견해는 소설의 기원으로 가장 설득력이 있어 보인다.

또한, 18세기 중엽에 이르러서는 독서가 상류 계층의 필수품이 될 만큼 독서 인구가 괄목할 정도로 증대하였다. 그리고 이러한 변동은 사회 문화의 전면으로 파급되었다. 즉, 신분과 계급을 넘어서서 전면적인 문화의 평준화가 이루어졌다. 그 결과 지난 세기에 예술과 독서의 향수층에서 제외되었던 중산층 부르주아 계층은 교양 계급의 대표이자 문화의 담당자로서 문화의 모든 수단을 장악해 갔던 것이다.34)

그리고 18세기에 이르러서 문학작품은 시장 경제의 원리가 그대로 적용되는 상품으로 변모하였다. 작가는 귀족계급의 후원자에게 예속되었던 부자유에서 벗어나 경제적인 독립과 더불어 전문적인 직업인으로서의 지위를 확보하기에 이른다. 즉, 특정한 소수의 후원자 대신에 익명의 다수의 독자들과 경제적인 관계가 설정되었으며, 그의 예술적 능력 여하에 따라 삶의 양상도 달라졌다. 여기에서 작가·출판업자·독자 등은 서로 다른 목적에도 불구하고 상호보완적인 관계를 형

---

34) A. 하우저, 염무웅·반성완 공역, 『문학과 예술의 사회사-근세편 하』, 창작과비평사, 1981, 13~15면.

성하며 그들의 영역을 넓혀 나갔던 것이다.

소설의 로맨스와 뚜렷이 구별되는 특징으로서의 새로움 내지 변별성은 무엇보다도 제재를 인간의 현실적인 경험 공간 속에서 찾는다는 점과 그것을 실감 있는 인과관계로 엮고 있다는 사실에서 찾을 수 있다. 인과관계를 밝히는 데에는 운문보다 산문이 효과적이며, 인과관계란 경험을 유기적으로 배열함으로써 얻어진다는 점에서 소설은 긴밀한 얽어 짜기, 즉, 플롯이 요구된다. 따라서 소설의 핵심적인 두 가지 규범은 산문정신과 플롯이라고 해도 무방하다.[35]

산문에는 인간의 논리 구성력과 추리력이 포함되어 있다. 소설을 가리켜 "산문으로 씌어진 이야기"라 할 때, 논리와 추리가 지속적으로 편만된 말의 질서라는 의미가 포함되어 있는 것이다. 등장인물의 정체와 행동, 흥미진진하거나 의미심장한 사건들의 연쇄를 표현해 내기 위해서는 추상적 사고능력과 그것을 담론화할 수 있는 논리적 질서가 필요하기 마련이다. 품사를 구별할 줄 아는 문법적 능력, 문장성분에 대한 이해, 동사와 화용의 습득, 뉘앙스를 느끼고 수사적 표현을 감지해 내는 등의 언어에 대한 종합적 이해능력이 전제되지 않는 산문을 상상하기는 어렵다. 그만큼 산문은 인간정신의 복잡성의 반영을 그 속성으로 가지는 언어양식이며, 그 가운데 소설은 인간 삶의 복잡다기한 양상을 재현하는 데 가장 적합한 산문양식의 대표적인 장르라고 할 수 있다. 그리고 소설을 산문으로 씌어진 이야기라고 할 때의 이야기의 개념에는 지속과 과정이 전제된 인간 경험의 유기적 배열, 즉, 이야기를 얽어 짠다는 뜻의 플롯 개념이 도입되어 있다. 산문 또는 산문정신

---

35) 한용환, 『소설학사전』, 고려원, 1992, 246~247면.

이 플롯과 더불어 소설의 핵심적인 규범을 이룬다는 논리는 그래서 성립된다.[36]

　루카치(Georg Lukács)는 "호머의 서사시가 선험적 좌표에 힘입어 총체성이 지배하던 형이상학적 고향 속에서 인간의 영혼이 아무런 문제 없이 안주하고 있던 그리스의 역사철학적 상황의 산물이라면, 현대의 서사형식인 소설은 이미 선험적 좌표와 형이상학적 고향을 상실하고 서사시적 총체성의 세계를 다시 찾으려는 고독한 현대인의 영혼이 직면하고 있는 역사철학적 상황의 산물"이라고 했다. 그리고 "소설은 현대의 문제적 개인(주인공)이 본래의 정신적 고향과 삶의 의미를 찾아 길을 나서는 동경과 모험에 가득 찬 자기인식에로의 여정을 형상화하고 있는 형식이다"라고 정의된다.[37] 중세의 기사적 서사형식, 즉, 로망스는 "신에 대한 절대적 믿음이 하나의 서사형식을 가능하게 했고, 또 요구했던 시대에 존재할 수 있었던 하나의 특이한 소설형식이다.[38] 반면에 "신에게 버림받은 세계의 서사시"인 소설은 더 이상 완결된 삶의 총체성을 형상화하는 작업에 참여하지 않는다. 그보다는 "문제적 개인의 자신을 알아보기 위해 길을 나서는 영혼의 이야기이자, 모험을 통해 자신을 실험하고 또 견디어 내면서 자신의 고유한 본질을 발견하려는 영혼의 이야기"가 된다. 심지어는 "완전한 죄악의 시대에 상응하는 문학형식"으로 규정된다. 루카치는 "서사시가 규범적인 어린아이의 형식인 데 반하여 소설은 성숙한 남성의 형식이다. 이 말은 소설 세계의 완결성은 객관적으로 보면 어딘가 불완전한 것이고 주관적인 체험이

---

36) 위의 책, 212~213면.
37) Georg Lukács, 앞의 책, 213면의 〈역자후기〉.
38) 위의 책, 130면.

라는 면에서 보면 일종의 체념이라는 것을 의미한다"고도 했다.[39] 총체성의 상실, 성숙한 남성의 형식이라는 말은 바로 산문정신과 상통한다고 생각된다.

근대적 의미의 소설은 사람의 본성과 행동이 서로 긴밀하게 인과 관계에 있음을 설득력 있게 확인시키기 시작하면서 성립되었다. 근대소설은 어떤 사건에 대한 단순한 보고서가 아니라 그 사건이 생기게 된 이유를 사람의 본성에서 구하며, 또한, 사람의 본성 때문에 어떠한 사건이 발생하게 되는가를 경험적 사실에 근거하여 이야기한다. 따라서 미신적이거나 종교적인 해석이나 설명을 피하고 합리적 판단에 의한 해석, 설명을 내포한다. 넓은 의미의 사실주의, 특히 사람의 본성에 대한 사실주의적 태도가 근대소설의 가장 중요한 근간이다. 따라서 합리적 판단에 근거한 성격 구현은 근대소설의 빼놓지 못할 요소가 된다.

또한, 사실이 아니라고 판단되는 것에 대한 비판을 내포하는 것도 근대소설의 공통점이다. 세르반테스의 『돈 키호테』는 환상적인 영웅담(중세의 로망스)을 사실주의적인 입장에서 비판, 공격한 근대소설의 선구이다. 그러나 인물의 성격과 사건의 인과관계가 철저히 탐색된 본격적인 근대소설은 리처드슨의 『패밀러』로부터 시작된다고 본다. 리처드슨은 이상화된 주인공의 멋있는 행위를 묘사하지 않고 평범한 남녀의 미묘한 심리적 갈등과 그 갈등의 표현으로서의 행동을 세밀히 묘사하였다. 그를 지배한 것은 인간성에 대한 사실주의적 이해였다. 따라서 사람 심리의 미묘한 움직임뿐만 아니라 사람의 사회적 관계, 풍속, 신념, 행동

---

39) 위의 책, 91면.

양식 등이 사람의 심리와 어떤 관계인지도 간접적으로 암시했다. 사람의 사회관계, 넓은 의미의 풍속에 대한 해석과 비판은 근대소설의 빼놓지 못할 또 하나의 요소가 되었다.[40] 사람의 심리와 사회에 대한 비판적 태도란 바로 산문정신과 상통하는 정신임은 말할 필요가 없다.

"훌륭한 작가는 사회학자로 자처하는 사람들보다 뛰어난 사회학자"[41]라고 할 때, 이것은 사회 현실의 객관적인 묘사와 연관된 소설의 장르적 특성과 불가분리의 관계를 맺고 있다. 소설은 근대로 내려올수록 사실성의 반영을 위한 서술 방법을 여러 각도에서 끊임없이 탐구하여 왔다. 리얼리즘은 그 한 정점으로 볼 수 있다. 이런 점에서 소설은 삶과 예술 사이의 긴밀한 위치를 바라는 근대인의 문학적 욕망을 충족시켜 주는 대표적인 양식으로 18세기 이후부터 오늘에 이르게 된 것이다.[42]

그리고 인물이라는 측면에서 서양소설의 발달과정은 주인공의 사회적 신분이 하락하는 과정이라고 할 수 있다. 서사시의 신과 영웅이, 로망스에서는 귀족으로, 다시 소설에서는 평민으로 신분상의 하락이 계속되어 왔던 것이다.[43] 이와 같이 소설이 비영웅화·평민화를 지향하게 된 것은 봉건사회의 해체와 그에 따른 시민사회의 성립이 시대적 배경으로 작용하였음은 물론이다. 그리고 소설의 인물은 소위 사회적 마스크(social mask)로서의 인간을 그려냄으로써 하나의 세계상을 형성하려 했다.

---

40) 이상섭, 앞의 책, 149~150면.
41) Harry Levin, *Refraction* (New York: Oxford University Press, 1966), p.246.
42) 윤채한 편, 앞의 책, 42면.
43) 조남현, 앞의 책, 49면.

길리안 비어(Gillian Beer)는 "모든 픽션에는 두 가지의 기본적인 충동, 즉, 일상생활을 모방하려는 충동과 그것을 초월하려는 충동이 있다"고 했다. 아마도 전자는 소설에, 후자는 로망스에 해당될 것이다. 또한, 그는 "소설이 알려진 세계의 묘사와 해석에 한층 몰두하고, 로망스는 그 세계의 숨은 꿈을 분명히˙하는 데 전념한다"라고도 했다.44) 소설과 로망스의 차이에 대해서는 많은 문학이론가들이 다양한 견해를 제시하여 왔다. 볼튼(M.Boulton)의『산문의 분석(The Anatomy of Prose)』에서 리얼리즘 소설과 로망스의 차이점을 8가지 기준으로 밝히고45) 있어 많은 참고가 된다.

기능 ＼ 유형	리얼리즘 소설	로망스
플 롯	개연적	가능성 또는 초자연적
인 물	회색의 다면성·믿을 만하다.	흑백·신화적 유형
배 경	다양하고 구체적	몇몇 봉건사회
도덕의식	탐구적	신중하게 인습적
독자의 동일시	독자가 쉽게 될 수 있는 인물	독자가 되고 싶어 하는, 나은 것으로 생각하는 인물
작가의 모색	인생의 탐구	높은 이상세계의 구가
문 체	분명하게 상식적이거나 개성적	직설적이며, 짧으며, 고풍의 문체
성공할 경우	몇 년 동안 잘 팔리거나 괜찮게 팔린다. 아주 잘하면 로망스만큼 오래 갈 수 있다.	몇 백 년 동안 소수의 독자에게 계속 읽히고 있다.

---

44) Gillian Beer, 『로망스』, 14~16면.
45) 윤명구·이건청 외, 『문학개론』, 현대문학, 1989, 158~159면에서 재인용.

소설의 기원은 멀리는 고대 서사시로 거슬러 올라갈 수도 있고, 중세의 로망스에서 그 연원을 찾을 수도 있다. 하지만 본격적인 소설의 성립은 어디까지나 18세기 근대소설로부터 찾는 것이 옳을 것이다.

한국문학사에서 근대소설은 고대소설에서 개화기의 신소설을 거쳐 이광수의 『무정』(1917)에 와서 시작되었다. 이 작품은 주제면에서 근대성을 표방하고, 인물면에서 근대화를 추구하는 입체적 인물을 등장시키며, 리얼리즘의 정신과 플롯의 필연성을 강조하고, 시간구조면에서도 변조(아나크로니)가 나타날 뿐만 아니라 문체면에서는 언문일치의 구어체의 사용 등 전대의 고대소설이나 신소설에서 보지 못한 새로움을 다양한 측면에서 구현하고 있다.

4. 소설의 본질

소설은 시나 희곡과는 달리 그 짧은 역사에도 불구하고 시대에 따라 그 개념이 서로 다른 시각에서 다양하게 정의되어 왔다. 그리고 각각의 정의는 비록 부분적이기는 하지만 소설의 본질적 성격을 명확히 지적해 보이고 있다는 점에서 나름대로 설득력을 지닌다. "소설이란 적당한 길이의 산문으로 된 가공의 이야기"라는 E. M. 포스터의 정의를 비롯하여 널리 알려진 몇몇 정의들을 소개하면 다음과 같다.

소설은 대체로 우습고 재미있게 쓴 이야기다. (S. Johnson)
소설이란 독자에게 기쁨과 교훈을 주기 위해 기교를 부려서 쓴 연애 모험담의 허구이다. (C. Hamilton)
소설은 이야기, 인물에 대하여 꾸며 놓은 이야기이다. (C. 브룩스

& R. P. 워렌)

소설은 가공적인 역사이다. (A. 워렌 & R. 웰렉)

소설은 가공적인 사건의 서술이다. (A. 말로)

소설은 인생의 해석이다. (W. H. 허드슨)

소설은 현실의 반영이요 그림자요 축도이다. (솔로호프)

소설은 인생의 회화이다. (P. 러보크)

이를 요약해 보면, 소설은 이야기이고, 그 이야기는 우리의 삶과 현실을 반영하여 꾸며낸 것으로, 이 허구의 이야기를 통해 인생에 대한 해석을 내보인다는 것이다. 물론 이들 정의 가운데 어느 것도 소설의 총체를 제대로 드러내 보인다고 말할 수는 없다.

미하일 바흐친의 표현을 빌어보자면, 이런 정의들은 계속 발전하며, 아직 완성되지 않은 소설이란 장르의 '유보된 특징들'에 지나지 않는다. 그는 그 유보된 특징들의 예를 다음과 같이 요약한 바 있다. 첫째, 소설은 다층적인 장르다. 둘째, 소설은 정밀한 플롯이 있는 역동적인 장르다. 셋째, 소설은 복잡한 장르다. 넷째, 소설은 연애 이야기이다. 다섯째, 소설은 산문 장르이다.[46)]

하지만 소설에 관한 기존의 정의들, 바흐친에 의하자면 유보된 특징들은 부분적인 것이기는 하지만, 각각 소설의 본질적 특성들을 지적해 보이고 있다는 점에서 나름대로 의미가 있다. 즉, 소설은 꾸며낸 허구라는 것, 현실을 모방한다는 것, 인간의 탐구라는 것, 산문으로 씌어진 언어예술이란 것, 그리고 이야기 문학이란 정의들은 모두 소설의 본질을 설명하는 것에 다름 아니다.

---

46) M. M. Bakhtin, 전승희·서경희·박유미 역, 『장편소설과 민중언어』, 창작과 비평사, 2002, 24~25면.

1) 허구의 세계

소설의 본질적인 특성 중의 하나는 그 허구적 성격에 있다. 즉, 소설의 세계는 논픽션이 아니라 픽션의 세계이다. 소설의 세계가 허구라는 것은 첫째, 실제 일어났던 일이 아니라는 의미이다. 이것은 소설을 역사와 구분 짓게 만든다. 둘째, 소설은 작가의 상상력에 의해서 만들어진 이야기라는 점이다. 즉, 소설은 가공의 이야기로서 이 가공의 허구적 이야기를 통해서 작가는 인생의 진실을 내보이려 한다. 허구가 소설의 특성이라는 것은 역사적 사실과의 대조에서 나온 것으로, 문학과 예술은 모두 작가의 허구적 상상력이 빚어낸 산물이라고 할 수 있다.

문학의 경우만 하더라도 허구성은 소설만의 특성은 아니다. 즉, 수필을 제외한 소설, 시, 희곡, 시나리오가 모두 허구적으로 꾸며진 문학 장르이다.

허구, 즉, 픽션(fiction)이란 그 어원이 '빚어 만들다', '꾸며내다'는 뜻으로, 이것이 오늘날에는 소설을 뜻하는 용어의 하나로 정착되었다. 그만큼 소설이 허구적 성격이 두드러진 장르라는 것을 입증하는 말이라고 하겠다.

소설의 허구적 성격은 작가의 자전적 경험을 다룬 자전적 소설이나 역사적 사실에서 소재를 취해온 역사소설에도 그대로 적용된다. 그것들은 실제경험과 역사적 사실에서 어느 정도의 소재를 가져오는 것이 사실이지만 이는 어디까지나 일부에 지나지 않고 나머지는 작가의 상상력에 의해 가공의 인위적 세계를 창조한 것이다.

가령 박완서는 데뷔작 『나목』을 비롯한 많은 작품들에서 자전적 경험을 소설화해왔지만 그것은 자서전과는 다른 소설, 즉, 픽션이다. 그는 『그 많던 싱아는 누가 다 먹었을까』의 서문에서 순전히 기억력에만 의지해서 자화상을 그리듯이 이 작품을 썼다고 밝히고 있다. 실제 작품에서도 1인칭 주인공의 이름이 '완서'로 명시적으로 등장하기도 한다. 『그 산이 정말 거기 있었을까』에서는 실제작가와 일치하는 1인칭의 동종화자가 소설의 전면에 얼굴을 직접 드러내기도 한다. 그런데 작가는 『그 많던 싱아는 누가 다 먹었을까』의 창작과정에서 기억의 취사선택이 불가피했다고 고백하고 있다. 또한, 기억과 기억들 사이를 자연스럽게 이어주기 위해서는 상상력의 연결고리가 필요했다고도 말한다. 뿐만 아니라 기억의 불확실성에 대해서 언급하며, 기억이란 것도 결국은 "각자의 상상력일 따름"이라고까지 주장한다. 즉, 아무리 자전적 소설이라고 하더라도 온전한 기억의 재현은 불가능하며, 허구적 글쓰기를 하지 않을 수 없었다는 고백인 셈이다. 『그 많던 싱아는 누가 다 먹었을까』(1992)와 『그 산이 정말 거기 있었을까』(1995), 그리고 『그 남자네 집』(2004)은 연작관계에 있는 작품들인데도 기억의 내용들이 각기 다르게 서술되고 있음을 발견할 수 있다. 이것은 자전적 소설이 결코 자서전이 아님을 말해주는 것이다. 그러면 위의 세 작품은 어떤 성격의 텍스트인가? 저자와 화자와 주인공의 일치라는 점에서 이 소설들은 자서전의 성격을 띤다. 하지만 이야기의 내용이라는 면에서는 사실의 텍스트인 자서전이 아니라 상상력과 허구적 요소가 첨가된 허구적 텍스트이다.[47)]

역사소설의 경우에도 역사적 사실에서 소재를 선택하고, 역사적 인

---

47) 송명희, 「박완서의 자전적 근대체험과 토포필리아」, 『타자의 서사학』, 푸른사상, 2004, 155~156면.

물을 주인공으로 설정하지만 그 나머지는 허구이다. 따라서 그 밖의 소설에서는 더 말할 필요도 없는 것이다.

소설은 현실을 배경으로 깔고 있지만 현실 그 자체는 아니다. 그런데 실재하는 인물과 역사적 사실을 다루지 않았다고 해서 소설을 거짓의 세계요, 진실하지 못한 세계라고 해석하는 것은 잘못된 것이다. 소설의 허구란 거짓이 아니라 상상력에 의해서 꾸며진 세계를 말하는 것이며, 이 허구의 세계를 통해서 작가는 인생의 진실을 말하고자 한다.

소설의 세계는 등장인물과 사건에서부터 시간과 장소에 이르기까지 어느 것 하나 작가의 상상력을 거치지 않은 것이 없다. 그런 의미에서 소설은 허구의 세계를 다룬다고 말하지만 정작 이 허구의 세계는 무질서한 우연성이 지배하는 세계가 아니다. 아리스토텔레스 이후 서사는 서로 인과적으로 연결된 사건들의 완결체이자 이야기의 모든 구성요소가 유기적으로 얽혀 있는 명확한 구조로 특징지어져 왔다. 소설의 세계는 필연적인 인과관계에 의해 지배되는 세계이다. 어떤 측면에서 현실의 세계는 사실성이 지배하지만 이 현실 세계에서는 우연한 사건이 얼마든지 일어날 수 있다. 반면에 소설의 세계는 허구지만 이 허구적 세계에서 일어나는 사건은 필연적 사건이다. 소설 속의 필연적인 인과관계에 의해 새롭게 형성된 질서는 리얼리티를 형성한다. 따라서 허구는 리얼리티가 뒷받침이 될 때에만 허구로서의 가치를 획득할 수 있다. 소설은 현실에 바탕을 두고 있으나 일상적인 현실과는 다른 허구적인 현실을 다루며, 그 허구성에 리얼리티가 획득될 때, 그 세계는 생동하고 살아 있는 현실이 되는 것이다. 일찍이 아리스토텔레스가 말한 개연성과 필연성이 있는 세계를 구축하게 되는 것이다.

소설은 리얼리티를 획득하기 위해서 부분과 부분, 사건과 사건들에 그럴듯한 동기를 부여하고, 세부묘사를 실감나게 하고, 이것들을 인과의 고리로 얽어 논리적으로 전개한다. 그러나 서사적 허구에 사실적인 동기를 부여하거나 세부묘사를 신빙성 있게 한다고 해서 소설의 리얼리티가 전부 형성되는 것은 아니다. 형식주의자들은 비문학적이며 외적인 가정들에 의존하는 것을 동기부여라고 했고, 동기부여의 가장 흔한 유형을 리얼리즘이라 지칭했다. 실로 리얼리즘의 핵심전략은 허구적 세계의 인위성, 즉, 허구성을 실제처럼 가장하는 것이다. 즉, 소설이 허구적으로 꾸며 우리에게 보여주는 세계와 실제세계 사이에는 아무런 부자연스러움이 없는 것처럼 가장하는 것이다.

조나단 컬러는 허구를 믿을 만한 것으로 만드는 가장 기본적인 물리적 조건은 '현실적인 것' 그 자체, 즉, 삶으로부터 취해진 것이라고 했다. 그리고 한 사회의 문화적 관습과 문학적 관습에 호소하는 것이 독자에게 허구를 사실적인 것으로 받아들여지게 만든다고 했다. 그는 마지막으로 작가가 어떤 서사물에서 사용되는 기존의 장치들의 인위성을 드러냄으로써, 즉, 관습으로부터의 이탈을 통해 진정성에 이르게 된다고 했다. 소위 문학적 관습에 대한 패러디이다. 하지만 이 패러디 자체도 또 다른 문학적 관습이라는 점에서 뛰어난 작가는 항시 기존의 관습을 뛰어넘고자 하는 사람이며, 끝없이 관습과 투쟁하는 운명을 지녔다고 말할 수 있다.

몇 해 전 한 여배우가 마약복용사건으로 연루되었을 때의 일이다.

검사의 심문에 여배우가 "검사님, 소설 쓰고 계시는군요"라고 맞받아
치는 설전을 벌인 일이 있다. 이 때 여배우는 실제로 일어나지도 않은
일을 꾸며서 말한다는 의미로, 또는 사실(진실)이 아니라는, 즉, 거짓말
이라는 의미로 '소설'이라는 말을 사용했다. 소설에 대한 이런 인식은
일반인들 사이에서는 아주 흔한 일이다. 문학이론가들은 소설의 허구
성을 사실을 넘어서는 진실성이라는 의미로 사용하지만 일반인들은
소설을 있지도 않은 터무니없는 이야기라는 의미로 사용한다. 그 차이
는 매우 흥미롭다.

소설이 허구라는 것은 의심할 바 없지만 독자들은 그것이 이미 허
구라는 것을 알고도 소설을 읽는다. 그것은 작가와 독자 사이에 이루
어지는 일종의 묵계다. 독자가 따지는 것은 실제적 사실 여부가 아니
라 문학 내적인 인과성과 핍진성이며 인생의 진실을 표현했느냐 아니
냐의 문제일 뿐이다.

2) 모방의 세계

소설의 본질적인 특성 중의 하나는 '현실을 그럴듯하게 모방한다'
는 점이다. 미메시스란 '재현(representation) 또는 모방(imitation)'이란
뜻으로 대응된다. 플라톤은 생산자의 세 가지 유형을 본질 생산자,
제작자, 모방자로 제시했다. 본질 생산자는 원형적 지성, 즉, 원형상
혹은 이념(idea)의 신적 제조자이다. 제작자는 물질적 생산자이다. 본
질 형상자가 철학자라면, 제작자는 목수이다. 한편 모방자는 예술가,
곧 시인이다. 모방자는 원형적 이념, 즉, 이데아의 구체적이고 현실
적인 현실계의 사물을 다시 본뜨는 사람이다. 따라서 그의 복제는

본질인 이데아로부터는 두 단계나 멀어질 뿐더러 이러한 가상, 즉, 그림자는 본질의 파악을 방해할 뿐이다. 그래서 그의 공화국에서 그런 사람을 그냥 둘 수가 없으므로 그 유명한 시인 추방설을 주장하였다. 플라톤에게 있어 예술은 한낱 경험적 현상의 재생이요, 일종의 이데올로기적 가상이었다. 하지만 예술과 진리의 괴리라는 플라톤의 사고방식은 아리스토텔레스에게서 예술의 본질적인 측면을 발견함으로써 극복된다.

"일어나는 것을 단순히 표현하는 것은 작가의 과제가 아니다. 그는 우리에게 내적 개연성 혹은 필연성에 좇아서 가능하고 일어남직한 것을 보여주어야 한다"는 『시학』의 유명한 구절은 예술의 본질에 접근할 수 있는 길을 열어주고 있다. 그는 인간은 모방본능을 가졌으며, 모방에 희열을 느끼는 존재로 파악한다. 하지만 아무리 가상일지라도 현실을 완전하게 재현하고 모방한다는 것은 불가능하며, 그것은 예술가의 임무도 아니며, 의미 있는 일도 못된다. 중요한 것은 외면적 가상에 집착하여 있는 그대로를 그리는 일이 아니라 현실의 본질적인 법칙성, '일어날 수 있는 일'을 형상화하는 데에 있다. 여기에서 허구(fiction)와 실제(reality)의 예술을 통한 결합을 보게 된다. 산만하고 다양하기 그지없는 현실의 외관 속을 관류하는 필연적인 법칙성을 감각적인 구체성으로써 형상화하는 일은 예술가의 임무다.

문학에서 모방은 아리스토텔레스가 『시학』에서 밝힌 것처럼, 재현(representation)하고 재구성하는 것을 의미한다. 바꿔 말하여 모방이란 현실 또는 인생을 그대로 본뜨는 것이 아니라, 그것들이 그렇게 존재하는 이치와 원리를 찾아내고, 작가 나름의 시각으로 새롭게 해석하여 '그럴듯하게 재현한다'는 뜻이다. 사물의 본질이란 사물 밖에 존재하는 것이 아니라 그 속에 내재하는 것이라고 본 아리스토텔레스는 문학이 모방하는 대상은 이데아가 아니라 우리 인생 그 자체라고 해석하여 플라톤을 비판한다. 그는 문학이란 인간과 관계없는 관념의 세계를 모방하는 것이 아니라 인간의 본성, 인간 행위의 보편적 양상을 제시한다는 견해를 표명한다. 이를 뒷받침하는 것은 그의 이른바 개연성의 논리이다.

> 시인의 임무는 실제로 일어난 것을 말하는 점에 있는 것이 아니라, 일어날지도 모르는 것, 즉, 개연성과 필연성의 법칙에 따라 가능적인 것을 말하는 점에 있다는 사실이다. 역사가와 시인의 차이점은, 운문을 쓰느냐 산문을 쓰느냐 하는 점에 있는 점에 있는 것이 아니라 –(중략)– 전자는 실제로 일어난 것을 말하고 후자는 일어날지도 모르는 것을 말하는 점에 있다. 따라서 시는 역사보다 철학적이고 중요하다. 왜냐하면 시는 보편적인 것을 말하는 경향이 많고, 역사는 개별적인 것을 말하기 때문이다. '보편적인 것을 말한다' 함은 여하한 성질의 인간이 개연적 혹은 필연적으로 여하한 종류의 것을 말하거나 혹은 행하게 될 것인가 하는 것을 말함을 의미한다.[48]

문학은 인생의 보편적 진실, 즉, 개연성을 모방한다는 것이 미메시스 이론이다. 역사가 한 번 있었던 개별적이고 특수한 사실을 기록하는 데 비해, 문학은 대상을 재현하고 재구성하는 창조적 모방으로 있음직한 현실, 또는 개연성 있는 일을 기술하는 것이고, 따라서 역사보

---

48) 아리스토텔레스, 손명현 역, 『시학』, 박영사, 1975, 72~73면.

다 훨씬 가치 있는 인생의 보편적 진실을 내보일 수 있다는 것이 아리스토텔레스의 요지이다.

　미메시스(mimesis)는 신고전주의 시대에 이르러 인간의 보편적인 진실을 모방하는 것에서 인생을 사실 그대로 보여준다는 개념으로 바뀌고, 재현 또는 반영의 뜻으로 사용되고 있다. 이와 같은 해석은 19세기 리얼리즘 시대에 접어들어 폭넓게 확산되는데, 이후 미메시스는 문학 특히 소설이 지녀야 할 기본 태도요 방법으로 인식된다. 이런 의미에서 리얼리즘은 '문학은 현실을 모방한다'는 미메시스 정신을 하나의 이념으로 삼고 이를 충실하게 구현한다고 볼 수 있다.

　소설의 리얼리티는 모방에 대한 아리스토텔레스적인 새로운 이해, 즉, 현실을 '재현'해 보이는 것이라는 인식을 바탕으로 이루어진다. 리얼리즘은 그 어떤 사조보다도 재현의 역할을 중시하며, 리얼리즘 작가에게 있어 재현은 글쓰기에 부수되는 효과가 아니라 글쓰기를 통해서 달성해야 할 목표이다.

　소설에서의 리얼리티란 이처럼 꾸며낸 허구의 이야기를 진실의 세계처럼 신빙성 있게 보이게 하는 것이라는 점에서 미메시스는 리얼리티와 매우 밀접하게 관련된다. '소설은 모방의 세계이다'라는 것은 따라서 그럴듯하게 재현한 현실이, 즉, 소설이 선택하고 재구성하여 내보인 대상이 개연성 있게 그려져 있는가의 문제라고 바꿔 말할 수 있다. 소설이 모방해서 그려 보인 허구의 세계는 누구나 공감할 수 있는, 인간 체험의 동질성과 핍진성을 가지고 있어야 한다는 뜻이다. 인간 체험의 동질성이란, 다른 말로 보편성을 의미한다고 할 수 있다. 소설은 동기부여나 세부묘사를 통해 픕진성을 강화하지만 조나단 컬러는 허구를 믿을 만한 것으로 만드는 가장 기본적인 물리적 조건으로서 '현실적인 것', 그 자체, 즉, 사람으로부터 직접 취해진 것을 꼽고 있다는 것은 의미심장하다.

3) 인간의 탐구

소설이 현실을 재현하여 표현하고자 하는 세계는 궁극적으로 인간의 삶이요, 인간 그 자체이다. 알랭 로브그리예가 "소설을 쓰는 행위는 문학사가 포용하고 있는 초상화의 전시장에다 몇 개의 새로운 초상화를 부가시키는 데 있다"라고 했듯이 소설의 궁극적인 관심은 바로 인간탐구로 귀결된다. 한마디로 소설을 쓰는 행위는 새로운 인간형의 창조 작업이다. 소설은 인간 또는 인간성 탐구를 통해 인생의 진실한 모습을 제시하고, 인생의 참된 의의를 밝혀주려는 데 그 목적이 있다. 여기서 '진실한 모습' 또는 '참된 의의'라 함은 가치적 측면에서의 참만이 아니라 인생의 있는 그대로의 진실한 측면을 의미한다. 소설가는 선과 악의 도덕적 규범을 넘어서서 인간의 욕망과 그로 인한 갈등 같은 삶의 진실성에 접근하고자 하는 것이다.

루카치가 "현대의 서사형식인 소설은 이미 선험적 좌표와 형이상학적 고향을 상실하고 서사시적 총체성의 세계를 다시 찾으려는 고독한 현대인의 영혼이 직면하고 있는 역사철학적 상황의 산물"이라고 말하면서, 소설은 "현대의 문제적 개인(주인공)이 본래의 정신적 고향과 삶의 의미를 찾아 길을 나서는 동경과 모험에 가득 찬 자기인식에로의 여정을 형상화하고 있는 형식이다"라고 정의했던[49] 것도 소설이 작중인물을 통하여 인간 본질에 대하여 질문을 던지는 것이라는 것을 보여주며, 소설이 추구하는 것은 인간의 자기발견의 여로라고 하는 것을 재확인시켜준 것이라고 할 수 있다.

'인간은 무엇인가'라는 물음은 굳이 문학만이 던지는 것은 아니다. 이러한 질문은 이미 철학적 명제이기도 하다. 어디 그뿐인가. 생물학, 의학, 심리학, 역사학, 고고학을 비롯한 많은 학문들이 그 학문의 고유한 방법론으로 인간이 무엇인가에 질문하고 답을 구한다고 볼 수 있다. 이처럼 인간은 끊임없이 자기 존재에 대해서 질문을 던지는 존재이다. 그래서 소설은 이야기를 통해서 인간을 탐구하고, 작품 속에 새로운 인간형을 창조해 보인다. 특히 현대소설은 인간 자체에 대한 탐구보다는 인간을 둘러싸고 있는 세계, 인간을 끊임없이 간섭하고 속박·규제하는 사회 상황에 대해 더 많은 관심을 두고 의미를 부여하는데, 이것은 우리 인간이 다양한 방식으로 세계에 의해 제약받고 규정되는 환경 결정론적 존재이기 때문이다. 그러나 인간은 세계에 의해 순전히 일방적으로 규정되고 결정되는 존재만은 아니다. 인간은 세계의 객체일 뿐만 아니라 또한, 세계의 주체이기도 하다. 우리가 세계를 능동적으로 얻고 완성시키는 경우에 우리는 하나의 세계, 즉, 인간의 세계를 가진다.

여기서 '세계'라는 말은 무엇을 의미하는가? 철학에서 좁은 의미로 세계는 감각적으로 경험할 수 있는, 따라서 '자연'이나 '우주'의

---

49) 루카치, 앞의 책, 213면.

물질적인 사물의 총체성으로 이해될 수 있고, 넓은 의미로 세계는 모든 유한한 존재자의 전체성으로, 즉, '세계의 창조자'이신 하느님에게 반대되는 의미로서만, 즉, 그리스도교적으로 '피조물'로 이해될 수 있다. 여기서 세계는 '즉자'적으로 존립하는 객관적인 실제로 파악된다.

사회학적인 의미에서 볼 때 세계는 인간의 세계로 이해된다. 다시 말해서 인간의 사회와 공적 생활로, 종국에는 사회적, 정치적, 문화적 관점에서 보면, 인간의 삶의 공간으로 이해된다. 그렇지만 이러한 세계 개념은 세계 현상의 풍요로움을 다 설명해 주지 못한다. 왜냐하면 세계는 사회적 차원에 의하여 본질적으로 규정되는 것이 확실하지만 그렇다고 배타적으로 사회적 차원에 의해서만 규정되는 것은 아니다.

칸트(I. Kant)에게서 세계는 모든 현상의 총괄개념, 즉, 선험적으로 고안된 경험의 모든 가능한 대상들의 전체성을 의미한다. 그에게 있어 세계는 경험에 상응하는 직관으로 실재화될 수 없는 '순수이성의 이념'이다. 세계는 오로지 '경험의 총괄개념'으로 규정되는 형식적 선험으로 남아 있게 된다.

주관과 객관, 인간과 세계의 구체적인 교착과 상호간의 규정은, 헤겔에 있어서 비로소 시작되며, 훗설(Husserl)은 이 삶의 세계에서 주관과 객관은 서로 맞물리고 있는데, 대상도 없고, 세계도 없고, 역사도 없는 순수한 주관이란 존재하지 못할 뿐더러, 또한, 주관의 구애를 전혀 받지 않는 순수한 객관성—근세과학의 우상이었던—이란 존재하지 않으며, 단지 주관과 객관의 상호제약이 우리의 구체적인 이해 세계의 전체성을 형성할 뿐이라고 한다. 하이데거는 세계현상을 '세계 안에 있는 존재'로 규정되는 현존재의 선험적인 세계 기투(企投)에 근거를 둔다. 현존재는, 현존재가 미래에 자기에게 건네주게 되는 존재 가능성의 전체로서, 자기의 세계를 기획한다. 이 세계 개념은 사르트르, 메를로-퐁티, 볼트만, 가다머 등에 의하여 더욱 발전되는데, 인간학에서뿐만 아니라 해석학에서도 매우 중요한 의미를 가진다.50)

소설을 인간학이라 할 때, 세계를 단순히 인간을 둘러싼 사회적 역사적 환경이란 의미로서만 해석할 것이 아니라 위에서 살폈듯이 철학적 인간학에서 제시하고 있는 인간과 세계의 관계에도 관심을 가질 필요가 있다.

소설은 그럴듯하게 꾸며낸 허구적 이야기를 통해 인간과 세계에 대한 해석을 내보인다. 소설은 때로 인간성의 탐구를 넘어서서 적극적으로 인간다움을 저해하는 현실에 저항하기도 한다. 그리고 작가에 따라 인생에 대한 해석은 각양각색으로 달라진다. 그것은 작가마다의 인생관과 세계관, 즉, 가치관이 다르기 때문이다. 작가마다의 인생관과 세계관의 차이는 독자로 하여금 다양한 인생의 해석, 또는 그 진실을 알게 한다. 결국 소설 읽기는 허구적인 상상의 공간 속에서 이루어지는 다양하고 개성적인 삶과의 만남이라고 할 수 있다. 시간과 공간에 제약된 개인의 유한한 경험세계를 넘어서서 보다 넓고 새로운 세계를 소설 속에서 만날 수 있는 것이다. 그래서 인생을 더욱 풍요롭게 체험하고 자기를 확대하며 성장으로 나아갈 수 있는 것이다.

---

50) 에머리히 코레트, 진교훈 역, 『철학적 인간학』, 종로서적, 1987, 61~63면.

4) 언어 예술

문학은 문자언어를 표현 매체로 하여 이루어진 예술 장르이다. 그리고 소설은 문학의 하위 장르이다. 서구에서 문학을 의미하는 'literature'라는 용어의 어원은 라틴어 'littera'에서 왔다. 'littera'란 영어의 'letter'에 해당되는 말로서 '문자' 또는 '글'을 의미한다. 어원적으로 볼 때에도 문학과 언어는 불가분의 관계를 맺고 있으며, 언어를 떠나서 문학은 생각을 할 수 없다.

그런데 신비평의 이론가나 러시아 형식주의자들은 문학에서 사용되는 언어와 문학적 언어가 아닌 것—문학적 언어와 과학적 언어, 문학적 언어와 일상적 언어—사이의 구별이 가능하다고 생각해서 둘 사이의 차이에 대해서 많은 이론을 개진했다. 그 대표적인 이론가가 영국의 비평가 I. A. 리처즈라고 할 수 있다. 그는 과학적 언어가 지시적이고 개념적인 데 반해서 문학적(시적) 언어는 정서적 환기에 그 기능이 있다고 구별했다. 과학적 언어는 전달하고자 하는 내용이나 관념을 단순하고 명백하게 하기 위해서 직접적이고 개념적인 언어를 사용한다. 때문에 사물과 언어 사이에 정확히 일대일의 관계가 성립된다. 과학적 언어를 외연에 충실하고 개념 지시가 명백한 언어라고 하는 이유가 여기에 있다. 이와는 달리 문학적(시적) 언어는 내포적이고 함축적이다.

> 과학적 언어에 있어서 지시대상의 혼동은 그 자체가 실패다. 언어의 전달목적이 달성되지 않았기 때문이다. 그러나 정서적 언어에 있어서 지시대상이 아무리 잘못되었다 하더라도 태도 및 정서의 환기력이 크다면 그것은 별로 문제되지 않는다.[51]

이런 생각은 러시아 형식주의자들에게서도 그대로 반복된다. 그들은 문학은 시적 언어(poetic language)가 일상어(practical language)에 대하여 범하는 일종의 '언어적 폭력'이라고 주장했다. 쉬클로프스키의 '낯설게 하기'의 개념도 사실은 의도적으로 일상어로부터 이탈시키거나 그것을 왜곡시킴으로써 일상성 속에 습관화되어버린 인간이 인식작용을 새롭게 하고자 하는 시도에 지나지 않는다.52) 그들에게 문학은 기본적으로 하나의 초사회적 현상이며, 문학의 문학성, 즉, 특수성을 구성하는 것은 그 스스로의 가치, 내포성, 영속성을 갖는 그 무엇이라고 보았다. 따라서 지식의 대상으로 존재하는 사회적 환경으로부터 문학을 분리해야 하며, 문학의 진정한 연구는 내재적이어야 한다고 주장했던 것이다.

하지만 이런 형식주의적 언어관는 미하일 바흐친에 와서 수정된다. 그는 시적 언어와 일상적 언어 사이의 구분이나 대립은 실제로 존재하지 않으며, 다만 둘은 서로 다른 기능을 수행할 뿐이라고 주장한다. 즉, 시적 언어인가 일상적 언어인가를 결정해 주는 것은 언어 자체의 속성이 아니라 시적 맥락(poetic context), 즉, 문학작품의 시적 구조에 의해서만 획득되어지는 것이다. 문학적 언어와 일상적 언어 사이에는 질적, 절대적 차이가 존재하지 않고, 상대적인 차이, 정도의 차이가 존재할 뿐이라는 것은 특히 산문으로 씌어진 소설에서 더욱 설득력이 있다.53)

---

51) I. A. Richards, *Principle of Literary Criticism*(London, 1958), p.268.
52) 김욱동, 앞의 책, 109면.
53) 미하일 바흐친 · V.N. 볼로쉬노프, 송기한 역, 『마르크스주의와 언어철학』, 훈겨레, 1988, 227~236면.

바흐친은 문학작품에 사용된 언어적 구조를 중요시하면서도 언어의 사회적 기능을 강조한다. 또한, 언어는 이데올로기로부터 분리될 수 없다고 믿으며 언어와 이데올로기 사이에 존재하는 상호 관련성을 통해 문학작품의 의미를 규명하고자 하였다. 특히 그는 소설을 최고의 산문형식으로 보았는데, 그것은 소설의 언어 및 담론이 타 장르와는 달리 대화성, 다성성, 이어성, 상호텍스트성을 강하게 표출하기 때문이다. 반면에 시는 단일한 이미지나 단일한 상징을 중심으로 구성되기 때문에 본질적으로 다양한 의식이나 목소리를 담기에는 적당하지 않다. 즉, 장르 자체가 다성적인 것이다. 그에 의하면 시인의 발화는 일차적인 차원의 발화이며 인용부호가 없는, 재현되지 않은 발화이다. 반면에 산문가(소설가)의 발화는 언어를 재현하며 그 자신과 담론 사이에 거리를 둔다. 그의 발화는 이중적이다.[54]

바흐친의 대화주의나 다성성이라는 개념을 빌지 않더라도 소설은 인간의 삶의 복잡성을 재현하는 데 가장 적합한 산문양식의 대표적인 장르이다. 문학적 산문이란 산문정신의 일반적 특징, 특히 역사나 과학적 진술이 규범적으로 추구하는 논리와 추리가 지속적으로 편만한 말의 질서를 문학적 목적을 위해 차용해 오는 것을 말한다. 소설, 에세이 등의 문학적 산문은 실제에 대한 기록(역사)과 사실로 인식되는 것들에 대한 객관적 진술(과학)에 심미적 가치를 덧보탠 산문이다. 따라서 문학적 산문은 논리와 추리가 심미적 원리와 규범에 따라 지속적으로 편만한 말의 질서를 추구한다.[55]

---

54) 츠베탕 토도로프, 최현무 역, 『바흐찐 : 문학사회학과 대화이론』, 까치, 1987, 98~102면.
55) 한용환, 앞의 책, 212~213면.

헤겔(Hegel)은 산문적 현실의 출현에서 근대사회의 특징을 보고 있으며, 루카치도 이 사상을 계승하여 자본주의 사회에서 산문적 현실과 시적 이상의 분열에서 근대예술의 곤란한 운명과 과제를 보고 있다. 유럽에서도 산문의 발달은 운문보다 뒤인 18세기에 이르러서이다. 이의 배경에는 사회생활의 확대와 분화, 이에 수반되는 미지의 사실에 대한 흥미와 실천도덕의 관심, 저널리즘의 발달 등 산문적 현실의 대두가 있었기 때문이다. 19세기 이후 산문은 소설, 에세이 같은 문학형식과 함께 근대문학의 주역으로 발달하였다.

5) 이야기 문학

소설은 흔히 '이야기 문학'으로 일컬어진다. 이것은 소설의 기원이 동·서양을 막론하고 시정의 이야기·모험담·연애담 등으로부터 유래되었으며, 소설 속에 이야기가 있다는 점에서 그러하다. 하지만 소설에만 이야기가 있는 것이 아니다. 소설이 문장화된 이야기라면 연극은 공연되는 이야기이며, 영화는 영상화된 이야기이고, 텔레비전 드라마는 텔레비전 극으로 드라마타이즈된 이야기이다. 뿐만 아니라 뮤직비디오, 광고, 무용이나 판토마임, 뮤지컬, 그리고 역사에도 이야기가 있다. 언어적 이야기인가 비언어적 이야기인가. 아니면 언어와 비언어가 혼합된 이야기인가의 차이가 존재할 뿐이다. 그리고 그것이 추구하는 가치가 사실의 가치인가, 아니면 심미적 가치인가에 따라 역사와 문학은 그 길이 갈라진다.

즉, 소설은 수많은 이야기 중의 하나일 뿐이며, 미셸 뷔토르의 지적

대로 이야기는 문학의 영역을 훨씬 넘어서는 현상이다. 다시 말해서 의사소통을 전제로 한 서사담론의 모든 형태가 이야기이다. 그리고 다른 이야기 문학, 즉, 신화·민담·서사시·로망스·전설·알레고리·참회록·풍자·전기 등도 이야기 문학이므로 이야기는 문학 장르 내에서도 소설만의 특징이 될 수는 없다. 넓게 보면 인간이 살아가는 현실 자체가 이야기다. 하지만 이야기가 소설만의 특성일 수는 없지만 소설의 가장 뚜렷한 장르적 본질도 분명 이야기임에 틀림없다.

로버트 스콜즈와 로버트 켈로그의 『서사의 본질』에 의하면 서사 또는 서사체는 두 가지 특징을 가지고 있다. 그 두 가지 특징은 바로 이야기(story)와 화자(story-teller)의 존재이다. 드라마는 화자가 없는 이야기이다. 즉, 드라마 안에서는 등장인물들이 우리가 인생에서 발견하는 그런 행위를, 이른바 아리스토텔레스가 '모방'이라고 부른 행위를 직접적으로 실연한다. 서정시는 드라마처럼, 직접적인 상연인데, 단 한 명의 배우, 즉, 시인 또는 시인의 대리자가 노래하거나 생각에 잠기거나 말을 하는 상연이다. 우리는 그 노래나 말을 듣거나 엿듣는다.[56]

서사문학의 생명이 '이야기'라는 사실을 최초로 인식한 사람은 아리스토텔레스였다. 그는 모방예술의 영혼은 미토스(mythos)라고 말했는데, 미토스란 바로 파블라(fabula)요, 스토리이다. E. M. 포스터에 의하면 이야기란 시간의 순서대로 나열된 사건이다. 왕의 죽음과 왕비의 죽음이란 두 개의 사건을 단순히 시간 순서로 배열하면 그것이 스토리이고, 여기에다 인과관계라는 필연성이 개재되면 플롯이 된다. 즉, 왕의

---

56) 로버트 스콜즈(숄즈)·로버트 켈로그, 임병권 역, 『서사의 본질』, 예림기획, 2001, 12~13면.

죽음으로 인한 슬픔 때문에 왕비가 죽었다고 하면 그것은 플롯이 되는 것이다. 따라서 이야기와 플롯은 깊은 상관관계를 가지게 된다.

구조주의자들은 이야기를 '텍스트로부터 추상되어지는 것,' 또는 '서술된 사건'이라는 개념의 테두리로 이해한다. 그리고 서술된 사건이란 표현의 결과, 곧 문장들을 가리킨다. 곧 구조주의자들에게 이야기란 한 편의 서사물에 동원된 언술의 총화, 곧 제목까지를 포함하는 텍스트의 전 규모 자체가 된다.[57]

S. 채트먼은 서사구조물이 기호학적 구조물인가를 질문하면서, 그것이 정말 기호학적 구조물이라면 (1)표현의 실질과 형식, (2)내용의 형식과 실질을 포함하고 있어야 한다고 말한다. 서사물의 표현이나 내용역시 실질과 형식을 가지고 있으며, 도표로 표현해 보면 다음과 같다.

	표 현	내 용
실 질	스토리를 전달할 수 있는 한계 내에서 매체(어떤 매체는 독립적인 기호체계이다).	작자가 소속된 사회의 규약을 통해 여과되어, 서사 매체에 의해 모방될 수 있는, 현실/상상의 세계에 존재하는 행동/대상의 표상들
형 식	어떠한 매체에 의해서도 불변하는 요소들로 구성되는 서사물의담론(서사적 전달의 구조물)	이야기의 성분들, 즉, 사건, 존재물, 기타 연관물.

---

57) 한용환, 『소설의 이론』, 문학아카데미, 2000, 100~102면.

그는 서사물을 이야기(story, 내용)와 담론(discourse, 표현)으로 나누고, 이야기를 다시 사건과 존재물로 구분한다. 사건 속에는 행동과 일어난 일이, 존재물 속에는 작중인물과 배경이 포함된다. 말하자면 이야기란 내용의 형식이다. 그리고 그 내용의 실질에는 작자의 문화적 규약에 의해 처리된 사람들·사물 등등이 포함된다.[58]

6) 자아와 세계의 대결양식

조동일은 소설이 무엇인가에 대해서 밝히기 위해서는 장르이론에 대한 전반적이 재검토가 선행되어야 한다고 주장한다. 그는 장르이론의 새로운 시야를 열기 위해서 이기철학(理氣哲學)에서 철학적 근거를 구해야 한다고 했다. 이기철학은 모든 존재를 음양이기(陰陽二氣)의 대립으로 파악하는데, 문학작품에서의 음양이란 자아와 세계이다. 그는 어느 작품이든지 의식과 행위의 주체인 자아와 그 대상인 세계로 이루어져 있으며 자아와 세계의 대립으로 작품의 구조가 성립된다고 본다.

이러한 관점에서 문학 장르는 크게 넷으로 구분된다. 작품외적 세계의 개입 없이 이루어지는 세계의 자아인 서정(抒情), 작품외적 세계의 개입으로 이루어지는 자아의 세계화인 교술(敎述), 작품외적 자아의 개입으로 이루어지는 자아와 세계의 대결인 서사(敍事), 작품외적 자아의 개입 없는 자아와 세계의 대결인 희곡이 그 넷이다.

다시 조동일은 신화·전설·민담·소설은 작품외적 자아의 개입으로 이루어지는 자아와 세계의 대결이면서, 자아와 세계가 대결하는 양상이 다르기 때문에 각기 독립된 장르 종(種)으로 존재한다고

---

58) S. 채트먼, 최상규 역, 『원화와 작화』, 예림기획, 1998, 25~30면.

했다. 즉, **신화**는 자아와 세계가 상호보완적이거나 동질적인 관계를 갖도록 대결하여 자아와 세계에 두루 통용될 수 있는 포괄적인 질서, 즉, 신화적 질서를 구현하는 것이다. **전설**은 자아와 세계가 세계의 우위에 입각하여 대결하면서 자아로서는 어떻게 할 수 없는 세계의 경이, 즉, 전설적 경이를 보여주는 것이다. **민담**은 자아와 세계가 자아의 우위에 입각하여 대결하면서 세계 사정에 구애되지 않는 자아의 가능성, 즉, 민담적 가능성을 보여주는 것이다. **소설**은 자아와 세계가 상호 우위에 입각하여 대결하면서 자아와 세계 양쪽에 통용될 수 있는 진실성 즉, 소설적 진실성을 추구하는 것이다.

그러나 소설에서는 자아와 세계가 용납할 수 없는 관계에 있으며, 소설적 진실성은 신화적 질서와는 달리 분열된 시대의 총체성이다. 자아와 세계의 상호우위에 입각한 대결은 쉽사리 결판에 이를 수 없고, 분열된 시대의 총체성은 경험적 구체성을 가지고 추구되어야 하므로 신화·전설·민담과는 달리 소설은 구비문학일 수 없고 기록문학이다.59)

조동일의 소설에 관한 규정은 루카치가 "소설은 이미 선험적 좌표와 형이상학적 고향을 상실하고 서사시적 총체성의 세계를 다시 찾으려는 고독한 현대인의 영혼이 직면하고 있는 역사철학적 산물"이라는 정의와 매우 닮아 있다는 것을 느끼게 된다.

---

59) 조동일, 『한국소설의 이론』, 지식산업사, 1977, 66~136면.

제2장 소설의 유형

    문학의 여러 장르 가운데서 소설은 그 분류 기준이 매우 다양하고, 그에 따른 하위 개념이 여러 양태로 복잡하게 구분되어 있다. 그 이유는 소설 자체가 지니고 있는 장르적 특성과 그것이 밟아온 독특한 역사적 과정 및 그 변화의 궤적 때문이다. 그리고 무엇보다 소설이 갖고 있는 주체인 인간과 객체인 세계와의 관계를 '이야기'의 형태를 통해 여러 가지 측면에서 다각도로 성찰하고, 다양한 기법을 통해 표현하는 고유의 역할 때문일 것이다. 또한, 학자들에 따라서도 자신의 고유한 관점으로 유형을 분류하는 만큼 소설의 유형학은 그만큼 복잡다기 하지 않을 수 없으며, 동시에 시대마다 나라마다 다르게 나타나는 다양성과 차이는 앞으로 살펴볼 몇몇 유형들을 통해서도 충분히 짐작할 수 있을 것이다.

    (1) 분량에 의한 유형 - 콩트, 단편소설, 중편소설, 장편소설, 대하

소설 등.

(2) 주제에 의한 유형 – 비극소설, 희극소설, 명랑소설, 운명소설, 순정소설 등.

(3) 제재에 의한 유형 – 해양소설, 항공소설, 농촌소설, 도시소설, 전쟁소설, 과학소설, 종교소설, 역사소설, 추리소설, 탐정소설 등.

(4) 주인공의 존재양식에 의한 유형 – 이상주의 소설, 심리소설, 교양소설 등.

(5) 주인공의 정신세계에 의한 유형 – 발전소설, 전락소설, 사상소설, 감상소설, 탐구소설 등.

(6) 서술방법에 의한 유형 – 사건소설, 공간소설, 발전소설, 파노라마 소설, 의식의 흐름 소설, 계몽소설 등.

(7) 문예사조에 의한 유형 – 고전주의 소설, 낭만주의 소설, 사실주의 소설, 자연주의 소설, 상징주의 소설, 실존주의 소설 등.

(8) 미학적 가치에 의한 유형 – 대중소설, 통속소설, 순수소설, 본격소설 등.

(9) 구조에 의한 유형 – 행동소설, 성격소설, 극적소설, 연대기소설, 시대소설 등.

(10) 시대에 의한 유형 – 고소설, 근대소설, 현대소설, 미래소설 등[1].

위에서 제시한 유형학은 분량, 주제, 제재, 주인공의 존재양식, 주인공의 정신세계, 서술방법, 문예사조, 미학적 가치, 구조, 시대 등등 10가지나 되는 다양한 분류 기준에 의거하고 있음을 알 수 있다.

---

1) 윤채한 편, 『신소설론』, 우리문학사, 1996, 47면.

1. 분량에 의한 유형

소설을 분류하는 방법 중 가장 일반화된 것은 양적인 기준을 적용하는 방법이다. 즉, 소설의 종류를 콩트, 단편소설, 중편소설, 장편소설, 대하소설 등 그 길이를 기준으로 삼아서 나누는 것을 말한다. 콩트보다 더 짧은 것으로 엽편(葉編)이란 것을 설정한 사람도 있지만 크게 보편화된 개념은 아니다.

(1) 콩트(conte) ― 흔히 '장편(掌篇)'이라고도 하는데, 대체로 200자 원고지 20~30매를 기준으로 삼고 있다. 지극히 단편적인 사상(事象)을 다루며, 작가의 착상이 뛰어나야 한다. 콩트의 생명은 무엇보다 고도의 압축미와 독자의 예측을 불허하는 결말의 반전 및 그 긴장미에 있다. 전체 사건을 다루기보다는 그것의 어느 한순간을 정점으로 이야기가 집중되어 있다. 콩트가 반어, 역설, 기지 등의 기법적 측면을 중시하는 이유도 바로 여기에 있는 것이다. 그러나 아직까지 콩트는 하나의 보편적 양식으로 완전히 자리 잡지 못하고 있으며, 개별 작품의 문학적 가치를 논할 만큼 그 특성을 새롭고 뚜렷하게 부각시키지 못하는 등 예술적 형상미를 제대로 창출하지 못하는 한계를 안고 있다.

(2) 단편소설(short story) ― 200자 원고지 100매 내외의 분량인데, 보통 신춘문예나 공모에서는 70~80매로 분량을 제한하는 경우가 많다. 단편소설은 단일한 사건, 단일한 주제, 단일한 구성, 단일한 효과 등 이른바 '단일성'과 '완결성'을 중시하는 소설 형식이다. 작품 구성

역시 확대가 아닌 긴축의 기교가 필요한데, 이것 역시 단편소설이 추구하는 독창적인 완성미를 위한 것이다. 단적으로, 단편소설은 삶의 총체적이고 전면적인 양상보다는 단편적 모습을 독립시켜 거기에 질서를 세우고 의미를 부여한다. 따라서 이야기 자체도 장편소설과는 달리 집중적이고 통일적인 공간과 시간 속에서 전개된다. 하지만 헬무트 본하임((Helmut Bonheim)은 캐나다의 단편소설 600편과 장편소설 300편을 4개의 서사양식 모형으로 분석하여 단편소설과 장편소설은 서사양식면에서 서로 겹쳐지며, 둘 사이를 구분 짓는 일 자체가 불필요하다고 결론짓는다. 그에 의하면 "단편소설이란 너무 짧아서 그 한 편만으로는 출판될 수 없는 완성된 서사물"이다. 그리고 이 길이의 제한이 불가피하게 초래한 "제한된 수의 작중인물, 시간의 제한, 단일한 행동, 또는 소수의 개별적인 행동들, 그리고 장편소설에서는 거의 유지되기 힘든 기법과 어조의 통일성" 등의 조건 외에 둘 사이의 서사 양식상의 차이란 전혀 없다는 것이다.2)

서양과 달리 우리 문학에서는 장편소설보다는 단편소설이 미적 완결성이 더 큰 것으로 평가된다. 1920년대 이후 단편소설은 비교적 짧은 형태로 씌어져 왔지만 최근 그 길이는 점점 늘어나고 있는 추세이다.

(3) **중편소설**(a medium-length story) - 보통 200자 원고지 300~500매 정도의 소설을 일컫는다. 단편소설로는 담기 어려운 삶의 부피와 깊이를 그리기 때문에 인물이나 사건이 다소 복잡하고 다양하다. 단편소설이 보다 세련된 기교에 의하여 소설의 특징과 중요성이 인정

---

2) 헬무트 본하임, 오연희 역, 『서사양식 - 단편소설의 기법』, 예림기획, 1998, 275~276면.

된다면, 중편소설은 작가가 택한 주제를 진지하게 다루기 위해 서사적 과정을 충분히 전개시키는 특징이 있다. 장편소설에서는 현실적 세계나 풍속적 삶, 또는 이야기의 복잡한 전개가 필요하므로 인물마다 세밀한 묘사가 필요하지만, 중편에서는 그러한 점에 얽매일 필요가 없다. 그러므로 단편과 장편의 장점을 예술적으로 조화시킬 수 있는 이점이 있다. E. 헤밍웨이의 『노인과 바다』, 윤흥길의 「장마」, 김원일의 『도요새에 관한 명상』 등이 그 예이다.

(4) 장편소설(novel) ― 동·서양을 막론하고 소설의 대표적인 형식이다. 노벨이든 로망스든 모두 장편소설이다. 일반적으로 200자 원고지 1천 매 내외의 분량을 말한다. 서양에서 노벨이란 바로 장편소설을 의미하며, 단편소설의 경우에는 별도로 쇼트 스토리(short story)라는 명칭을 사용한다. 장편소설의 작가는 우선 인간과 사회, 시대와 역사에 대한 포괄적인 시각과 전망을 겸비해야 하는데, 그 이유는 장편이 표현하는 세계가 삶의 전면, 즉, 총체적 모습을 그리기 때문이다. 단편은 인물이나 사건의 '집중'에 초점을 두는 반면, 장편은 그것들의 '발전'을 중요시한다는 이론은 바로 장편소설이 지닌 '입체성'의 성격을 지적한 것이다. 장편소설의 인물이나 구성 역시 복합적이다. 그리고 작가가 추구하는 어떤 사상이나 특정 이데올로기는 수많은 인물과 사건들이 교차하는 장편소설을 통해 가장 설득력 있고 효과적으로 전달될 수 있다. 장편소설은 단편소설보다 확산적이며, 고전극보다 구성이 산만하고, 서정시보다 사실적이다. 따라서 모순을 포함하며, 다층적 구조를 지니고 있어 논리적 사유를 초월한 복잡하고 부정형(不定形)한 인간

심리나 사회적 현실을 포착하는 데 가장 적합한 양식이라고 할 수 있다. 바로 그 점에서 근대 소설가들은 총체적이며 실증적인 현실인식과 인간탐구의 수단으로서 장편소설을 창작하려는 의욕을 갖게 되었다.[3] 우리나라 최초의 근대소설인『무정』(1917)은 장편소설로서 의욕적인 출발을 하였지만 1920년대의 소설은 단편이 주류를 이루었다.

(5) 대하소설(romanfleuve, river novel) ─ '대하(大河)'라는 글자 그대로 큰 강물이 흐르듯, 장편소설에 비해 더 많은 인물이 등장하고 훨씬 복잡한 사건이 전개되는, 그야말로 무한정한 양의 소설을 말한다. 1930 년께 프랑스의 앙드레 모루아가 처음으로 사용한 이후 내용의 줄거리 전개가 완만하고, 등장인물이 잡다하며, 사건이 연속해서 중첩되어 마치 대하의 흐름과 같이 계속되는 장편소설이라는 뜻에서 대하소설이라 불렀다. 특히 시간은 끊임없이 흘러가며 과거는 돌이킬 수 없다는 인상을 독자에게 주는 점이 주요 특징이다. 단행본으로 보통 다섯 권 이상일 경우가 많다. 우리나라에서는 특히 역사소설이 여기에 많이 해당되는데, 예를 들면 박경리의『토지』, 황석영의『장길산』, 김주영의『객주』, 최명희의『혼불』, 조정래의『태백산맥』,『아리랑』, 김원일의『불의 제전』, 이문열의『변경』, 임철우의『봄날』등을 대표작으로 꼽을 수 있다.『토지』는 1969년 6월에 집필을 시작하여 1995년에 완성한 5부작으로 전 21권의 대작이다. 경남 하동 평사리, 간도 용정, 진주, 서울 등으로 배경이 옮겨지며, 한국 근·현대사의 전 과정과 여러 계층의 다양한 인간을 그려냈다. 주인공 최서희를 중심으로 최씨 집안의 몰락

---

3) 윤채한 편, 앞의 책, 48~50면.

과 재기의 과정을 그린 이 소설의 진정한 주인공은 최서희 개인이 아니라 그녀가 살았던 우리의 근·현대사라고 할 수 있다. 역사학자 강만길은 이 작품이 우리의 근·현대사를 다룬 어느 역사서보다도 더 뛰어난 역사의식과 해석을 보여주는 탁월한 역사서라고 극찬한 바 있다. 『변경』(12권)은 한국전쟁 직후부터 산업화가 진행되기 시작한 1970년대 초반에 이르는 시기를 배경으로 한 신산한 가족사를 제시하면서 현대 한국사의 움직임을 장대한 규모로 그려냈다. 집필을 시작한 지 12년 만에 완성됐다. 『봄날』은 1980년 5월 광주민주화운동의 진실을 복원한다는 목표 아래 작가 개인의 직접 체험과 수많은 역사적 자료를 바탕으로 당시의 상황을 치밀하면서도 전체적으로 재현한 작품이다. 10년에 걸쳐 전 5권을 완성했다. 도도히 흐르는 역사의 격랑 속에서 삶을 영위한 각계각층의 인물들이 보여주는 다양한 삶과 그들을 둘러싼 사회적 정치적 혼란상을 극명하게 조명하려는 작가의 의도를 읽을 수 있다.

2. 뮤어의 소설유형

뮤어(Edwin Muir)가 그의 저서 『소설의 구조』(1929)에서 분류한 다섯 가지 유형의 소설을 일컫는데, 행동소설, 성격소설, 극적소설, 연대기소설, 시대소설이 바로 그것이다.

(1) 행동소설(novels of action) ― 스토리 중심의, 다시 말해서 연속되는 일련의 사건들에 가장 큰 비중을 두는 소설이다. 박력 있는 사건

들로부터 독자는 앞으로 일어날 사건에 대한 기대감과 호기심을 품게 되고, 그러는 동안 독서의 즐거움도 맛보게 된다. 하지만 행동소설은 사상성, 심리성보다는 주인공의 행동에 치중하는 소설로서 지식계층을 대상으로 한 순수소설이라기보다는 대중소설이라고 할 수 있다. 근대소설이 성립한 19세기 이후에 발생한 장르로서 여기에 포함되는 작품으로는 『보물섬』, 『톰 소여의 모험』, 『걸리버 여행기』, 『로빈슨 크루소』를 비롯하여 수많은 모험소설과 탐정소설 또는 뒷골목의 갱들이 주로 등장하는 범죄소설, 전투소설 등을 꼽을 수 있다. 행동소설은 문학적 가치보다는 흥미 위주의 소설로서 모험극, 영화, 텔레비전드라마처럼 인간의 비현실적 욕망을 대리 충족시켜 주며, 백일몽과 같은 환상을 안겨준다. 대체로 문학적 성과를 기대할 수 없고, 리얼리티를 상실한 비현실적인 내용은 통속소설로 떨어질 위험도 안고 있다. 뮤어는 로망스를 행동소설의 범주에 넣었다.

(2) 성격소설(novels of character) － 인물에 초점을 둔 소설로서 뮤어는 성격소설을 쓰는 작가를 극작가라 보기보다는 안무가로 보았다. 성격소설은 현상과 진실 사이의 괴리 혹은 대립을 보여주며, 결말을 처리하는 방법에 있어서도 묘사 대상인 인물들이 이미 완성된 상태에서 존재하기 때문에 마지막 손질을 할 필요가 없다. 성격소설의 상상적 세계는 주로 '공간' 속에서 이루어진다. 즉, 공간 가운데서 일련의 사건을 만들어간다. 그리고 일상적인 사건 속에서 인물 중심의 플롯을 진행시킨다. 이러한 소설에 등장하는 인물들은 대체로 변화가 없고 그 자체로서 성격이 완결된 까닭에 이른바 '정적 인물'이라고 할 수 있다.

뮤어는 성격소설은 회상록, 서간문, 토론체의 글과 연관이 깊으며, 최근에 와서야 중요한 문학양식으로 평가받게 되었다고 했다. 그 예로서 『허영의 시장』과 『톰 존스』 등이 있다.

 (3) 극적소설(dramatic novel) ― 작중인물과 플롯이 완벽하게 결합된 소설로서 성격소설과 행동소설을 종합·통일시킨 것이라 할 수 있다. 따라서 여기서는 성격이 곧 행동이고, 행동이 곧 성격임이 드러난다. 플롯도 유동하는 시간 속에서 마치 극처럼 결말을 향해 집중적으로 전개된다. 이 소설은 일련의 사건들을 인과관계로 묶으려 하며, 엄격하면서도 논리적인 발전구조로 플롯을 짜려한다. 결말 처리의 방법에 있어서도 평형상태의 성취 혹은 비극적 파국의 형식으로 결말을 맺는 게 보통이다. 평형 혹은 죽음은 극적소설이 지향하는 결말의 방법인데, 평형은 대체로 행복감의 성취나 결혼이라는 형태로 구체화된다. 극적소설의 상상적 세계는 대체로 '시간' 속에서 성립되고, 성격소설의 상상적 세계는 주로 '공간' 속에서 이루어진다. 즉, 극적 소설은 '시간' 가운데서 일련의 사건을 구축하고, 성격소설은 '공간' 가운데서 일련의 사건을 만들어간다. 극적소설에서 시간은 어디까지나 내면적이면서 본질적인 개념이다. 시간의 흐름은 곧 작중인물의 움직임이며, 변화·운명·성격은 모두 하나의 사건에 응축된다. 하나의 사건이 해결되면 시간이 정지한 것 같은 휴식이 뒤따르고 무대는 텅 비게 된다. 시간이 정열, 공포, 긴장 등의 심리상태로 전치되는 것이다. 극적소설의 전통은 멀리 비극과 서사시까지 소급해서 생각할 수 있으며, 문학에서 가장 오래되고 위대한 것이라 할 수 있다. 그 예로서 제인 오스틴

의『오만과 편견』, 에밀리 브론테의『폭풍의 언덕』, 그리고 허어먼 멜빌의『백경』 등을 들 수 있다.

(4) 연대기소설(chronical novel) ― 이 소설에서 가장 중요시되는 것은 '시간개념'이다. 엄격한 구성과 자의적이면서 산만한 진행이 결합되어 이루어진 것으로, 전자가 없으면 소설로 존립하기 어렵고, 후자가 없으면 소설의 생명감이 결여되기 쉽다. 전자는 소설에 보편적 실재성을, 후자는 개별적 실재성을 부여한다. 연대기 소설에서 시간성이란 요인은 형식적 외면적인 차원에서 처리해 나간다. 시간은 아무 제한도 받지 않고 작중인물의 내면심리 속에서 재구성되는 법 없이 흘러가 버린다. 시간성의 개념을 이처럼 외면적이면서 물리적인 틀로 파악하는 연대기 소설은 결국 사건 하나하나에 관심을 보이고 가치를 두게 된다. 성격소설과 극적소설이 지니고 있는 각각의 특성, 즉, 시간성과 공간성을 총체적으로 구사하는 장점을 지니고 있는 소설 유형이다. 이 소설의 장점은 거대한 사회적 배경 속에 존재하는 개인의 삶과 운명을 포괄적으로 그리는 데 있다. 그렇기 때문에 치밀하고 엄격한 구성이나 사건의 인과관계를 중시하는 극적소설에 비해 그 플롯이 느슨하고 산만하지 않을 수 없다. 대신, 연대기소설은 에피소드 하나하나에 특수한 의미를 부여하여, 장구한 시간과 활짝 열린 공간에서 끝없이 펼쳐지는 삶의 다양한 변화를 폭넓게 추적한다. 그리하여 인간의 특수성과 보편성이 무엇이고, 개인과 환경이 어떻게 충돌하고 균형을 찾아가는지를 흥미롭게 보여준다. 이 유형의 대표적인 소설로는 톨스토이의『전쟁과 평화』, 로렌스의『아들과 연인』, 제임스 조이스의『젊

은 예술가의 초상』, 염상섭의 『삼대』, 박경리의 『토지』 등을 꼽을 수 있다.

(5) **시대소설**(period novel) — 명칭 그대로 어느 특수한 시대를 선택하여 그 시대를 뚜렷이 대변하거나 상징하는 인물을 중심으로 한 세대의 풍속을 보여주는 소설이다. 이 유형의 소설은 모든 시대를 관통하는 인간의 보편적 모습이나 삶의 진실을 그리기보다는 대상을 한 시대의 분위기나 특별한 것, 상대적인 것, 역사적인 것으로 파악하려 한다. 시대소설은 보편적인 상상력을 통해서 한 사회(시대)와 인간을 보려 하는 대신 이론중심인 지성의 도움을 받아 대상에 대해 참된 정보와 인식을 제공해주려 한다. 결국 시대소설은 한 시대의 분위기 혹은 특별한 환경의 분위기 그리고 그에 관련된 역사적 흥미와 관심을 제공하는 데서 머물고 만다는 점에서 많은 사람들에게 부정적으로 인식되고 있다. 역사적으로 실재했던 시대와 인물에 대해 보다 구체적이면서 실감 있게 이해할 수 있도록 문학적 상상력을 불어넣은 역사소설도 시대소설의 범주에 넣을 수 있다. 그런데 역사소설 중에서도 단순히 한 시대나 사회에 관한 정보나 지식을 제공하는 데 치중한 것이 있다면 그것은 시대소설의 모델이라 할 만하다. 시대소설은 지나치게 한 시대의 기류를 드러내는 데 매달리거나 어느 특수한 역사적 대상에 대한 흥미를 강하게 촉발시키려는 경향이 있다. 그러므로 비록 역사를 다루었다고 해도 시대소설은 진정한 의미의 '역사소설'과는 엄격히 구분되어야 할 것이다.

뮤어는 이 가운데서 극적소설, 성격소설, 연대기소설만을 소설의 본질적인 유형이라고 생각하였다. 나머지 행동소설과 시대소설은 앞에서 지적한 대로 인간의 실체와 삶의 본질을 진실하게 파악하는 데 여러 가지 난점이 있다고 보았기 때문이다. 뮤어의 이러한 분류 기준은 현재 많은 나라에서 수용되고 있으며, 우리나라에서도 소설유형론의 기초 이론으로 널리 원용되고 있다.[4]

3. 프라이의 소설유형

소설의 독자들은 '이야기가 어떻게 진행될까' 하는 식의 허구에 대한 관심을 가질 뿐 아니라, '이 이야기가 말하려는 것은 무엇일까'라는 식으로 주제에 대하여도 관심을 갖는다고 프라이는 말한 바 있다. 여기에 근거를 두고 '허구적인 것'과 '주제적인 것'을 포괄하여 그는 소설의 유형을 노벨(novel), 로망스(romance), 해부(anatomy), 고백(confession)으로 나누었다. 그의 유형론은 산문픽션(prose fiction)으로서의 유형론이다. '허구적인 것'은 일정한 스토리를 전달하는 것으로 노벨, 희곡, 이야기시, 설화 등의 표현양식이 포함된다. '주제적인 것'은 서정시, 에세이, 계몽시, 웅변 등이 포함된다. 그런데 이 두 가지의 형식은 서로 공존해서 나타나기도 한다. 우화소설, 주제소설, 풍자소설이 그 예이다. 이들 소설 유형은 일정한 이야기를 들려준다는 점에서는 분명 허구적이지만 동시에 일정한 주제를 제시하려는 작가의 의도도 직접적이면서 강하게 드러내고 있다.[5]

---

4) 조남현, 『소설원론』, 고려원, 1982, 295~300면.
5) Northrop Frye, 임철규 역, 『비평의 해부』, 한길사, 1982, 429~447면.
   조남현, 위의 책, 302~303면.

프라이(Northrop Frye)는 근대소설이 반드시 노벨로만 되어 있지 않다는 것을 알고 있었다. 그리하여 그는 디포(D. Defoe), 필딩(H. Fielding), 제임스(Henry James) 등이 그 전통의 중심이라면서 대표적 노벨로『모비 딕』과 오스틴(J. Austen)의 소설을 들어 노벨의 특징을 설명한다.

노벨과 로망스의 차이점은 성격창조(characterization) 면에서 드러난다. 로망스의 작가는 '실재의 인간을 창조하려는 것보다는 양식화된 인물, 인간심리의 원형을 나타내는 데까지 확대되는 인물을 창조하려고 한다. 로망스에서는 융이 말하는 리비도(libido)나 아니마(anima), 그림자(shadow) 등이 각각 주인공, 여주인공, 악역 등에 반영되어 있음을 본다. 노벨이 한 사회나 집단의 얼굴로서의 개인(social mask)을 그리려 한다면 로망스는 개성(individuality)을 취급하며, 이 경우 등장인물은 진공 속에 존재하며 모상에 의해서 이상화된다. 역사서술과의 관계에서 보자면 로망스는 역사적 환상을 나타내어 영웅주의와 귀족주의를 형상화하려 한 반면 노벨은 역사에 대해 허구적인 접근을 시도한 끝에 나온 것이다. 역사의 패턴은 로망스에서 굳어졌지만 그것이 구체화될 수 있었던 것은 노벨에서였다. 로망스는 신화를 직접 변용한 것이며, 노벨은 역사서술의 형태를 변용한 것이다. 노벨과 로망스의 성격을 공유하고 있는 작품으로는 플로베르(G. Flaubert)의『보바리 부인』, 콘래드(J. Conrad)의『로드 짐』이 있다.

해부라는 용어는 프라이에 의하여 처음 사용되었으나, 그 내용은 전혀 새로운 것이 아니다. 해부라는 양식은 허구적인 성격보다는 주제적인 성격이 강한 산문 유형으로, 인물이나 사건 자체에 대한 관심보다는 그 인물이나 사건을 매개로 하여 전개될 수 있는 작가의 사상이나 관념에 대한 관심이 짙은 유형의 소설이다. 해부는 대상에 대해 지적으로 접근하는 것을 뜻하는 것으로 소설공간을 심포지엄·토론·현학적 비평·지적 서술이 담길 수 있는 곳으로 여긴다. 관념소설 또는 주제소설 등이 이 유형에 든다. 사우디의 『의사』, 에모리의 『존 반클』, 로렌스 스턴의 『트리스트람 샌디』, 우리나라의 경우에 고려시대의 가전체, 박지원의 「양반전」, 「호질」 등의 풍자소설, 개화기의 안국선의 「금수회의록」, 채만식의 「치숙」, 「레디메이드 인생」 같은 풍자소설 등을 예로 들 수 있을 것이다.

고백이라는 유형은 한마디로 자서전적 소설이라 할 수 있다. 프라이는 고백의 모델을 성 아우구스티누스(Augustinus)의 『고백록』에서 찾으며, 근대의 것으로는 루소(J. J. Rousseau)나 몽테뉴(M. E. Montaigne)의 『참회록』 등을 예로 든다. 그렇다고 고백록·참회록·자서전이 곧바로 소설이 될 수 있는 것은 아니다. 서술의 대상이 실제인물이 아니고 가공인물이며, 또 실제 과거사가 아니고 만들어낸 사건이라야 한다.

노벨은 개인적이고 외향적이며, **로망스**는 개인적이고 내향적이다. **해부**는 외향적이며 지적이고, 내향적이면서 지적 경향이 짙은 것은 **고백**이라 할 수 있다. 여기서 외향적이라는 말은 사회에 대한 관심을, 내향적인 것은 개인에 대한 관심을 의미한다.

이상의 네 가지의 유형을 정리하면 다음과 같다.

(1) 노벨 : 외향적이면서 개성적인 경향, 주 관심은 사회 속에서 나타나는 바대로의 개인.
(2) 로망스 : 내향적이면서 개성적인 경향, 작중인물을 보다 주관

적인 방법으로 다룬다.

(3) 고백 : 내향적이나 내용에 있어서는 지적인 색채가 짙다.

(4) 해부 : 외향적이나 지적인 색채가 짙다.

그러나 이상의 네 가지 유형의 소설이 전혀 독립적으로 존재하지만은 않는다고 프라이는 생각한다. 네 가지 유형의 다음과 같은 조합으로 현재 소설의 이해의 폭을 넓힐 수 있을 것이다.

(1) 노벨, 로망스 : 호오돈의 『주홍글씨』, 콘래드의 『로드 짐』

(2) 노벨, 고백 : 조이스의 『젊은 예술가의 초상』, 디포우의 『몰 플랜더즈』.

(3) 노벨, 해부 : 로랜스 스턴의 『트리스트람 샌디』, 조오지 엘리어트의 후기소설, 1930년대 프로레타이아 소설.

(4) 로망스, 고백 : 조지 보로우의 『어느 영국 아편중독자의 고백』, 드 퀸시의 『라벤그로』.

(5) 로망스, 해부 : 멜빌의 『모비 딕』, 라블레의 소설.

(6) 고백, 해부 : 키르케고르(S. A. Kierkegaard)의 『이것이냐 저것이냐』, 카알라일의 『의상철학』.

(7) 노벨, 로망스, 고백 : 사무엘 리처드슨(S. Richardson)의 『파멜라』.

(8) 노벨, 고백, 해부 : 프루스트(M. Proust)의 『잃어버린 시간을 찾아서』.

(9) 노벨, 로망스, 해부 : 『돈 키호테』.

(10) 로망스, 고백, 해부 : 『아플레이우스(Apuleius)』.

(11) 노벨, 로망스, 고백, 해부 : 조이스의 『율리시스』[6].

---

6) Northrop Frye, 위의 책, 429~447면.
   조남현, 위의 책, 302~313면.

4. 루카치의 소설유형

루카치는 '신에게 버림받은 시대', 곧 시민사회의 소설을 4개 유형으로 분류한다. 추상적 이상주의 소설, 환멸의 낭만주의 소설, 교양소설, 톨스토이의 소설형이 그것이다. 그는 "세계가 신으로부터 버림받고 있다는 사실은, 영혼과 작품, 내면성과 모험이 서로 일치하지 않고 있으며 또 모든 인간적 노력에 선험적 좌표가 부여되고 있지 않다는 점에서 여실히 드러나고 있다. 이러한 불일치성은 크게 보아 두 가지의 유형으로 나타나는데, 즉, 영혼은 그 자신의 행동이 펼쳐지는 무대와 토대로서의 외부세계보다 좁은 유형으로 나타나기도 하고 넓은 유형으로 나타나기도 하는 것이다."라고 했다.

(1) 추상적 이상주의 소설 – 추상적 이상주의 소설은 영혼이 외부세계보다 좁은 경우로서 모험을 떠나는 문제적 개인의 마성적 성격은 더 분명히 드러나지만 그의 내면적 문제성은 보다 덜 분명하게 나타난다. 그래서 영혼이 현실에서 겪게 되는 좌절은 얼핏 보면 마치 단순한 외면적 좌절처럼 보인다. 영혼의 좁혀짐에 상응하는 마성이란 곧 추상적 이상주의의 마성이다. 문제적 주인공은 현실이 자신의 선험적 욕구를 충족시켜주지 못하기 때문에, 세계가 마법에 걸려 있다고 판단, 이에 대해 용감히 싸움으로 구제될 수 있다고 생각한다. 여기서 작품 구조를 결정하는 이런 유형의 주인공이 가진 문제성은 그가 내적으로 전혀 문제성을 갖고 있지 않기에 선험적 좌표(즉, 간극)를 현실적으로 체험할 능력이 부재한다는 데 있다. 즉, 그는 외부세계의 우월성을 올바

로 인식하고 있지 못하다. 따라서 영혼과 행동은 한번도 진정한 싸움을 하지 못하고, 그로테스크한 충돌만으로 빗나가게 된다. 행동과 분리된 영혼은 한없이 고양되게 되어, 신성처럼 그 자체로 완결되게 된다. 그런데 이런 영혼의 고립성이 도달하는 의미의 최대치는 '최대의 무의미', 즉, 편집적 망상에 사로잡힌 무기력한 행동의 덩어리일 뿐으로 '나쁜' 추상성과 '나쁜' 무한성의 위험이 전면에 등장하게 된다. 『돈 키호테』는 이런 유형의 주인공을 객관화한 작품으로 이로 인해 초래되는 위험을 극복한 거의 유일한 예이다. 『돈 키호테』는 비록 영원해 보이던 이상과 태도라도 시대가 바뀜에 따라 그 의미를 상실한다는 사실을 보여준다.

(2) **환멸의 낭만주의 소설** – 19세기 낭만주의 작가들의 소설로서, 환멸의 낭만주의는 이상주의 다음에 오는 역사철학적 단계로서 여기에서 영혼과 현실의 불일치는 영혼이 삶의 운명보다 더 넓고 크기 때문에 야기되는데, 소설 주인공은 자신의 내면에 집착한 탓으로 사회에서 적절한 과제나 만족을 얻지 못한다. 추상적 이상주의에서는 개인이 외부 현실의 힘에 부딪쳐 패배하는 반면, 환멸소설에서는 개인의 수동적 내면이 외부 세계와의 갈등이나 투쟁을 아예 피하는 경향을 보인다. 주관적 자아의 이러한 자기만족은 자신을 지키려는 필사적인 자기 방어이고, 외부 세계에서의 자기실현이 선험적으로 가망이 없다고 지레 짐작하고 이를 미리 포기한 결과이다. 플로베르의 『감정교육』은 특히 시간체험을 구체적으로 형상화함으로써 소설형식으로서는 가장 모범적인 작품이 되었다.

(3) 교양소설— 교양소설은 미학적, 역사철학적 관점에서 이상주의 소설과 낭만주의 소설 사이에 위치한다. 교양소설의 핵심 테마는 영혼과 세계와의 화해인데, 이는 자칫 현대 유머소설로 오해될 수 있다. 교양소설의 인물들은, 서로 평행선을 그으며 고독감을 상승시키는 환멸소설의 인물들과는 달리, 상대적 위치라는 세계관을 통해 동일한 목표를 위해 선택되었다. 행동(세계에 영향을 끼치려는 욕구 : 이상주의)과 관조(세계를 단순히 받아들이려는 태도 : 낭만주의) 사이에 중용의 길을 걷는 교양소설은 흔히 교육소설이라 칭해졌다. 그 이유는 이 소설에서 행동이란 하나의 특정 목표를 통해 나아가는 의식적이고 통제된 과정이고, 다른 인간들의 적극적 개입과 주변 환경의 우연적 계기 없이 그것이 불가능하기 때문이다. 루카치는 이 같은 교양소설의 본질을 한마디로 "교양에의 의지"로 부른다. 물론, 이것은 많은 시행착오를 겪어야 한다. 문제에 처한 개인이 구체적인 사회현실과 화해하는 것이 교양소설의 주제이다. 괴테의 『빌헬름 마이스터의 수업시대』에서 주인공 빌헬름은 단순히 관조적인 태도를 취하는 것이 아니라 행동을 통해 현실에 깊이 관여함으로써 영혼의 확장을 실현하며, 그러한 내면성에 비추어 이상주의와 낭만주의의 중간에 서게 된다. 이런 유형의 소설형식이 지닌 견고하고 안정된 기본 감정은 영혼의 영웅화·내면화가 아니라 중요인물들의 상대화 그리고 탑의 결사 모티프에 암시된바 공동체적 운명과 공동체적 삶의 형성이 가능하리라는 믿음에서 나온다. 이러한 믿음이 사라지면 이 소설형식은 환멸소설에 접근하리라고 루카치는 경고한다.

(4) 톨스토이의 소설‒ 소설이 서사시로 초월하려는 성향은 톨스토이의 소설에서 강하게 나타나는데, 인습이 세계에 대한 이상향적 거부가 존재적 현실로까지 객관화되어 논쟁적 방어가 형상화의 형식을 얻을 때, 그러니까 기존세계에 대한 비판과 저항이 주관적 반성으로만 머물지 않고 구체적인 대안으로 실현될 때에는 소설이 서사시로 초월·도약하려는 경향을 피할 수 없게 된다. 19세기 러시아문학은 다른 유럽문학에 비해 유기적이고 자연적인 원초상태에 한층 가까이 있었기 때문에 인습의 거부와 같은 창조적 논쟁을 자연스럽게 펼칠 수 있었다는 것이 루카치의 판단이다. 그 주역이었던 톨스토이는 전혀 다른 차원의 생활, 즉, 자연과 밀접하게 관련을 맺고 공동체에 기반을 둔 단순한 인간들의 삶을 추구했다. 자연의 유장한 리듬에 순응하는, 문화를 떠나 자연으로 들어서는 이상향적 생활에서는 결혼과 가정이 삶의 자연스러운 연속성을 유지하는 매체로 나타난다. 이렇게 보면, 톨스토이는 루소 이래의 유럽 낭만주의를 마무리하는 작가이고, 그래서 환멸소설의 전통을 완전히 벗어나지는 못했다. 새로운 시대로 도약하려는 조짐은 논쟁적이고 추상적 차원에 머물러 진정한 새로운 시대에 맞는 서사시 형식은 도스토에프스키에게 기대된다고 루카치는 결론 맺는다.7)

5. 기타 소설유형

티보테는 『소설의 미학』에서 총체소설·피동소설·능동소설로 소

---

7) 루카치, 반성완역, 『소설의 이론』, 심설당, 1989, 121~206면.

설 유형을 세 가지로 나누고 있다.

(1) **총체소설**이란, 개개의 등장인물보다 집단적 사회상을 묘사하는 데 주력하는 작품을 말한다. 톨스토이의 『전쟁과 평화』, 위고(V. M. Hugo)의 『레미제라블』 같은 작품으로, 작가는 일체의 개인적 존재나 개인적 표현을 초월하여 거대한 사회생활의 리듬을 느끼게 하며, 작가가 개인적인 구조의 발전으로 환원시키려 하는 것은 소설을 변질시키거나 해체시키는 것이 된다.

(2) **피동소설**은 가장 단순한 소설 유형으로 특별한 창작상의 원리나 기교를 전제로 하지 않는다. 인생 그 자체에서 원리를 섭취할 뿐이다. 이 소설은 자유롭게 시간을 처리할 수 있다는 점, 통일을 잃지 않고 무한히 연장할 수 있다는 점 등이 특징이다. 티보데는 피동소설을 다시, 기록소설, 완만한 진전을 보이는 진행성 소설, 돌발적 변이의 진행성 소설로 세분하는데, 기록소설에 드는 소설로는 디킨즈(C. Dickens)의 『데이비드 카퍼필드』, 완만한 진전을 보이는 진행성 소설에 드는 소설로는 스탕달(Stendhal)의 『적과 흑』, 돌발적 변이의 진행성 소설에 드는 소설로는 플로베르의 『보바리 부인』을 들고 있다.

(3) **능동소설**은 작가의 독창적 구성이 명백히 드러나는 작품을 가리킨다. 어느 시대라든가 어느 인간의 생활이라고 하는 것이 통일에 의해서 외부로부터 부여된 것이 아니라, 작가의 자의에 의하여 자유롭게 창조된 소설이다.

소설의 서술 방법에 대하여 세밀한 분석을 시도했던 **부스**(W. C. Booth)는 『소설의 수사학』(The Rhetoric of Fiction)에서 작중 인물의 정신세계의 발전 과정을 담은 소설 형태를 다음과 같이 다섯 가지로 나눈다. **성격발전소설, 전락소설, 사상소설, 감상소설, 탐구소설**이다.

성격발전소설은 인물발전소설이라고도 하는데, 독일에서 일찍이 발달한 교양소설과 같은 개념으로, 작중 주요인물이 일정한 삶의 높이와 깊이에 이르기까지의 발전과정을 그린 소설이다.

전락소설은 주인공이 점차 속악해지거나 정신세계가 피폐화되는 과정을 그린 것으로 일찍이 스페인에서 시작된 악한소설(피카레스크소설)과 유사한 것이라 할 수 있다. 성격발전소설과 전락소설은 반대되는 구조의 소설이라고 할 수 있다. 이광수의 『무정』은 성격발전소설로 볼 수 있고, 김동인의 「감자」는 전락소설의 구조를 갖고 있다 할 수 있다.

이 다섯 가지 유형 가운데서 부스는 탐구소설을 가장 중시했는데, 탐구의 개념이 로망스에서 볼 수 있는 탐험의 구조 또는 여행의 구조에 비하여 형이상학적 색채가 짙은 정신적 가치를 모색하는 개념으로 바뀐 것을 의미한다. 탐구소설은 관념소설, 이념소설, 사상소설 같은 지적 탐구의 자세로 쓴 소설로 구체화된다.8)

로버트 스탠튼(Robert Stanton)은 소설의 유형을 분류하기 위해서 인간의 경험을 '개인의 내면적 삶과 '외적 세계'로 나누고, 이를 다시 네가지로 나눈다. 즉, 인간의 개인내부의 두 요소란 '감정(본능)'과 '이성'

---

8) Wayne C. Booth, *The Rhetoric of Fiction* (the Univ. of Chicago Press, 1961), pp.113∼157.

이다. 감정은 개인이 '살고 있는 곳'이며, 그래서 이성보다 더 깊이 내면적인 것 같다고 말한다. 그것은 통제를 덜 받으며, 고통스러워하기도 하고, 공격적이며 갈망하고, 거부하는 것이다. 반면에 '이성'은 보다 더 억제되며, 보다 실제적이며, 더 냉정하다, 이성은 보통 개인을 그의 세계로부터 구획 짓는 표면에 보다 더 가까운 것 같고, 그 주위 사람들을 관망한다. 외적 세계는 보이는 물리적 현상이나 사실들, 즉, 개인이 보고, 듣고, 만지는 모든 것, 그리고 이러한 현상들의 보이지 않는 '의미', 즉, 그것들의 기초를 이루는 과학적, 경제적, 정치적, 도덕적, 또는 정신적인 힘들과 법칙들로 나누어서 생각해 볼 수 있다고 했다.

그는 낭만주의 소설, 사실주의 소설, 고딕소설(공포소설), 자연주의 소설, 프롤레타리아 소설, 풍속소설, 풍유소설, 상징주의 소설, 풍자소설, 과학소설, 유토피아 소설, 심리소설(의식의 흐름 소설), 자전적 소설, 교양소설, 에피소드소설, 피카레스크 소설, 실존주의 소설 등 19가지 유형으로 분류했다.9)

미하일 바흐친은 「소설 속의 담론」에서 유럽 소설사를 특징짓는 두 가지 문체적 계열의 갈등에 대한 논의부분에서 소설의 하부 장르를 나열한다. 『사티리콘』에서 『황금 당나귀』에까지 이르는 고대의 부차적인 장르들, 궤변적인 소설들, 기사도소설, 바로크 소설, 전원소설, 시련소설, 수련(교양)소설, 자전적 소설, 추리소설, 감정소설, 우화 등의 중세적인 부차적 장르들, 악당소설, 풍자소설, 19세기의 혼합적 소설이 그것이다. 이밖에도 해학소설을 논의했다.

---

9) Robert Stanton, *An Introduction to Fiction*, 박덕은 편역, 『소설의 이론』, 새문사, 1989, 87~108면.

또한, 크로노토프의 연구를 통해서도 다양한 하부장르를 제시하고 있다. 궤변적이고 헬레니즘적인 소설, 모험 및 이상소설(『사티리콘』, 『황금 당나귀』), 여러 하부분류가 가능한 자전적 소설, 그리고 그 하부분류는 플라톤적인 유형 혹은 수사학적인 전기, 플루타르크식의 '정력적인' 전기 혹은 수에톤 식의 '분석적인' 전기 등으로 나누어질 수 있다. 기사도 소설, 중세 및 르네상스의 작은 장르들, 라블레의 소설, 목가적 소설과 그 후신으로 향토소설, 스턴과 괴테의 소설, 루소적인 소설, 가족소설, 세대소설이 있다. 시련소설, 수련소설(혹은 교양소설) 같은 몇몇의 다른 하부 장르들도 다루어지지 않은 채 동시에 언급되고 있다.[10)]

6. 순수소설과 통속소설

로버트 스탠튼은 순수소설(serious fiction)과 통속소설(popular fiction)을 구분하며, 순수소설을 즐기고 이해하기 위해서는 소설 읽는 법을 배워야 한다고 했다. 그는 순수소설은 어렵고 흥미를 유발시키는데, 그 이유의 일부는 중심 목표나 생각에 복잡한 구조의 세부적 사건을 엮어가기 때문이다. 그러므로 순수소설은 정독과 재정독이 요구된다. 문학작품을 즐긴다는 것과 이해한다는 것은 병행하는 것이며, 적어도 그것을 두 번 이상 읽지 않고서는 좋은 스토리를 완전하게 이해하기 어렵다. 따라서 누차 읽고 생각해보고 분석해 보아야 한다. 순수소설은 독자들로 하여금 인간의 경험을 상상케 하고, 이해하도록 하려는 데 목

---

10) 토도로프, 최현무 역, 『바르젠 : 문학사회학과 대화이론』, 까치, 1987, 130면.

적이 있기 때문에 난해성과 복잡성을 수반한다. 즉, 인간의 경험이란 일련의 사건들이 갖는 사실(facts)뿐만 아니라 그 사실들이 개인에 대해 갖는 특별한 의미, 즉, 감정, 기준, 통찰력에 의존하는 의미(meaning)를 함께 포함해야 하기 때문이다.11)

통속소설은 대중소설, 저급소설, 오락소설, 베스트셀러 소설 등과 같은 유사개념과 혼용된다. 아놀드 하우저는 베스트셀러의 특징을 진부함, 안락함, 독자층의 감소, 위협받는 안정성 등의 네 관점에서 설명하고 있다.12)

우르스 예기(Urs Jaeggi)는 오락소설(통속소설)의 특징을 여섯 가지로 제시하였다.

① 구성의 공식성
② 언어의 인습적 사용
③ 판에 박힌 인물설정 방법
④ 세계형상과 사회현상에 대한 허위보고
⑤ 자기목표로서의 감각 – 감상성, 야만성, 관능성
⑥ 가치전도13)

7. 문화의 분류

(1) 에드워드 쉴즈(Edward Shils)는 현대사회를 대중사회로 보고 대중사회의 문화를 세 수준으로 구별한다. 여기서 말하는 문화의 수준이란

---

11) Robert Stanton, 앞의 책, 8～12면.
12) 아놀드 하우저, 최성만·이병진 공역, 『예술의 사회학』, 한길사, 1983, 284～288면.
13) 조남현. 『소설신론』, 서울대출판부, 2004, 186면에서 재인용.

심미적, 지적, 도덕적 기준을 가지고 측정하는 질적 수준인데, 우수한 (superior) 문화와 세련된(refined) 문화, 범속한(mediocre) 문화, 그리고 저속한(brutal) 문화로 나눌 수 있다고 했다. 그 어떤 시기보다도 대중사회에서 문화소비의 양은 확실히 많아졌는데, 특히 범속문화와 저속문화에서는 그 소비범위가 막대하게 확장되었으며, 우수문화 또는 고급문화의 소비도 과거보다는 많이 증가했다. 문화의 세 수준은 순수소설, 대중소설, 통속소설을 구분하는 데에도 매우 유용하다고 생각된다.

① **우수문화(세련된 고급문화)** – 주제를 아주 진지하게 다룬다. 예컨대, 집요하게 문제를 다루는 집중성, 문제를 보는 날카로운 통찰과 종합적인 안목, 감각의 정교함, 풍부한 표현 등에서 진지함을 볼 수 있다. 시가, 소설, 조각, 회화, 음악의 작곡과 연주, 극작과 공연, 건축, 나아가서는 학문의 과학적 이론과 연구, 역사적, 경제적, 정치적 분석, 기예인들의 위대한 작품들 모두가 우수문화의 산물이다. 우수문화란 그것이 가진 사회적 신분, 즉, 문제가 되는 작품에 의해 획득하는 사회적 요인이나 작품을 만들어 낸 작가와 이를 수용하는 소비자의 질 등을 말하는 것이 아니라, 문화내용이 추구하는 진실성과 미에 대한 평가에 따라 구분된다.

② **범속문화** – 이 문화의 창조자가 이루고자 한 정도가 어느 정도이든 간에 우수문화로서 평가될 수 있는 수준에는 이르지 못하는 문화내용으로 이루어져 있다. 범속문화는 우수문화에 비하여 독창성이 결여되어 있고, 좀더 모사성이 높은 문화이다. 이 문화는 우수문화와 동

일한 장르에서 문화활동이나 작업이 이루어지고 있지만 그렇다고 우수문화의 장르에 들어와 있지 않고, 많은 경우에 비교적 새로운 장르들의 문화이다. 뮤지컬코미디가 그 좋은 예이다. 이와 같이 우수문화의 문화활동으로 통합되지 못하는 것은 범속문화가 가진 장르 특성의 결과이거나, 그렇지 않으면 이 장르라는 것이 실제로 아직 위대한 재능을 이 장르의 문화활동에 끌어들이지 못하고 있기 때문이다.

③ **저속문화** – 이것이 표현하고 있는 상징적 표현들이 초보적인 단계에 있는 문화이다. 이 수준의 문화활동에서 더러는 범속문화나 우수문화의 장르와 일치하는 부분도 없지 않다. 사진이나 플라스틱 제품, 음악, 시, 소설 등의 경우가 그러하다. 그렇지만 게임이나 경기관람 같은 것, 상징성이 극히 낮은 내용이나 좀더 직접적으로만 표현되는 행위 내용의 문화 등이 이 범주에 속한다. 저속문화의 내용은 깊은 통찰력은 중요시되지 않으며, 정교한 맛도 거의 없고, 감수성이나 지각 정도도 조잡한 것이 일반적인 양상이다.14)

(2) **도날드 닷슨**(Donald Dodson)는 문화의 유형을 민속문화(folk culture), 포퓰러 컬처(popular culture), 매스 컬처(mass culture), 엘리트 문화(elite culture)로 분류하였다. 이 역시 순수소설과 대중소설의 경계를 가르는 데 유용한 참고자료가 될 것이다.

① **민속문화**(folk culture)의 예술가는 수용자의 일부이며, 그의 역할

---

14) Edward Shils, "Mass Society and Its Culture", 강현두 편, 『현대사회와 대중문화』, 나남출판, 2005, 151~153면.

은 직업적으로 구별되어지지 않고 드러나 있지 않다. 그는 공동체 속에 통합되고, 예술은 공동체 사업의 하나이다. 예술 사업이나 비평은 어떤 역할도 하지 못한다. 민속문화는 전통사회에만 존재하는 것이 아니라 현대사회에서 눈사람을 만들거나 크리스마스트리를 장식하는 놀이, 도시의 실외벽에 다채로운 벽화를 장식하는 것도 민속문화에 속한다.

② **포퓰러 컬처**(popular culture)는 현대의 테크놀로지와 화폐경제에 의해서 민속문화가 변질되어 나타난 문화 형태이다. 이 문화에서는 예술가와 수용자 간의 관계가 두드러지게 밀착되어 있다는 점에서는 민족문화와 같지만 사업가가 개입하는 새로운 현상에 의해 차이를 나타낸다. 이 문화의 예술가들은 반드시 예술활동만을 하면서 사는 사람들은 아니지만 민속예술가와 달리 전문적인 예능인으로서 특징적인 역할을 갖는다. 그는 상당히 동질적인 수용자들의 욕구와 소망을 따르기는 하지만, 그래도 항상 개인적 표현을 위한 폭넓은 여지를 지닌다. 즉, 수용자와 사업가의 영향에도 불구하고 예술가의 개성을 구현하고 있다. 비평가들은 포퓰러 컬처의 형성에 주된 역할을 수행하지 못하며 단지 이를 널리 알려주는 역할을 할 뿐이다.

③ **매스 컬처**(mass culture)는 사회적 해체와 경제적 집중이 일어나게 되자 대중문화가 번성하기 시작한다. 이전에 있었던 예술가와 수용자의 직접적 관계는 사업가에 의해 붕괴되고, 사업가가 결정적인 인물로 등장한다. 자신의 이윤을 극대화하기 위해 사업가는 분산되어 있고 이질적인 시장의 요구에 맞추어 문화생산물을 만들어낸다. 예술작품에 궁극적인 통제를 행사하는 사람은 예술가이기보다는 사업가이다. 예

술가와 수용자는 분리되고, 수용자의 직접적인 피드백이 사라진다. 매스 컬처로서의 대중문화는 비평가에게 대수롭지 않은 역할을 부여할 뿐이다.

④ **엘리트 문화**는 사회적 관계보다는 사회적 지위를 지칭하는 개념이다. 엘리트 문화에서는 예술가와 비평가의 관계가 두드러지며 중요하다. 사업가와 수용자도 중요하지만, 이 두 요소는 예술의 내용이나 형식을 통제하지 못한다. 엘리트 문화의 예술들은 일련의 심미적 기준들에 의해 형성된다. 그리고 기준들은 비평가들에 의해 지켜진다. 이렇게 세워진 심미적 기준들을 마음속에 간직하면서 예술가들은 자기표현을 최고도로 유지한다. 전위예술에서처럼 그들은 그 기준들을 거부할 수도 있지만, 그 기준들을 모르고 있지는 않다. 오로지 엘리트 문화에서만 '예술을 위한 예술'이란 개념이 의미를 가질 수 있을 것이다. 엘리트 문화의 예술가들은 대중성을 경멸하는 것은 아니지만 대중적 수용자 확보를 목표로 하지 않는다. 또한, 예술가들은 일반 공중을 모르고 있는 체하기도 하며, 창조적 자율성을 강력히 보유한다.15)

---

15) 도날드 닷슨, 「포퓰러 컬처와 매스 컬처의 차이」, 강현두 편, 위의 책, 179∼187면.

제3장 소설의 구조

문학에서 말하는 구조는 하나의 문학작품인 '전체'와 다양한 내부구성요소인 '부분'들과의 상호관계 및 그 유기적인 총합을 의미한다. 원래 이 구조라는 용어는 구조주의 언어학에서 정립된 이후 비평, 연극, 인류학, 심리학, 사회학 등 20세기 인문 사회과학의 여러 분야를 비롯하여 생물학, 수학 등의 자연과학에서까지 폭넓게 사용되어 왔다.

스위스의 언어학자 F.소쉬르는 『일반언어학강의』(1916)에서 언어현상의 총체인 '랑가주(language)'를 분석하여, 개인적·일시적인 '파롤(parole)'과 사회적, 항구적인 '랑그(langue)'를 구별하였으며, 랑그를 성립시키는 각 항목은 개별적으로 존재하는 것이 아니라, 상호 대립되어 여러 관계에 의하여 관련되어 있으며 전체가 하나의 체계를 이루고 있으므로 그 구조·체계를 공시적으로 연구할 필요가 있다고 주장하였다.

문학 이론가들이 즐겨 사용하는 구조라는 용어는 클로드 레비스트로스, M. 푸코, J. 라캉, L. 알튀세르 등의 구조주의자들에 의하여 독특한 철학적 전제가 주어졌으며, 보다 함축적인 뜻을 갖게 되었다. 소설론에서 사용하는 구조라는 개념도 이와 무관하지 않기 때문에 구조주의자들이 사용하는 구조라는 개념을 먼저 알아보겠다.

먼저 구조(structure)란 "계층으로 이루어진 내적 관계의 자율적 실체다." 이 정의를 더 분명하게 하기 위해 정의의 구성요소를 하나하나 검토해 보면 다음과 같다.

첫째, 내적 관계란 특성을 지닌 이 개념은 언어체계의 내부에서 각 요소의 관계에 바탕을 두고 있는 것이다. 따라서 구조는 무엇보다도 하나의 관계의 망이며, 그 관계의 교차가 사항을 규정하여 상대적으로 제 사항을 구성하는 것이다.

둘째, 구조를 규정짓는 관계의 망은 계층을 이루고 있는 것이다. 구조라는 하나의 총체는 부분으로 분해할 수 있으며, 그 부분들은 부분 상호 간에, 그리고 그 부분들이 이루고 있는 전체와도 관계를 이루고 있는 것이다.

셋째, 구조가 자율적 실체라 함은 구조가 그보다 큰 총체와의 의존성 또는 상호의존을 유지하고 있는 구조 그 자체에 특유한 내적 조직(내재성)을 지니고 있다는 것이다.

넷째, 구조가 하나의 실체라 함은 그 실재론적 지위는 따질 필요가 없고, 다만 조작개념을 가능케 하기 위한 하나의 총체라는 뜻이다.

이리하여 구조가 검토하는 대상이 내재적인 것이냐 또는 그것이 인식대상에 대한 인식활동에서 결과하는 구성체이냐 하는 것을 살펴보는 문제는 기본적으로 철학적인 견지에서 다루어져야 할 문제이다.[1]

구조주의자들은 대체로 그러한 근본적 구조가 구체적인 요소들의 집합체에서 귀납적으로 도달한 형식적인 결론이 아니라 인간정신의 변함없는 구조 자체에서 연역된 것으로 보고 있다.[2]

한 문학작품의 전체와 부분은 떼려야 뗄 수 없는 긴밀한 관계에 있고, 한 부분이 지닌 진정한 의미는 다른 부분이나 전체와의 관계 아래서만 파악될 수 있으며, 이 부분들을 감싸 안고 있는 전체 — 문학작품은 스스로 완결된 덩어리이자 자족적 존재라는 것이 구조라는 개념 아래에 깔려 있는 보편적인 인식이다.

채트먼에 의하면 서사물은 '스토리(원화, 내용)'와 '담론(작화, 표현)'으로 구성되어 있으며, 다시 '스토리'는 '사건'과 '존재물'로 구성되었고, 또 다시 '사건'은 '행동'과 '일어난 일'이라는 부분요소에 의해서 구성되어 있고, '존재물'은 '작중인물'과 '배경'으로 구성된다. 이것이 '내용의 형식'이다. 이처럼 서사물의 내용을 이루는 스토리만 하더라도 다양한 부분 요소에 의한 구조물이다.[3] 그리고 이렇게 여러 구성 요소들인 부분들은 상호관련의 일련의 법칙에 의해 한 편의 소설 전체를 이룬다. 그리고 전체는 부분과의 상호관련의 일련의 법칙을 지니고 있다고 할 수 있다.

그런데 문학작품의 경우에는 완성된 한 작품만이 전체가 아니라 소설의 한 단락, 희곡의 한 막, 시의 한 행도 하나의 전체로 볼 수 있다. 이것들은 그들 나름대로 부분을 가지고 있는 전체이자 더 큰 전체의 부분으로 참여한다. 그러므로 하나의 문학작품은 유기적으로 얽힌 계

1) 소두영, 『구조주의』, 민음사, 1986, 86~87면.
2) 이상섭, 『문학비평용어사전』, 민음사, 1976, 31~32면.
3) 채트먼, 최상규 역, 『원화와 작화(Story and Discourse)』, 예림기획, 1998, 30면.

층적 구조라고 할 수 있다.

문학작품 속에 실현된 이야기가 시간적 순서에 따라 사건을 배열한 단순한 이야기가 아니라 그것을 효과적으로 전달하기 위해 어떤 '변형'이 가해진 이야기, 서로 긴밀한 내적 연관을 가지고 '얽혀 있는' 이야기라는 것은 아리스토텔레스 이래 문학이론가들이 주장해온 바다. 플롯, 형식, 표현 등의 용어는 모두 이런 개념 아래서 도입된 것이다.

그런데 전통시학의 용어들이 주목하는 과정이 이야기의 '효과적' 전달을 위한 이야기의 변형과정인 반면 '구조'라는 용어는 문학작품 자체를 외부의 어떤 요소와도 관련을 맺고 있지 않은 자율적이고도 자족적인 언어의 체계로 본다는 점이 커다란 차이점이다. '구조'의 개념을 가지고 문학을 바라볼 때, 문학작품을 구성하고 있는 다양한 성분들은 그 고유한 특성들에 의해 식별될 수 있는 자립적인 성질들이 아니라 순전히 '관계에 의해 이루어진' 요소들이다. 즉, 그 요소들의 개별성은 문학작품 자체, 작품이라는 체계 자체 내의 다른 요소들과의 차이와 대립의 관계에 의해 부여된다. 문학작품 전체의 체계는 하나의 계층조직으로 간주되며, 연속되는 각 층에서 낮은 층의 단위로 갈수록 점점 더 복잡한 결합들과 기능들이 조직된다. 그러므로 구조의 개념에 입각한 문학연구는 이 단위 요소들이 가지고 있는 무엇인가를 탐색하는 과정이 된다.4)

소설의 기본 골격은 이야기라고 할 수 있는데, 이 이야기를 이루는 여러 가지 요소들의 결합에는 규칙성이 있어야 한다. 즉, 이야기는 사

---

4) 한용환, 『소설학사전』, 고려원, 1992, 50~52면.

건이라는 부분 요소의 단순한 시간적 나열이 아니라 사건과 사건 사이에 떼려야 뗄 수 없는 긴밀한 상호관련의 구성의 법칙에 의존하며, 그 법칙이 구조를 이룬다. 이 때의 구조는 인식상의 구조를 의미한다.

구조 개념에서 문학을 바라본다는 것은 내용과 형식의 이분법을 벗어나 단일한 통일체로 작품을 대해야 한다는 것이다.

문학에서 '내용'이란 요소는 독립적 존재가 아니며, 형식도 더 이상 작품의 외형적인 요소만이 아니다. 러시아의 문학이론가인 미하일 바흐친은 문학의 형식적 기교를 중요시하는 동시에 문학이 지니고 있는 사회적·역사적 상황을 중요시한다. 그에게 있어서 문학의 형식과 내용은 서로 구별되지 않고 마치 동전의 양면처럼 동일한 것을 가리키는 이름에 지나지 않는다. 내용과 형식 둘은 대화적 관계에 있는 것이다. 그래서 그의 문학이론을 가리켜 사회학적 시학이라는 명칭을 부여하게 되었다. 문학의 부분적인 요소들인 내용이나 형식은 '구조' 속에서 필연적으로 통합되고, 그 구조 속에서만 비로소 가치를 드러내게 된다.

이상의 구조 개념을 소설에 적용할 경우, 소설 속의 사건들이 화자에 의해 어떤 방식으로 결합되어 그 연관 관계를 맺어 나가는가 하는 점, 소설이라는 장르로 묶이는 작품의 공통성, 소설에 소설 아닌 요소가 개입되었을 때 어떻게 배제하는가 하는 점 등을 고려하여 구조 개념을 확정할 수 있다. 이를 소설의 서사 구조(narrative structure)라고 한다.

소설의 서사 구조적 성분들 중에서 작품 자체를 큰 틀로 성립시키는 구조적 원리를 구성 곧, 플롯이라고 일컫는데, 플롯의 개념을 형성시키는 가장 근본적인 성질은 전통적으로 인정되어 온 '인과관계'이다.

소설을 형성하는 모든 요소들의 상호관계를 소설의 구조라고 본다면 소설 속에서의 시간과 공간, 시점과 서술자, 작중 인물의 특성과 서사구조(플롯)의 문제 등이 모두 소설 구조의 요소가 될 것이다. 이러한 소설의 광범위한 요소 가운데서 소설의 서사구조(플롯)로 문제를 국한해서 구조 문제에 접근해 보겠다.

1. 플롯(plot)의 개념

플롯이란 말의 어원은 아리스토텔레스의 『시학』에 있는 미토스(mythos)에서 유래한다. 그는 플롯을 "일정한 크기를 가지고 있는 전체적 행동"으로 보았다.[5] J. 쉬플리의 문학용어사전에서 플롯은 그것에 의존해서 이야기(narrative)가 구축되어지는 사건의 틀이라고 설명하고 있다. 이 때 사건의 틀에 담겨지는 이야기는 인위적으로 만들어진 구조이다. 작가는 그가 이야기하고자 하는 의도와 목표에 부합하는 방법으로, 즉, 전략적으로 이야기하는 사람이다. 그래서 플롯은 작가의 의도와 목표를 달성하기 위한 전략이라고 할 수 있다.

E. M. 포스터는 플롯을 서술상의 기술이라 했고, 브룩스와 워렌은 사건(행동)의 연결, 즉, '행동의 구조'라고 보았으며, 워렌과 웰렉의 '사건 등의 작은 서술적 구조가 연결된 것'이라고 본 데 비하여 티보데는 『소설의 미학』에서 플롯을 '스토리를 이어가는 기술, 성격을 만드는 기술, 상태를 만드는 기술' 등을 포괄하는 폭넓은 의미로 사용하고 있으며, 크레인은 행동·성격·사상에 의해 이룩된 특수한 잠정적 종합

---

5) 아리스토텔레스, 손명현 역, 『시학』, 박영사, 1975, 67면.

으로 보고 있다.

바흐친은 플롯을 사회적 언어들과 이념들을 드러내고 제시·경험하도록 구성되어야 한다고 전제한다. 하나의 담론과 세계관과 이념적 행동에 대한 시험이라든가, 사회·역사·국가적 세계와 소(小) 세계들의 일상적인 모습에 대한 제시(풍속소설이나 기행소설의 경우), 여러 시대의 사회·이념적 세계들에 대한 묘사(회고담 소설이나 역사소설의 경우), 혹은 시대와 사회·이념적 세계와 연관된 연배집단과 세대들에 대한 묘사(교양소설과 성장소설의 경우) 등등이 소설의 플롯에서 이루어져야 하는 것이다. 한마디로 말해 소설의 플롯은 화자들과 그들의 이념세계를 재현하는 데 기여한다고 보았다.6)

전통적으로 플롯은 행위 혹은 사건 개념으로 이해되었지만 현대로 오면서 그 개념의 폭이 점차 확대되어 외적 행위뿐만 아니라 내적 행위, 즉, 심리의 문제까지도 포괄하는 개념으로 확장되고 있다. E. 디플은 플롯은 어떤 문학 장르에 있어서든지 그 속의 모든 행위를 포함하며, 한 장면 또는 사건과 이야기를 넘어서서 시 또는 심리소설 내의 정신의 움직임을 설명해야 한다고 했다.7)

구조라는 용어가 형식 차원과 내용 차원에 동시에 적용될 수 있는 것처럼, 플롯이라는 용어의 규정도 형식 차원과 내용 차원을 동시에 아우를 수 있다. 앞의 형식 차원을 형태론적 관점이라 하고, 뒤의 내용 차원을 주제론적 관점이라 일컫는다.8)

---

6) 바흐친, 전승희 외 공역, 『장편소설과 민중언어』, 창작과비평사, 1988, 188면.
7) E. 디플, 문우상 역, 『플롯』, 서울대출판부, 1984, 3면.
8) 이재인 외, 『현대소설의 이해』, 문학사상사, 2003, 77면.

1) 형태론적 관점

플롯을 서술상의 기술로 보는 것이 형태론적 관점이다. E. M. 포스터(Forster)가 구분하고 있는 스토리와 플롯의 양분법이 이에 해당한다. 자연적 시간의 흐름에 따라 진행되는 사건에다가 인과성을 부여한 것이 플롯이라고 그는 설명한다. 스토리가 그래서 '그 다음에는?' 하는 의문을 불러일으키는 장치라면, 플롯은 그런 일이 '어째서 그렇게 되었는가?' 하는 인과성의 측면이 강조된다. 스토리와 플롯은 너무나 잘 알려진 왕의 죽음과 왕비의 죽음이라는 두 개의 사건에 관한 시간적 연결 내지 인과론적 연결에서 잘 대비된다.

> 스토리는 시간적 순서대로 배열된 사건의 서술이다. 플롯도 사건의 서술이지만 인과관계에 중점을 둔다. '왕이 죽고 왕비가 죽었다' 하는 것은 스토리지만, '왕이 죽자 왕비도 슬퍼서 죽었다' 하는 것은 플롯이다. 시간적 순서는 그대로 가지고 있지만, 인과감이 이에 그림자를 드리운다. 또 '왕비가 죽었다. 아무도 그 까닭을 몰랐더니, 왕이 죽은 슬픔 때문이라는 것을 알게 되었다' 한다면 이것은 신비를 간직한 플롯이며 고도의 발전이 가능한 형식이다.……왕비의 죽음을 생각할 때, 이것이 스토리에 나오면 'and' 이지만, 플롯에 나오면 'why' 이다.……우리는 여기에서 미의 문제에 부딪친다.……플롯은 소설의 논리적이고 지적인 면이다.[9]

포스터의 논의의 요점은 **스토리**는 시간적 순서대로 배열된 사건의 서술이며, **플롯**은 인과관계에 중점을 둔 사건의 서술이다.

---

9) E.M. 포스터, 이성호 역, 『소설의 이해』, 문예출판사, 1984, 98면.

이러한 관점은 러시아의 형식주의자들에게도 계승된다. V. 쉬클로프스키는 이야기감에 해당되는 것을 파불라(fabula)라 하였고, 그 재료를 예술적으로 구성한 것을 쉬제트(syuzhet)라는 용어로 지칭하였다.10) 이에 대한 설명은 같은 러시아 형식주의에 속하는 토마체프스키(B. Tomashevsky)에게서 보다 구체화된다. 그에 따르면 파불라는 줄거리 자체이고, 쉬제트는 스토리를 독자가 인지하게 되는 경로라고 할 수 있다. 다시 말해서 파불라는 결과적으로 일어난 일이자 재료로서의 이야기이며, 쉬제트는 독자가 일어난 일을 어떻게 인식하게 되는가, 즉, 작품 내에서 사건들이 나타나는 질서를 의미한다. 결국 독자가 읽게 되는 것은 파불라가 아니라 작가의 서사전략에 의해서 예술적으로 조직되어 표현된 이야기인 쉬제트인 셈이다.11)

여기서 파불라는 인과관계로 연결되어 있는 아주 작은 사건들, 즉, 모든 모티프의 총화를 의미하며, 쉬제트는 이러한 모티프의 총체를 예술적으로 질서 있게 표현하여, 시점 혹은 서술의 초점을 통해 매개된 플롯을 의미한다. 즉, 파불라는 재료로서의 이야기이고, 쉬제트는 작가의 서사전략에 의해 그 재료가 예술적으로 조직되어 표현으로 구체화된 이야기이다.

프랑스의 구조주의자 토도로프(Tzvetan Todorov)는 이야기를 스토리(story)와 담론(담화, discourse)의 두 가지 양상으로 구분하여 분석할 것을 제안한다.

---

10) 인용문에 사용된 파불라는 희곡이나 소설 따위의 줄거리를 뜻하는 용어고, 쉬제트는 주제라고 번역된다. 이들 용어는 불어로 각각 fable, sujet로 번역되었으나 영어로는 fable과 subject로 정확히 대응되지 않는다. : 유리 로트만, 유재천 역, 『예술 텍스트의 구조』, 고려원, 1991, 351면에서 재인용.
11) 한용환, 앞의 책, 441면.

이야기는 동시에 스토리이며, 담화이다. 이야기는 그것이 어떤 현실, 즉, 일어났을 법하다고 여겨지는 사건들과, 어느 면 현실 속 인물들과 혼동될 수 있는 인물들을 환기시킨다는 점에서 스토리다. 똑같은 스토리가 문학작품이 아니라 예를 들어서 영화에 의해서 전달될 수도 있다. 혹은 책을 통해서가 아니라, 어떤 목격자가 입으로 말하는 이야기를 통해서 그 스토리를 알게 될 수도 있다. 그러나 문학작품은 동시에 담화다. 즉, 스토리를 전하는 내레이터가 있고, 그의 면전에는 스토리를 인지하는 독자가 있다. 그런 차원에서 보면, 중요한 것은 진술된 사건들이 아니라 내레이터가 그 사건들을 알려주는 방식이다.[12]

말하자면 문학을 넘어서는 사건의 원초적인 요소가 '이야기'이고, 그 이야기가 화자에게서 독자에게로 전달되는 과정, 즉, 내레이터가 그 사건을 독자에게 알려주는 방식이 문학 형식을 취하고 있을 때, 그 것이 '담론'이라는 설명이다. 채트먼(S. Chatman) 역시 서사 텍스트 (narrative text)를 스토리와 담론으로 나누었다. 스토리(원화, 내용)는 사건(행동, 일어난 일)과 존재물(작중인물, 배경)로, 담론(표현, 작화)은 서사전달물의 구조(표현의 형식)와 표현양식(언어, 영화, 발레, 판토마임, 기타)으로 구분했다.[13] 쥬네트 역시 스토리를 보다 기술적인 측면에서 "기술의 기의(記意) 혹은 내용"이라고 정의하는 반면, 이야기(récit)는 "서술의 기표, 언술, 담화 혹은 텍스트 그 자체"로, 서술(narration)은 "서술의 생산적 행위, 넓은 의미로는 그 행위가 위치하는 실제 혹은 허구적 상황의 총체"로 정의한다.[14]

---

12) 롤랑 부르뇌프·레알 웰레, 김화영 역, 『현대소설론』, 현대문학, 1996, 66면에서 재인용.
13) 채트먼, 최상규 역, 앞의 책, 30면.
14) 롤랑 부르뇌프·레알 웰레, 김화영 역, 앞의 책, 67면.

2) 주제론적 관점

플롯을 보는 다른 방식의 하나는 주제론적 관점이다. 이 관점에서는 플롯을 소설의 여러 요소를 종합하는 힘으로 본다. 크레인(R. S. Crane)에게서 그 예를 확인하게 된다. 그는 "모든 소설이나 연극의 플롯은 작자의 창안물의 내용을 구성하는 행동, 작중 인물 및 사상 등의 요소를 작자 자신의 손으로 특수하게 시간적으로 종합한 것"이라고 주장한다. 이들 세 가지 요소 중 어떤 것이 종합의 원리로 사용되었는가에 따라 플롯의 구조가 달라지게 돼, 행동의 플롯, 작중 인물의 플롯, 사상의 플롯이 있게 된다는 것이다.[15]

이러한 개념은 일찍이 티보데(A. Thibaudet)가 플롯을 규정한 개념과 연관된다. 티보데는 플롯은 스토리를 이어 가는 기술, 성격을 창조하는 기술, 상태를 만드는 기술 등 세 가지의 다른 뜻을 지닐 수 있다고 보았다.[16]

크레인은 구성이란 행위나 인물의 성격 그리고 작가가 창안한 것을 구조화하는 사상 등 요소들이 작가에 의해 효과적으로 나타나게 하는 특수한 암시 구조라고 하는 점에서 티보데와 유사한 관점이다.

주제론적 플롯의 개념은 프리드먼(N. Friedman)에 와서 더욱 확장된다. 프리드먼은 플롯을 운명의 플롯, 성격의 플롯, 사상의 플롯으로 나누고, 이들을 다시 14가지 형태로 세분했다. 이는 플롯을 넓은 의미의 구조 개념으로 보고 소설의 기본 요소가 각각 독자적인 구조를 가진다는 데서 비롯된 발상이다. 소설의 인물이 보여주는 행동에는 각기 독

---

15) R. S. 크레인, 「플롯의 개념」, 김병욱 편, 최상규 역, 『현대 소설의 이론』, 대방출판사, 1983, 167~171면.
16) A. 티보데, 유경진 역, 『소설의 미학』, 신양사, 1959, 69면.

특한 유형이 있고, 그 유형마다 명칭을 부여할 수 있다는 것이다. 또한, 인물의 형상화와 특성에 따라 독특한 구조를 이루고 있다는 것이며, 소설의 주제 또한, 그러한 관점에서 볼 수 있다는 것이다. 그런데 그가 분류한 14가지 명칭이 구성의 내용적 측면만을 고려한 관념적 구조라는 데에 문제가 있다.[17]

즉, 소설 구조의 특징보다는 자료를 중심으로 플롯 유형 분류를 해나갈 경우 그 숫자가 무의미할 정도로 많아질 수 있다는 점이다. 이러한 관점은 크레인이 소속된 집단의 명칭을 신아리스토텔레스 학파라고 하는 데서도 짐작할 수 있듯이 아직도 형태론적 경향을 띠고 있다고 보아야 할 것이다. 주제론적 플롯 개념이 적극적 개념으로 전환된 것은 루카치의 '내적 형식'이라는 개념에 와서이다.

소설은 작가의 창조물이라는 측면과 작가가 살아가는 현실에서 자료를 모아 정리한 것이라는 두 측면에서 이해할 수 있다. 작가는 사상이나 생활 감정 즉, 작가 의식 혹은 주제 의식을 가지고 흩어져 있는 소재 중에서 작품이 될 수 있는 제재를 선택하게 된다. 이 제재를 플롯, 시점, 톤, 인물, 배경 등의 요소와 결합함으로써 소설을 구성하고 그것을 문체로 표현하게 된다. 여기서 언어 예술로서의 소설 작품이 탄생한다. 여기서 소설의 주제가 플롯으로 전환되면서 소설의 예술성이 드러난다.

결국 플롯은 소설을 소설 되게 하는 구성의 일반 원리라는 의미로 확산된다. 따라서 플롯을 사건 전개의 구조나 시간 착오를 통한 사건의 정리 등의 개념으로 국한하는 것은 바람직하지 않다.[18]

---

17) N. 프리드먼, 「플롯의 제 형식」, 최상규·김병욱 편역, 앞의 책, 172~199면.
18) 이재인 외, 『현대소설의 이해』, 문학사상사, 2002, 79~80면.

2. 플롯의 전개

1) 플롯의 구성요소

소설의 플롯을 구조적 관점에서 분석하고자 하는 경우 소설을 하나의 서사 텍스트로 전제하는 것이 일반적 관행이다. 분석의 절차에 우선 필요한 작업은 소설을 서사 단위로 분절하는 일이다. 즉, 연속된 이야기를 의미 있는 단위로 분절하지 않으면 부분과 전체의 관계로 규정되는 구조를 드러낼 수 없기 때문이다.

소설의 기본 단위는 문장인데, 문장은 독립적으로 존재하는 의미의 최소 단위다. 이러한 의미의 보유체인 문장이 하나 또는 그 이상이 모여 하나의 작은 사건을 이루게 된다. 이 작은 사건을 '단위 사건'이라고 볼 수 있으며, 이 단위 사건들이 여럿 모여서 하나의 '행동(action)'을 구성한다. 러시아 형식주의자들은 이것을 '모티프(motif)'라고 불렀다.

행동이 하나만 있는 소설에서는 하나의 행동 자체가 전체 소설이 되지만, 행동이 여럿 얽혀 있는 소설들에 있어서는 이 다수의 행동들이 모여 하나의 소설을 이루게 된다. 그러므로 소설은 **문장→단위 사건→행동→전체 소설**의 순으로 계층적 조직이 이루어져 있는 것이다. 단위 사건을 서사 단위와 동일한 개념으로 사용한다면 다음과 같은 설명이 된다.

'단위 사건'이란 앞뒤 사건 사이에서 그 사건들과의 연결이 헐거운, 독립적인 사건을 의미하는데, 하나의 단위 사건이란 주인공이 부딪치는 특정의 상황과 그에 대한 주인공의 반응을 의미한다. 그러나 때로는 어떤 특정의 사물에 대한 생각, 대화, 독백, 느낌 같은 것도 단위 사건이 될 수 있다.

물론 서사 단위라는 것은 상당히 자의적인 개념이다. 어느 정도의 범위로 단위 사건의 크기를 한정하느냐 하는 것은 주관적 판단에 좌우될 소지가 크다. 그러나 인간 생활에 있어서도 하나의 사건에는 처음과 끝이 있듯이 소설 속의 여러 사건에도 다 처음과 끝이 있게 마련이다. 이러한 독립성을 갖는 작은 사건들을 단위 사건이라 부를 수 있는 것이다. 서사 단위는 보다 작은 서사 단위를 포함할 수 있다는 점에서 중층적 구조를 이룬다고 하겠다.[19]

플롯은 그 안에 작은 플롯을 가지고 있다는, 웰렉(R. Wellek)의 지적대로 일종의 '구조의 구조'다. 플롯이라는 큰 구조를 이루는 요소의 하나로 서사 단위를 설정할 수 있고, 이 가운데 삽화 혹은 일화(episode)를 들 수 있다. 이는 주요 플롯이나 중심적 갈등 구조에서 벗어나 있는 짧은 이야기, 혹은 사건을 가리키는 말이다. 중심적 이야기와 직접적으로 연결되어 있지도 않고, 다소 주변적이거나 엉뚱한 것이기 때문에 서사의 중심 기능을 담당하는 것은 아니다. 그러나 다른 면에서 보자면, 한 작품의 미학적 구조를 풍부하게 해줄 수 있는 다양한 정보의 도입, 플롯이 가지는 긴장감의 완급 조절, 분위기의 전환 등의 면에서 에피소드는 중요한 문학적 의미를 지니고 있다.

행동(action)이라고 하는 말은 아리스토텔레스의 『시학』에서 유래된 용어로, 육체적인 행위뿐 아니라 작중 인물의 언어적 행위까지를 포함하게 된다. 행동은 일차적으로 '사건의 진행'을 뜻하는데, 플롯을 만드

---

19) 김천혜, 『소설 구조의 이론』, 문학과지성사, 1994, 163~165면.

는 사건의 연속으로 나타난다. 소설의 플롯은 '행동'이 예술적 효과를 얻는 방향으로 배열되고 형상화되는 구조이며, 이야기의 핵심적인 뼈대를 의미한다. 행동은 주어진 상황에서 다른 상황으로 상황의 운동 변화를 추구하는 가운데 여러 가지 힘이 작용하고, 여러 힘들의 관계가 성립함으로써 이루어진다. 이야기가 성립되려면 애초에 어떤 주어진 상황이 설정되고, 그 상황에 여러 가지 힘이 가해져서 운동과 '변화'가 초래되어야 한다. 운동과 변화라는 이 근본적인 개념이 바로 플롯의 원동력이다. 플롯의 이러한 역동적 요소가 전통적으로 말하는 플롯의 '탄력'이라는 것이다. 플롯의 탄력은 이야기가 전개되도록 하는 동인을 뜻하는 것으로 작중 인물의 욕망과 그에 대한 갈등의 형태로 구체화된다.

그런데 갈등과 대립은 한 인물의 내면적인 가치나 신념의 충돌에서 오는 내면적 갈등일 수도 있고, 개인 간의 사적인 이해관계에서 오는 갈등일 수도 있고, 개인과 집단(사회)과의 갈등일 수도 있고, 인간과 운명과의 갈등일 수도 있다.

소설의 행동은 한 인물의 단일한 행동이 아니라 여러 인물의 다양한 행동이 얽히고 설키는 가운데 이루어진다. 따라서 인물의 성격과 수에 따라 다양한 양상으로 구현된다. 이는 토도로프가 설정한 기본 술부라는 개념과 연관지어 설명할 수 있는 것인데, 기본 술부는 파생의 법칙이 적용되어 변화를 해간다. 기본 항목은 사랑으로 나타나는 욕망, 마음속을 타인에게 털어놓는 형식으로 나타나는 의사소통, 서로 도움을 주고받는 방식으로 실현되는 참여 등으로 구현된다.

토도로프는 이처럼 '기본적 술부'를 설정해 놓은 다음 상호 관계들은 그 세 가지 기본적 술부에서 파생하는 것이라고 보았다. '기본적인 술부'와 '파생된 술부' 사이의 관계를 형식화하는 것이 파생의 법칙이다.[20]

2) 플롯의 전개 과정

플롯이 사건의 인과적 배열과 상황 설정을 위한 배열이라 할 때, 여기에는 일정한 과정이 있게 마련이다. 시작이 있고, 중간이 있고, 끝이 있어야 한다. 이 때 말하는 시작·중간·끝은 이야기의 순서를 뜻하는 것이 아니며, 작품의 질서, 즉, 플롯의 단계를 말한다.

플롯의 전개 과정은 아리스토텔레스의 3단계론 이후 4단계·5단계·6단계 등으로 나누고 있다. 실제의 예를 보면 다음과 같다.

> 아리스토텔레스 : 시작 – 중간 – 끝
> 포스터 헤리스 : 상황 – 갈등 – 위기 – 절정
> 리게트 : 발단 – 제1행동단계 – 제2행동단계 – 발발 – 결말
> 웨스턴 : 의도 – 의도의 장해 – 의도의 반전 – 위기 – 위기의 반전
> – 대단원

이상과 같은 견해들은 근본적으로 아리스토텔레스의 3단계론을 세분화한 것에 불과하다. 즉, 중간 단계를 세분화 했느냐 그렇지 않느냐

---

20) 롤랑 부르뇌프·레알 웰레, 앞의 책, 78면.

에 따라 달라진다. 브룩스와 워렌은『소설의 이해』에서 발단 · 분규 ·
절정 · 대단원의 4단계를 설정하고 있다.

(1) 발단(exposition)

발단은 인물의 소개나 배경의 설치, 나아가 앞으로 어떤 사건이 발
생할 것인가를 짐작할 수 있는 사건이나 상황을 예비적으로 암시하여
다음 사건에 대한 흥미를 야기하게 하는 단계이다.

(2) 분규(complication)

어떤 예기치 아니한 사건으로 인해 갈등이 야기되기 시작하고 이로
부터 크고 작은 사건이 복잡하게 얽혀지기 시작한다. 따라서 분규는
이야기 중에서 가장 길게 차지하는 부분이 된다. 만일 작품 속의 등장
인물들이 손쉽게 욕망하는 일을 성취하거나 실패하고 만다면, 이는 매
우 싱거운 이야기가 되고 말아 작품으로서의 자격을 상실하고 말 것이
다. 작품의 흥미는 주인공이 어떤 장애에 부딪혔을 때 이를 극복하든
극복하지 못하든 저항하는 모습에서 찾아 볼 수 있다.

(3) 절정(climax)

절정은 분규가 지속되면서 갈등이 최고조에 이르는 것을 말한다. 위
기라고 알려진 어떤 결정적인 사건이 절정에 이르게 한다. 이 절정은
주인공의 운명에 있어서 전환점이 되기 때문에 플롯의 주요 부분을 상
승과 하강으로 양분하는 단계가 된다.

(4) 대단원(resolution)

대단원은 갈등의 모든 문제들이 해결을 보게 되며, 새로운 안정 상태를 이룰 토대가 마련되는 단계를 말한다. 물론 이런 토대는 최종적이거나 확정적인 것이 아니고 임시적일 수 있다.

이와 같은 분명한 갈등의 단계는 인물의 행위에 중점을 둔 전통적인 소설에서나 찾아 볼 수 있지, 행위가 극소화되고 심리상태나 내적 동기를 중시하는 현대소설에서는 거의 찾아 볼 수가 없다. 어찌 보면 현대소설은 별로 강렬성이 없이 질질 오래 끄는 인간의 투쟁을 그려 보이려는 경향을 갖고 있는 듯하다. 이런 소설에서는 주인공과 반동인물의 구별이 분명치가 않고, 사건의 분명한 결말을 찾아보기도 어렵다. 이런 소설의 흥미는 주로 인물의 심리를 이해하는 데 있기 때문에, 인물의 행위가 내적 동기나 심리 상태에 종속되는 형태로 묘사된다. 결과적으로 상승, 절정, 하강, 결말의 모든 단계는 모호해진다.[21]

어떤 이야기이든 그것을 훌륭하게 구성해내기 위해서는 몇 가지 지켜야 할 법칙이 있다. 이러한 구성의 법칙은 그것이 곧 절대적일 수는 없지만 그렇다고 하여 그 법칙들을 결코 소홀히 생각할 수 없다.

소설에서 구성을 지배하는 법칙 중 중요한 것은 첫 번째가 '그럴듯함의 법칙이다. 소설이 그럴듯함을 가지고 있다는 말은 이야기가 개연성 있는 것들로 이루어져 있으며 따라서 그 소설은 독자에게 믿을만하다는 신뢰감을 주게 된다.

두 번째로 중요한 것이 '놀라움'의 법칙이다. 앞에서 말한 그럴듯함

---

21) 윤채한, 앞의 책, 120~122면.

은 소설 자체에 진실성을 부여한다. 그런데 이 그럴듯함과 동시에 놀라움이 없다면 소설은 결국 재미없는 이야기가 되고 만다.

세 번째 법칙은 '긴장'이다. 작가는 소설을 읽는 독자들로 하여금 긴장하게 함으로써 이야기의 결과에 대해 지속적인 궁금증을 갖게 할 수 있다. 긴장이란 소설의 진행에 대한 늦출 수 없는 독자의 관심이다. 긴장이 일어나도록 유인하는 수단을 미리 암시해 주는 것이다.

네 번째는 '통일성'이다. 무릇 모든 글은 하나의 통일성을 가지고 있어야만 된다. 소설에서 발단, 전개, 위기, 절정, 결말의 각 단계가 단계마다 다른 성격의 이야기 같지만 결국은 통일된 하나의 주제를 위해 이바지하고 있는 것이다.[22]

3. 플롯의 유형

소설은 하나의 서사 텍스트로 일괄해 볼 수 있지만, 그 전개 방식에 따라 몇 가지 유형으로 나눌 수 있다. 이야기의 논리성을 중심으로 사건의 전개 방식에 초점을 두고 플롯의 유형을 규정할 수 있는데 이를 형태론적 관점의 유형이라 한다. 소설 내용을 중심으로 내용이 지향하는 방향, 내용의 의미 등에 중점을 두어 플롯을 유형화할 수 있다. 이를 주제론적 관점의 유형이라 할 수 있다.

주제론적 관점의 소설 플롯의 유형은 소설의 해석과 연관된다. 소설의 플롯은 형식과 내용의 통합을 지향하는 예술 일반의 이념에 기여하는 소설의 예술적 장치라는 의미를 지닌다. 이야기의 전개 구조와 기

---

22) 이규정, 『현대소설의 이론과 기법』, 박이정, 2004, 188~191면.

능 중심의 플롯 논의가 한계를 지니는 것은 이 때문이다.

아리스토텔레스 – 희곡의 플롯과 비극의 플롯
로날드 크레인 – 행동(사건, action)의 플롯, 인물의 플롯, 사상의
플롯
노먼 프리드먼 – 운명(fortune)의 플롯, 인물(성격)의 플롯, 사상의
플롯으로 크게 나눈 다음 다시 세분하여 14개의 플
롯의 유형을 제시하고 있다.[23]
노드롭 프라이 – 봄의 미토스(희극), 여름의 미토스(로망스), 가을
의 미토스(비극), 겨울의 미토스(풍자와 아이러니)

1) 주제 중심의 플롯 유형론

(1) 노먼 프리드먼의 플롯 유형론

가) 운명(사건)의 플롯(plot of fortune)
이 때의 운명이란 주인공의 명예, 지위, 이익, 사랑, 건강, 번영 등을
의미하며, 작중인물을 행복과 불행, 성공과 실패 등의 차원에서 서술
하는 플롯이다.

① **행동의 플롯**(the action plot)
이 플롯은 '다음에는 어떤 일이 일어날까'라는 스토리에 독자들의

---

23) Norman Friedman, "Forms of the plot(플롯의 제형식)", 김병욱 편, 최상규 역,
앞의 책, 1986, 172~199면.

관심을 집중시키며, 성격과 사상을 최소한으로 묘사한다. 따라서 이 플롯은 진지한 도덕적 문제나 지적인 문제를 다루는 소설에는 적합하지 않다. 모험소설, 탐정소설, S.F 소설 등의 대중소설에서 행동의 플롯을 쉽게 찾을 수 있다.

② **연민의 플롯**(the pathetic plot)

이 플롯은 필수적으로 '고난의 구조'를 갖고 있다. 이 때의 주인공은 자신의 잘못이 아니라 다른 요인으로 불행을 겪게 된다. 주인공의 의지는 박약하고, 품고 있는 생각도 소박하고 불구적이며, 이것이 좀 지나칠 때는 주인공이 바보가 아닌가 여겨지기도 한다. 『테스』, 『세일즈맨의 죽음』, 『욕망이라는 이름의 전차』, 『지상에서 영원으로』 등과 같은 예가 있다. 한국소설로는 현진건의 「운수 좋은 날」, 최서해의 「박돌의 죽음」, 「홍염」, 황순원의 『나무들 비탈에 서다』 등을 들 수 있다.

③ **비극적 플롯**(the tragic plot)

이 플롯은 아리스토텔레스에 의해서 유형화되었다. 아리스토텔레스는 플롯의 유형을 희극의 플롯(comic plot)과 비극의 플롯(tragic plot)으로 구분했다. 희극의 플롯은 주 인물이 우여곡절과 시련을 겪지만 종국에는 행복에 도달하는 이야기이다. 반면에 비극의 플롯은 주 인물이 파란만장한 시련을 겪고 나서도 운명이 개선되지 않는다. 오히려 불행에 떨어지거나 좀더 가혹한 운명, 즉, 죽음이나 좌절에 직면한다. 이 때의 주인공은 의지가 굳고 지식과 품고 있는 생각도 풍부하여 이 인물이 불행을 겪을 때는 책임지는 범위가 커지는 수가 많다. 연민의 플롯과의 차이는 연민의 플롯이 개인의 운명에 관한 문제로 귀납된다면, 비극의 플롯은 보다 복잡하면서도 큰 문제, 즉, 초개인적인 문제에까지 확장될 수 있다. 대체로 『오이디푸스 왕』, 『안티고네』와 같은 희랍 비극들, 셰익스피어의 『오셀로』, 『햄릿』, 『리어왕』 등과 같은 비극을 들 수 있다. 우리 소설로는 심훈의 『상록수』, 강경애의 「파금」, 이효석의 『장미 병들다』, 조명희의 『낙동강』 등을 예시할 수 있다.

④ 징벌의 플롯(the punitive plot)

이 때의 주인공은 목표도 고상하고 의지가 굳고 지식도 풍부한 편이다. 그런데 이런 성격을 지닌 주인공이 착하고 소박한 사람들을 괴롭히게 된다. 그러다가 끝에 가서 이 주인공이 전락해 버리거나 불행을 겪게 될 때 독자들은 통쾌감을 맛보게 된다. 이런 인물들은 사탄형에 속하며, 또 마키아벨리스트에 포함되기도 한다. '징벌의 플롯'은 이와 같은 '악인으로서의 주인공'이 비도덕적인 지평 위에 있다가 마지막에 가서 '회개하는 바보'로 전락하는 과정을 담는다. 『파우스트』, 『말피 공작부인』, 『실낙원』 등이 그 좋은 예이다. 양귀자의 『나는 소망한다, 내게 금지된 것을』(1992)도 징벌의 플롯으로 해석할 수 있다.

⑤ 감상적 플롯(the sentimental plot)

주인공이 '불행의 위협'으로부터 빠져나와 결말에 가서는 행복하게 되는 과정을 기본 구조로 삼는다. 즉, 단기간의 공포는 완화되고 이어 장기간의 희망이 자리 잡게 되는 과정이 '감상적 구성'의 줄기를 형성 하게 된다. 이 때 주인공의 행·불행은 사실상 그의 의지와는 별 관계 가 없다. 권선징악을 가장 강한 창작동기로 내세우는 소설들은 대부분 이런 유형의 예가 된다. 이런 유형의 플롯을 취하는 소설들은 그 결말 을 대체로 해피엔드로 처리한다. 이광수의 『흙』, 이태준의 『청춘무성』 을 예로 들 수 있다.

⑥ 감탄의 플롯(the admiration plot)

주로 명성과 명예의 차원에서 주인공이 보다 좋은 방향으로 개선되 는 과정을 보여주는 것이 '감탄의 구성'이다. 소설의 끝부분에 가면 주 인공은 독자들로부터 존경과 경탄을 받을 수 있게 된다. 이광수의 『무 정』, 김동인의 「붉은 산」, 이기영의 『고향』, 한설야의 『황혼』, 유진오 의 『화상보』 등을 예시할 수 있다.[24]

나) 인물(성격)의 플롯

주인공의 동기, 목표, 습관, 행위, 의지, 선악관, 고상함과 비천함, 공 감과 거부감 등을 따라가 보는 구성방법을 말한다.

① 성장의 플롯(the maturing plot)

이는 주인공이 좋은 방향으로 변화되는 것을 기본으로 삼는다. 작품

---

24) 조남현, 『소설신론』, 서울대출판부, 2004, 292~295면.
   Norman Friedman, "Forms of the plot(플롯의 제형식)", 김병욱 편, 최상규 역, 앞의 책, 172~181면.

의 중간에서 주인공의 의도가 오해되거나 일탈되거나 하는 것은 주인공이 무경험자이거나 소박하기 때문이다. 또는 주인공이 자신이 처해 있는 상황에 대해 착각했을 때에도 그의 한 인간으로서의 의도가 곡해될 수가 있다. 그런데 좋은 방향으로 이루어지는 주인공의 변화는 대체로 죽음의 형식을 밟으면서 더욱 극화된다. 『위대한 유산』, 『나르시스와 골드문트』, 『로드 짐』, 『젊은 예술가의 초상』, 『여인의 초상』, 『곰』 등과 같은 예가 있다. 이광수의 『무정』, 강경애의 『인간문제』, 조명희의 『낙동강』, 이기영의 『인간수업』, 황순원의 『나무들 비탈에 서다』 등도 그 예이다.

② 개선의 플롯(the reform plot)

이 때의 주인공은 '성장의 플롯'의 경우와는 달리 처음부터 사상도 풍부하고 자신이 잘못을 범하고 있다는 것을 깨닫기까지 했으나 의지가 박약해서 탈선하게 된 것이다. 그는 선과 존경의 가면 아래서 그의 약점을 드러내거나 감추어 버리는 문제에 직면하나 나중에는 올바른 길을 찾게 된다. '성장의 플롯'의 주인공은 사물에 대해 오해의 관점을 지니고 있으면서 그에 근거를 두고 행동했기 때문에 독자들의 연민의 대상이 될 수 있으나 '개선의 플롯'의 주인공에게는 이런 소지가 없다. '개선의 플롯'은 주인공이 '위선자'나 '돌팔이 의사'라는 점에서 '징벌의 플롯'과 비슷하나, '징벌의 플롯'은 주인공이 단순히 벌을 받는 것으로 끝나는 점에서 양자의 차이를 알아볼 수 있다. 나다니엘 호돈의 『주홍 글씨』가 그 대표적인 예이다. 박경리의 『시장과 전장』, 선우휘의 「불꽃」 등을 들 수 있다.

③ **시험의 플롯**(the testing plot)

남에게 동정적이면서 목적의식이 강한 인물이 타인이나 외부 세계로부터 자신의 고상한 의도와 습관을 포기할 것을 강요받는 플롯이다. 헤밍웨이의 『누구를 위하여 종은 울리나』, 이기영의 『인간수업』 등이 좋은 예이다.

④ **타락의 플롯**(the degeneration plot)

타인에게 동정적이었고 훌륭했던 주인공이 나쁜 방향으로 변화하는 플롯을 말한다. 주인공은 자신이 나빠지고 있다는 것을 자각하는 순간 새로운 삶을 시작하느냐 아니면 자신의 목표와 야심을 포기하느냐 하는 갈등에 빠지게 된다. 흔히 이런 유형을 '체념의 플롯'이라고 한다. 안톤 체호프의 『이바노프』, 『갈매기』 등이 있다. 현진건의 「사립정신병원장」, 유진오의 「김강사와 T교수」, 황순원의 『나무들 비탈에 서다』, 전광용의 「꺼삐딴리」 등과 같은 예가 있다.[25]

다) 사상의 플롯

주인공의 정신·태도·이성·감정·믿음 등에 관심을 집중시키는 구성방법을 뜻한다.

① **교육의 플롯**(the education plot)

주인공의 관념, 신념, 태도가 좋은 방향으로 변화하는 것으로, 앞서 말한 '성장의 플롯'과 유사하다. 지나치게 현학적이라든가 괴상한 체

---

25) 조남현, 위의 책, 295~296면.
　　Norman Friedman, "Forms of the plot(플롯의 제형식)", 위의 책, 181~184면.

험을 통해 시니컬해졌다든가 지나치게 소박했다든가 하는 식으로 부적절했던 주인공의 생각이 나중에 가서는 구제, 만족, 즐거움을 회복하게 된다는 것이다. 『허클베리핀』, 『쾌락주의자 마리우스』, 『전쟁과 평화』, 『등대로』, 『나르시스와 골드문트』 등과 이무영의 「흙의 노예」, 심훈의 『영원한 미소』, 이태준의 「해방전후」 등과 같은 예가 있다.

② **폭로의 플롯**(the revelation plot)

이 유형은 주인공이 상황의 본질에 대해 무지의 상태에 있는 것으로, 이 때의 주인공의 태도나 신념보다는 지식에 이상이 있다고 본다. 여자가 남자를 모르다가 깨닫는 경우, 전쟁소설에서 군인이 적정을 모르다가 깨닫는 경우 등이 대표적인 예이다. 한국소설에서는 김동인의 「감자」, 황순원의 『나무들 비탈에 서다』, 염상섭의 『삼대』, 윤흥길의 『빙청과 심홍』 등과 같은 예를 찾아 볼 수 있다.

③ **정감의 플롯**(the affective plot)

주인공이 태도나 신념에 있어서 희망적인 방향이든 체념적인 방향이든 일단 변화되는 것을 가리킨다. 철학적인 종류의 플롯이라고도 한다. 『오만과 편견』, 『데이지 밀러』, 『오이디푸스 콤플렉스』, 『매킨토시』, 『무기와 인간』 등과 염상섭의 「만세전」이 있다.

④ **환멸의 플롯**(the disillusionment plot)

'교육의 플롯'과는 반대되는 것으로, 이 유형은 긍정적인 주인공이 확고한 신념을 지닌 상태에서 출발하였다가 상실, 위협, 시험을 겪고

난 뒤 신념을 저버리게 되는 것으로 끝이 나곤 한다. 예로는 『위대한 개츠비』, 『털보 원숭이』, 유진오의 「김강사와 T교수」, 박영준의 「빨치산」, 채만식의 『탁류』, 장용학의 『요한시집』, 최인훈의 『광장』, 이문열의 『영웅시대』 등이 있다.

'운명(사건)의 플롯'은 인간은 타인과의 관계 속에 있는 존재라는 인식에 바탕을 둔다. '인물(성격)의 플롯'은 인간은 개성을 지닌 존재라는 인식에서 출발한 것으로 주로 심리소설, 자의식소설에서 많이 보인다. '사상의 플롯'은 종교소설, 철학적인 소설, 계몽주의소설, 지식인소설 등에서 볼 수 있는 성격의 것이다. '운명의 플롯'을 객관회귀의 성격이 강한 테제라고 하면, '인물의 플롯'은 주관회귀의 성격이 강한 안티테제가 되고, '사상의 플롯'은 주관과 객관을 두루 살펴보는 진테제가 된다.26)

(2) 프라이의 플롯 유형

자연과 인간이 한 몸이 되는 신화, 다시 말하면 모든 이야기(미토스)의 근원이 되는 원형은 사계절의 신화이다. 봄, 여름, 가을, 겨울이라는 자연의 섭리는 인간이 태어나서 성장하고 성숙하여 죽어가는 과정과 같고 겨울이 오면 봄이 멀지 않듯이 죽음은 부활을 의미한다. 그래서 프라이는 미토스의 네 가지 유형을 사계절에 맞추어 희극, 로망스, 비극, 아이러니로 나눈다. 그리고 다시 각각의 유형을 유아기, 성장기, 성숙기, 죽음이라는 삶의 과정에 맞추어 세분한다. 문학사에 있어온 이

---

26) 조남현, 위의 책, 296~298면.
  Norman Friedman, 위의 책, 184~187면.

야기 꾸미기(미토스)의 유형을 자연과 인간의 섭리로 해석한 것이다.

① **봄의 미토스(희극)** - 희랍의 코미디(comedy)가 전형으로서 젊은
이가 사랑하는 연인을 얻기 위해 방해꾼과 싸운다. 역경을 이겨내고
새로운 사실의 발견에 의해 사회적인 계층이 상승된다. 극은 새로운
사회를 암시하는 성대한 파티로 막을 내린다. 이런 구조 가운데 방해
꾼과 마지막 '발견'과 화합의 장면이 극의 성공 여부를 가름한다. 고전
소설 『춘향전』의 사랑, 비리의 숙정, 신분의 차이를 극복하는 춘향의
계급상승, 새로운 사회를 축복하는 잔치로의 결말 등은 희극의 전형이
라고 할 수 있다.

② **여름의 미토스(로망스)** - 주인공의 모험을 담은 신화가 기본구
조이다. 우선 위험한 여행과 준비단계의 작은 모험들이 있고 생명을
건 투쟁이 잇따르고 주인공의 개선으로 끝이 난다. 그런데 이 삼중구
조는 반복되는 경향이 있다. 주인공이 셋째 아들이라든지, 세 번의 갈
등이라든지, 세 번째 시도에서 성공한다든지, 세 번째 딸을 얻는다든
지 등이다. 전형은 악의 상징인 용을 물리치고 왕의 딸과 결혼한다는
성 조오지와 페르세우스의 모험담이다. 우리나라의 '영웅의 일생'이나
북부여의 해모수가 물의 신 하백과 싸워 그 딸 유화를 얻는 과정과 비
슷하다. 로망스는 다시 삶의 순환과정에 따라서 세분된다. 영웅의 탄
생에 얽힌 신화는 유아기, 순진무구한 청춘의 사랑은 소년기, 주인공
의 편력과 화려한 낙원은 청춘기, 전원의 노래는 성숙기, 그리고 명상
의 모험은 노년기와 죽음이다.

③ **가을의 미토스(비극)** - 비극은 개인의 고립이나 파멸을 다룬다. 전형은 희랍비극이나 셰익스피어의 비극이다. 주인공은 자신이 지닌 영웅성에도 불구하고 오만과 이기심에 사로잡혀 인간의 결정적인 결함을 노출시키는 알라존형이다. 중상모략을 당하는 죄 없는 주인공으로부터 시작하여 모험이 좌절되는 젊은이의 비극, 인간적인 결함에 의해 패배하는 전형적인 비극, 오이디푸스 왕처럼 모르고 저지른 실수, 프로메테우스처럼 지은 죄보다 더 큰 고통을 겪는 경우 등, 비극은 유아기로부터 죽음에 이르는 삶의 순환논리에 따라 6단계로 나뉜다.

④ **겨울의 미토스(풍자와 아이러니)** - 돈 키호테적인 풍자나 라블레적인 풍자는 유아기, 소년기, 톨스토이의 너무나 인간적인 주인공은 사실주의의 아이러니를 드러내는 전형이다. 운명의 수레바퀴에 휘말리는 토마스 하디의 주인공은 성숙기, 조지 오웰의 『1984년』처럼 광기나 전체주의의 희생자는 노년기와 죽음……27)

---

27) 권택영, 소설을 어떻게 볼 것인가, 문예출판사, 1996, 128~130면.
   N. 프라이, 임철규 역, 『비평의 해부』, 한길사, 1982, 220~337면.

2) 형태 중심의 플롯 유형론

(1) 이야기의 가짓수에 따른 분류

• 단일 플롯

단일 플롯(simple plot)은 단일한 인물이 등장하여 단일한 사건을 전개함으로써 단일한 주제를 나타내는 단편소설의 구성법이다. 단편소설을 단일한 인물, 사건, 주제, 효과로 된 소설이라고 하는데, 이러한 소설 구성법을 단순 구성이라고 한다. 즉, 사건의 진행이 단순하고 그 주제가 하나의 초점으로 명확하게 드러나며, 사건 전체를 일관하는 통일성이 뚜렷한 구성이다. 이러한 구성을 그 인상으로 보았을 때 긴축(緊縮) 구성이라고도 한다. 그러나 이 긴축 구성이란 말은 구성 유형상의 명칭은 아니고, 단일 구성을 인상의 측면에서 붙일 수 있다는 별칭으로 보면 된다.

단일 플롯은 단편소설에서 많이 택해지는 플롯이다. 김동인의 「감자」, 현진건의 「운수 좋은 날」, 염상섭의 「두 파산」 같은 작품이 단일 플롯으로 된 작품이며, 이들 작품들이 비교적 통일성과 단일한 효과를 강력하게 획득할 수 있었던 것도 이러한 플롯의 기능에 의한 것이다. 주제를 명확하게 드러낼 수 있으며, 쉽고 평이하다는 이점이 있는 반면에 인간과 사회를 총체적으로 그리기 어려운 단점을 지닌다.

• 복합 플롯

장편소설에서 흔히 사용되며, 많은 인물이 등장하여 여러 사건들이 복잡하게 얽혀 전개되고 주제도 복합적으로 나타나는 구성법이다. 단편소설의 구성처럼 단순하지 않고, 내용도 복잡다단하여 통일된 인상은 줄 수 없지만 인생의 단면보다는 인간과 사회 그리고 역사를 총체적으로 그려낼 수 있다는 점에서 선호되는 일종의 산만한 구성이라고 할 수 있다.

복합 플롯(intricate plot)은 한 소설 속에 둘 이상의 플롯이 중첩되어 진행되는데, 가장 큰 이야기가 핵심적 플롯(main plot)으로 진행되어 나가면서 작은 이야기들이 보조적 플롯(sub plot)으로 교차되어 진행되는 구성법과 처음부터 두 개의 대등한 플롯이 교차 진행되는 구성법이 있다. 가령 이문열의 『영웅시대』는 남편 동영과 아내 정인의 이야기가 처음부터 대등한 관계를 가지고 교차 진행된다. 복합플롯에서 유의할 점은 산만이 지나쳐서 통일성을 잃지 말아야 한다는 것이다. 이광수의 『무정』, 『흙』, 염상섭의 『삼대』, 현진건의 『무영탑』, 채만식의 『탁류』, 황순원의 『움직이는 성』 등의 장편소설이 취하고 있는 구성법이다.

▪ 피카레스크식 플롯

피카레스크(picaresque)라는 말의 뜻은 '악한을 제재로 한' 혹은 '악한 소설'이란 뜻이다. 사회에 대한 관심을 가지면서 출발한 서구의 피카레스크 소설은 16세기 중엽의 스페인에서 시작되었으며, 뒤에는 영국에서 더욱 성행하게 된다. 특히 18세기 산업혁명으로 인한 사회변동 과정에서 나타나기 시작한 사회범죄의 악과 모순들을 작품 속에 반영한 소설을 말한다. 뮤어는 이 소설은 수많은 상황과 다양한 대상을 제공하여 풍자적, 해학적, 비판적 묘사를 하는 데 목적을 둔다고 했다. 피카레스크식 구성은 단순구성이나 복합구성처럼 통일성 있게 짜여 있는 구성이 아니라 각각의 독립된 이야기들이 연속해서 전개되는 구성이다. 대체로 인과관계에 의한 치밀한 진행보다는 각기 독립된 여러 사건들을 개별적으로 나열하는 병렬식 구성방식을 취한다. 하지만 이야기의 하나하나는 독립해 있으면서도 전후 맥락이 있어야 한다.

같은 주제나 제목 하에 독립된 사건들이 여러 개 연결되는 구성이라는 점에서 옴니버스(omnibus)식 구성과 유사하지만 옴니버스식 구성은 이야기마다 서로 다른 중심인물이 등장한다는 점에서 다르다. 피카레스크식 구성은 동일한 인물이 다른 사건 속에서 동일한 주제를 추구한다면 옴니버스식 구성은 서로 다른 주인공이 다른 이야기를 통해서 동일한 주제를 추구할 뿐이다. 이광수의 『군상』, 김동인의 『여인』, 박태원의 『천변풍경』, 이문구의 『우리 동네』, 이문열의 『젊은 날의 초상』, 김홍신의 『인간시장』이 대표적인 예이다. 『데카메론』, 『셜록홈즈』 시리즈도 피카레스크식 구성이다.

- **액자형 플롯**

액자소설(frame−story)이란 소설의 이야기 속에 또 하나의 이야기가 들어 있어서, 그 틀이 마치 액자 모양을 취하고 있는 소설의 형태를 말한다. 액자형 플롯은 하나의 이야기 속에 다른 이야기들이 액자 속의 사진처럼 끼워져 있다는 데서 붙여진 이름이다. 이러한 소설 형식은 하나의 이야기 외에 또 다른 서술자의 시점을 배치함으로써, 전지적 소설 방식에서 탈피하여 다각적으로 이야기를 전개해 갈 수 있는 이점을 안고 있다. 앞에서 『데카메론』을 피카레스크 구성이라고 했는데,

이는 10일 간의 여러 이야기가 같은 형식으로 엮어져 있음을 말한 것이다. 그런데 본격적인 10일 간의 이야기로 들어가기 전에 이야기를 하게 된 경위가 책의 모두(冒頭)에 밝혀져 있는 것은 액자 구성의 형식이 된다. 따라서 『데카메론』은 액자형 구성이다. 김동인의, 「광화사」, 김정한의 「모래톱 이야기」, 김동리의 「등신불」, 조세희의 『난장이가 쏘아올린 작은 공』, 이문열의 『사람의 아들』 등이 액자 형식을 하고 있다.

액자형 플롯에서 외부액자(바깥 이야기)와 내부액자(안 이야기)의 화자는 뚜렷이 구별되며, 하나의 외부 액자 속에 하나의 내부 이야기가 들어 있으면 단일액자구성, 하나의 액자 속에 여러 개의 내부 이야기가 들어 있으면 순환액자구성이라고 한다. 『데카메론』은 순환액자구성이며, 김동인의 「배따라기」, 김동리의 「무녀도」는 단일액자구성이다.

또한, 바깥 이야기에서 안 이야기로 옮겨졌다가 다시 바깥 이야기로 결말이 되는 것을 닫힌 액자, 바깥 이야기에서 안 이야기로 옮겨졌다가 그대로 끝이 나는 것은 열린 액자라고 한다. 김승옥의 「환상수첩」은 닫힌 액자이며, 「무녀도」는 열린 액자이다.

이야기 가짓수에 의한 분류를 도표로 제시하면 다음과 같다.

구 분	내 용
단일 플롯	한 가지 이야기만이 전개되는 구성. 단일한 사건이 전개되어 단일한 인상을 주고 단일한 효과를 노리는 구성 방식. 주로 단편 소설에서 보임.
복합 플롯	두 가지 이상의 이야기가 복합적으로 얽혀 전개되는 구성. 현대 장편 소설에 주로 흔히 나타나는 구성 방식.
피카레스크식 플롯	독립된 각각의 이야기가 동일한 주제로 엮어지거나, 각각 다른 이야기에 동일한 주인공이 등장하는 구성.
액자형 플롯	한 작품이 '외부 액자'와 '내부 액자'로 이루어지는 구성 방식. '내부 액자'는 이야기 속의 핵심을 가리키며, '외부 액자'는 이를 둘러싼 이야기로서의 액자가 된다.

(2) 사건 진행방식에 따른 분류

▪ 진행적(평면적) 플롯

진행적(평면적) 플롯은 직선적 구성이라고도 한다. 사건 발생의 시간 순서대로 이야기를 전개시키는 구성법이다. 고대소설의 구성법, 연대기소설의 구성법이 주로 여기에 속한다. 현대 단편소설 중에서도 단일한 효과를 극대화하기 위해서는 시간구성을 순차적으로 구성하는 진행형 플롯을 쓰기도 한다. 이로 인해 얻어지는 이점은 통일성과 초점이 분명해지는 것이다. 하지만 많은 현대의 단편소설들은 사건 발생의 시간적 순서를 변조(착오)시킴으로써 독자를 낯설게 만드는 효과를 얻고 있다. 이 구성법은 이야기 전개를 평면적으로 만들어 자칫 독자의 흥미를 반감시킬 수 있다는 점에 유의해야 한다.

· 분석적(입체적) 플롯

현대소설 대부분의 구성법이다. 과거 현재 미래가 순차적으로 제시되지 않고 변조됨으로써 독자를 소설 속으로 끌어들이게 된다. 쥬네트는 제임스 조이스의 『잃어버린 시간을 찾아서』에 나타난 시간을 분석함으로써 소설의 서사분석을 위한 시간이론을 수립하게 된다. 현대의 대부분의 소설은 분석적 플롯으로 되어 있다고 보아도 과언이 아니다. 최초의 근대소설인 『무정』도 그 플롯을 분석적으로 구성함으로써 형식적인 면에서 근대성을 취하고 있다. 이 구성법에서 유의해야 할 점은 빈번한 시간 착오가 자칫 소설을 난해하게 만들 수도 있다는 점이다. '의식의 흐름'의 수법을 사용하는 많은 소설들이 분석적 플롯으로 되어 있는데, 시간과 공간의 지나친 이동이 편안하게 독서의 재미에 빠지고 싶은 독자들을 소설로부터 멀어지게 만드는 요인이 되기도 한다.

(3) 통합성 유무에 따른 분류

· 극적 구성(견고한 구성, 유기적 구성)

작품 속의 여러 삽화나 사건들이 유기적으로 긴밀하게 결합되어 발단, 전개, 절정, 결말의 순서에 따라 극적인 진행이 이루어져 완전한 하나의 이야기로 총합되는 구성방식이다. 단일구성이나 평면적 구성은 극적 구성과 밀접한 관련을 가진다.

• 삽화적 구성(산만구성, 이완된 구성)

작품의 중심사건과 밀접한 관련성이 없는 듯이 보이는 삽화, 사건들이 산만하게 연결되었거나, 불필요하거나 부수적인 것으로 여겨지는 사건들이 섞여 있는 구성방식으로 피카레스크식 구성이나 복합구성, 입체적 구성과 깊은 관련을 갖고 있다.

(4) 상승구성과 하강구성

R.C. 메레디트 등의 『소설의 구조』에서 제시된 구성유형이다. 주인공의 주된 동기력이 독자의 인식점으로 보아 목표에 도달하여 성공하였으면 상승구성, 실패하였으면 하강구성으로 분류한다.

신동욱은 상승구성과 하강구성 이외에 주인공의 운명이 결말에 가서도 성공과 실패에 아무런 변화가 나타나지 않는다면 평행구성이라고 하였다. 그리고 상승구성은 작가의 낙천적 세계관의 반영으로, 하강구성은 허무주의적 세계관의 반영으로, 평행구성은 회의주의적 세계관의 반영으로 파악했다.

4. 기타 플롯의 제 문제

복선(伏線, foreshadowing)은 앞으로 일어날 사건 혹은 상황을 암시하는 방식으로 이야기의 우연성을 방지하기 위한 구성상의 한 기법이다. 즉, 다가올 사건들의 어떤 징조 혹은 사전 원인을 미리 제시함으로써 독서의 긴장감을 고조시킨다. 보통 작중인물의 대화나 유별난 행동, 예시적인 주변 사건들을 활용하여 인물이나 배경이 계속되는 사건의 진행을 투사하는 형태를 취한다. 가령 현진건의 「운수 좋은 날」에서 소설의 서두에서부터 추적추적 내리는 비가 어두운 분위기를 형성하며, 결말에서의 병든 아내의 죽음이라는 비극적 반전을 암시하고 있다. 고대 소설에서는 꿈을 통한 예시를 자주 복선으로 활용하였다. 복선은 서스펜스의 효과를 동반하기도 하며, 미래에 대한 암시나 기대를 하게 만드는 효과를 낸다. 복선의 목적은 독자의 흥미를 강하게 유발시킴은 물론, 그 복선의 결과로 나타나는 사건에 대하여 그럴듯한 필연성을 부여한다.

패턴(pattern)은 작품 속에서 일정한 사건이나 행동, 모티프, 심리적 독백 등과 같은 소설적 요소들이 한 작품의 내부에서 연속되거나 반복될 때 그 반복되는 요소나 혹은 기법 자체를 가리키는 말이다.

여기서 말하는 반복은 단순한 기계적인 반복이 아니라 '의미 있는 반복', 결정적인 하나의 계기를 위해 준비되어 있는 연쇄적이며 상승적인 반복이다. 생동감 있는 플롯의 제시를 위해, 또 주제의 효과적인 표출이나 강조, 등장인물의 심리 및 성격의 구축, 그리고 경이로운 결말로 독자의 반응을 효과적으로 이끌어내기 위하여 작가들은 이 패턴의 기법을 적절히 활용한다. 따라서 독자들은 소설 속에 자주 나타나는 작은 사건, 첨가된 에피소드의 반복, 이런 것들의 상징성과 의미에 대하여 주의 깊게 관찰하고 생각해 보아야 한다.

제4장 소설의 시간

E. M. 포스터가 "소설 속에는 항상 하나의 시계(clock)가 있다"[1]고 말한 것처럼, 소설과 시간은 불가분의 관계에 있다. 왜냐하면 인간 세상의 모든 사건은 항상 시간의 흐름 속에서 진행되고, 그 사건에 대한 이야기를 듣거나 읽는 독자도 또 다른 시간의 흐름 속에서 듣거나 읽고 있기 때문이다. 우리는 소설의 구조를 이해하기 위하여 소설 속의 시간 구조를 분석해볼 필요를 느끼게 된다.

모든 사건은 시간과 공간이라는 두 형식의 축 속에서 이루어진다. 마찬가지로 이야기나 소설도 시간적 배경과 공간적 배경 위에서 성립된다. 소설의 플롯도 결국은 주인공을 어떤 시간과 공간 속에 위치 짓느냐에 따라 달라진다. 또한, 소설은 시간이 경과되어야 성립되는 행위인 읽기를 전제로 한 서사양식인 점에서 시간적 예술양식이라고 할 수 있다. 회화나 조각, 건축이 공간예술인 데 반하여, 문학은 음악과

---

1) E. M. Foster, *Aspects of the Novel* (London 1927), 1974, p.20.

마찬가지로 시간예술이다. 그것만으로도 문학의 형식과 매체는 연속성, 일시성, 불변성이라는 시간의 일반적 원칙의 지배에서 벗어날 수 없다. 그러나 같은 시간예술인 음악과 비교할 때 문학은 재현적 시간예술이라는 점에서 음악과는 다르다. 그러므로 문학의 주제는 삶의 진행, 육체적이건 정신적이건 간에 시간 속에서 진행되는 사건, 시간 속에 위치해 있으면서 여러 가지 시간감각을 지니고 있는 작중인물과 관계가 있게 마련이다. 또한, 문학은 발레, 인형극과 같은 재현예술과도 다르다. 그것은 발레나 인형극들이 아무런 중재 없이 직접적으로 호소하는 데 반하여, 문학은 지각자와 상징화된 지각대상 사이에 개재하는 상징적 매체에 전적으로 의존한다. 바꾸어 말하면 문학은 언어를 매개로 하고 언어가 지니고 있는 의미론적, 문법적, 통사론적 관례의 지배를 받는다. 그런데 이러한 언어가 지니고 있는 여러 가지 특성은 근본적으로 시간에 의하여 제한을 받고 있다는 점이다.

특히 시간은 인간존재나 경험의 가장 기본적인 범주의 하나로서, 사건의 전후를 연속시키는 서사의 근거를 이루는 것이다. 변화의 측정 기준인 시간은 우리의 존재를 정돈하고 실현하는 주요도구인 것이다. 그래서 리꾀르의 지적처럼 서사성과 시간성은 분리될 수 없을 정도로 밀접한 상호성을 지니고 있는 것이다[2].

현대소설에 있어서 시간의식은 스토리의 제시라는 차원을 넘어서서 소설의 구조적 특성이나 기법의 중심적 과제가 되었다. 소설에 있어서 구조란 바로 시간이며, 소설에 있어서 새로운 서술기법이란 무엇보다도 시간의식에서 찾을 수 있다. 그리하여 멘딜로우(Mendilow)는 "소설

---

2) 이재선, 『현대소설의 서사시학』, 학연사, 2002, 11면.

의 기법이란 모두가 서로 다른 시간가(時間價)와 시간 계열에 맞춘 처리 방법이라고 할 수 있으며, 상극하는 두 가지 체계나 가치 사이에서 이득을 얻어내는 방법"3)이라고 했다.

특히 20세기에 와서 사람들은 시간의 강박관념에서 벗어 날 수 없게 됨으로써 시간예술의 하나인 소설은 더욱 시간의식에 관심을 집중하지 않을 수 없게 되었다. 위르겐 슈람케(W. Schramke)의 시간의 분열에 대한 다음과 같은 진술은 왜 현대소설에서 시간을 다루지 않으면 안 되는가에 대해서 잘 말해준다.

> 소설형식에 대해 본질적인 내면성과 외부세계라는 이원성은 현대소설의 경우에도 시간관계 속에서 완전하게 관철되었다. 시간은 원칙적으로 두 갈래로 나타난다. 즉, 외부적 시간과 내면적 시간, 객관적 시간과 주관적 시간, 기계적 시간과 체험된 시간, 빈 시간과 채워진 시간, 죽은 시간과 살아 있는 시간, 세속의 시간과 의식의 시간, 시계판의 시간과 인간적 시간 등으로 분열되어 나타나는 것이다. 내면성이 대체로 그렇듯, 내적으로 체험된 주관적 시간 역시 모든 가치와 의미충족을 의미한다. 반면에 기계적이고 생명을 잃은 시계판의 시간은 의식을 무시하거나 끊임없이 파괴하려 드는 적대적인 힘으로 통용된다. 이 같은 시간의 분열은 직접적으로 현대소설 자체의 구조에서 파생되지만 동시에 근대철학의 시간 이해에서 정확한 평행선과 이론적 근거를 발견한다.4)

문학에 있어서 시간은 위에서 말한 두 개의 시간 가운데서 후자의 시간임은 말할 나위가 없다. 즉, 외부적·객관적 기계적인 죽은 시간이

---

3) A. A. Mendilow, 최상규 역, 『시간과 소설』, 대방출판사, 1983, 73면.
4) 위르겐 슈람케, 원당희 · 박병화 역, 『현대소설의 이론』, 문예출판사, 1995, 173~174면.

아니라 내면적·주관적인 체험된 살아 있는 시간이다. 소설문학은 베르그송에 의해서 제시된 시간관을 토대로 소설의 독자적인 시간원리를 구축했다. 베르그송은 두 개의 시간의 화해할 수 없는 대립을 여러 가지로 변형시켜가며 다양하게 설명했다. '순수한 질적 시간은 시계가 기록하는 '공허하고 불안한 양적 시간과는 극도의 차이를 보여준다.

> "우리의 의식이 체험한 지속성이란 물리학자가 말하는 시간과
> 는 매우 상이한, 확정된 리듬에 의한 지속성이며 일정한 시간에
> 원하기만 하면 얼마든지 현상들을 기억에 축적할 수 있는 지속성
> 이다." 시계판의 시간은 의식과 그것의 시간체험에 대해서는 완
> 전히 피상적인 상태로 머무른다. "나의 밖에, 공간 속에는 오로지
> 유일한 시계침, 시계추의 위치만이 존재한다. 왜냐하면 이미 지나
> 간 위치는 더 이상 남지 않기 때문이다. 나의 내면에는 어떤 조
> 직의 과정, 혹은 의식적 사건의 상호적 침투의 과정이 진행되어
> 진정한 지속성을 형성한다." 정신적인 지속성이 질적인 변화를
> 통해서만 규정되는 반면, 계측 가능한 시간은 공간에 의존하고
> 그에 따라 순전히 양적인 본질에 해당하는 것이다. "일상적인 체
> 험을 통해 우리는 의식이 순간적으로 도달한 질적 지속성과 공간
> 속에서의 발전을 통해 질적인 것으로 변한 시간, 말하자면 물질
> 화된 시간과의 구별을 할 수 있어야만 한다."5)

삶의 철학자 베르그송으로부터 실존철학의 하이데거와 베르쟈예프에 이르기까지 현대 철학의 주류는 시간을 그들의 가장 중요한 테마의 하나로 삼았다. 위르겐 슈람케는 현대소설의 시간관계 이원론은 무엇보다도 주관적 시간과 객관적 시간, 서술시간과 피서술시간, 흐름과

---

5) 위의 책, 174~175면에서 재인용.

정지 등의 개념 쌍들로 특징지어진다고 했다.[6]

볼프강 카이저는 서사 문학의 근원적 상황을 "어떤 화자가 일어났던 어떤 일을 청중에게 이야기하는 것"으로 정의했다. 여기서 우리는 시간의 문제가 뚜렷이 대두되고 있음을 보게 된다. '일어났던 어떤 일'이란 현재의 일이 아니라 과거의 일임을 의미한다. 다시 말하면 화자가 이야기를 하고 있고, 청자가 듣고 있는 시간보다 이전에 일어난 일을 대상으로 삼고 있음을 의미한다. 또한, 이 이야기를 귀로 듣는 청자에게 있어서는 화자의 시간과 청자의 시간이 다르지 않지만, 이야기를 문자를 통해 읽는 독자의 경우에는 작가의 시간과 독자의 시간 사이에 간격이 존재하게 된다.[7]

그러므로 소설에서 시간의 층은 여러 개가 존재한다. 화자가 이야기를 사건이 일어난 순서대로 순차적으로 전달하지 않고, 과거 현재 미래를 뒤섞어 시간의 순서를 변조할 수도 있다. 또 어떤 부분은 자세하고 꼼꼼하게 서술하여 시간 진행을 느리게, 어떤 부분은 요약하거나 비약하고 더러는 생략함으로써 독서 속도를 감속하거나 가속할 수도 있다. 뿐만 아니라 한번 일어난 일이 반드시 한번만 서술되지 않는다. 또 여러 차례 일어난 일이 한번으로 묶여 서술될 수도 있다. 즉, 순서, 지속, 빈도의 문제와 같은 시간문제가 소설에 중요하게 존재하는 것이다.

---

6) 위의 책, 172면.
7) 김천혜, 『소설구조의 이론』, 문학과지성사, 1990, 38∼39면.

1. 두 개의 시간 개념

1) 자연적 시간과 경험적 시간

한스 마이어홉프(Hans Meyerhoff)는 시간개념을 자연적 시간(time in nature)과 경험적 시간(time in experience)으로 구분한다. 즉, 공적이고 개관적인 시간, 또는 자연에 있어서 '시간관계의 객관적 구조'라는 관점에서 규정된 시간개념과 개인적이고 주관적이며 심리적인 시간 개념이 그것이다. 물론 문학에서의 시간은 경험 속에 주어진 시간의 요소들과 관계한다. 한스 마이어호프는 다음과 같이 문학 속의 시간을 규정한다.

> 문학적 시간은 '인간적 시간(le temps humain)', 즉, 경험의 막연한 배경의 일부가 되고, 또 인간의 생활 구조 속에 포함되어 있는 시간의 의식이다. 그러므로 문학적 시간 의미는 경험 세계라는 맥락 속에서, 또는 이러한 경험의 총화인 인간 생애의 맥락 속에서만 터득할 수가 있다. 이와 같이 정의되는 시간은 사적이고, 개인적이며 주관인 또는 가끔 지적되는 것처럼 심리적인 것이다.8)

① 자연적 시간 — 공적, 객관적 시간, 물리학적 시간개념
② 경험적 시간 — 개인적, 주관적, 심리적 시간, 주관적 상대성, 비현실적 배분, 불규칙성, 비일관성

---

8) H. Meyerhoff, 김준오 역, 『문학과 시간현상학(*Time in Literature*)』, 심상사, 1979, 32면.

2) 스토리 시간과 플롯 시간

소설의 시간에는 스토리 자체의 시간인 **스토리(허구)의 시간**과, 스토리를 표현하는 방식의 시간인 **플롯(서술)의 시간**이라는 두 가지 다른 형태의 시간이 존재한다. 귄터 뮐러는 **서술된 시간**과 **서술하는 시간으로 구분하였고**, 장 리카르두(Jean Ricardou)는 이야기 자체인 스토리 시간을 '**허구의 시간**(temps de la fiction)'으로, 소설 속에 표현된 플롯 시간을 '**서술의 시간**(temps de la narration)'으로 구별하였다.[9] 쥬네트에 따르면 서사물은 이중의 시간 연속을 가진다. 내용차원이 가지는 시간 연속과 표현차원이 가지는 시간 연속이 그것이다. 표현의 방식에 구조화되어 있는 시간은 기표의 시간 혹은 텍스트의 시간이라고 지칭되지만, 흔히는 담론의 시간(time in discourse)이라고 불리는 시간이다. 내용 차원의 시간은 이야기 자체의 시간을 가리키는데, 이 시간을 지칭하는 명칭을 러시아 형식주의자들은 파블라(fabula)의 시간이라 했다. 또 그것은 기의의 시간, 허구의 시간, 사건의 시간, 이야기의 시간이라고 부른다.[10]

쥬네트는 이 두 시간 사이의 불일치(anachrony)의 문제를 순서(order), 지속(duration), 빈도(frequency)의 세 범주로 나누어서 고찰하였다.

---

9) 장 리카르도, 김병욱편, 최상규 역, 『현대소설의 이론』, 대방출판사, 1986, 487~496면.
10) 한용환, 『소설의 이론』, 문학아카데미, 2000, 110면.

2. 시간의 이론

1) 멘딜로우

멘딜로우는 『시간과 소설(Time and Novel)』에서 시간을 다음과 같이 네 가지로 나누어 설명하고 있다.

(1) 시계에 의한 시간과 개념적 시간

뉴턴(Newton)이 말하는 절대적이고 진정한 수학적 시간은 외부적인 것과는 전혀 무관하게 스스로 그 본성으로부터 한결같이 흘러나오는 것으로, 상대적이고 보편적인 시간을 포함하는 '개념적 시간이라 할 수 있으며, 이것은 지상적인 편리를 위해 사용되며, 진정한 시간 대신에 사용되는 한 시간, 한 달, 일 년 등과 같은 운동에 의한 지속의 외면적 측정이라 할 수 있다.

(2) 독서의 연대기적 지속

독자가 소설을 읽는 데 사용하는, 시계에 의해 판정되는, 시간의 길이다. 미학적 중요성보다는 경제적 중요성을 지니고 있을 뿐이다.

(3) 집필의 연대기적 지속

작가가 소설을 쓰는 데 요하는 시계의 시간이다. 이것이 소설에 끼치는 직접적인 영향은 미학적인 문제가 아니라 외적인 문제이고, 상업적 측면과 많은 관련을 맺고 있다.

(4) 소설 주제와 의·연대기적(擬·年代記的) 지속 - 허구적 시간

허구적 시간은 사물이 지속되거나 사건이 발생하는 일정 기간의 시간 경과, 즉, 시간적 지속을 뜻한다. 내용을 이해하기 위해 소요되는 시간과는 별도로, 이해의 대상이 되는 시간, 소설의 내용이 다루고 있는 시간의 길이이다.

이상의 네 가지 시간에서 문학, 특히 소설을 대상으로 하는 경우에는 세 가지 시간만이 문제가 될 수 있다. 그러나 보다 엄격하게 생각하면 허구적 시간이 소설의 주제로서의 시간의식의 가장 핵심적인 문제라 하지 않을 수 없다. 그렇다고 하여 독서의 시간이 완전히 외면될 수 있는 것은 아니다. 왜냐하면 소설의 주제의식을 드러내는 시간의식의 양상에 따라 독서의 시간은 크게 영향을 받고 있기 때문이다. 이에 비하여 작가의 집필시간은 작가에게는 중요한 문제가 되지만 그것이 작품으로 형상화되고 나면 그것은 작품의 이해나 평가에 직접적으로 참여하지 않는다.11)

2) 제라르 쥬네트

제라르 쥬네트(G. Genette)의 『서사담론』은 프루스트의 『잃어버린 시간을 찾아서』에 대한 연구서인 동시에 독립된 소설 이론서이다. 쥬네트는 플롯에 치중해 온 프랑스 구조주의의 한계를 극복하여 형식에 내용을 연결짓고, 서사의 관점과 시점에 치중해 온 영미 이론의 한계를 극복하여 내용에 형식을 연결짓는다. 그러므로 서사담론은 서사라는 형식과 관점이란 내용이 합쳐진 이론이다.12)

서사분석을 위한 쥬네트의 결정의 세 기본 분류는 〈시간(tense)〉,

---

11) A. A. Mendilow, 앞의 책, pp.85~97.
12) 권택영, 『소설을 어떻게 볼 것인가』, 문예출판사, 2000, 216면.

〈서술전략(mood)〉, 〈서술자의 음성(voice)〉이다. 이 가운데서 〈시간(tense)〉의 범주는 순서, 지속, 빈도로 도식화된다. 그는 형식의 측면에서 스토리의 시간과 담론(서술, 플롯)의 시간을 살핀다. 스토리에서 사건이 일어나는 순서와 서술에서 사건이 일어나는 **순서**는 어떻게 다른가(order), 둘 사이에서 사건이 **지속**되는 시간의 길이는 어떤가(duration), 둘 사이에서 사건이 일어나는 **빈도수**는 어떤가(frequency) 하는 관점에서 등장인물과 서술자의 틈새를 비집어 본 것이다. 예를 들어 1인칭 회고적 서술에서 서술자는 성숙한 어른이고 사건을 경험하는 인물은 어린 소년인 경우 둘 사이에는 갈림이 일어난다. 서술하는 나와 경험하는 나 사이의 음성이 다르기 때문이다.[13] 파트리크 쥐스킨트의 『좀머 씨 이야기』나 박완서의 『그 많던 싱아는 누가 다 먹었을까』에서 서술하는 나는 성숙한 어른이고, 경험하는 나는 어린 소년(소녀)으로서 서술하는 자아와 경험하는 자아 사이의 음성이 다르다.

순서(order)의 장[14]에서 그는 스토리 시간과 담론시간의 불일치(anachrony), 즉, 시간의 순차적 질서에 어긋나게 플롯을 진행시켜 나가는 방식에 대해서 말한다. 이 개념의 가장 큰 특징은 사건들의 시간적 논리를 변조시킴으로써 계기적 질서를 혼란시키고 낯설게 만든다는 것이다. 시간 변조에는 소급제시(회상), 사전제시(예시, 예상)가 있다. 민담은 관습적으로 대부분의 서술에서 연대기적 시간 순서에 충실하지만 서구문학 전통에는 '시간의 불일치'라는 특징적인 효과가 들어있다. 시간의 불일치는 '현재' 즉, 스토리에서 시간의 불일치가 일어나려고 서술이 방해받는 그 순간부터 다소 동떨어진 과거와 미래까지 그

---

13) 위의 책, 217면.
14) 제라르 쥐네트, 권택영 역, 『서사담론』, 교보문고, 1992, 23~26면.

범위가 미친다.

김훈의 「화장」에서 다루어진 담론시간은 아내가 뇌종양으로 죽은 기준시간에서 화장으로 장례를 마치고 출근한 다음날까지의 나흘간이다. 이 나흘의 시간 속에 아내와의 결혼한 이래의 수십 년 간의 시간과 병든 아내를 간호하던 자신의 고통스럽던 2년간의 시간이 회상되고, 자신이 짝사랑했던 추은주에 대한 지난 5년의 시간이 회상된다. 서술상의 현재와 과거가 빈번히 교차되어 불일치를 드러내는 이 작품은 시간구조면에서 다양한 입체적 기법이 사용되고 있다.

소급제시는 회상의 내용이 작품 시작 시기보다 앞서 있어 기본 서사의 기간 밖에 있는 외적 회상(extemal analepses)과 회상 내용이 작품 시작 시기보다 나중에 나와 작품의 내부에 놓이는 내적 회상, 또 회상 내용이 작품 시작 시기보다 먼저 시작되어 나중에 끝나는 혼합 회상(mixed analepses)으로 구분하고 있다. 그리고 어떤 회상은 먼 옛날의 것으로 주제와 상관없이 고립된 정보에 그치는데, 이를 부분회상이라고 한다. 어떤 회상은 기본 서술과 틈새 없이 연결되어 작품 전체가 되돌아보는 과정을 이루는데 이는 완전회상이라고 한다. 어떤 회상은 기본 서술과 연결되는데, 시작 부분이 아니라 두 번째로 접어들 때 끼어든다.15)

사전제시(예상)는 현재 상황에서 느끼는 미래에 대한 예감이다. 시작되는 기준서사보다 더 늦게 일어날 일들을 미리 점치는 예상은 회상 때와 마찬가지로 외적 예상과 내적 예상으로 구분된다. 외적 예상은 기준서사보다 더 늦게 일어나는 사건들을 미리 서술하여 당시의 기억

---

15) 위의 책, 38~39면.

을 강력하게 만들거나 재확인하는 기능을 갖는다. 이것은 에필로그와 비슷하기에 기준서사를 방해하거나 간섭하지 않는다. 내적 예상은 기준서사를 방해하고 간섭하여 주제에 영향을 미친다.16)

> 문상객들은 저녁 일곱 시가 지나서야 한둘씩 나타날 것이고, 부산이나 광주에 사는 친척들은 다음날에나 도착할 것이었다. 친척이라야 내 남동생 부부와 조카들 그리고 미혼으로 늙어가는, 죽은 아내의 여동생이 전부였다. 친척들에게 초상을 알리는 일은 딸이 알아서 할 것이고, 신문에 부음을 내거나 내 고등학교·대학교 동창회, 학군단 전우회, 향우회, 거래은행 임원, 지역 대리점 사장, 감독관청 공무원, 동종업체 임원, 광고매체 간부, 광고제작 대행사, 광고모델, 원료 납품업체 사장, 용기 제작사 사장, 어음할인 거래처, 미용전문 잡지기자, 일간신문 미용담당 기자들에게 알리는 일은 회사 비서실에서 오전 중에 처리할 것이었다. (김훈의 「화장」에서)

쥬네트는 서구문학에서 예견 혹은 앞날에 대한 예상은 적어도 회상보다는 적게 일어난다고 했는데, 이는 비단 서구문학만의 문제는 아니다. 소설에서 회상은 비교적 빈번하게 일어나지만 예상은 이에 비하여 드물게 일어난다.

위의 인용문은 아내가 죽은 첫날 오전에 영안실에서 아내의 부고를 누구에게 어떻게 알리고 문상객들이 언제 나타날지를 예상한 것이다. 작품의 기준서사보다 더 늦게 일어날 일들을 미리 서술하고 있어 외적 예상에 해당된다. 그리고 어떤 일을 예견하는 것을 회고하는 '예견의

---

16) 권택영, 앞의 책, 222면.
　제라르 쥬네트, 앞의 책, 56~67면.
17) 김훈, 「화장」, 『2004년도 제28회 이상문학상 작품집』, 문학사상사, 2004, 18면.

회상', 후일 어떻게 현재의 일이 밝혀지고 누구에 의해 알려지리라는
게 미리 말해지는 '회상의 예견', '우리가 이미 본 것처럼 후에 일어날
것이다'의 형태로 된 '회상적 예견', '우리가 후에 볼 것처럼 일어났다'
로 되어 있는 '예견적 회상'이 있다.

쥬네트는 주인공이 회고적 인물일 때의 서사는 어떤 경우보다도 예
시에 잘 부합된다고 했다. 회고적 인물은 서술자로서 미래를 암시하는
권위를 지니며, 특히 현재 상황에 대해서는 더 그렇고, 어느 정도는 그
의 역할의 일부가 된다고 보았다.

지속(duration), 즉, 시간의 길이는 스토리 시간과 담론시간의 지속시
간, 즉, 길이의 불일치의 문제이다. 지속은 서술의 속도를 말하는 것으
로서 가속(aceleration)과 감속(deceleration)이 속도의 기준이 되어 있으며,
이 서술의 속도가 서술의 리듬을 형성한다.[17]

작가가 **요약**하는 부분은 스토리 시간이 담론시간보다 길고, **장면** 묘
사에서는 두 시간이 거의 같다. 담론시간이 스토리 시간보다 훨씬 긴 경
우나 정반대로 스토리 시간은 무한정 긴데 담론시간은 제로(zero)가 되는
경우도 있다. 전자는 영화의 슬로모션처럼 어떤 한 순간 등장인물의 의
식에 오가는 생각들을 끝없이 서술해나가는 **멈춤(휴지**, pause)이고, 후자
는 '십 년 후'라는 한 마디로 십 년의 시간을 서술 없이 그냥 넘어가 버
리는 **공백(생략**, ellipsis)이다. 요약과 공백은 가속을 일으키며, 장면과
멈춤은 시간의 부풀림에 의한 감속이 일어난다. 다시 말해, 시간의 길이
는 최대 속도인 **공백(생략**)과 가급적 빠른 **요약**(summary)과 두 시간이
일치하는 **장면**(scene)을 들 수 있다. 또한, 묘사에 의한 사건의 **멈춤(휴**

---

17) 권택영, 앞의 책, 225~231면.
　　제라르 쥬네트, 권택영 역, 앞의 책, 56~67면.

지, discriptive pause)으로 시간의 정지와 거리의 제로화를 들 수 있다.

멈춤, 장면, 요약, 공백의 4가지 서술방식은 서사의 리듬을 좌우하며 모더니즘이라는 기법의 혁신은 바로 이 4가지 측면의 혁신이기도 하다.

'**순서**'의 경우에는 스토리의 연속과 서술의 연속 사이에서 사건이 동시에 일어나 서술과 스토리 사이가 일치할 수 있지만 '지속' 기간에서는 이런 일치가 있을 수 없다고 한다. 쥬네트는 서술과 스토리 사이에는 지속 기간의 동질성이 검증될 수 없기에 지속 기간의 여러 양상을 측정한다는 것은 어렵지만 서술의 동시성은 규정될 수도 있다고 본다. 그것은 서술의 지속 기간과 스토리의 지속 기간을 비교하되 상대적으로 하는 것이 아니라 다소 절대적이고 자동적인 방식으로 비교하고 있다.

공백(생략)은 스토리 시간이 지워진 것을 살펴보는 것으로 지워진 기간이 명시되는지, 즉, 분명한 생략인지 명시되지 않는 막연한 생략인지 알아야 한다. **명시적 생략**은 지워진 지속기간을 숫자로 명시하든 그렇지 않든 표시가 되는 생략이다. 예를 들면 '몇 년이 흘렀다'와 같은 표시는 급속한 압축에서 쓰이는데, 이런 명시는 텍스트 상의 어떤 부분을 생략하는 것으로 아무 것도 표시하지 않은 것과는 다르다. 이런 형식으로 텍스트는 서술의 공백이나 틈새의 인지를 보다 유추적으로 표현한다. **암시적 생략**은 텍스트에는 나타나지 않으나 독자가 서술을 읽어가면서 연대기적으로 지워지거나 틈새가 있어 추론해 낼 수 있는 경우이다. 이 생략은 특징을 담은 경우가 아니며 계속 특정 지어지지 않는다. 그래서 아무리 회고해 보아도 그 기간에 주인공의 생애에 무슨 일이 일어났는지 알 수 없다. **가설적 생략**은 생략의 가장 암시적 형태이다. 이것은 어떤 위치에 자리 잡게 해야 할지조차 가늠하기 어려운 경우이다.

요약은 행위나 대화를 자세히 나열하지 않고 며칠, 몇 달 혹은 몇 년의 사건을 단 몇 구절 혹은 단 몇 페이지로 나타낸다. 요약은 길이가 짧다는 이유 때문에 묘사적이고 극적인 장(章)보다 양적으로 거의 열세이다. 그래서 서술의 역사나 전통적인 서술에서도 극히 제한적인 자리를 차지할 수밖에 없다. 반면에 요약은 두 장면을 바꾸는 보편적인 방식이자 돌출하는 것을 누그러지게 하는 배경이 되기 때문에 소설의 서술에서 가장 탁월한 연결 조직이 된다.

> 그리고 그 확실함과 모호함 사이에서 당신은 계절마다 옷을 바꾸어 입었고, 야근하는 저녁마다 볶음밥을 시켜다먹었고, 입사한 지 여섯 달 만에 청첩장을 돌리며 결혼했고, 동료직원들이 당신의 부푼 배를 위태로워할 때까지 만삭의 배를 어깨 끈 달린 치마로 가리며 출근했고, 당신을 닮았다는 딸을 낳았고, 산후휴가가 끝난 뒤 다시 당신의 자리로 돌아왔습니다. (김훈의 「화장」에서)[18]

위의 인용문은 추은주가 회사에 입사하여 6개월 만에 결혼하고 이어 임신을 하여 출산휴가까지 마친 2년 정도의 시간이 단 몇 줄로 요약되고 있다. 일인칭의 화자에게 추은주의 입사에서 결혼 그리고 출산까지의 자연적 시간의 흐름이란 별로 중요하지 않다. 따라서 가속이 이루어진다. 다만 중요한 것은 그를 일깨우는 추은주의 젊은 육체가 발산하는 감각적인 환기라고 할 수 있다. 자연히 이 부분의 서술은 지속시간이 길어지고, 반복도 자주 일어난다.

---

18) 김훈, 앞의 책, 28면.

어쩌다가 회사 복도나 엘리베이터에서 당신과 마주칠 때, 당신의 몸에서는 젊은 어머니의 젖 냄새가 풍겼습니다. 엷고도 비린 냄새였습니다. 가까운 냄새인지 먼 냄새인지 분간이 되지 않는 냄새였지요. 확실하고도 모호한 냄새였습니다. 당신의 몸 냄새는 저의 몸속으로 흘러 들어왔고, 저는 어쩔 수 없이 당신의 몸을 생각했습니다. (김훈의 「화장」에서)19)

위의 인용문은 바로 앞에서 인용했던 인용문의 바로 뒤에 이어지는 문장이다. 화자의 리비도를 후각적으로 자극하는, 추은주의 젊은 육체가 발산하는 향기, 즉, 페르몬을 젖 냄새로 의도적으로 왜곡하며 중첩반복서술하며 속도를 감속시키는 이유는 무엇인가. 그것은 추은주의 육체에게 사로잡힌 화자의 단절되지 않고 지속되는 욕망의 드러냄이다. 이때 이야기 시간은 멈춰 있는데, 담론시간만 흘러가며 후각적인 환기를 통해서 추은주에 대한 욕망의 강렬함이 드러난다.

멈춤(휴지)은 스토리 시간은 멈춰 있는데 담론시간만 흘러가는 경우이다. 프루스트 식 서술에서 동시 발생의 원칙을 법칙으로 전환시킨 것처럼 보인다. 저자 자신의 독특한 습관이 어떤 대상 앞에서 몇 분이나 멈춰져 있는 주인공의 마음속에 투영되어 있다. 열리지 않으면서도 여전히 있는 비밀, 읽어낼 수 없지만 여전히 어른거리는 메시지, 궁극적인 계시가 내비치지만 여전히 신비에 싸인 약속 등으로부터 매혹시키는 대상의 힘이 나온다. 이 명상적인 멈춤이 지속되는 시간은 대체로 그와 같기 때문에 명상적인 멈춤에 관해 이야기하는 텍스트를 읽은 시간이 그 멈춤의 기간보다 더 길어지지는 않는다. 멈춤은 명상하는 대상의 묘사라기보다 그 대상을 명상하는 인물의 인지행위를 분석하고 서술하는 쪽

---

19) 위의 책, 28~29면.

이다. 즉, 등장인물이 느끼는 인상, 점진적인 발견, 거리와 관점의 이동, 오류와 정정, 열광과 실망 등을 묘사한다.

> 당신은 목둘레가 둥글게 파인 블라우스를 입고 있었고, 당신의 목 아래로 당신의 빗장뼈 한 쌍이 하얗게 드러났습니다. 결재서류가 올라오기를 기다리던 나는 내 자리에서 일어서서 칸막이 너머로 당신을 바라보았습니다. 당신의 가슴의 융기가 시작되려는 그곳에서 당신의 빗장뼈는 당신의 가슴뼈에서 당신의 어깨뼈로 넘어가고 있었습니다. 그 빗장뼈 위로 드러난 당신의 푸른 정맥은 희미했고, 그리고 선명했습니다. 내 자리 칸막이 너머로 당신의 빗장뼈를 바라보면서 저는 거의 손으로 저의 빗장뼈를 더듬었지요. 그때, 당신의 몸을 생각했습니다. 당신의 몸속의 깊은 오지까지도 저의 눈에 보이는 듯했습니다. 여자인 당신, 당신의 깊은 몸속의 나라, 그 나라의 새벽 무렵에 당신의 체액에 젖은 노을빛 살들, 그 살들이 빚어내는 풋것의 시간들을 저는 생각했고, 그 나라의 경계 안으로 제 생각의 끄트머리를 들이밀 수 없었습니다. 당신은 흰 블라우스 위로 구슬이 많은 호박 목걸이를 드리우고 있었습니다. (김훈의 「화장」에서)[20]

이 대목은 추은주의 빗장뼈 부근을 일별하여 서술하는 것으로 스토리 시간은 정지되어 있는데, 담론(서술)시간만이 흘러가는 경우에 해당된다. 화자의 시선은 추은주의 목 부분에 멈추어져 있으며, 그의 생각은 보이지 않은 그녀의 내밀한 속살을 상상하고, 그녀에 대한 실현할 수 없는 안타까운 욕망에 목이 마르다. 어찌 보면 이 대목은 추은주라는 대상에 대한 묘사라기보다는 대상에 대한 화자의 간절한 욕망이 투영되어 있는 대목이라고 할 수 있다.

---

20) 위의 책, 27면.

장면은 스토리 시간과 담론시간이 일치하는 경우로서 극적 효과를 가진다. 쥬네트는 프루스트의 소설은 공백을 제외하고 장면으로만 되어 있다고 했다. 그리고 프루스트의 소설이 나오기 이전에는 요약과 장면을 교차시키는 형태의 소설이 많았다고 한다.[21] 이렇게 하여 작품 속의 시간이 어떤 형태로 그려져 있는지를 밝혀낼 수가 있고, 그렇게 함으로써 짜임새를 조명할 수 있게 되었다. 그러나 프루스트의 서술에서는 전통적으로 쓰이던 요약과 반복의 교체 사용은 찾을 수 없고 거의가 장면으로 규정된다 해도 과언이 아니라고 주장한다.

시간의 길이(duration)에 관한 이들의 관계를 도표로 나타내 보면 아래와 같다.[22]

멈춤(pause): $NT=n$, $ST=0$, 따라서 $NT\infty>ST$
장면(scene): $NT=ST$
요약(summary): $NT<ST$
생략(ellipsis): $NT=0$, $ST=n$, 따라서 $NT<\infty ST$[23]

빈도(frequency)는 서술된 사건과 그 사건들을 전하는 서술부분 사이의 관계적인 빈도를 의미한다.[24] 쥬네트는 이를 한번 일어난 일을 한번 서술($1N/1S$)하고 n번 일어난 일을 n번 서술(nN/nS)하는 단회 서술(singulative narrative)과 한번 일어난 일을 n번 서술($nN/1S$)하는 중첩 반복 서술(repetitive narrative), n번 일어난 일을 한번 서술($1N/nS$)하는 요약

---

21) 롤랑 부르뇌프 · 레알월레, 김화영역, 『현대소설론』, 현대문학, 1996, 255면.
22) 제라르 쥬네트, 앞의 책, 84면.
23) ※ST=스토리 시간 / NT=서술시간 / ∞〉: 무한대로 커짐 /
　　〈∞: 무한대로 작아짐.
24) 제라르 쥬네트, 앞의 책, 104~106면.

반복 서술(iterative narrative)로 구분한다.

> ① "운명하셨습니다"
> 당직 수련의사가 시트를 끌어당겨 아내의 얼굴을 덮었다. 시트 위로 머리카락 몇 올이 삐져나와 늘어져 있었다. 심전도 계기판의 눈금이 0으로 떨어지자 램프에 빨간 불이 2년에 걸친 투병의 고통과 가족들을 들볶던 짜증에 비하면, 아내의 임종은 편안했다. 숨이 끊어지는 자취가 스스로 잦아들 듯 멈추었고, 얼굴에는 고통의 표정이 없었다. 아내는 죽음을 향해 온순히 투항했다. (김훈의 「화장」에서)25)

> ② 당신의 이름은 추은주, 제가 당신의 이름으로 당신을 부를 때, 당신은 당신의 이름으로 불린 그 사람인지요. 당신에게 들리지 않는 당신의 이름이, 추은주인지요. (김훈의 「화장」에서)26)

위의 인용문 ①은 김훈의 「화장」의 제1장의 서두 부분이다. 아내의 편안한 죽음이라는 한 번 일어난 일을 여러 차례 반복서술하고 있다. 아내의 죽음을 강조하기 위해서 여러 차례 반복 서술한 것으로도 볼 수 있다. 특히 긴 시간의 투병의 고통에 비해 짧고도 편안한 죽음의 대조와 이를 다행스럽게 여기는 화자의 심정이 피력된 것으로 보인다. 인용문 ②는 추은주라는 젊은 여성에 대한 화자의 간절한 그리움을 강조하기 위해서 제3장과 제5장의 서두와 마지막 부분을 수미상관으로 동일한 문장의 내적 독백을 경어체로 반복하고 있다. 모두 중첩반복서술이다.

서술의 빈도는 서술시간의 주요 양상 중에 하나이며, 일상 언어에서

---

25) 김훈, 앞의 책, 11면.
26) 위의 책, 25~26면.

는 문법학자들이 양상(aspect)이라는 범주로서 다루어 왔다. 쥬네트는 스토리에서 서술된 사건과 텍스트 속에 서술된 진술이라는 두 가지 측면에서 반복이라는 문제를 논의한다. 이 관계로부터 양쪽에 주어진 가능성, 즉, 사건이 반복되느냐, 되지 않느냐와 그 진술이 반복되느냐 되지 않느냐의 상관관계를 살펴본다.

쥬네트의 시간 이론은 다음과 같은 도표27) 및 요약으로 정리해 볼 수 있다.

			사전제시(예시) 확장-전체, 부분 범위-내부, 외부	소급제시(역전) 확장-전체, 부분 범위-내부, 외부	무-시간 (achrony)	겸 용 법
시 간	순서	불일치 (anachrony)				
	지속	휴지(멈춤) ·연장	장면	요약	생략(공백) 명시·함축·가정 명확·불명확	
	빈도	단회서술	중첩반복서술	요약 반복서술		

① **순서**-정상적 연쇄와 시간 착오적 연쇄-소급제시(회상, 역전), 사전제시(예시, 예상)

② **시간의 길이(지속)** - 시간의 길이는 서사물을 해독하는 데 걸리는 시간과 이야기 - 사건 자체가 지속되는 시간의 관계와 관련이 있다. 가속과 감속으로 크게 나눌 수 있으며, 세분하면 다섯 가지의 가능성이 제시될 수 있다.
* 요약 - 담론시간이 스토리 시간 보다 짧다.
* 생략-담론시간이 제로인 상태를 제외하고는 요약과 똑같다.

---

27) 이재선, 앞의 책, 12면.

* 장면제시 – 담론시간과 스토리 시간이 동일하다.
* 연장 – 담론시간이 스토리 시간보다 길다.
* 휴지 – 스토리 시간이 제로인 상태를 제외하고는 연장과 동일하다.[28]

③ 빈도
* 단회서술 – 단일한 이야기 순간에 대한 단일한 담론적 서술.
* 복(複)단일서술 – 몇 번의 이야기 순간들을 하나하나 재현하는 복수적 단일 서술.
* 중첩반복서술 – 같은 이야기 순간을 몇 번에 걸쳐 담론적으로 묘사하는 반복적 서술.
* 요약반복서술 – 몇 번의 이야기 순간들을 단일한 담론으로 재현하는 반복상의 서술.

3) 니콜라스 베르자예프

종말론적 실존주의자 니콜라스 베르자예프의 시간관은 베르그송의 지속개념을 바탕으로 발전되었으며, 베르그송과 바슐라르의 시간들뿐만 아니라 하이데거의 존재론적인 측면까지 결합하고 있다.

① 우주적 시간(cosmic time) : 원으로 상징될 수 있다. 사물의 끊임없는 반복, 순환적 특성.

② 역사적 시간(historical time) : 수평선으로 상징, 시간을 통한 국가와 문명과 종족의 경과를 가리킴.

③ 실존적 시간(existential time) : 수직선으로 상징, 개인주의 극단적 형식, 순환적 역사적 시간으로부터의 개인적인 탈출.[29]

---

28) 채트먼, 최상규 역, 『원화와 작화(Story and Discourse)』, 예림기획, 1998, 87면.
29) 니콜로사 베르자예프, 이신 역, 『노예냐 자유냐』, 인간, 1979, 323~331면.

제5장 소설의 공간

소설에서의 공간(space)은 장소나 배경 등 단순히 자연 공간의 재현으로서뿐 아니라 인물의 내적 세계를 반영하는 하나의 공간 혹은 인간이 세계에 대해 가지는 비전으로 그 개념이 확대되어 왔다.[1] 또한, 공간은 인물의 내적 세계를 반영하는 한 상징으로서뿐 아니라 행위의 기점으로서, 공간구조나 이동 자체가 의미생산의 원점이 되는 것이다. 그러므로 공간은 소설 속에 불필요하거나 부차적인 요소이기는커녕 여러 가지 형태로 표현되고 다양한 의미를 지니는 것이며, 심지어는 작품의 존재이유가 되는 경우도 있다.[2] 즉, 소설에서의 공간은 "인물이 서 있는 장소와 배경으로서의 의미론적 측면으로부터 소설의 구조적 특성, 서술방식의 특성, 나아가 하나의 세계가 구축되어 독자에게 전달되는 과정을 포괄하는 개념"[3]이라

---

1) 피에르 프랑카스텔, 김화영 역, 「공간의 탄생」, 『해외문예』, 1980. 봄, 124면.
2) 롤랑 부르뇌프 · 레알 웰레, 김화영 역, 『현대소설론』, 현대문학, 1996, 182면.
3) 김상태 편, 『한국현대소설론』, 학연사, 1993, 300면.

고 할 수 있다.

시간예술로 간주되어 오던 소설은 조셉 프랭크의 「현대문학에 있어서 공간 형태」(1945)라는 논문이 발표된 이래 소설에 있어서의 공간성(spatiality)이 소설이론의 중요한 문제로 부각되기 시작했다. 조셉 A. 캐스트너의 『소설의 공간성』(1978), 제프리 R. 스미튼과 앤댁히스터니가 공편한 『서사물의 공간형태』(1984), 가브리엘 조란의 「서사물에 있어서 공간론에 관하여」 등도 소설의 공간연구에 많은 것을 시사해준다.

소설에 있어서의 공간시학은 첫째, 텍스트에 있어서 형태론적 구성으로서 공간이 어떻게 사용되는가라는 문제와 둘째, 텍스트 독서에 있어서 공간성은 그 구성 요소로서 점, 선, 볼륨, 면 그리고 동시성 등과 같은 공간적 특성을 포함한다. 여기서 공간성은 일차적 환상인 시간성을 확장하고 보충해주는 기능을 한다. 텍스트 비평에 있어서 공간적 해석은 공간과 시간의 미학으로부터 비롯된 것인데 문학작품 또는 텍스트의 해석은 비평행위의 공간적 설명을 마련하고 더 나아가서 그것은 소설에 있어서 제2의 환상인 공간성을 인지하는 설명을 가능하게 해준다. 소설의 공간시학은 시간의 연속체로서의 소설 구조에서 공간의 형태가 플롯의 구성, 작중인물과 초상화, 작중인물과 조각, 종합적 독서과정의 발생동원적 공간성에 이르기까지 다양한 국면을 포괄한다.[4]

우리가 소설의 공간을 다룸에 있어서 주의할 점은 소설은 하나의 유기체적인 구조라는 것이다. 바흐친이나 듀프렌느와 같은 이론가들

---

4) 김병욱, 「소설과 공간의 의미」, 『현대소설연구』 5호, 7~8면.

이 이 점을 누누이 강조하고 있다. 바흐친은 그래서 시공간성 (chronotope)이라는 개념을 「소설에 있어서의 시간과 크로노토프」라는 글에서 제안했다. "서사물에 있어서 시간은 제1의 환영이고, 공간은 제2의 환영"이라는 케스트너(J.A.Kestner)의 말처럼 소설이라는 언어적 서사물은 하나의 유기체적 구조이기 때문에 시간과 공간을 따로 떼어 내어 분석하는 일은 오류를 범하기 쉽다. 즉, 하나의 서사 텍스트에서 '시간의 공간화', '공간의 시간화'라는 서사기법은 서로 교체하며 존재 한다. 실로, 소설을 비롯한 서사물에서 공간성은 은유이고, 상징이며, 소설에 형상화된 공간은 문화·사회적 관례와 밀접한 관계가 있다.5) 따라서 시공간성의 연구는 작품 속에 예술적으로 표현된 시간과 공간 사이의 내적 연관을 밝히는 작업이라고 할 수 있다.

1. 공간성과 공간

일반적으로 소설에서 다루는 공간은 크게 둘로 나뉜다. 첫째, 프 랑크(Joseph Frank)에 의해서 주목되기 시작한 것으로 텍스트 독서의 비평적 방법으로서의 공간성(spatiality)6)이다. 『율리시즈』와 프루스 트의 『잃어버린 시간을 찾아서』에서는 공간의 순간적 인식이 나타

---

5) 김병욱, 「언어 서사물에 있어서 공간의 의미」, 『내러티브』 2호, 한국서사학회, 2000, 152면.

6) 프랑크가 말하는 공간성이란 "묘사적인 쓰기가 아니라 언어 본래의 시간적 의미를 부정하고, 사물의 연속으로서보다는 시간의 한 순간에서 하나의 전체 적인 것으로서 작품 이해를 시키기 위한 작가의 시도에서 나온 것이다." William Holtz,
"Spatial Form in Modern Literature ; A Reconsideration", 『Critical Inquiry』, Winter, 1977, Vol.4, No.2, pp.272~273.

난다. 이것이 바로 '공간성'의 문제다. 둘째, 공간은 인물과 그 인물의 행위를 포함하는 공간, 흔히 장면·장소·배경·환경·분위기와 같은 의미로 사용되는 공간(space)이다. 인간은 공간과 실존적 관계에 있고 공간에 대한 인식이 곧 자신의 삶의 인식이기에 작품에 나타난 공간의 구조와 의미를 찾아보는 것과, 등장인물의 행위의 의미를 찾아보는 것은 작가의 세계 인식까지도 찾아보는 지름길이 되는 것이다.[7]

캐스트너는 소설의 공간성이란 "잠재적이며 가상적인 형태로 인식되는 공간요인"이며, 소설의 공간적 동인(spatial agent)은 "이차적 가상(secondary illusion)"이라고 했다. 그는 소설에서 공간은 첫째, 텍스트 내에서 작용하는 이차 가상으로, 둘째, 점, 선, 면, 거리 등의 기하학적인 특성을 통해, 셋째, 공간 예술과의 관계 속에서 기능하며, 넷째, 해석 행위에 영향을 미친다고 말하고 있다. 말하자면 '이차적 가상'을 허상(the virtual)과 실상(the actual)을 인식론적으로 지양한, 곧 명목적 용어가 아닌 평가적 용어로 사용하면서 가상 혹은 허구(fiction)를 예술의 본질적 동인으로 보고 있는 셈이다. 그러므로 이차적 가상은 시간예술과 공간예술에서 모두 적용되는 개념으로 확장된다.[8]

신경숙의 「부석사」라는 소설에서는 오피스텔의 위 아래층에 살고 있는 여자와 남자가 정월 초하룻날 부석사로 길을 떠난다. 그들이 같이 탄 자동차 안에서 그들은 서로에게 자신의 상처로 얼룩진 과거를 드러내 보인다. 소설 전체가 과거의 시공간이 현재와 교차하며 펼쳐지는

---

7) 유인순, 「소설의 시간과 공간」, 이재인 외 편, 『현대소설의 이해』, 문학사상사, 292~293면.
8) 한용환, 『소설학 사전』, 고려원, 1992, 40면.

구조로 되어 있다. 그들에겐 지도상의 한 점인 경북 영주시 부석면 북지리에 존재하는 사찰인 부석사는 큰 의미가 없다. 실제로 소설의 결말에서도 그들은 부석사에 가닿지 못한다. 소설의 시간은 현재 시간의 진행 사이사이에 소급제시(회상)가 빈번하게 끼어들며 교차한다. 따라서 그녀와 그는 정월 초하룻날 자동차 안이라는 현실적 시공간에 있지만 동시적으로 과거의 여러 차원의 시공간을 경험한다. 즉, 과거와 현재가 동시성으로 체험되어 사물의 영원한 본질, 참다운 자아를 새롭게 자각시킨다.

> 얼마나 지났을까. 소백산은 낭떠러지 앞에 멈춰서 있는 흰자동차 안의 피로한 그와 그녀를 알처럼 품고서 거친 바람소리를 내고 있다. 골짜기가 자동차를 품었듯 그녀는 개를 품고 있다. 그녀의 저것 좀 보세요, 속삭이는 소리에 그는 지그시 감고 있던 눈을 뜬다. 하늘에 달이 떠오르고 있다. 차고 있는 중인지 이울고 있는 중인지 모르겠는 반달이다. P는 돌아갔을 것이다. (신경숙의 「부석사」에서) [9]

그들의 길 떠남은 부석사라는 목적지에 가는 것이 아니라 그녀와 그에게 상처만을 안겨주었던 P라는 그녀의 옛 애인과 그를 배신한 직장동료 박 PD와의 만남을 피하고자 했던 도피의 여로였다. 그들은 눈으로 가로막힌 부석사 부근 낭떠러지에서 밤을 새우며 과거의 상처를 치유하고 새로운 자아로 거듭난다. 그런 의미에서 그들이 같이 타고 있는 자동차 안은 재생의 공간이다. 여기서 보이는 동시적 공간의 인식은, 즉, 프랑크가 말하는 엄밀한 의미에서 주어진 순간에 인식될 수

---

9) 신경숙 외, 『부석사』, 문학사상사, 2001, 71면.

있는, 그러나 동시적으로 관계될 수 없는 행위들을 압축하고 있는 것이기에 '공간성'으로 표기되어야만 하는 성질의 것이다.

2. 공간 이론

1) 이푸 투안 ─공간과 장소 그리고 토포필리아

이프 투안(Yi─Fu Tuan)은 『장소애』(1974)와 『공간과 장소』(1977)라는 저서에서 실증주의 지리학이 간과한 풍부한 지리적 영역들을 인본주의적 관점에서 예리하게 포착해내고 있다. 투안이 말한 '장소애(topophilia)'란 인간존재가 물질적 환경과 맺는 모든 정서적 유대를 특히 장소 혹은 배경과 맺는 정서적 결합을 의미한다. 그는 공간과 장소를, 환경을 구성하는 근본요소로 보고 세 가지 주제를 중심으로, '인간이 어떻게 세계를 경험하고 이해하는가'를 탐구한다. 투안이 관심을 기울이는 주제는 첫째, 경험의 생물학적 토대, 둘째, 공간과 장소의 관계, 셋째, 인간경험의 범위이다.

투안은 인간의 육체가 공간감과 장소감을 형성하는 토대라고 간주한다. 따라서 그는 인간의 생물학적 사실들에서 기인하는 공간과 장소의 경험을 기술하고, 인간이 공간과 장소에 의미를 부여하고, 그것을 조직하는 방식을 이해하고자 한다.

그에 의하면 공간은 움직임이며, 개방이며, 자유이며, 위협이다. 장소는 정지이며, 개인들이 부여하는 가치들의 안식처이며, 안전과 애정을 느낄 수 있는 고요한 중심이다. 인간은 직접적으로, 그리고 간접적으로 다양한 경험을 하며, 이러한 경험을 통하여 미지의 공간은 친밀한 장소로 바뀐다. 낯선 추상적 공간(abstract space)은 의미로 가득 찬 구체적 장소(concreate place)가 된다. 그리고 어떤 지역이 친밀한 장소로 서 우리에게 다가올 때 우리는 비로소 그 지역에 대한 느낌(또는 의식), 즉, 장소감(sense of place)을 가지게 된다.

공간과 장소에서 일어나는 인간의 경험은 대단히 복잡하다. 그는 이 처럼 복잡다단한 경험들을 경험의 수준에 따라 신체의 운동범위(전방/후방, 수직/수평, 상/하, 좌/우)에서부터 방, 집, 근린, 마을, 도시, 국가, 대륙에 이르는 다양한 차원에서 기술한다.10)

2) 레너드 데이비스

레너드 데이비스는 드물다고 할 정도의 공간성 주도론자이다. 그는 『저항하는 소설들』이란 책에서 "하나의 인물과 플롯을 창조하기 전에 소설가가 해야 할 중요한 일의 하나는 인물들이 행동해야 할 하나의 장소 또는 일련의 장소들을 설정하는 것"이라고 하여 공간 설정의 중요성을 강조하였다. 그는 중요도에 있어서 공간이 인물과 플롯을 능가한다고 주장한다.11)

> 우선 첫째로 사람들은 소설 속에서의 공간을 세 가지로 나누기를 원할 것이다. 첫째는 디킨스의 런던이나 발자크의 파리가 소설 속에 표현되었던 것처럼 지리적인 실제적 지역이다. 두 번째 장소로는 폭풍의 언덕이나 미들마치처럼 작가가 완전히 만들어 낸 허구적인 장소이다. 세 번째 경우는 피츠제럴드의 『이스트

10) 이푸 투안, 구동희·심승희 역, 『공간과 장소』, 대윤, 1999, 6~8면의 역자서문.
11) Lennard J. Davis, *Resisting Novels* (Methuen & Co. Ltd., 1987), p.53.

에그와 웨스트에그』, 가스켈 여사의 『밀턴』 등과 같이 순수하게 허구화하기 위해 실제 지명을 재명명한 경우이다. 이 두 작가가 제시한 지명은 맨체스터를 바꾸어 놓은 것에 지나지 않는다. 이러한 지명 제시방법은 그 지명들이 사회적인 의미를 지닌다는 의미에서 이데올로기적이다.[12]

레너드 데이비스는 "소설에서 모든 장소들은 이데올로기적이다"라고 하며 시간성 못지않게 공간성의 중요성을 강조했다. 작중의 대부분의 장소로서의 공간에는 의미, 사상, 이념이 숨어 있다는 것이다.[13]

3) 가스통 바슐라르(G.Bachelard)

바슐라르가 『공간의 시학』에서 보여주는 공간의 이해는 현상학적인 접근법이다. 관념적 상상력 이론이라 불리는 『공간의 시학』은 상상력의 독자적인 작용이 외계의 대상의 이미지에 어떻게 나타나는가를 밝힌 4원소론, 상상력의 독자적인 작용 자체를 밝히는 이미지의 현상학, 상상력의 궁극성을 밝히는 원형론의 세 부분으로 나뉘어진다. 그는 공간의 상상적인 체험을 통해 그 체험 속에서 그 체험을 조직하고 구성하는 지향성을, 그 체험된 현상의 원형을 찾아내려 했다. 그가 연구하는 대상은 집·조개껍질로 상징되는 웅크리고 들어서는 조그만 공간·구석·내밀한 공간·안과 밖·원 등이다. 예를 들어 그에게 집은 험한 세계로부터 우리를 지켜주고 평화롭게 해주며, 그 세계로부터 도피할 수 있는 피난처다. 즉, 그것은 보호받는 내밀함의 이미지와 연결

---

12) Ibid, p.55.
13) 조남현, 『소설신론』, 서울대출판부, 2004, 150~151면.

되어 있다. 그는 인간의 상상력과 물질의 관계가 문학에서 어떤 식으로 이미지로 형상화되는가를 보여준다.14)

『공간의 시학』에서 보이는 상상력의 확대 가능성은 인간-집-우주로 연결되는 상동성(homology)으로 설명된다. 동시에 공간을 내와 외, 상과 하 등의 대칭적인 분류를 통해 체계를 세운다. 여기에 창문을 안과 밖의 경계를 짓는 매개 공간으로 인식하여 '안'을 안정되고 따뜻하며 보호되는 내밀의 공간으로 '밖'을 모험, 위험과 무방비 상태의 공간으로 본다. 이러한 대비는 창문이라는 매개 공간을 통한 공간 분할에서 나타나는 특징이다. 그러나 역으로 밀폐된 공간인 감옥은 외부로 나갈 수 없는 차단된 공간이 지니는 한계 상황을 표현한다. 이 때 구속된 내부 공간에 비해 외부 공간은 자유와 환희, 희망을 의미한다.15)

4) 볼노브(O.F.Bollnow)

볼노브는 일상적인 체험 속에서 공간을 연구했다. 그는 이를 인간적 현존재(Dasein)-이는 '거기 있음(Da-sein)'이라는 공간적 개념이기도 한데-에 대한 공간적 파악을 문제로 제기하는데, 이는 인간과 공간 간의 관계를 뜻하는 것으로서, 인간적 현존재의 구조 그 자체이며, 인간적 삶의 공간성에 관한 것이기도 하다.

이런 관점에서 그는 수직적인 것과 수평적인 것, 지표면, 앞과 뒤, 오른쪽과 왼쪽 등의 자연적인 축의 세계, 공간의 중앙과 중심화된 질

---

14) G. Bachelard, 곽광수 역, 『공간의 시학』, 민음사, 1990.
15) 윤채한 편, 『신소설론』, 우리문학사, 1996, 174~176면.

서, 공간의 방향성, 투시적 관점 등을 인간의 삶이 공간적으로 구성되는 양상을 보여준다. 그는 먼 것·가까운 것·낯선 것·길과 거리·집의 의미는 물론 작업 공간·낮 공간·밤 공간·공동 생활공간 등을 권하는 의미작용에 대해 서술한다. 그리고 공간-속에-있음(Im-Raum-sein)과 공간을-가짐(Raum-haben)이라는 개념을 통해 인간 삶의 공간성을 규명하려고 한다. 다시 말해 수직성과 수평성·연결과 분리·열림과 닫힘·중심성과 방향성 등의 개념을 통해 길과 거리, 집이나 방, 문과 창문, 난로와 침대 등의 대상이 현상으로서 체험되는 양상을 서술하고 있는 것이다.16)

5) 공간 사회학

공간을 사회학적 관점에서 다루려는 관점을 처음 제안한 사람은 짐멜(Simmel)이다. 공간을 사회학적으로 다룬다는 것은, 공간이란 사회적 관계의 형식이며, 따라서 공간적 형식 그 자체가 사회적 관계의 양상을 제약한다고 보는 것이다. 여기서 공간이라는 관계형식과 사회적 관계 사이에는 두 가지 상이한 양상의 관계를 설정할 수 있다. 하나는 보통 사회학이라는 말에서 흔히 떠올리듯이, 특정한 공간적 형식은 어떤 사회적 관계 내지 사회적 조건의 산물이라고 보는 것이다. 다시 말해 사회적 조건의 변화에 따라 공간이 취하는 형태나 양상이 달라질 수 있다는 것이다.

이런 관점에서 앙리 르페브르(H. Lefebvre)는 "공간은 사회적 생산물

---

16) O.F.Bollnow, *Mensch und Raum*, Kohlhaummer(7판), 1994.
　　이진경, 『근대적 주거공간의 탄생』, 소명출판, 2001, 38면.

이다'라고 주장했다. 즉, 공간이란 텅 빈 허공이나 좌표계가 아니라, 사람들의 사고와 행동의 수단이며, 그런 만큼 그것을 지배하고 통제하는 수단으로서 사회적으로 생산된다는 것이다. 이는 공간에 관한 두 가지 대비되는, 하지만 근본적으로 유사한 두 가지 통념에 반하는 것이다. 그 하나는 공간은 그 자체 투명한 것이며 인지할 수 있는 것이고, 행동을 자유롭게 해준다고 보는 '투명성의 환상'이다. 다른 하나는 공간이 자연적인 어떤 실체로 보아 당연한 것으로 여기는 '실재론적 환상'이다. 르페브르가 보기에 공간이란 사회적 관계, 혹은 생산양식의 재생산과 관련해서 생산되는 생산물이다. 따라서 모든 사회는 각각에 고유한 공간을 갖는다.

이러한 입장은 공간의 문제를 공간적 실천의 문제로서 정립했다는 점에서, 다시 말해 특정한 공간이 강제하는 특정한 실천의 집합을 포착하려 했다는 점에서, 현상학적 입장과는 차원을 넘어서 공간이 개개인에 대해 집합적으로 행사하는 효과에 주목할 수 있게 했다는 점에서 우리의 문제의식에 유효한 자원을 제공한다.[17]

3. 크로노토프

1) 크로노토프의 개념

'크로노토프(chronotope)'는 대화론(dialogism), 다성성(polypony), 이질언어성(heteroglossia), 카니발화(carnivalization) 등과 함께 미하일 바흐친(M.M.Bakhtin, 1895~1975)의 소설이론의 주요한 개념 가운데 하나

---

17) 이진경, 위의 책, 42~44면.

이다. '크로노토프'란 용어는 문자 그대로 시/공을 뜻하는데, 바흐친이 사용할 때는 재현된 시/공간적 범주들의 비율과 본성에 따라 텍스트를 연구하는 단위를 의미하게 되었다. 크로노토프는 문학작품 속에 예술적으로 표현된 시간과 공간 사이의 내적 연관이라고 할 수 있다.[18] 한 작품 내에서 공간적 지표와 시간적 지표는 용의주도하게 짜여진 구체적 전체로서 융합되는 중심축 기능을 한다. 즉, 크로노토프는 소설의 이야기를 구성하는 기본사건들을 조직해 주는 역할을 하며, 사건을 묘사하고 재현하기 위한 본질적인 토대를 제공한다. 그러므로 크로노토프를 통해 비가시적 시간은 가시화되고, 그저 정보나 단순한 사실의 차원에 머물던 사건들이 이야기의 흐름 속에서 하나의 예술적 형상이 된다. 결국 크로노토프는 모든 시간예술, 즉, 공간적으로 인식되는 현상을 그 운동과 발전과정을 통해 재현하는 모든 예술에서 현실적 시간의 실상을 포착하는 역할을 담당하고, 이러한 현실의 본질적 측면들이 예술적 공간에 반영되고 통합될 수 있게 해준다.

바흐친은 예술적 공간을 예술작품의 독자적인 형식범주로 보지 않는다. 공간은 항상 시간과 긴밀한 내적 연관을 맺고 있으며, 이 양자간의 불가분의 관계가 하나의 통일된 전체로서 문학작품 속에 구조화되어 나타난다고 본다. 그래서 바흐친은 예술적 공간이라는 개념을 독자적인 의미로 사용하지 않으며, 작품 속에 예술적으로 표현된 시간과 공간 사이의 내적 연관을 지칭하는 '크로노토프'라는 개념을 사용한다. 크로노토프라는 개념은 본래 수학에서 사용되고 있는 용어로서, 아인슈타인의 상대성 이론의 일부로 도입되어 변용된 개념이다. 즉, 아인

---

18) 김욱동, 『대화적 상상력』, 문학과지성사, 1988, 209면.

슈타인의 특수상대성 이론에서 시간과 공간 사이의 불가분의 관계, 즉, 공간의 제4차원으로서의 시간을 의미하는 개념으로서 사용되었으며[19], 베르그송과 칸트의 인식론에서도 사용되었는데, 이것이 바흐친에 의해서 문학의 형식적 범주이자 중요한 비평기제로, 즉, 문학 속에 예술적으로 표현된, 시간과 공간이 본질적으로 지니고 있는 관계의 연관성을 일컫는 용어가 되었다.

바흐친에 의하면 크로노토프는 공간 안에서 시간을 객관화하는 중요한 수단으로 작용하면서 동시에 구체적 재현의 중심이며, 소설 전체에 실체를 부여하는 힘으로 나타난다. 소설의 추상적 요소들은 크로노토프의 인력권 안에 끌려 들어가고, 그것을 통해 피와 살이 붙으며, 예술의 형상화 능력에 참여한다. 이것이 크로노토프가 지니는 재현적 의미이다.[20] 또한, 크로노토프는 문학 또는 문화 내에서 역사, 전기, 사회적 관계의 장으로 정의할 수 있다. 즉, 문학과 문화에서 시간은 역사적 전기적이고, 공간은 사회적이다.[21] 그리고 소설 내에서 여러 크로노토프가 대화를 이룰 때, 그 소설은 풍성한 열매를 맺을 수 있으며, 공간성에 초점을 맞춘 연구는 결국 소설의 의미 확장에 기여하게 된다. 예컨대, 소설에서 공간은 주로 사건이 일어나는 장소이다. 그러나 사건은 공간의 도움만으로는 형상이 될 수 없다. 사건이 발생하고 전개되는 과정은 필연적으로 시간적 지표들의 토대 위에서만 가능하다. 따라서 바흐친에게 있어서 예술적 시간은 근본적인 구조적 요소이며, 공간

---

19) 미하일 바흐친, 전승희·서경희·박유미 역, 『장편소설과 민중언어』, 창작과비평사, 2002, 260면.
20) 위의 책, 459면.
21) 여홍상, 『바흐친과 문학이론』, 문학과지성사, 1997, 159면.

은 장르적 연속체의 종속변수로서 나타난다.

바흐친에게 예술적 크로노토프는 객관적 현실을 예술작품의 세계로 구조화하는 재현수단이다. 객관적 현실은 크로노토프를 통해서 예술적 의미의 세계가 될 수 있으며, 예술가는 크로노토프를 통해서만 객관적 현실을 볼 수 있는 것이다. 이것은 그가 현실과 예술과의 상호관계를 중시하는 관점, 즉, 역사시학적 관점에서 크로노토프를 바라보고 있다는 것을 의미하는 것이다. 바흐친이 스스로 증명하고 있듯이 역사시학적 관점에서 크로노토프를 접근하는 방법은 현실세계의 크로노토프가 어떻게 예술적 크로노토프로 변형되는가 하는 문제를 해명하는 데 다양한 증거를 제공하고 있다. 그리고 이러한 관점은 소설의 역사와 장르적 특성을 이해하는 데 매우 유용하다. 바흐친은 크로노토프가 장르를 규정하는 기능을 담당할 뿐만 아니라 시간과 공간의 결합방식 또는 시간과 공간이 사용되는 비율에 의하여 세계관의 차이가 난다고 말함으로써 칸트적 개념을 문학에 수용시켰다.

2) 크로노토프의 유형

바흐친은 「소설에 있어서의 시간과 크로노토프(chronotope)의 형태」에서 크로노토프라는 틀을 이용하여 고대 그리스로부터 20세기 현대소설까지 소설적 장르가 발전해온 궤적을 사적으로 고찰한다. 그리고 그리스 로맨스의 크로노토프, 일상생활의 모험의 크로노토프, 전기와 자서전의 크로노토프, 역사적 전도와 민속적 크로노토프, 기사도적 로맨스의 크로노토프, 라블레적 크로노토프, 목가소설의 크로노토프 등 지금까지 하나의 유형으로 남아 있으며, 초창기 소설의 가장 중요한 장르적 변형들에 의해 결정적인 영향력을 행사했던 주요 크로노토프들을 분석해 냈다. 이밖에 '만남의 크로노토프', '길의 크로노토프', '성(城)의 크로노토프', '살롱의 크로노토프', '문턱의 크로노토프'와 같은 다양한 개념도 만들어냈다. 그리고 소위 '라블레적 시간'이라는 개념도 만들어냈는데, 라블레적 시간은 삶을 긍정하고 창조하는 생성적 기능을 지닌 시간으로 오직 인간의 창조적 행위와 성장 그리고 발전적 변화에 의해 특징지어지는 시간이다. 라블레의 크로노토프 속의 공간은 르네상스 시대의 지리적 팽창으로 말미암아 놀라운 규모로 팽창될 뿐만 아니라 구체성과 실제성을 겸비한 채 역사적인 시간과 결합하여 전혀 새로운 유형의 크로노토프가 만들어진다. 따라서 라블레적 시간의 크로노토프는 단순한 장르상의, 연대기상의 분류에 의한 소설적 개념이 아니라 더 근본적인 문제인 세계관의 변화, 시대정신의 한 유형을 제시하고 있다.[22]

그렇지만 바흐친은 자신은 가장 기본적이고 광범위한 크로노토프만을 다루었다고 고백한다. 그리고 사실상 모든 모티프는 자신의 고유한 크로노토프를 가질 수 있다고 말함으로써 각기 작품이 고유한 크로노토프를 가질 수 있다는 점을 시사했다. 또한, 단일 작가의 작품 내에서도 수많은 서로 다른 크로노토프들과 그 크로노토프들 간의 복잡한 상호작용과 대화성을 보게 된다고 말했다.[23] 따라서 바흐친에게조차 크로노토프는 정확하게 정의된 개념이 아닌 이론적 모호성이 있다. 그 결과 국내에서 나오는 논문들도 그 개념 규정과 적용에서 통일된 틀을 갖고 있지 못하다. 어떤 의미에서 크로노토프는 아직 완성된 이론체계

---

22) 미하일 바흐친, 앞의 책, 259~468면.
23) 위의 책, 460~461면.

라고 말하기 어렵다고도 할 수 있다.24)

　그밖에 신화원형비평론, 정신분석비평, 구조주의와 기호학 등을 원용하여 공간에 관한 연구를 시도할 수 있다.

24) 송명희, 「김정한 소설의 크로노토프」, 『한국문학이론과 비평』, 제 25집, 2004. 12, 109~115면.

제6장 소설의 배경

1. 배경의 중요성

로버트 스탠톤(Robert Stanton)은 소설의 배경은 작품들의 환경, 즉, 사건들이 일어나는 세계로서, 그것은 가시적인 공간일 수도 있고, 시간적·역사적 배경이나 기후도 될 수 있으며, 인물들도 포함되는 것으로, 그리고 그것은 주로 묘사적 구절을 통해 제시되는 것으로 파악했다.

소설의 배경은 그 작품들의 환경, 즉, 그 사건들이 일어나는 바로 그 세계이다. 어떤 것은 파리의 카페, 캘리포니아의 산들, 더블린의 막다른 골목길과 같은 가시적인 배경이다. ; 다른 것은 또한, 하루나 한 해의 어느 시각, 기후, 역사적 기간이 될 수도 있다. 배경에는 주요인물들이 포함되지 않는다 하더라도, 『주홍글씨』에 나타난 엄격한 청교도 군중들과 같이 사건의 주위에 등장

하는 사람들이 포함될 수도 있다. 보통 배경은 묘사적 구절을 통해 제시된다.[1]

소설에서 배경이 중시된 것은 근대 이후의 일이다. 소위 리얼리즘의 대두로 인하여 작품에서의 사실적 묘사가 중시되면서부터 배경은 소설의 중요한 요소로 인식되기 시작했다. 즉, 단순한 보조적 기능으로 존재하던 배경이 작품 구성에 중요한 본질적 요소로 대두된 것이다.

고대 소설에서는 배경이 거의 무시되어, '옛날 옛적 어느 곳에……' 정도로 막연히 이야기가 전개되든가 아니면 확인할 수 없는 '중국 어느 곳에서' 하는 식으로 설정되어 배경이 큰 의미를 갖지 못하였다. 시간적으로도 고대소설은 태어나서 죽을 때까지의 일대기나 전생, 현세, 내세에 걸친 긴 시간이 설정되는 수가 많았다. 이것은 고대소설이 대체로 사건의 기복이나 흥미 위주의, 즉, 스토리 중심의 소설이었기 때문에 구체적 장소나 시간이 큰 의미를 지니지 못했던 까닭이다.

서양에서도 19세기 이전의 소설, 특히 로망스 계열의 소설에서는 배경이 단지 소설 내 인물의 행위를 상징한다든지, 작품의 무대로서만 배치되는 등의 보조적 기능에 머물렀다. 초기 심리주의 소설에서도 사실적 배경은 의도적으로 등한시되었다. 그러다가 리얼리즘 문학에 와서 사회적 역사적 환경에 대한 인간의 관심이 증대되면서 소설의 배경은 단순히 인물과 사건을 보조하는 기능에서 머물지 않고 보다 본질적인 기능을 하는 요소로 부각되기 시작했다.

인간에 대한 새로운 발견에서 출발한 근대의 소설이 인간성을 파악

---

1) Robert Stanton, *An Introduction to Fiction*, 박덕은 편역, 『소설의 이론』, 새문사, 1984, 34면.

하기 위한 하나의 새로운 방법으로 인간과 환경과의 불가분의 관계에 대해 관심을 가지게 된 것은 지극히 당연한 일이다. 이는 근대 이후 환경결정론적 견해가 대두된 것과도 깊은 연관이 있다.

환경결정론(determination)이란 자연 환경이 인간 생활에 미치는 영향을 절대적으로 보는 환경론적 견해를 말한다. 독일의 지리학자 라첼(F. Ratzel)은 인류의 생활과 역사는 자연 환경의 영향에 의해 규제된다고 함으로써 인간과 자연과의 관계를 자연과학적인 법칙에 의해 설명했다. 환경결정론이라는 용어 자체는 프랑스의 역사학자 페브르가 라첼의 견해에, 오래 전부터 있어 왔던 인간문화형성에 관한 숙명론적인 입장까지도 포함시켜 붙인 용어이다.

인간의 삶 자체가 인간 자신의 자유로운 선택에 의해서 결정되는 것이 아니라 인간을 둘러싸고 있는 환경에 의해서 거의 결정지어진다고 볼 때, 인간의 삶을 다루는 소설 속의 배경이 인물과 사건에 미치는 작용은 크다 하지 않을 수 없다.

따라서 작가들이 소설을 쓰기 위해서는 인물, 사건과 함께 그에 알맞은 배경의 선택에 고심해야 한다. 낯선 이국을 배경으로 설정한 소설은 독자를 긴장시키며 낯선 세계에 대한 관심과 동경심을 유발시킬 것이다. 지나간 과거에 대한 기억은 구체적 사건은 잊혀진다고 하더라도 공간에 대한 기억만은 살아남아 있는 수가 많다. 소설 속의 인물에 대한 매력과 함께 그 소설이 그려낸 배경과 분위기는 소설을 읽는 동안 독자를 긴장과 흥분에 빠뜨리지만 책을 덮고 나서도 그에 대한 강렬하고 매혹적인 기억들은 오랫동안 뇌리에 남게 된다. 소설에서 배경의 중요성을 알고 있는 소설가라면 당연히 배경 설정에 대하여 비상한 관심과 노력을 기울여 자신의 소설에서 설정한 배경을 영원히 잊을 수 없는 것으로 만들어야 할 것이다.

가와바타 야스나리의 『설국』에서 그려낸 접경의 긴 터널을 통과하자 나타난 설국 풍경은 독자들의 상상력을 자극하며 기억 속에 오래도록 새겨져 있다.

> 접경의 긴 터널을 빠져 나오니, 설국이었다. 밤의 밑둥이 희어졌다. 신호소(信號所)에 기차가 멈췄다.
> 건너편 좌석에서 아가씨가 일어나 오더니 시마무라 앞의 유리창을 열었다. 눈의 냉기가 흘러들었다. 아가씨는 창문 가득히 상체를 쑥 내밀고 멀리 외치듯이
> "역장님, 역장님"
> 등불을 들고 천천히 눈을 밟고 온 남자는 목도리를 콧등까지 감싸고, 귀에 모자의 털가죽을 늘어뜨리고 있었다. (가와바타 야스나리의 『설국』 서두 부분)[2]

작가가 설정, 묘사하려는 배경에는 실제적인 지리적 위치(지형, 경치, 실내 내부 장치), 등장인물의 직업, 그의 생활양식, 사건이 전개되는 시간, 역사적인 시기, 계절, 등장인물의 종교적, 도덕적, 지적, 사회적, 정서적 환경 등이 빠짐없이 고려되어야 한다. 따라서 배경을 설정할 때, 첫 번째로 고려해야 할 점은 묘사하려는 지리적, 자연적 배경을 잘 알고 있어야 한다. 작가는 이를 완벽하게 하기 위해서 발로 뛰는 취재활동을 게을리 해서는 안 된다. 하지만 작품 속의 배경에서 리얼리티가 있어야 한다는 것은 반드시 지리적으로 실재하는 사실성만을 의

---

[2] 가야바타 야스나리, 김채수 역, 『설국』, 과정학사, 2002.

미하는 것이 아니다.

그런데 소설의 배경에 지대한 관심을 기울여야 할 사람은 비단 작가뿐만이 아니다. 독자들도 마찬가지로 배경에 대해 큰 관심을 가져야 한다. 한 편의 소설 속의 배경을 비롯한 모든 요소는 아무렇게나 설정된 것이 아니라 작가가 일정한 의도를 갖고 마치 건축가의 설계도처럼 치밀하고 철저하게 기획되어 나온 것이라는 것을 알고, 이에 대해서 비상한 관심을 기울이며 배경과 작품 전체와의 관련성, 배경의 상징적 의미 등을 파악하면서 주의 깊게 소설을 읽어야 할 것이다.

2. 배경의 의의 및 기능

배경은 작품의 무대로서 사건이 일어나는 시간과 공간 그리고 사회와 역사적 환경이다. 그리고 배경은 사건에 사실성을 부여하며 인물의 심리상태나 사건의 전개를 암시하는 역할을 하고, 주로 묘사와 서술에 의해서 제시된다. 배경은 환경이란 말로도 쓰이는데, 이 때 그 개념은 더욱 넓어져서 소설 속에 등장하는 인물들이 활동하고 사건들이 발생하는 모든 시간적·공간적·사회적·역사적·심리적·상황적 영역을 의미한다.

브룩스(C. Brooks)와 워렌(R. P. Warren)의 말대로 "배경은 소설의 물질적 배경이며, 장소의 요소"이다. 동시에 "배경의 묘사는 단순히 사실주의적 정확성이라는 점에서 판단되어질 것이 아니라, 그것이 소설을 위해서 무엇을 성공시켰는가라는 면에서 판단되어져야 하는 것"이다. 즉, 현대소설에서 배경은 단순히 인물과 사건의 물질적 배경이나 장소의 요소로서만 그 역할을 다하는 것이 아니라는 의미이다. 배경이 은유나 상징으로 작용하고 이것이 심화·상승되어 분위기를 형성하며 나아가 주제를 암시하는 복합적 기능을 띨 수 있어야 한다는 뜻이다.

배경은 인물과 사건을 보다 사실적이고 생동감 있는 생생한 것이 되도록 해주며, 인물의 심리 상태나 사건의 전개를 암시하는 역할을 한다. 또한, 소설의 분위기를 형성해 주고, 소설의 주제를 구체화시키는 구실을 하며 독자에게 신뢰감을 형성한다. 그리고 배경은 주로 묘사와 서술에 의해 제시된다.

M. 블튼은 『소설의 해부』에서 배경의 양상들을 작중인물의 종교적·도덕적·지적·사회적·심리적·정서적인 환경 등으로 나누고 있을 뿐만 아니라 작중인물의 직업, 인종, 연령 등도 배경의 척도가 된다고 했다. 이처럼 배경의 개념이 총체적 환경이란 의미로 확대되어가면서 배경은 자연히 인물과 사건에 대한 보조적 기능을 넘어서서 본질적 기능을 수행하게 된다. 작품에 따라서는 배경이 오히려 인물과 사건을 압도하는 경우도 있다.

현진건의 「운수 좋은 날」의 서두부분에서 추적추적 내리는 궂은비는 소설이 전개되는 동안 유난히 돈벌이가 잘 되는 운수 좋은 날의 인력거꾼에게 병든 아내의 죽음이 기다리는 결말의 반전에 대한 예시적 기능, 즉, 복선기능을 띠고 있다. '궂은비'를 통한 서두부터의 암시는 운수 좋게 연속되는 행운이 소설의 결말에서 아내의 죽음으로 반전되는 삶의 비극적인 아이러니의 효과를 빚어낸다. 가장 운수 좋은 날이 실은 가장 운수 나쁜 날로 역전되는 상황 반전이 가능한 것은 바로

'비'의 상징성에 의해서이다. 그런 의미에서 '비'는 소설의 서두와 결말단계에서 수미상관의 호응을 이루며 작품이 진행되는 내내 어두운 분위기를 조성하고, 겉으로 드러나는 플롯을 압도하며 주제를 구현시키는 핵심적 배경요소가 되고 있다.

새침하게 흐린 품이 눈이 올 듯하더니 눈은 아니 오고 얼다가 만 비가 추적추적 내리는 날이었다.
이날이야말로 동소문 안에서 인력거꾼 노릇을 하는 김 첨지에게는 오래간만에도 닥친 운수 좋은 날이었다. 문안에(거기도 문밖은 아니지만) 들어간답시는 앞집 마님을 전찻길까지 모셔다 드린 것을 비롯으로 행여나 손님이 있을까 하고 정류장에서 어정어정하며 내리는 사람 하나하나에게 거의 비는 듯한 눈결을 보내고 있다가 마침내 교원인 듯한 양복쟁이를 동광학교(東光學校)까지 태워다 주기로 되었다.(현진건의 「운수 좋은 날」의 서두 부분)

궂은비는 여전히 추적추적 내리나 김 첨지는 취중에도 아내가 그토록 먹고 싶어하던 설렁탕을 사 들고 무시무시한 정적이 감도는 집으로 향한다. 불안을 떨치려는 듯 허세를 부리며 방문을 열자, 아내는 죽고 개똥이는 빈 젖을 빨며 울고 있다. 김 첨지는 닭똥 같은 눈물을 흘리며 미친 듯이 제 얼굴을 죽은 이의 얼굴에 한데 비비대며 중얼거린다.
"설렁탕을 사다 놓았는데 왜 먹지를 못하니……괴상하게도 오늘은 운수가 좋더니만……" (「운수 좋은 날」의 결말 부분)

소설의 서두에서 등장인물을 소개하고 동시에 배경이 설정될 때, 이 배경은 인물의 성격화에 기여하는 것으로 나타난다. 김동리의 「무녀도」의 서두에는 퇴락한 흉가와도 같은 무녀 모화의 집에 대한 묘사가 나온다. 이 집에 대한 배경 묘사는 작품 전체에 음울한 분위기를 형성하며, 기독교와의 갈등에서 샤머니즘의 패배라는 결말을 암시하는 한편 시대의 흐름에 역행하는 무녀 모화라는 인물을 창조하는 데 효과적으로 기능한다.

> 경주 읍에서 성 밖으로 십여 리 나가서 조그만 마을이 있었다. 여민 촌 혹은 잡성 촌이라 불리어지는 마을이었다. 이 마을 한 구석에 모화(毛火)라는 무당이 살고 있었다. 모화서 들어 온 사람이라 하여 모화라 부르는 것이었다. 그것은 한 머리 찌그러져 가는 묵은 기와집으로, 지붕 위에는 기와버섯이 퍼렇게 뻗어 올라 역한 흙냄새를 풍기고, 집 주위는 앙상한 돌담이 군데군데 헐린 채 옛 성처럼 꼬불꼬불 에워싸고 있었다. 이 돌 담이 에워싼 안의 공지같이 넓은 마당에는, 수채가 막힌 채 빗물이 고이는 대로 일 년 내 시퍼런 물이끼가 뒤덮어, 늘쟁이 명아주 강아지풀 그리고 이름도 모를 여러 가지 잡풀들이 사람의 키도 묻힐 만큼 거멓게 엉키어 있었다. 그 아래로 뱀같이 길게 늘어진 지렁이와 두꺼비같이 늙은 개구리들이 구물거리고 움칠거리며 항시 밤이 들기만 기다릴 뿐으로, 이미 수십 년 혹은 수백 년 전에 벌써 사람의 자취와는 인연이 끊어진 도깨비굴 같기만 했다. (「무녀도」의 내부 액자 서두 부분)

채만식의 『탁류』도 금강(錦江)이 시작되는 상류로부터 금강이 끝나는 하류인 군산에 이르는 서두의 장황한 배경 묘사를 통하여 주인공의 운명을 암시한다. 즉, 일제하에서 미곡 반출항이던 군산을 중심으로 펼쳐지는, 순수했던 초봉이 점점 파멸의 길을 걷는 파란만장한 인생살이와 그를 둘러싼 타락된 인간관계를 서두에서 이미 암시하고 있는 것이다. 이처럼 배경은 소설에서 부차적 요소가 아니라 상징적이며 본질적인 요소가 된다.

배경의 기능에 대해 브룩스와 워렌은『소설의 이해』에서 첫째, 인물과 행동의 신빙성을 높여준다. 둘째, 인물의 심리적 동향과 이야기의 의미를 암시한다. 셋째, 분위기의 조성에 결정적으로 기여한다는 점 등을 들고 있다. 설득력을 갖는 견해이다. 여기서 분위기(atmosphere)란 한 작품을 일관하는 특징적인 인상 혹은 그 작품을 전체적으로 압도하는 지배적인 정서를 지칭한다. 물론 분위기를 조성하는 결정적 요인은 배경이다.

소도구(properties)의 조직으로서 배경을 이해하는 웰렉과 워렌은 배경이 작품 내에서 은유나 상징으로 옮겨가는 경우를 다음과 같이 예시한다. "셰익스피어, 에밀리 브론테, 포와 같이 서로 그 성격이 다른 작가의 경우에는 배경(소도구가 조직된 것)이 은유나 상징으로 되는 경우가 많다.─광란의 바다, 폭풍우, 황량한 평원, 어두운 산중 호숫가에서 있는 허물어져가는 성."

여기서 소도구란 용어는 배경의 물질적·현실적 속성을 내포하여 지각된 것을 뜻하는데, 이것이 심리적 현상으로 상승될 때에 배경은 본질적 요소로 심화되며, 그 자체의 기능을 최대한으로 발휘하게 된다. 그리고 이때에 나타나는 작품효과가 이른바 분위기이다.[3] 즉, 물질적 요소인 배경이 인물과 심리적 접촉이 일어날 때에, 즉, 내면화될 때에 분위기는 창조되는 것이다.

---

3) 정한숙,『현대소설작법』, 장락, 1994, 143～144면.

1) 신빙성

배경의 가장 큰 효과는 소설 속의 인물과 행동에 대하여 신빙성(reality)을 높여 주는 구실을 하고 있다는 점이다. 이에 대하여 브룩스와 워렌은 "인식되어질 수 있고 동시에 생생히 기억에 남을 만큼 표현되어지는 배경은 인물과 행동의 신빙성을 높여 주는 경향이 있다"고 전제하고, "독자가 배경을 진실하게 받아들인다면 그는 적어도 예비적 방법으로 보다 더 쉽게 그 배경 속의 거주자와 그 행동을 받아들이는 경향이 있을 것"이라고 부연 설명하고 있다.

채만식의 『탁류』에서 지역적 배경으로 일제하의 미곡 반출항이던 군산이라는 지명이 구체성을 띠고 드러나 있기 때문에, 인물들의 행동에 생동감이 부여되고, 사건에 사실감과 신빙성이 더해지는 것이 사실이다.

향토색을 뚜렷이 부각시키는 지역주의 소설에서도 지역적 배경은 매우 강조되며, 지역 특유의 생활환경과 관습을 구체화시킨다. 이문구의 『관촌 수필』의 무대인 충청도, 김유정과 이효석의 소설이 보여주고 있는 강원도 산골의 향토색 짙은 배경은 특정한 장소를 구체화시킴으로써 소설의 리얼리티를 배가시킨 예라고 할 수 있다. 또한, 김정한의 「수라도」나 「모래톱 이야기」도 부산·경남을 지역적 배경으로 설정함으로써 지역주의 문학으로서 성공을 거둔 예가 될 것이다.

2) 분위기 조성

케니는 배경의 효과를 개인의 정신적·정서적 상태에 대한 비유와 분위기를 창조해내는 것으로 보았다. 많은 소설에서 인물을 둘러싸고 있는 배경은 독특한 감정적 톤이나 무드를 환기시키는데, 이것이 분위기이다. 예를 들어 어빙의 「졸음 오는 계곡의 전설」에서의 졸리게 하는 정적, 포의 「어셔 가(家)의 몰락」에서의 타락과 공포, 조지 오웰의 『1984년』에서의 견디기 어려운 단조로움 등의 경우가 그러하다고 할 수 있다.[4] 바로 이러한 작품들의 감정적 어조가 분위기를 자아낸다.

김승옥의 「무진기행」은 '무진(霧津, 안개포구)'이라는 지명과 함께 '안개'라는 소도구가 주인공의 불확실한 정신적 상황 및 존재론적 허무를 짙게 드러내고 있다. 이 때 '안개'는 물질적 배경을 넘어서서 일종의 은유이자 상징으로 파악되며, 작품 전체의 분위기를 창조하고, 주제에의 접근을 가능하게 만든다.

> 무진에 명물이 없는 것은 아니다. 나는 그것이 무엇인지 알고 있다. 그것은 안개다. 아침에 잠자리에서 일어나서 밖으로 나오면, 밤 사이에 진주해온 적군들처럼 안개가 무진을 뻥 둘러싸고 있는 것이었다. 무진을 둘러싸고 있던 산들도 안개에 의하여 보이지 않는 먼 곳으로 유배당하고 없었다. 안개는 마치 이승에 한(恨)이 있어서 매일 밤 찾아오는 여귀(女鬼)가 뿜어 내놓는 입김과 같았다. 해가 떠오르고, 바람이 바다 쪽으로 방향을 바꾸어 불어가기 전에는 사람들의 힘으로써는 그것을 헤쳐 버릴 수 없었다. 손으로 잡을 수 없으면서도 그것은 뚜렷이 존재했고, 사람들을 둘러쌌고, 먼 곳에 있는 것으로부터 사람을 떼어놓았다. 안개, 무진의 안개, 무진의 아침에 사람들이 만나는 안개, 사람들로 하여금 해를, 바람을 간절히 부르게 하는 무진의 안개, 그것이 무진의 명산물이 아닐 수 있을까? (김승옥의 「무진기행」에서)

---

4) Robert Stanton, *An Introduction to Fiction*, 박덕은 편역, 앞의 책, 35면.

배경의 궁극적 기여는 물리적·현실적 속성이 심리적 현상으로 상승되어 빚어내는 분위기 형성과 상징에 있다고 볼 수 있지만 분위기는 배경만이 아니라 인물·구성·주제 등이 복합되어 형성된다.

3) 주제의 구체화

소설에 있어서 배경이 주는 또 다른 효과는 분위기를 창조하는 데서 더 나아가 주제를 구체화시키는 것이다. 특히 상황 소설에 있어서는 배경이 곧 주제와 직결되는 기능을 띠고 있다. 현대 소설에서는 첨단기술사회에서의 복잡 미묘한 인간의 심리상황과 상실된 인간성 그리고 인간소외의 다양한 문제들이 주제로서 자주 등장하고 있어 배경이 상황을 암시하고, 이것이 곧바로 주제를 나타내는 경우가 많다.

> 이 기록의 주제를 이루고 있는 기이한 사건은, 194X년에 오랑에서 일어났다. 일반적인 의견으로는, 보통 경우에서 좀 벗어나는 사건치고는 일어난 장소가 어울리지 않는다는 것이었다. 오랑은 언뜻 보기에는 사실 평범한 도시이며 알제리아 해안에 있는 프랑스의 한 도청 소재지 이상의 아무것도 아니다.
> 솔직히 말해서 거리 자체는 초라하다고 밖에 할 수 없다. 그저 평온한 도시이고, 지구 위 어디에나 있는 다른 많은 사업 도시와 다른 것을 깨닫기 위해서는 다소 시간이 걸린다. 가령, 비둘기도 없고 나무도 공원도 없는 도시, 거기서는 날개를 퍼덕이는 새도, 한들거리는 나뭇잎도 볼 수 없는 걸, 한마디로 말해서 중성지대인 그 도시를 어떻게 설명하면 상상이 될까? 여기서는 계절의 변화도 하늘을 보고 알 수 있다. 봄은 오직 공기의 질에 따라, 또는 어린 장사치들이 교외에서 가지고 오는 꽃바구니를 보고서야 알게 될 뿐이다. 말하자면 봄은 시장에서 매매되는 격이다. 여름에

는 태양이 건조한 집들을 지나치게 내리쬐어 벽돌을 뿌연 재로 덮어놓는다. 그래서 사람들은 덧문을 닫고, 그 그늘에서 지낼 수 밖에 없다. 가을에는 이와 반대로 진흙의 홍수다. 아름답게 갠 날은 겨울에만 찾아온다. (알베르 카뮈의 『페스트』 서두 부분)[5]

인용된 대목은 알베르 카뮈의 『페스트』의 서두 부분이다. 이 작품은 일종의 액자구조로 되어 있으며, 위에서 인용하고 있는 대목은 바깥 이야기 즉, 외부액자의 서두이다. 이 서두의 배경 묘사는 안 이야기, 즉, 내부액자에서 페스트가 발생하여 황폐한 죽음의 도시로 변할 오랑 시의 운명을 암시하고 있다. "비둘기도 없고 나무도 공원도 없는 도시, 거기서는 날개를 퍼덕이는 새도, 한들거리는 나뭇잎도 볼 수 없는" "한마디로 말해서 중성지대인" 도시를 의미 깊게 서술하고 있다. 비둘기, 나무, 새, 흔들리는 나뭇잎, 그 어떤 생명체도 부재하는 불모의 도시 오랑시는 페스트의 창궐로 인해 도시 전체가 격리되어 거대한 감옥처럼 변하고, 시민들은 불안의 극한상황에 휩싸여서 여기저기서 혼란과 이기주의와 자포자기와 허탈이 난무한다. 오랑시의 운명을 예고하는 배경의 설정, 그리고 이 같은 상황이 이 작품의 주제로 곧바로 연결됨을 알 수 있다.

『페스트』의 안 이야기의 '쥐'도 동일한 기능을 띠고 있다.

4월 16일 아침, 의사 베르나르 류는 자기의 진찰실에서 나오다가 층계참 한복판에 죽어 있는 쥐 한 마리를 밟을 뻔했다. 그는 즉,각, 아무 생각 없이 그 쥐를 치워버린 다음 층계를 내려왔다. 그러나 거리에 나왔을 때, '쥐가 나올 곳이 못 되는데……' 하는

---

5) 알베르 카뮈, 유혜경 역, 『페스트』, 소담출판사, 1994, 7~8면.

생각이 떠올라서, 그 길로 발길을 돌려 수위에게 주의를 주었다.
그러자 늙은 미셸 씨의 반발에 부딪쳐, 류는 자기의 발견이 예삿
일이 아니라는 것을 뚜렷이 느끼게 되었다. (카뮈의 『페스트』에
서)6)

여기서 죽은 '쥐' 한 마리는 이어 쥐의 떼죽음으로 확산되고, 그 다
음에는 오랑시 전체의 시민들이 페스트균에 감염되어 흑사병에 걸리
는 불길한 사태를 예고하고 있다. 죽은 쥐 한 마리가 환기하는 긴장감
과 불안, 그 효과는 정말 엄청난 것이라고 하지 않을 수 없다.

이처럼 배경은 인물과 사건에 대한 신빙성을 높여주며, 소설의 분위
기를 조성함으로써 주제를 암시하거나 보다 직접적으로 주제를 구체
화시키기도 하여 현대 소설에서 결코 무시할 수 없는 큰 비중을 차지
하고 있다.

이밖에도 배경에는 인물의 성격과 태도 그리고 의식과 사상의 형성
에 영향을 주고, 독자로 하여금 현장감을 지니게 하며, 인물의 심리상
태나 사건 전개를 암시한다는 기능 등이 있다.

3. 배경의 종류

윌리엄 케니(W.Kenny)에 의하면 배경은 자연적 배경, 사회적 배경,
시간적 배경, 정신적 배경의 네 가지 요소로 이루어지고 있다. 자연적
배경은 지리학적 장소 또는 실내의 세부적 묘사장면, 사회적 배경은
인물이 생활해 나가는 직업 및 그 양태, 시간적 배경은 사건이 발생하

---

6) 위의 책, 11면.

는 시간 즉, 역사적 시대나 계절, 정신적 배경은 인물들의 종교적, 도덕적, 지적, 사회적, 정서적 배경이다.

현대 소설에 있어서는 자연적 배경과 사회적 배경에다 심리적 배경이나 상황적 배경이 추가됨으로써 배경이 단순히 시대와 장소를 말해주는 무대로서의 역할만이 아니라 보다 복합적인 의미기능을 띠고 유기적으로 작용하고 있음을 볼 수 있다.

그리고 자연적 배경이나 사회적 배경에 있어서도 이것을 묘사해서 드러내는 작가의 태도나 주인공의 심리 상태에 따라서 주관적 배경과 객관적 배경으로 나누어진다.

1) 자연적 배경

이효석의 소설에는 산이나 들판이, 한승원의 소설에는 바다가, 김유정과 이문구의 소설에는 농촌이 배경으로 설정되어 있는 경우가 많다. 자연적 배경은 주로 사건이 일어나는 지리학적 장소를 의미하는 것으로 향토색이 짙다든가 도시 변두리를 그렸다는 등 특정한 장소를 구체화시키고 있는 것이 특징이다. 위에서 말한 이효석, 한승원, 김유정, 이문구 등의 작가들은 소설 속의 인물이나 행동에 어울리도록 자연적이고 지정학적인 배경을 잘 설정하여 그들의 개성적인 작품세계를 구축하는 데 성공한 작가들이라고 할 수 있다.

그런데 이 같은 자연적 배경도 주관적 자연과 객관적 자연으로 구별된다. 등장인물의 성격, 혹은 그들의 심리 상태를 반영하여 묘사하면 주관적 자연 배경, 등장인물의 심리 상태와는 무관하게 어느 사람이나 느끼게 되는 사실적 보편적 자연을 묘사하면 그것은 객관적 자연 배경이다.

주관적 자연 배경은 낭만주의소설에서 흔히 발견되며 여기서 자연은 자아가 확대 혹은 변신된 것으로 나타난다. 반면 객관적 자연 배경은 사실주의 소설에 많이 등장하는 것으로 이는 작가의 주관적 의식의 투영 없이 있는 그대로의 자연을 사실적으로 그려낸 것을 말한다.

이효석의 「메밀꽃 필 무렵」은 봉평에서 대화까지 70리 길에 걸쳐 메밀꽃이 흐드러지게 핀 달밤의 산길을 배경으로 설정하고 있다. 메밀꽃이 핀 달밤의 낭만적인 자연배경이 오감을 활용하여 감각적으로 묘사됨으로써 집도 가족도 없이 떠도는 장돌뱅이 허생원의 쓸쓸한 삶에서 일어난 단 한번의 로맨스와 연결된다. 그리고 이야기를 자연스럽게 아버지 찾기의 모티프로 이끌어 간다.

> 조선달 편을 바라는 보았으나 물론 미안해서가 아니라 달빛에 감동하여서였다. 이지러는 졌으나 보름을 가제 지난 달은 부드러운 빛을 흐뭇이 흘리고 있다. 대화까지는 칠십 리의 밤길, 고개를 둘이나 넘고 개울을 하나 건너고 벌판과 산길을 걸어야 된다. 달은 지금 긴 산허리에 걸려 있다. 밤중을 지난 무렵인지 죽은 듯이 고요한 속에서 짐승 같은 달의 숨소리가 손에 잡힐 듯이 들리며, 콩 포기와 옥수수 잎새가 한층 달에 푸르게 젖었다. 산허리는 온통 모밀밭이어서 피기 시작한 꽃이 소금을 뿌린 듯이 흐뭇한 달빛에 숨이 막힐 지경이다. 붉은 대궁이 향기같이 애잔하고 나귀들의 걸음도 시원하다. 길이 좁은 까닭에 세 사람은 나귀를 타고 외줄로 늘어섰다. 방울 소리가 시원스럽게 딸랑딸랑 메밀밭께로 흘러간다. 앞장선 허생원의 이야기 소리는 꽁무니에 선 동이에게는 확적히는 안 들렸으나, 그는 그대로 개운한 제 멋에 적적하지는 않았다.
> "장 선달 꼭 이런 날 밤이었네. 객줏집 토방이란 무더워서 잠

이 들어야지. 밤중은 돼서 혼자 일어나 개울가에 목욕하러 나갔지. 봉평은 지금이나 그제나 마찬가지나 보이는 곳마다 모밀밭이어서 개울가가 어디 없이 하얀 꽃이야. 돌밭에 벗어도 좋을 것을, 달이 너무도 밝은 까닭에 옷을 벗으러 물방앗간으로 들어가지 않았나. 이상한 일도 많지. 거기서 난데없는 성서방네 처녀와 마주쳤단 말이네. 봉평서야 제일가는 일색이었지." (이효석의 「메밀꽃 필 무렵」에서)

자연적 배경은 사건이 일어나고 등장인물이 활동하는 장소이다. 자연환경에는 산과 바다, 도시 전체, 또는 어느 한 지역, 생활환경으로서 집안, 일터 등의 좁은 범위에 국한되는 일상적 생활영역까지 모두 포함된다.

배경의 제시방법으로는 원근법을 원용하여 먼 곳으로부터 차츰 가까운 곳으로 제시되는 경우도 있고, 가까운 곳에서부터 점차 먼 곳으로 확산되는 경우도 있다.

자동차길엘 가재도 오르는 데 십리, 내리는 데 십리라는 영(嶺)을 구름을 뚫고 넘어, 또 그 밑의 골짜기를 삼십 리 더듬어 나가야 하는 마을이었다.

강원도 두메인 이 마을을 관(官)에서는 뭐라고 이름 지었는지 몰라도, 그들은 자기네 곳을 학마을(鶴洞)이라고 불렀다.

무더기무더기 핀 진달래꽃이 분홍 무늬를 놓은 푸른 산들이 사면을 둘러싼 가운데 소복이 일곱 집이 이 마을의 전부였다. 영마루에서 내려다보면 꼭 새둥우리 같았다. 마을 한가운데는 한 그루 늙은 소나무가 섰고, 그 소나무를 받들어 모시듯, 둘레에는 집집마다 울안에 복숭아꽃이 피어 있었다. (이범선의 「학마을 사람들」 서두 부분)

위의 인용문은 이범선의 「학마을 사람들」의 서두부분으로서 강원도 두메산골인 학마을에 대한 원근법적 묘사로부터 작품이 시작된다. 그만큼 학마을의 공간적 상징성이 중요하다는 것을 서두부터 분명히 암시하고 있는 경우이다. 학마을은 너무 두메산골이어서 바깥세상의 변화와는 전혀 무관할 것처럼 보인다. 서두의 배경묘사가 보여주고 있는 이미지는 진달래가 무더기로 피어 있는 산들에 둘러싸인 마을의 안온함과 평화로움이다. 그런데 학이 날아들던 평화롭던 마을에 일제 36년 동안 학이 한 번도 날아오지 않았음이 밝혀지면서 학마을의 평화는 깨어지고 비극이 시작된다.[7]

작가가 자연적 배경을 어떤 방식으로 제시했든지 이것은 등장인물과 밀접한 관련을 맺는다. 낭만적이고 환상적인 공간, 또는 황폐화된 세계 역시 주인공의 성격과 심리 상태에 지대한 영향을 미친다.

2) 사회적 배경

소설은 당대의 사회적 배경 없이 인간을 그려낼 수 없다. 소설 속의 사회는 현실 사회와 무관하지 않을 뿐만 아니라 작가가 주제를 구현하는 데 중요한 역할을 하고 있다. 특히 사회소설에서는 사회가 소설의 배경으로 그치지 않고 바로 주체가 된다. 요컨대, 소설 속에서 한 인물이 빚어내는 사건의 동기와 내재 상황에 사회적 분위기가 어떻게 연관되고 작용하는가를 생각할 때 사회적 배경을 논할 수 있다. 이는 단순한 시간적, 공간적 배경과는 다르다. 반드시 시간과 공간이 직접 연결

---

7) 송명희, 「이범선 소설에 나타난 '새'의 이미지와 공간성」, 『타자의 서사학』, 푸른사상, 2004, 189~190면.

되어 어떤 특정한 의미나 상황을 나타낼 수 있을 때 생각할 수 있는 말이다. 예를 들어 어떤 작품에 그려지고 있는 인물의 특수한 행동, 특이한 사건이 그 인물이 활동하는 시·공간에서 사회 전반적인 어떤 분위기나 특징과 관련된 것이 아니라면, 이는 사회적 배경으로 볼 수는 없는 것이다.[8]

사회적 배경은 일상적인 인간이 부딪치게 되는 정치·경제·종교·시대상 등이 총망라되는 삶의 현장이다. 작중인물과 사회적 배경은 긴밀한 유기적 관계에 놓이게 됨으로써 상호 변화에 있어 역동적이며, 그 배경적 요건이 인물의 성격이나 행동을 드러나게 한다. 그러므로 중요한 것은 인물과 그 인물이 그렇게 행동하게끔 된 동기 사이의 상호작용이다. 이 때 사회가 소설의 배경에 그치지 않고 바로 주제가 되는 경우를 사회소설이라고 한다. 사회소설에서 인물과 구성은 부차적인 것이 되고 오히려 배경이 전경화된다. 작중인물들의 타락된 행동과 부패와 악이 횡행하는 것도 사회의 구조적 모순과 관련된 것으로 보는 것이 사회소설의 특징이다.

> 계리사 사무실 서기 송철호는 여섯 시가 넘도록 사무실 한 구석 자기 자리에 멍청하니 앉아 있었다. 무슨 미진한 사무가 있는 것도 아니었다. 장부는 벌써 집어치운 지 오래고 그야말로 멍청하니 그저 앉아 있는 것이었다. 딴 친구들은 눈으로 시계바늘을 밀어 올리다시피 다섯 시를 기다려 후다닥 나가버렸다. 그런데 점심도 못 먹은 철호는 허기가 나서만이 아니라 갈 데도 없었다. (이범선의 「오발탄」 서두 부분)

이범선의 「오발탄」은 한국전쟁이 휩쓸고 지나간 어두운 사회의 단

---

8) 이규정, 『현대소설의 이론과 기법』, 박이정, 2004, 102～104면.

면을 적나라하게 드러낸 사회성 짙은 작품이다. 위의 인용문에서 보다시피 주인공 송철호는 점심도 먹지 못한 채 남들이 다 퇴근해버린 계리사 사무실에서 멍청하니 앉아 있다. 정신이상이 된 어머니, 권총강도가 된 남동생, 양공주가 된 여동생을 비롯하여 아이를 낳다 죽는 아내와 남겨진 아이…… 한 가족을 책임져야 하는 가장의 무거운 책임이 그를 짓누르고 있다. 그가 점심도 굶고 앉아 있는 계리사 사무실에는 낭만이 끼어들 여지는 없다. 이 작품에서 주인공이 겪는 궁핍과 불행은 개인적인 무능력에서 기인하는 것이 아니라 전쟁이라는 비극적 상황과 모순에서 비롯된 것이다. 작품 곳곳에서 발견되는 암울한 분위기도 개별적이고 특수한 것이 아니라 전쟁 직후 피폐하고 궁핍해진 우리 사회 전체의 분위기를 상징하는 것으로 해석할 수 있다. 송철호라는 인물에서 독자들은 전쟁 직후 우리 사회의 보편적이고 전형화된 사회적 얼굴(social mask)를 읽을 수 있다. 여기서 '계리사라는 직업도 시대를 표상하는 사회적 배경의 일부를 이룬다.

그리고 자연적 배경이 주인공의 심리와 정서적 조화를 이루는 가운데 분위기를 나타낸다면, 사회적 배경은 보다 철저하게 공시적인 사회성을 작품 속에 부각시킴으로써 작가의 투철한 사회의식을 드러내고자 한다.

3) 시간적 배경

소설의 세계에서는 물론이고 일상생활에서도 시간은 공간과 불가분의 상관관계에 있다. 따라서 소설에서 공간적 배경은 시간적 배경과 밀접한 관련을 맺게 된다. 소설의 등장인물은 특정한 시간과 공간 속

에 놓여져야만 비로소 구체성과 개성을 지닐 수 있게 된다. 이 때 시간
적 배경이란 역사의 어느 시기, 사계절 중 어느 계절, 하루의 어느 때
가 모두 포함된다.

사회적 배경이 공시적인 수준에서 논의될 수 있는 것이라면, 역사적
배경은 사회적 과정의 거대한 연속체의 차원에 놓여 있는 것이라고 할
수 있다. 역사소설의 배경 속에는 작가의 역사의식이 투영되어 역사를
재현하거나 또는 새로운 역사해석을 시도한다.

> 통포슬까지 나온 용이는 국자가로 뻗은 넓은 길을 버리고 세
> 림하(細林河) 물줄기를 따라 두도구(頭道溝) 쪽을 향해 발길을 꺾
> 었다. 국자가로 돌아가나 두도구를 돌아가나 용정에 이르기는 매
> 일반, 두 이정(里程)이 모두 실팍한 백릿길이다. 초가을의 흙모래
> 실은 바람이 백양나뭇잎을 선들선들 흔들어주며 자나가지만 아직
> 은 머뭇거리는 늦더위, 짚신발 밑의 볕살에 익은 외줄기 길바닥
> 은 뜨겁다. 홀로 걷는, 굽이져 뻗어가는 이 타관의 외줄기 길이
> 새삼스레 서러울 까닭이야 없겠는데 가도가도 황토의 남도길, 등
> 짐장수가 맨발로 갔으며, 액병과 보리 흉년에는 집안에, 길바닥에
> 소장이 썩던 그 고국의 산천, 척박한 땅에선들 아니 서러울 날이
> 있었을까마는, 기름지다고 찾아온 간도 땅의 사위는 어찌 이다지
> 도 삭막한가고 용이는 생각한다. 헤어질 무렵 뼈가 빠지는 한이
> 있어도 돈 모아 고향 가야제 하던 영팔의 말이 가슴에 맺힌 때문
> 일까. (박경리의 『토지』 2부 1권에서)[9]

'용이'라는 인물이 간도 용정으로 가는 삭막한 길 위에서의 독백 속
에 그가 떠나온 조선 남도 땅의 궁핍과 척박함이 오버랩 된다. 간도와

---

9) 박경리, 『토지』, 4권(2부 1권), 솔, 1994, 247~248면.

조선 이 두 배경의 병치에서 일제하 우리 민족이 땅을 빼앗기고 고국을 등져야만 했던 민족공동체적 운명이 드러난다.『토지』전체의 역사적 배경뿐만 아니라 인용문처럼 어느 한 부분의 배경에서도 한 서린 우리 근대사의 역사적 배경이 드러나는 것이다. 이것은 결국 작가 박경리의 치열한 역사의식이 투영된 배경이라고 하지 않을 수 없다.

시간적 배경의 다른 예로 계절적 배경을 들 수 있다. 일제 강점 하의 우리 소설들을 살펴보면 고통받는 민족의 삶을 소재로 다루고 있는 작품이 많다. 이러한 작품들의 계절적 배경으로 겨울이 자주 선택된 것은 결코 우연이 아니다. 작품의 배경이 되고 있는 겨울이라는 계절은 궁핍한 민중의 빈곤과 기아의 체험을 더욱 핍진하게 만든다. 1920년대 대표적 경향작가인 최서해의「홍염」이 그 한 예이다. 그리고 계절적 배경의 해석에서 프라이의 사계절의 신화를 원용할 수 있을 것이다.

김승옥의「서울, 1964년 겨울」이란 작품은 '서울'이라는 공간적 배경, '1964'년이라는 특정의 시기, '겨울'이라는 계절적 배경, 그리고 '밤'이라는 특정한 시간이 중첩되어 있는 경우로서 산업사회의 도시에서 익명의 한 기호로서 살아가는 인간들의 소외와 상실감을 탁월하게 형상화하고 있다. 김승옥은 감각적 문체, 언어의 조탁, 배경과 인물의 적절한 배치, 소설적 완결성 등으로 당시 한국소설의 새로운 기원을 수립하고, 전후세대문학의 무기력성을 뛰어넘은 작가로 높이 평가를 받았다.

> 1964년 겨울을 서울에서 지냈던 사람이라면 누구나 알고 있겠
> 지만, 밤이 되면 거리에 나타나는 선술집-오뎅과 군참새와 세

가지 종류의 술 등을 팔고 있고 얼어붙은 거리를 휩쓸며 부는 차가운 바람이 펄럭거리게 하는 포장을 들치고 안으로 들어서게 되어 있고, 그 안에 들어서면 카바이드 불의 길쭉한 불꽃이 바람에 흔들리고 있고, 염색한 군용잠바를 입고 있는 중년 사내가 술을 따르고 안주를 구워주고 있는 그러한 선술집에서 그날 밤, 우리 세 사람은 우연히 만났다. 우리 세 사람이란 나와 도수 높은 안경을 쓴 안(安)이라는 학생과 정체는 알 수 없지만 생각은 조금도 나지 않는 서른대여섯 살짜리 사내를 말한다. (김승옥의 「서울, 1964년 겨울」 서두 부분)

시간적 배경은 계절적 배경뿐만 아니라 하루 내에서도 특정 시간이 갖고 있는 상징성으로 이야기의 향방을 암시해주는 기능을 수행한다. 염상섭의 「만세전」, 「암야」, 「제야」에서는 특정한 역사적 시기나 특정한 날, 특정한 시간을 배경으로 삼고 있을 뿐만 아니라 그것이 소설의 제목으로 명시적으로 드러나며 주제를 암시한다고 할 수 있다. 안수길의 『새벽』도 일제 식민지 시대 조선인의 수난에 찬 만주 정착사를 그려낸다. 미명의 새벽이 작품의 방향과 주제를 암시하고 있음은 물론이다.

4) 심리적 배경

심리적 배경이란 의식의 흐름·내적독백·이미지의 점철 등의 수법을 중시하는 현대 심리주의 작가들에 의해서 만들어진 것이다. 이는 과거와 현재 그리고 미래를 뒤섞어서 넘나드는 심리적 시간과 더불어서 공간을 자유스럽게 초월하여 인물들의 활동 영역을 여러 세계로 확대시키고 있는 배경인 것이다.

'의식의 흐름(stream of consciousness)'은 심리학자 윌리엄 제임스가 1890년에 처음 사용한 용어로서 인간의 정신 속에서 생각과 의식이 끊어지지 않고 연속된다는 의미이다. 현대 모더니즘 소설에서 주로 사용하는 '의식의 흐름'은 개인의 의식에 떠올라 그의 이성적 사고의 흐름에 병행하여 의식의 일부를 이루는 시각적·청각적·물리적·연상적·잠재의식적인 수많은 인상의 흐름을 표현하기 위한 기법이다. 20세기에 심리소설이 발전하면서 일부 소설가들은 이성적인 사고에만 국한하지 않고 등장인물의 의식의 흐름 전체를 포착하고자 했다. 풍부하고 빠르며 미묘한 사고의 활동을 충분히 표현하기 위해 작가는 단속적이고 일관성 없는 생각들과 비문법적인 구문, 언표(言表) 이전 단계에 속하는 사고, 심상, 언어의 자유연상 등을 도입했다.

그리고 내적 독백(interior monologue)은 극적이거나 비극적(非劇的)인 허구 속에서 주인공들의 마음속에 떠오르는 생각들을 드러내기 위해 쓰는 서술적 기법이다. 이렇게 표현되는 생각들은 자유로운 연상처럼 느슨히 이어지는 인상일 수도 있고 보다 합리적으로 짜여진 사고와 감정의 연속일 수도 있다. 내적 독백은 극화된 내적 갈등, 자기 분석, 상상적 대화, 추리 등 몇 가지 형식을 포함한다.

'의식의 흐름'은 제임스 조이스가 『젊은 예술가의 초상』(1916)에 사용하여 큰 효과를 거두었고, 조이스의 영향을 받아 버지니아 울프도 『댈러웨이 부인』(1925)에서 의식의 흐름의 기법을 추구하여 성공을 거두었다. 이들은 인간의 진실은 외부로 드러나는 행동과 의식에서보다는 인간의 내면에 잠재된 정신과 무의식 속에서 더 잘 포착할 수 있다고 믿는다. 따라서 '의식의 흐름'은 단순한 문학적 기법이라기보다는 프로이트의 정신분석학 등의 영향에 따른 심리적 주체로서의 인간관에 기초하고 있다고 보아야 할 것이다.

리델(R. Liddell)은 그의 『소설론』에서 "버지니아 울프와 그 밖의 작가들은 등장인물을 위한 만화경적(萬華鏡的) 배경을 만들었다. 그들 인물은 동시에 여러 세계에서 살고 있다"는 말로써 심리적 배경을 설명하고 있는데 적절한 설명으로 보인다.

다음은 제임스 조이스의 『젊은 예술가의 초상』의 제1장 서두 부분이다.

> 제 1장
> 그리고 그는 미지의 기술에 마음을 쓰고자 한다.
>
> Et ignotas animum dimittit in artes.
>
> – 오비디우스, 변신 이야기, Ⅷ,188
>
> 옛날에, 아주 살기 좋던 시절, 음매 하고 우는 암소 한 마리가 길을 걸어오고 있었단다. 길을 걸어오던 이 음매 암소는 턱쿠 아기라는 이름을 가진 예쁜 사내아이를 만났단다……
>
> 아버지가 그에게 그 이야기를 해주었다. 단안경(單眼鏡)을 낀 아버지가 그를 보고 있었는데 얼굴에는 수염이 텁수룩했다.
>
> 그가 바로 턱쿠 아기였다. 그 음매 하고 우는 암소는 베티 번이 살고 있던 길에서 오고 있었거든. 그 애는 레몬 냄새가 나는 보리 꽈배기를 팔고 있었지.
>
> 오, 그 작은 풀밭에
> 들장미 곱게 피고
>
> 그는 혀가 짧은 소리로 그 노래를 불렀다. 그것은 그가 좋아하는 노래였다.
>
> 오, 그 파얀 잔니꼬 피고
> 잠자리에 오줌을 싸면 처음에는 따뜻하지만 이내 싸늘해진다.

어머니는 자리에 유지(油紙)를 깔아주었는데 거기서는 고약한 냄새가 났다.

어머니 냄새는 아버지 냄새보다 좋았다. 어머니는 그가 춤을 출 수 있도록 피아노로 선원들의 각적(角笛) 무도곡을 쳐주었다.
(제임스 조이스의『젊은 예술가의 초상』의 제 1장 서두 부분)

이 작품은 스티븐 디덜러스라는 한 젊은 예술가의 정치적·종교적·지적 편력과 가정, 종교, 국가를 초탈한 그가 예술가로서의 포부를 실현하기 위해 결국에는 유배의 길을 떠나는 성장과정을 그린, 20세기 모더니즘 문학을 이끈 작가 제임스 조이스의 자전적 교양소설이다. 이 작품에서 특히 주목을 끄는 것은 이른바 의식의 흐름의 기법이 사용되고 있다는 점이다. 소설 도처에서 스티븐의 의식세계는 의식의 흐름과 자유연상의 기법으로 표출되고 있다.

심리 소설은 현실의 시간성과 공간성에 우리의 의식을 머물게 하지 않는다. 주인공의 자유로운 의식에 따라 독자는 거의 동시적으로 과거와 현재와 미래의 시간 속을 여행하게 되며, 공간이동도 자유롭게 이루어진다.

5) 상황적 배경

상황적 배경은 주로 실존주의 소설에서 나타나는 배경으로서 실존적 인간상황을 암시하고 상징하는 배경이다. 인간과 세계와의 관계에서 죽음·전쟁·질병 등의 극한상황이 발생하면 인간은 자기존재에 대한 한계의식을 느끼게 됨과 동시에 본래의 자기, 곧 실존을 자각하게 된다. 이것은 현실적인 환경이라기보다는 상징적인 환경으로서 인간이 직면하고 있는 현대적 불안과 절망의 심연에 맞닿아 있다. 이때의 배경은 분위기 조성 혹은 리얼리티 부여 등의 의미를 넘어서서 배경이 곧 소설의 주제로 형상화된다. 특히 실존주의 작가인 사르트르나 카뮈, 그리고 카프카 등의 작품에서 볼 수 있는 배경이다.

사르트르의 『벽』이라는 작품에 나타나는 '감옥', 카뮈의 『페스트』에서의 '오랑시', 카프카의 『심판』에서의 '법원' 등은 인간실존의 극한상황과 죽음의 세계 또는 관료주의의 부조리 등을 상징하는 상황적 배경으로 설정되어 있으며, 이 같은 상황이 곧 작가의 실존주의적 주제를 나타내고 있다.

손창섭의 「비 오는 날」은 한국전쟁이라는 민족사의 비극이 개인에게 가한 폭력과 그에 짓밟히고 내팽개쳐진 인간의 상처를 자학적으로 드러낸 작품이다. 6·25라는 전쟁, 장마라는 기후조건, 피난지 부산 변두리의 폐가와 다름없는 동욱의 집, 그리고 정신적, 육체적 불구의 인물들이 어우러진 상황적 배경은 전쟁으로 인한 인물들의 실존적 비극성을 드러내기에 충분하다. 이 소설에서 여러 층의 상황적 배경은 주제를 암시하는 데 유기적으로 작용한다.

> 낡은 목조건물이었다. 한 귀퉁이에 버티고 있는 두 개의 통나무 기둥이 모로 기울어지려는 집을 간신히 지탱하고 있었다. 기와를 얹은 지붕에는 두세 군데 잡초가 반 길이나 무성해 있었다. 나중에 들어 알았지만 왜정 때는 무슨 요양원으로 사용되어 온 건물이라는 것이었다. 전면은 본부 전부가 유리창문이었는데 유리는 한 장도 남아 있지 않았다. 들이치는 비를 막기 위해서 오른편 창문 안에는 가마니때기가 드리워 있었다.
> 이 폐가와 같은 집 앞에 우두커니 우산을 받고 선 채, 원구는

한 동안 움직이지 않았다. 이런 집에도 대체 사람이 살고 있을까. 아이들 만화책에 나오는 도깨비 집이 연상됐다. 금시 대가리에 뿔이 돋은 도깨비들이 방망이를 들고 쏟아져 나올 것만 같았다. 이런 집에 동욱과 동옥이가 살고 있다니 원구는 다시 한 번 쪽지에 그린 약도를 펴 보았다. 이 집임에 틀림없었다. 개천을 끼고 올라오다가 그 개천을 건너선 왼쪽 산비탈에도 도대체 집이라고는 이 집 한 채뿐이었다. (손창섭의 「비 오는 날」에서)

장용학의 『요한시집』에서 '굴'이라는 공간과 '토끼의 우화'가 보여주는 알레고리도 상황적 배경으로 해석할 수 있다. 이 작품은 사르트르의 『구토』를 읽고 그의 실존주의에 영향을 받아 쓴 작품으로 알려져 있다. 거제도 포로수용소를 무대로 토끼의 우화를 통해 좌우 이데올로기의 대립이 빚어낸 한국전쟁의 비극성을 고발하고, 전쟁의 온갖 횡포와 부조리를 비판한 작품이다. '토끼의 우화'를 사용하고, 에세이적인 서술 방식을 보여주는 등 기존의 소설과는 판이하게 다른 이 작품은 과다한 한자의 사용과 등장인물의 의식의 흐름에만 치중한 듯한 관념적인 서술 방식으로 인해서 '이것도 소설이냐'라는 논란이 일어나기도 했지만, 우화를 통한 주제 암시와 기괴한 등장인물을 통해 주목을 받았다. 그리고 『요한시집』은 환상에 기반을 둔 '관념소설'의 형태로 당시의 시대와, 그 시대가 만들어낸 현대를 살아가는 인간의 본질적인 문제를 진지하게 그려내고 있다는 점에서 높이 평가받는다.

한 옛날 깊고 깊은 산 속에 굴이 하나 있었습니다. 토끼 한 마리 살고 있는 그곳은 일곱 가지 색으로 꾸며진 꽃 같은 집이었습니다. 토끼는 그 벽이 흰 대리석이라는 것을 모르고 살았습니다. 나갈 구멍이라곤 없이 얼마나 깊은지도 모르게 땅속 깊이에 쿡,

박혀 든 그 속으로 바위들이 어떻게 그리 묘하게 엇갈렸는지 용히 한 줄로 틈이 뚫어져 거기로 흘러든 가느다란 햇살이 마치 프리즘을 통과한 것처럼 방안에다 찬란한 스펙트럼의 여울을 쳐놓았던 것입니다. 도무지 불행이라는 것을 모르고 자랐습니다. 일곱가지 고운 무지개 색밖에 거기엔 없었으니까요.(장용학의 『요한시집』에서)

6) 중립적 배경·정신적 배경·역동적 배경

윌리엄 케니(William Kenny)는 『소설분석론(How to Analyze Fiction)』에서 배경이 작품에서 어떤 기능을 담당하느냐에 따라 중립적 배경(neutral setting)·정신적 배경(the spiritual setting)·역동적 배경(settingas dynamic)으로 나누고 있다.

중립적 배경은 구성과 인물에 주된 관심이 있는 소설에서, 행위에 필요한 그럴듯함을 부여하기 위해 설정된 그 당시의 배경을 말한다. 중립적 배경에 대해 작가는 실제적인 관심을 가지고 있지 않으며, 독자에게 특별한 흥미를 유발시키지도 않는다. 그와 같은 작가, 혹은 작품에서의 배경은 단지 정보를 제공하는 역할만을 수행할 뿐이다.

정신적 배경은 물질적 배경 내에서 구체화되거나 물질적 배경에 의해서 암시된 가치를 말한다. 배경이 막연하고 인습적으로 전원적인 한에 있어서는 이미 제시된 가치 또한, 막연하고 인습적인 것이 되기 쉬우나, 물질적 배경이 보다 특정적이고 생생하게 표현되어질 수 있다면 정신적 배경 역시 그럴 수 있는 것이다.

역동적인 것으로서의 배경은 단지 행위 자체를 나타내기 위한 정적인 것이 아니라, 사건에 영향을 미치고 또 사건에 의해 영향을 받음으로써 행위에 역동적으로 개입하는 것을 뜻한다. 이 때에 비로소 배경은 소설의 기본요소로서의 역할을 수행하게 되는 것이다.[10]

케니는 시간과 공간 그 자체가 이미 중립적인 것이 아니라고 보고 소설의 서사와 상호작용을 하는 정신적 내지 역동적 배경에서 그 가치를 찾았던 것 같다.

---

10) 윌리엄 케니, 엄정옥 역, 『소설분석론』, 원광대출판부, 1985.
   윤명구 이건청 외, 『문학개론』, 현대문학, 1989, 189~190면.

제7장 소설의 인물

1. 인물의 중요성

소설은 인간의 탐구를 목적으로 하고 있기에 소설에 대한 관심은 결국 작품 속에 드러나는 인간에 관한 관심으로 수렴된다. 독자의 소설에 대한 관심도 곧 작품의 등장인물에 대한 관심이라고 할 수 있다. 또한, 어떤 소설이 성공했느냐 아니냐의 판가름은 인물창조나 성격창조의 성패 여부로 가름할 수 있다. 알랭 로브그리예가 "소설을 쓰는 행위는 문학사가 포용하고 있는 초상화 전시장에다가 몇 개의 새로운 초상화를 부가시키는 데 있다"고 말한 바 있듯이 소설에서 인물이 차지하는 비중은 매우 높다.

한 마디로 소설을 쓰는 것은 새로운 인간형의 창조 작업이다. '누가 무엇을 어떻게 했다'라는 서술 속의 주체는 '누가'라는 인물이며, 나머지는 이 인물을 결정하는 보조수단이라고까지 말할 수 있다. 인물은 작품에서 행위나 사건을 수행하는 주체, 즉, 인물과 그 인물이 지닌 기질과 속성, 즉, 성격을 포괄하는 의미를 지닌다.

인물(character)이란 용어는 '등장인물'과 '성격'의 두 가지 뜻으로 사용해 왔다. '등장인물' 또는 작중인물이라고 했을 때는 소설 속에 나타나는 인물, 즉, 외부에서의 관찰 대상을 말하는 것이며, '성격'이라고 했을 때는 그 대상이 가지는 내적 속성, 즉, 그의 관심, 욕망, 정서, 도덕률 등을 포괄한 총화로서의 의미이다. 소설론에서 말하는 인물이란 우리가 흔히 생각하는 아무개라는 사람의 용모, 풍채와 같은 외적 개념이 아니고, 그 인물의 개성, 즉, 인물의 내적 속성을 가리키는 성격이라는 개념이다.

소설에서 인물이 중요한 것은 소설의 사건도 사건 그 자체로서 존재하는 것이 아니고, 바로 이 구체적인 인물들의 행동을 통해 존재하기 때문이다. 따라서 소설의 인물이 제기하는 문제들이란 플롯이나 사건과 무관하게 동떨어져 독자적인 문제로 남는 것이 아니다. 플롯과 사건은 모두 인물과 결합되어 유기적인 관계로 소설 속에서 작용하고 있다. 그리고 인물에 대한 평가란 인물이 수행하는 사건에 대한 평가 없이는 불가능하다. 독자들이 작품 속의 인물이 과연 어떤 인물인가를 파악하기 위해서는 화자가 전해주는 정보나 그가 야기한 사건을 검토해 보아야 한다.

소설의 구성요소 중에서 인물의 설정이 가장 중요한 비중을 차지하는 이유는 인물은 행동의 주체요, 주제의 구현자이기 때문이다. 그리고 소설은 인물을 통한 인간성의 탐구와 인간의 문제를 다루는 데 그 궁극의 목적이 있기 때문이다.

소설의 인물에서 우리가 유념해야 할 점은, 소설에 등장하는 그 어떤 인물도 실제 인물이 아니라 작가의 상상력에 의해서 창조된 인물이라는 사실이다. 그렇다면 실제 인물이 아닌 가공의 인물이 어떻게 독자들의 감동을 불러일으킬 것인가. 그것은 인물이 그럴듯하게 보이도록 만드는 핍진성(verisimilitude)에 의하여 이루어진다.

핍진성은 실물감(lifelikeness), 즉, 텍스트가 행위, 인물, 언어 및 그 밖의 요소들을 신뢰할만하고 개연성이 있다고 납득시키는 정도이다. 개연성이 주로 플롯상의 그럴듯함을 가리킨다면 핍진성은 서사의 여러 측면에서 그 서사가 실제현실과 얼마나 흡사한 느낌을 주는가에 달려 있다. 개연성은 아리스토텔레스가 『시학』에서 말한 이후 주로 플롯과 관련하여 사용되어 온 반면 핍진성은 쥬네트가 서사물에 요구되는 사실적인 신빙성을 지칭하는 개념으로 사용하였다. 독자들은 허구적 서사물인 줄 알고 소설을 읽으면서도 거기에서 진실성과 생생한 리얼리티를 기대하기 때문에 작가는 그의 작품 속의 인물이 더욱 현실감 있게 느껴지도록 그려내야 한다.

소설 속에 등장하는 인물들이 핍진성(lifelikeness)을 획득할 수 있는 것은 현실 속의 인물을 그대로 소설 속에 옮겨놓고 서술·묘사함으로써 얻어질 수 있는 것은 아니다. 소설 속에 등장하는 인물과 실제 현실 속의 인물과의 관계는 동일할 수 없으며, 또 동일할 필요도 없다. 그렇다고 전혀 이질적이라고 말할 수도 없다. 한 마디로 이들의 관계는 유사성과 함께 차이성도 존재한다는 점이다. 현실 속의 인간의 여러 가지 성격이나 속성 가운데서 선택된 몇 가지 속성을 작가는 상상력에 의하여 재결합하고 재구성하여 소설 속에 새로운 모습으로 형상화하는 것이다. 어떻게 보면 이러한 행위는 과장과 축소이고, 왜곡이며, 편집이라고 할 수 있다.

인물의 핍진성을 높이기 위해서는 무엇보다도 인물의 행동에 동기부여가 제대로 되어야 하고, 세부묘사도 마치 실제처럼 자세히 이루어져야 한다. 그리고 인물은 그 사회의 문화적 관습 또는 문학적 관습에도 부합되어야 한다. 더 중요한 것은 보편성의 획득이다. 이 때의 보편성은 공감의 보편성이다. 근대로 오면서 소설의 인물이 특정한 신분의 인물에서 평범한 인물로 바뀌게 된 것도 이 보편성의 문제와 관련된다.

그렇다고 소설 속의 인물이 보편성만을 지니고 있는 것은 아니다. 소설 속에 나오는 기억할 만한 인물들은 대체로 개성이 넘쳐흐른다. 따라서 소설 속의 인물은 개성과 보편성이 조화롭게 결합되어 있는 존재라고 할 수 있다.

소설 속에 등장하는 인물들은 그들의 소설 속에서의 역할과 기능에 따라서 주동인물(protagonist)도 될 수 있고, 반동인물(antagonist)도 될 수 있다. 그가 주인물(major figure)이든 부인물(minor figure)이든 인물들은 각기 다른 성격을 보유하며, 각기 다른 방식으로 소설 전체에 기여한다. 이들 인물들은 서로 대립하고 갈등하면서, 또는 그들을 둘러싸고 있는 세계와 대립하면서 사건을 전개시켜 나간다.

작가는 자신의 의도에 치우쳐서 특정 인물을 작품 전체의 구조에서 벗어나도록 해서는 안 된다. 그렇게 되면 그 인물은 생동감을 잃어버리게 된다. 그런 점에서 작가는 작위적으로 작중 인물을 창조하려고 하기보다는 작중 인물이 작품의 구조와 질서에 충실하고 조화된 인물이 되도록 형상화해야 할 것이다.

인물은 작품의 주제를 구현해 나가는 주체이기 때문에 배경이나 시간, 분위기, 사상 등도 궁극에 가서는 작중 인물의 성격 형상화로 귀결되어야 한다.

2. 인물의 유형

작중인물을 분류하는 방법이나 각도는 다양하다. 작중인물 유형론은 실제 인간을 대상으로 한 유형론에서 출발한다. E. M. 포스터의 말처럼 작중인물이란 실제인물을 작품이라는 틀 속으로 이식시킨 것에 지나지 않기 때문이다. 의학, 심리학, 사회학에서 꾸준히 시도해 온 인간유형론은 작중인물을 대상으로 한 유형론 연구나 실제창작에 큰 참고가 될 수 있다. 하지만 문학의 유형론은 많은 작품에 나타난 인물들을 분석하여 그 결과를 귀납적으로 정리함으로써 가능해진다.

1) 작중인물의 유형

소설 속에 등장하는 성격의 유형은 그 분류기준에 따라 여러 가지로 나눌 수 있다. 예를 들어 주동인물(프로타고니스트)−반동인물(안타고니스트), 주인물−부인물, 히어로−패배자, 선인형−악인형 등으로 구분하는 경우는 소설 속에서의 성격의 역할과 관계를 중심으로 한 분류이며, 주관형−객관형, 응집형−역동형, 구체적 성향−추상적 성향, 외향형−내향형, 행동형−사색형 등으로 나누는 경우는 심리학적 태도에 근거한 것이다. 인물은 사회학적 관점에서 나눌 수도 있으며, 신분 계층에 따른 분류도 가능하다.

소설론에서 가장 기초적인 인물 유형론으로는 E. M. 포스터가 말한 평면적 인물과 입체적 인물을 들 수 있다.

(1) 평면적 인물과 입체적 인물

포스터가 작중인물을 평면적 인물(flat character)과 입체적 인물(round character)로 나눈 것은 널리 알려진 사실이다. 그의 분류법은 작중인물론의 고전으로 평가되고 있다.

평면적 인물은 "단일한 사상이나 특질을 중심으로 하여" 나타나는 것으로 설명된다. 평면적 인물은 쉽게 인지되고 또 독자가 비교적 오래 기억할 수 있다는 장점을 갖는다. 그러나 이런 형태의 인물은 다시 소개할 필요도 없고, 또 독자의 상상력이나 이해의 범위 밖으로 달아나지도 않으며, 더욱이 발전이란 거의 없다는 한계를 지닌다. 그리하여 포스터는 평면적 인물은 희극적인 분위기의 소설에서는 효과적이나 진지하면서도 비극적인 분위기 속에 놓이는 경우 독자들에게 싫증을 주기 쉽다고 하였다. 우리 고대소설을 포함해 로망스에 등장하는 인물들은 대체로 평면적 인물로 규정되어 왔다. 20세기의 소설이라 하더라도 저급소설과 중간소설의 주인공들은 기본적으로 평면적 인물에 가깝다.[1]

이에 반해 입체적 인물은 어떠한 비극적 역할이라도 잘 수행해 나갈 수 있으며, 또한, 독자를 움직여 어떤 감정이나 사상을 갖게 해 주는 힘을 지닌다. 입체적 인물은 평면적 인물보다 삶의 복잡성과 깊이

---

[1] 조남현, 『소설신론』, 서울대출판부, 2004, 254~255면.

를 제시해 줄 수 있다. 포스터는 입체적 인물의 적절한 예를 톨스토이의 『전쟁과 평화』에 등장하는 주요 인물들, 도스토예프스키와 프루스트의 소설에 나오는 여러 인물들에게서 찾고 있다.

그렇다면 입체적 인물과 평면적 인물을 가를 수 있는 기준은 무엇인가. 이에 대해 포스터는 '경이감을 주느냐 못 주느냐'를 기준으로 제시했다. 이어서, 만일 작중인물이 신뢰감을 주지 못하면 그런 인물은 입체적인 척하는 평면적 인물이라고 결론지었다. 입체적 인물이냐 평면적 인물이냐의 여부는 작가의 손에 달려 있는 것이 아니다. 작가가 주인공을 다양하고도 심오한 성격의 소유자로 그렸다고 하더라도 독자들이 공감하지도 않고 신뢰하지도 않는다면 그 때의 주인공은 입체적 인물이 될 수 없다는 것이다.[2]

평면적 인물의 성격과 입체적 인물의 성격의 차이는 다음과 같다. 즉, 평면적 성격은 한 작품 속에서 변하지 않는 성격을 말하고, 입체적 성격은 작품 전개에 따라 발전하고 변화하는 성격을 말한다. 평면적 성격의 이점은 언제든지 등장만 하면 쉽게 알아볼 수 있다는 점이며, 따라서 나중에라도 독자에게 쉽게 이해되고 기억된다. 그들의 단점은 싫증을 나게 하는 존재가 되기 쉽다는 것인데, 진지하고 비극적인 것에서보다도 희극적일 때가 가장 적합하다.

반면에 입체적 인물은 작품 속에 무궁한 인생을 갖고 있으며, 비극적인 역할을 하기에 적합하고, 독자들을 감동시켜 유머 같은 것을 제외한 어떠한 감정에도 빠져 들어가서 몰입하게 할 수 있으며, 경이감을 준다. 이러한 포스터의 비교 설명은 은연중 입체적 성격이 평면적

---

2) 위의 책, 255~256면.

성격보다 소설에서 우월한 것처럼 느끼게 만드나, 반드시 그런 것은 아니다. 소설의 주체나 작품 속에 주어진 역할과 작가의 의도에 따라서는 평면적 성격이 반드시 필요할 때도 있다. 그렇다 하더라도 현실적인 인간의 성격과 그 다양성을 생각할 때 입체적 성격에서 실체감을 더 강하게 느낄 수 있는 것은 사실이다.

현대소설이 인간의 탐구라고 언명하였거니와, 현대소설에 올수록 단순한 성격의 주인공이 등장하는 소설보다도 복잡한 성격의 주인공이 등장하는 경우가 많다. 특정 계층을 대표하는 성격이라 할 수 있는 전형적 성격의 인물이 주인공일 때에도, 독자는 그 주인공이 단순한 성격으로 작품 속에 부각될 때는 어딘가 경직된 소설의 주인공으로 생각하면서 좋은 작품으로 인정하지 않으려는 반응을 보인다. 전형성을 강조하는 사회주의 문학론에서도, 현실의 개괄이요 인생의 모든 그룹에 있어서의 특질적인 특징을 한 개인적인 형상 속에 통일해야 할 것을 주장하고 있는데, 이는 전형을 개성 속에 용해시켜야 한다는 뜻으로 이해된다. 결국 현대소설의 등장인물은 전형 속에 개성을 드러내야 하며, 이러한 견지에서 단순한 성격보다는 복잡한 성격으로 나아가고 있다고 할 수 있다.[3]

(2) 전형적 인물과 개성적 인물

평면적 인물과 입체적 인물은 작중인물과 소설의 행동과의 유기적 관련성 아래에서 논의된 유형론이다. 즉, 그 인물이 얼마만큼 사건의 변화와 복잡화에 반응해 나가느냐의 여부에 초점을 두는 분류방법이

---

3) 윤명구·이건청 외, 『문학개론』, 현대문학, 1989, 181~182면.

다. 그런데 전형적 인물과 개성적 인물은 작중인물의 본연의 천성에 관해 논의한 유형론이다. 즉, 전형적 인물이란 사회의 어떤 집단이나 계층, 어떤 특정한 시대나 상황의 의미를 대표하는 인물형이다. 남성이면 남성, 여성이면 여성의 전형이 존재한다. 군인이면 군인으로서의 전형, 농부면 농부로서의 전형을 우리는 발견할 수 있다. 혹은 각 시대마다 그 시대를 반영하고 대표하는 전형도 있다. 그가 속하고 있는 집단의 보편적인 특징을 개인적인 형상 속에 통일한 것이 전형적 인물이다.

전형 창조에 주의할 것은 인물의 성격을 진부하고 인습적인 것으로 전락시키지 않도록 하는 데 있다. 따라서 처음부터 어떤 전형을 창조하려고 하면 대개는 진부하거나 과장된 느낌을 주기 쉽다. 따라서 현대소설에서는 개성적 인물을 창조하는 데에 더 힘쓰는 것이 바람직하다.4)

개성적 인물은 한 시대나 사회의 보편적 특징보다는 개인의 특이한 개성이 우월한 인물이다. 하지만 개성적 인물이 아니라고 해서 그 인물이 무조건 전형적 인물이라는 것도 아니다.

그런데 개성적인 인물이 독자의 공감을 받으면서 시간이 흐를수록 보편성을 획득하게 되면 전형으로 바뀌게 된다. 즉, 개성적 인물도 시간이 지나면서 그 숫자가 많아지게 되면 전형적 인물로 바뀌게 되는 것이다. 햄릿, 돈 키호테 같은 인물들도 개성이 뚜렷했기 때문에 오랜 세월이 지나오면서 이른바 햄릿은 내향형의 우유부단한 회의적 인물의 전형으로 자리하게 된 것이고, 돈 키호테는 저돌적이고 행동을 앞

---

4) 이규정, 『현대소설의 이론과 기법』, 박이정, 2004, 22~23면.

세우는 인물의 전형으로 자리 잡게 된 것이다.

2) 프라이의 인물유형론

신화·원형비평의 창시자인 프라이(Northrop Frye)는 고대 희극과 비극에서 오늘날 소설 인물의 원형을 찾아냈다. 즉, 희극적 인간형과 비극적 인간형의 원형이 그것이다. 그는 고대로부터 현대에 이르기까지의 이 원형적 인물은 반복적으로 등장한다고 본다.[5] 그의 『비평의 해부(Anatomy of Criticism)』는 문학의 뿌리와 혈통을 소급하여 체계화시키면서 모든 문학을 동질의 고리로 연결지어 나간다. 기존의 장르에 상관없이 스토리가 있는 문학은 모두 어떤 공통의 유형들을 지닌다고 그는 파악한다. 어느 시대건 반복해서 쓰이는 문학적 관습이 있는데, 이것을 추려보면 비록 시대에 따라 다소 다르게 나타날지라도 공통되는 '원형'이 존재한다는 것이다. 그는 문학의 공적인 측면을 외면한 신비평과 시대에 따라 달라지는 작품의 개별 가치평가를 극복하고 신화로의 회귀를 주창한다. 그는 "나에게 신화란 언제나 우선적으로 미토스, 즉, 스토리나 서사를 의미한다"고 말함으로써 플롯을 의미하는 미토스(mythos)를 신화와 같은 의미로 사용한다. 그에게 신화는 이야기가 있는 온갖 문학작품들이고, 개개의 특정신화는 '원형'이다. 그리고 기존의 시, 소설, 드라마라는 장르는 '서사'라는 큰 틀 속에 와해되고, 그속에 공통되는 어떤 형식이 탐색된다. 서사형식의 원형은 동질성이 존재하던 시대의 것이기에 봄, 여름, 가을, 겨울이라는 자연의 순환고리에 대응되는 것이어야 한다. 이것이 로망스, 희극, 비극, 아니러니(풍

---

5) Northrop Frye, *Anatomy of Criticism*, 임철규 역, 『비평의 해부』, 한길사, 1982.

자)라는 네 갈래의 서사장르이다.6)

(1) 희극적인 인물

- 사기꾼(alazons, imposter)
- 자기비하자(eiron, self-deprecater)
- 익살꾼(bomolchoi, buffon)
- 촌놈(agroikos, churl)

(2) 비극적인 인물

- 아담형
- 그리스도형
- 프로메테우스형
- 욥형

■ **사기꾼형(알라존, alazons)** : 화를 잘 내고 남에게 협박을 잘 하는 허풍쟁이에다 사기꾼이다. 이와 대립되는 인물은 늘 강박관념을 지니고 있으면서 남에게 곧잘 속아 넘어가곤 하는데, 이런 형의 인물들은 로망스의 악마적인 인물과 매우 가까운 관계를 맺는다. 이 사기꾼형의 인물에는 『춘향전』의 변사또, 이문열의 『우리들의 일그러진 영웅』의 엄석대, 『파우스트』의 메피스토펠레스 등을 들 수 있다.

■ **자기비하자(에이론, eiron)** : 이 유형의 인물은 주인공의 승리나 성공을 위해 음모를 꾸미는 플롯 속에서 흔히 발견된다. 로마 희극에서

---

6) 권택영, 『소설을 어떻게 볼 것인가』, 문예출판사, 1999, 103~106면.

이런 인물은 꾀 많은 노예의 존재로 나타났으며, 교활한 하인은 그 후의 드라마와 소설에서 계속 나타났다. 에이론 유형은 조선조의 방자형소설에서 쉽게 찾을 수 있다. 예컨대, 『춘향전』에서의 방자가 이 전형이라고 할 수 있다. 또한, 암행어사지만 거지로 위장한 이몽룡도 옥에 갇힌 춘향의 속마음을 떠본다는 점에서 에이론의 속성을 일부 지닌다고 볼 수 있다. 주인공의 승리를 가져오기 위해 음모를 꾸미는 플롯에서 흔히 발견되는 인물이다. 희극에서는 해피엔딩을 실현하는 인물이고, 비극에서는 파국의 동기를 제공하는 인물이 된다. 대체로 악의가 없고 장난을 좋아하며 꾀를 많이 부리는 형태로 나타난다.

 • **익살꾼형(보몰초이, bomolchoi)** : 대체로 작품 전체의 구성과는 별 관계없이 즐거운 분위기를 돋우어 주려 한다. 로마시대의 희극과는 달리 르네상스 시대의 희극은 글자를 잘못 쓰거나 악센트를 잘못 찍거나 하는 식으로 희극적 태도를 연출하는 인물들, 즉, 팔푼이, 광대, 시동, 엉터리 가수 등에게 관심을 보였다. 『춘향전』의 방자는 부분적으로 익살꾼형이라고 하겠다.

 • **촌놈(아그로이코스, agroikos)** : 이 유형은 아리스토텔레스가 고안해 낸 개념이기도 한데, 엘리자베스 시대의 드라마와 보드빌(vaudeville)[7)에서 곧잘 활용되었다. 이 유형은 보드빌에서는 주로 조연급으로 나왔다. '촌놈'의 유형은 인색하고 속되고 깐깐한 사람에게서 찾을 수 있다. 이런 유형의 인물은 즐거운 분위기를 파괴해 버리고 재미있는

---

7) 노래·춤·촌극 등을 엮은 오락연예. 16세기 중엽 프랑스에서 발행하여 풍자적인 노래를 뜻했으나 차차 무대예술적인 요소와 결부되어 현재와 같은 형태로 바뀜. 영국에서는 버라이어티(variety)라고 한다. 보드빌 전문가를 보드빌리언이라고 부르는데, 이는 코미디언과 구별하기 어렵다.

분위기에 찬물을 끼얹는 데 소질이 있다. 다른 사람과 어울리는 일이 어렵고, 지나치게 근엄하거나 융통성이 없는 인물이다. 현진건의 「B사감과 러브레터」의 B사감이 여기에 속한다.

• **속죄양(파르마코스**, pharmakos) : 프라이가 비극적인 인간형으로 설정한 인물 유형이다. 파르마코스는 속죄양 또는 대체우(代替牛)로 번역되는 것으로, 이는 상황에 대한 무지로 말미암아 결국 희생물로 전락되어 버리는 존재를 의미한다. 파르마코스가 서양의 가정 비극에서 많이 나타났던 것처럼 우리 소설에서도 이런 속죄양의 인물형은 얼마든지 찾을 수 있다.[8] 파르마코스의 예로 나다니엘 호손의 『주홍글씨』의 헤스터 토마스 하디의 『테스』의 테스, 톨스토이의 『부활』의 카추샤, 강경애의 『인간문제』의 선비, 채만식의 『탁류』의 초봉과 같은 인물을 들 수 있다. 동서양을 막론하고 속죄양 인물에 여성이 많은 것은 가부장적 가족 및 사회구조와 관련되어 있을 것이다.

비극적인 인간유형은 다음과 같다.

• **아담형** : 인간은 언젠가는 죽어야 할 존재라는 것을 자각하긴 하지만 너무나 인간적이기 때문에 신의 세계로부터 추방당한 존재.

• **그리스도형** : 너무나 인간적이면서 완전무결하게 순수했기 때문에 인간 사회로부터 추방당한 존재.

• **프로메테우스형** : 신성과 인간성을 조화시킨 존재.

• **욥형** : 신적인 요소와 인간적 요소 사이의 변증법적 조화를 꾀하면서 자기 자신을 신의 제물로 정당화하는 동시에 프로메테우스적인 인물로 자임했으나 끝내 실패한 존재.[9]

---

8) 조남현, 앞의 책, 257~258면.
9) 위의 책, 258면.

3) 프로프의 인물유형론

프로프(Vladimir Propp)는 『민담의 형태론』(1928)에서 러시아의 500여 편의 설화와 동화를 분석하고 난 끝에 모든 민담은 표면적인 세부묘사의 차이에도 불구하고 구조적 동질성을 지닌다는 결론에 도달했다. 그는 이야기란 메시지 전체로부터 분리해낼 수 있는 어떤 구조를 지닌 것으로 간주했다. 그 과정에 여러 나라의 민담이 전하는 이야기의 프로세스는 공유되는 점들이 아주 많다는 사실에 착안하여 그것을 31가지의 기능(function)으로 정리하게 되었다. 아울러 등장인물의 유형도 7가지 유형의 인물로 압축했다. 악한, 기증자, 조력자, 찾는 대상(공주)과 그녀의 아버지, 명령자(발송자), 영웅, 가짜 영웅이 그것이다. 물론, 이 7가지 역할은 경우에 따라 겹쳐지기도 한다. 한 인물이 두세 개의 역할을 하거나, 여러 인물들이 한 가지 역할을 하는 경우도 있다.

프로프의 결론은 첫째, 인물들의 기능은 극중에서 고정적이고 항상적인 요소로 역할하며 그 기능들은 민담의 근본적인 구성요소이다. 둘째, 민담에 있어 기능의 수는 제한되어 있다. 셋째, 모든 기능의 전개 방식은 제한되어 있다. 넷째, 모든 민담은 구조의 측면에서 볼 때 한 가지 형태이다. 민담의 발생론을 구조적 관점으로 대체한 프로프의 31가지의 기능과 7가지의 인물유형론은 이 세상에 존재하는 수많은 이야기들이 사실은 한정된 패턴의 인물들에 의해 벌어지는 사건들이며, 그것들은 다시 한정된 패턴의 인물들에 의해 지배받고 있다는 것을 확인해 주었다.[10]

프로프의 인물유형론은 그레마스 등에 의해 발전되는데, 그레마스

---

10)블라디미르 프로프, 유영대 역, 『민담형태론』, 새문사, 2000.

는 작중인물의 7가지 행동영역을 6가지로 축소하여 제시하였다. 프로프의 인물유형론은 소설을 비롯하여 희곡, 만화, 영화, 텔레비전드라마 등의 서사구조분석에 두루 쓰일 수 있다.

4) 심리학적 성격유형

심리학에서 성격은 캐릭터(character)가 아니라 퍼스낼리티(personality)라는 용어를 사용하며, 이는 소설론에서 인물의 내적 속성에 해당되는 개념이다. 심리학은 문학에 많은 영향을 끼치는데, 특히 정신분석비평이라는 새로운 비평이론을 만들어내는 데 지대한 영향을 끼친 인물은 지그문트 프로이트(Sigmund Freud)이다.

(1) 프로이트의 성격이론11)

그의 성격이론은 정신역동이론이라고 부르는데, 이는 그가 퍼스낼리티의 동태적 측면을 강조했기 때문이다. 그는 우리 인간의 행위는 기본적으로 어떤 원인이 있어 야기되는 것인데 이러한 원인은 우리가 대부분 의식하지 못한다고 생각한다.

프로이트는 원래의 꿈 생각을 의식되지 않은 것으로, 검열을 의식되기 이전의 것으로, 그리고 명백한 꿈 내용을 의식된 것으로 불렀다. 이러한 정신과정의 구조는 후기에 가서 원초아(id, 심층의식), 초자아(super-ego, 은폐된 도덕적 양심) 및 자아(ego, 합리적 자아)로 대치된다. 원래의 꿈 생각을 성적 충동으로서의 리비도로 본 초기의 생각은 후기에 가서 수정되면서 이드로서의 심층의식이 인간의식의 핵심을 형성

---

11) Kagan & Haveman, 김유진 외 공역, 『심리학개론』, 형설출판사, 401~406면.

한다. 말기의 프로이트는 심층의식을 죽음의 충동(thanatos)과 사랑의 충동(eros) 두 가지로 나누었다. 프로이트 이후 칼 융, 안나 프로이트, 멜라니 클라인, 자크 라캉 등은 각각 정신분석학의 독특한 진로를 개척해나갔다.

가. 마음의 지향학적 모형
- 의 식 : 현재 느끼거나 알 수 있는 모든 경험과 감각
- 전의식 : 현재 의식되지는 않지만 전에 의식했던 것이 저장된 것으로 주의집중을 통해 쉽게 의식될 수 있는 경험
- 무의식 : 정신내용의 대부분을 형성하며 인간행동을 결정하는 주된 원인(소망, 공포, 충동, 억압된 기억 등이 저장되어 있는 무의식이 행동을 결정한다는 것)

나. 마음의 구조적 모형
- 의식 혹은 의식 가까운 데 억압과정이 있다고 보고 구조적 가설을 세움.
- 마음을 원초아, 자아, 초자아 세 부분으로 나눈 모형제시
- 원초아 : 무의식
- 자아, 초자아 : 무의식, 전의식, 의식 세 측면을 모두 가지고 있음.

㉮ 원초아(id)
- 쾌락을 추구하고 고통을 회피하는 방향으로 쾌락원칙에 따라 움직인다.

- 긴장을 해소시키는 두 가지 기제 : 반사행동과 일차과정사고가 있다.

 *반사행동 : 선천적이고 자동적인 행동 (재채기, 눈 깜박이는 것).

 *일차과정사고 : 욕구를 만족시키는 대상의 심상을 기억 속에서 만들어 내는 것.

- 유아의 본능적 충동은 현실과 충돌하게 된다.

ⓝ **자아**(ego)

- 현실원칙에 입각하여 작용.

- 원초아를 좌절시키려는 것이 아니라 원초아의 목적을 달성시키기 위해 존재한다(원초아를 의식적으로 통제하고 이를 적절한 방향으로 이끌어 현실에 맞추려는 노력).

- 이차과정사고 : 자신이나 다른 사람에게 해를 끼치지 않으면서 본능적인 욕구충족에 적합한 반응을 하게 된다.

- 동일시 : 원초아에서 자아를 형성해 가는 기제.

ⓓ **초자아**(super-ego)

- 성격의 도덕적 측면이다.

- 초자아는 쾌락보다 완성을 중시하며, 현실보다 이상을 강조.

- 초자아는 외부세계의 대변자이고 사회적 원리에 따름.

- 초자아의 주요 기능 중 한 가지는 자아가 지향하는 현실원리에 의한 이기적 행동을 통제함.

- 양심과 자아이상이라는 두 가지 하부체계 발달.

(2) 칼 융(C. G. Jung)의 이론

문학에서 자주 인용하는 분석심리학자로 칼 융이 있다. 그는 프로이트를 기초로 정신분석이론을 발전시켰다. 그는 무의식을 인간 잠재력의 보고로 보았으며, 프로이트가 개인 무의식을 비관적으로 살핀 반면에 그는 집단 무의식을 긍정적으로 연구하려 하였다. 그는 세계와의 관계들에 취하는 두 가지 지향, 즉, 태도에서 내향적(introvert), 외향적(extrovert)는 용어를 만들어냈다. 내향성은 주관적인 지향성으로 내향적 인물이란 자신의 생각 속에 머물러서 사회화하기를 회피하는 경향이 있는 사람을 말한다. 외향성은 외부적인 세계에 관심을 쏟는 지향성으로 외향적 인물은 자신 주변에 있는 인물에 큰 흥미를 느끼고 있는 사람이다. 융은 인간의 성격이 완성되려면 내향성과 외향성 그 두 가지가 다 표출되어야 한다고 생각했다. 하지만 대부분의 사람들은 내향성과 외향성 중에 하나밖에 발달하지 못함으로써 많은 사람들은 자기 자신에 대해서만 집착하고 있거나 외부세계의 일들에만 관심을 쏟게 된다. 그는 마음, 즉, 인격을 의식(意識)과 무의식으로 나누고, 무의식은 개인적 무의식, 집단적 무의식으로 나누어 생각했다. **집단적 무의식**은 전혀 의식되는 일이 없는 것이지만 인격 전체를 지배하고 종족적으로 유전된 것이며 개인적 경험을 초월한 것이다. 집단 무의식은 무의식의 한 부분으로서 누구에게나 공통되는 일반적인 내용을 담고 있다. 즉, **개인 무의식**이 '어떤 개인이 어릴 때부터 쌓아온 의식적인 경험이 무의식 속에 억압됨으로써 그 사람의 생각, 감정, 행동에 영향을 주는 것'인 데 견주어, 집단 무의식은 '옛 조상이 경험했던 의식이 쌓인 것으로서 모든 사람들에게 공통된 정신의 바탕이며 경향이라는 것이다. 옛사람들의 의식적 경험은 상징을 통해 집단 무의식으로 전승 된다. 그래서 융과 그의 동료·제자들은 집단으로 전승되는 신화·전설·민담을 집단무의식의 '**원형**(archetype)'이 녹아들어 있는 지혜의 보고(寶庫)로 여겨 여러 민족의 신화·전설·민담을 광범위하게 분석했 다. 여기서 '원형(archetype)'이란 집단무의식의 구조적 요소, 보편적, 집 단적, 선험적인 심상들이다.

- **페르소나(persona) 원형** : 개인이 외계에 내보이는 이미지, 진 정한 자기와 분리된 것.
- **아니마(anima)/아니무스(animus) 원형** : 인간은 생물적으로 양성, 즉, 남성적 특질과 여성적 특질을 둘 다 가지고 있음. 남성 안 에 있는 여성성은 아니마, 여성 안에 있는 남성성은 아니무스.
- **그림자(shadow) 원형** : 사회적으로 비난을 받는 생각, 감정, 행동을 일으키는 원인. 프로이트의 이드와 유사한 개념으로 인 간의 동물적인 사악한 면, 부도덕성과 공격성, 잔인성 등의 원형.
- **자기 원형** : 집단 무의식 속의 중심적인 태고유형으로서 주위의 다른 체계를 통합하여 성격의 균형과 안정성을 제공함.
  또한, 융은 인간의 정신기능을 사고, 감정, 감각, 직관으로 분류 하고, 이에 따라 외향적 사고형, 내향적 사고형, 외향적 감정형, 내향적 감정형, 외향적 감각형, 내향적 감각형, 외향적 직관형, 내 향적 직관형으로 인간 유형을 분류하였다.
- **외향적 사고형** — 객관적 규준에 따라 진행되는 사고 기능에 의 하여 생활하는 형으로서 이 유형에서는 외향적 사고가 가장 발달

되어 있고 이 형의 사람은 그의 생활을 영위하는 데 무엇보다도 객관적 상황에 합당한 지적 작업에 의거한다. 여성보다는 남성에게서 많이 볼 수 있고, 정부기관이나 상사의 행정가 또는 사무가, 법관, 과학자에게서 흔히 본다.

- **내향적 사고형** – 지적 판단이 중요한 유형이나 이 형의 인간의 사고는 객관적 사실보다도 이념이나 관념에 의하여 영향을 받는다. 사실 그 자체보다도 그 사실에 대해서 '내'가, 즉, 주체가 어떻게 생각하느냐가 중요하다. 외향형으로부터 이상론자, 위험한 사상의 소유자로 불리기 쉬우며, 창백한 수재형, 예리한 지성의 소유자, 냉정하다는 평을 듣는다. 이 형의 사람이 사랑을 하게 되면 거의 비굴할 정도의 헌신적 사랑을 하며, 그 감정은 무척 원시적이다.

- **외향적 감정형** – 이 형에서는 감정 기능이 그의 생활의 주요한 근간이 되며, 그의 감정은 객체에 기준을 둔 외향적 감정이다. 감정은 여성의 심리의 가시적인 특징인 만큼 감정형은 외향형이든 내향형이든 여성에 많다고 융은 지적한다.

  이들의 감정은 객관적 상황이나 보편적인 가치에 순응한다. 이들은 교육을 통하여 그렇게 훈련되어 있고, 감정은 그렇게 할 수 있도록 의식의 조절 하에 있게 된다.

- **내향적 감정형** – 이들은 무척 분화된 감정을 가지고 있는데, 이 감정은 내적인 기준에 의해서 움직이므로 밖으로 표현되지도 않고 객체에 작용하지도 않는다. 그들의 분화된 내향적 감정은 무엇이 내적으로 진실로 중요한 요소인가를 볼 줄 안다. 그러므로 이

런 사람들은 어느 집단의 윤리적 지주가 된다. 결코 설교하지 않고 자기를 주장하지도 않지만, 내적인 기준에 의거하여 생활하기 때문에 그것이 은연중에 다른 사람들에게 영향을 주게 된다. 동양인에게서 많이 나타나는 유형이다.

- **외향적 감각형** – 이 형은 어떤 형과도 비길 수 없는 현실주의 자라고 융은 말한다. 그의 객관적 사실을 감득하는 능력은 비상하게 발달되어 있다. 그는 구체적인 사물에 대한 현실적인 경험을 쉴 새 없이 쌓아나가는 사람이다. 사고라든가 감정과 같은 합리적 판단 기능이 적당히 대상(代償)을 하지 않는 한 그는 그가 쌓는 경험을 반성하고 정리할 겨를이 없다. 그는 항상 새로운 그리고 강렬한 감각적 자극을 주는 대상을 향하여 이를 감독해 나간다. 이런 형은 남성에게 많다고 한다. 이 형은 실무에 밝은 행정가, 사업가, 기술자에 흔하다.

- **내향적 감각형** – 이 형은 객관적 자극에 의해서 생긴 주관적 감각 부분에 따라 그 행위가 결정된다. 객체는 그에게 있어서 그리 중요한 존재가 되지 못한다. 이것이 그가 객체, 즉, 하나의 객관적 사실을 무시하거나 경시하는 것 같은 인상을 준다. 그러나 이러한 과소평가는 의식적인 것이 아니다. 객체에서 오는 자극은 객체의 현실에는 이미 연관되지 않는 주관적 반응을 통하여 즉시 대치됨으로써 그 가치가 감소된다. 무의식적인 내용이 강화되면 주관적인 감각 부분이 그만큼 활기를 띠어서 객체적 작용을 거의 완전히 덮어버리고 만다. 그래서 객체의 작용이 거의 주체에 영향을 주지 않는다. 객관적 현실과 주관적 지각을 전혀 구별할 수 없을

정도가 된다. 문학가나 예술가에 흔히 볼 수 있는 형이다.

- **외향적 직관형** - 직관은 여러 가지 가능성을 알아차리는 기능이다. 감각—특히 외향적 감각이 객관적 사실을 정확하게 파악하는 능력을 가진 것이라면 외향적 직관은 그 객체가 가지고 있는 가능성을 파악하고, 그것이 객관 세계에서 실현될 수 있는 계기를 만들어 주는 데 비상한 능력을 발휘한다. 이 형은 기업가, 상인, 신문기자, 정치가에서 많이 발견한다.

- **내향적 직관형** - 이 유형의 사람에서는 직관기능이 객체가 아닌 내적인 세계로 향한다. 비록 그 직관기능이 객체의 어떤 가능성을 파악한다 하더라도 그것은 객관 세계에서의 가능성, 즉, 어떤 장사가 내년에 잘될 것이라든가 하는 가능성이 아니라 그 사람의 마음의 깊은 곳에 있는 원시적 요소들이 어떻게 변해가고 있으며, 어떤 방향을 제시하고 있는가 하는 것을 파악하는 것이다. 이 내향적 직관형에서는 구체적인 현실에 있어서의 가능성보다 정신세계에 있어서의 가능성을 촉지하는 것이 그의 주기능이며, 그는 주로 이러한 인식을 바탕으로 살아가는 사람이다. 종교적 예언가, 선지자, 예술가, 시인 가운데서 이 형은 발견된다.[12]

5) 사회학적 성격유형

소설의 인물을 분류하는 데 사회학적 안목은 심리학의 방법 못지않게 유력한 기준이 되고 있다. 심리학이 개인 혹은 개인회귀 현상을 중시하는 반면, 사회학에서는 개인과 개인의 관계, 개인과 집단의 관계

---

12) 이부영, 『분석심리학』, 일조각, 1978, 65~170면.

에 주목한다. 한 개인은 타인과 관계를 맺으면서 주체가 된다. 그리고는 사회에 들어오면서 신분, 계층, 계급으로 설명된다.

갈등론적 입장에서 볼 때 사회에는 이해와 관심을 달리하는 집단들이 있을 뿐이다. 사회를 구성하고 있는 여러 부분 또는 집단들은 각기 자신들의 이익을 주장하고 자신들의 이익을 쟁취하기 위해 끊임없이 갈등한다. 사회에는 합의된 어떤 원리가 있는 것이 아니고, 가진 자들의 안 가진 자에 대한 강제력이 있을 뿐이다. 가진 자와 안 가진 자를 나누는 계급구분의 원천(사회갈등의 요인)은 마르크스와 다렌도르프가 서로 다르다.

구분	계급구분의 원천	가진 자	안 가진 자
마르크스 (K. Marx)	생산수단의 소유 여부	유산자계급 (bourgeoisie)	무산자계급 (proletariat)
다렌도르프 (R. Dahrendorf)	상명하복의 권위구조	지배계급	피지배계급

사회적 퍼스낼리티란 한 사회의 개인들에게 가장 흔히 나타나는 성격을 말하며, 사회적 성격이라고도 한다. 데이비드 리스먼(D. Riesman)은 『고독한 군중』에서 사회의 발전단계에 따른 퍼스낼리티 유형을 다음과 같이 제시했다.

가. 전통지향형 퍼스낼리티
㉠ 전근대적인 일차산업이 지배적이던 사회의 퍼스낼리티 유형.

ⓛ 개인행동의 기준이 개인적인 가치에 있는 것이 아니라 문화가 제시해 주는 행동규범에 따라 행동하는 퍼스낼리티를 말한다.

나. 내부지향형 퍼스낼리티

㉠ 일차산업에서 점점 이차산업으로 바뀌면서 생산을 중심으로 하는 초기 공업화사회에서 나타나는 퍼스낼리티 유형.

ⓛ 개인적인 행동목표에 의해서 행동하는 성격을 말한다.

다. 타자(외부)지향형 퍼스낼리티

㉠ 산업이 발달하고 특히 제2차 세계대전 이후에 3차산업의 비중이 점점 커지는 사회에서 나타나는 퍼스낼리티 유형이다.

ⓛ 다른 사람들이 나를 어떻게 생각할까 하는 등 주위의 다른 사람의 감정과 행동에 민감한 반응을 보인다.

ⓒ 리스먼은 이들이 주머니 속에 레이더를 넣고 다니면서 레이더의 정보에 따라 행동하는 사람들 같다고 했다.[13]

3. 인물창조의 방법

작가가 소설 속에서 인물을 제시하는 방법을 인물창조의 방법, 또는 성격화라고 한다. 성격화의 방법에는 여러 가지가 있지만 가장 초보적인 것은 명명법(命名法)이나 외양 묘사를 통해 그 인물의 특색을 보여주

---

13) 데이비드 리스먼, 이상률 역, 『고독한 군중』, 문예출판사, 1999.

는 것이다. 외양묘사란 주로 인물의 신체적 특성을 말하는 것으로 신장, 시력, 건강상태, 외모, 성별, 나이, 의상, 습관과 버릇, 동작, 제스처 등의 묘사를 통해 성격을 드러낸다. 여기에 부가해서 다른 인물과의 행동의 대비나 반복, 과장 등의 기법이 사용될 수 있다. 그리고 인간은 사회적 존재이기 때문에 직업, 환경, 가족관계 등과 결혼 유무, 교육정도, 국가, 인종, 민족, 생활방식, 종교 활동 등의 사회적 특성도 드러나야 한다. 흔히 인물의 성격을 묘사할 때 신체적 특성과 사회적 특성들이 복합적으로 섞여서 그려나가게 된다. 그러나 현대소설에서는 보다 복잡한 심리(상상, 기억, 꿈, 연상 등)와 다양한 내적 동기를 묘사함으로써 인물의 성격을 제시하는 등 다양한 방법이 동원된다.

작가들은 성격창조를 꾀함에 있어 작가가 해당 인물의 성격을 직접 서술하는 방법을 쓰거나, 사건과 행위의 묘사를 통해 간접적으로 인물의 성격을 드러내는 방법을 취하기도 한다. 전자는 '말하기(telling)'의 방법이나 직접적 성격묘사로 요약되며, 후자는 '보여주기(showing)' 또는 간접적 성격묘사라고 한다. 전자에는 작가가 해당 인물을 직접 설명하는 방법 외에 한 인물이 다른 인물을 설명하는 방법과 등장인물이 직접 자기 자신을 드러내는 방법도 포함된다.

소설에서 인물을 창조할 때에는 **이식**(transplantation)과 **순화**(acclimatization)라는 2가지 원칙을 염두에 둘 필요가 있다.[14] 작가는 실제 현실에서 작중인물의 모델을 취해 오기는 하지만, 일단 그 모델은 작품의 분위기에 알맞게 이식되어야 한다는 것이다. 그리고 플롯, 주제, 다른 작중인물, 작품 전체의 분위기 등과 조화를 이루어야 한다.

---

14) E. M. Forster, *Aspects of the Novel*, (Penguin Books, 1972), p.73.

이것이 바로 순화의 원리이다. 이식과 순화의 원리를 잘 응용한 바탕 위에서 인물창조가 성공할 수 있으려면, 무엇보다 평소에 작가들이 자신의 삶과 타인의 삶을 날카롭게 통찰하는 힘을 갖추는 것이 필요하다.

소설 속의 인물은 극도로 만화경과 같이 된 세계에서 상실하고, 불확실하고, 주저하며, 당황해 하는 존재로서 그려질 때에만 진실할 수 있다[15]는 제라파의 말은 현대소설의 주인공의 존재방식을 명쾌하게 지적한 것이라고 할 수 있다. 오늘날 소설 속의 주인공들은 오히려 불안해하고 방황하고 모색하는 모습을 보임으로써 보다 진실한 존재로서 확인받게 된다는 것이다.[16]

1) 서술, 묘사, 대화

인물 설정이란 작가가 작품 속에서 인물을 제시하는 작업 및 일체의 과정, 즉, 인물의 창조, 묘사, 표현을 가리킨다. 작가는 작품 속에 인물의 종류를 제시할 뿐 아니라 자기가 선택한 인물을 어떤 방법으로 제시할 것인가를 결정해야 한다. 인물 설정의 방법은 그 작가의 세계관, 문제의식, 관심 구조 등의 형이상학적인 차원의 문제를 반영하는 것이며 또 이러한 문제와의 연계 아래에서만 작중인물의 올바른 설정 방법이 가능하다. 인물 설정은 작가의 성패를 좌우할 수도 있는 중요한 작업이다.

인물 설정의 방법은 서술과 묘사와 대화로써 이루어진다고 할 수

15) Michel Zeraffa, *Fictions*, translated by Catherine Burns and Tom Burns (Penguin Books, 1976), p.19.
16) 조남현, 앞의 책, 264~266면.

있다. 서술은 화자가 직접 작중인물의 성격을 서술로써 나타내는 것으로서 성격 창조의 가장 기초적인 방법이다. 서술은 이야기의 시간적으로 동적인 면을 강조하고, 묘사는 동시성 속에서 사물과 존재에 대한 관심을 보이면서 시간의 흐름을 정지시키거나 연장시키면서 하나의 공간 속에서 장면을 펼쳐놓는 서술은 행동을 강조하고 묘사는 공간이나 인물의 모습이나 분위기를 나타내면서 한 문장 속에서 조화를 이룬다. 소설에서 서술, 묘사, 대화는 적정한 균형관계를 이루면서 속도의 완급을 통한 리듬을 형성해야 한다.

소설에서 대화는 특히 중요하다. 작중인물의 성격을 가장 직접적이며 단적으로 나타내는 매개물이기 때문이다. 우리는 대화를 통하여 작중인물의 교육 수준, 신분, 출신지를 알 수 있다. 인물의 특징을 두드러지게 드러내기 위하여 뚜렷한 성질과 표정을 과장하여 표현하게 되는데, 이것이 극단화되면 희화(戲畵)가 되므로, 희화를 목적으로 하지 않는 이상 지나친 과장적인 표현을 삼가야 할 것이다.

묘사에는 인물의 외면 묘사 외에 내면(심리) 묘사도 있고 배경으로서 자연 풍경의 묘사, 사건 묘사도 있다. 묘사는 대상을 감각적으로 있는 그대로 그리는 것이다. 모양, 색깔, 향기, 감촉, 소리, 맛 등 오감에 호소해서 감각적으로 그려내는 것이다. 요컨대 소설의 문장은 묘사를 얼마나 능숙하게 하느냐에 따라 그 작가의 문장력을 평가할 수 있는 것이다.

이렇게 소설에서는 서술과 대화를 병용하기도 하고 또는 서술과 대화와 묘사를 아울러 활용하기도 한다.

2) 성격화의 방법

성격화(characterization)의 방법에는 여러 가지가 있다. 그 중에서 가장 일반적으로 거론되고 있는 방법은 직접적 방법과 간접적 방법의 두 가지 방법이다. 전자를 해설적 방법 또는 분석적 방법이라고도 하고, 후자를 극적 방법이라고도 한다. 그러나 어떤 소설도 이 두 방법 가운데서 하나에만 전적으로 의존하는 법은 없다. 두 가지 방법을 적절히 사용함으로써 성격화가 이루어지는 것이다.

직접적(분석적) 방법은 작가(화자)가 인물의 성격을 직접 설명하거나 소개하는 방법이다. 소설이 전지적 작가(화자)에 의하여 서술되거나, 1인칭 관찰자일 때 이 방법이 많이 사용된다. 그 방법이 설명적이고 제한적이어서 독자는 쉽게 주인공의 성격을 이해할 수 있다. 그러나 작중인물이 스스로 성격을 드러낸 것이 아니며, 독자도 독서 과정에서 창의적으로 작중인물의 성격을 파악한 것이 아니므로 추상적인 성격화가 되기 쉽다. 그러나 등장인물의 대화나 행동 등을 통하여 성격화할 때 요구되는 많은 묘사와 사건 전개를 줄일 수 있으며, 미숙한 상상력과 이해력에 의하여 성격이 잘못 이해될 수 있는 위험을 극복할 수 있다는 이점도 있다.

직접적 방법은 작가(화자)가 인물의 속성을 열거하고, 그 인물에 대한 찬반의 평가를 직접 한다. 즉, '말하기(telling)' 방법이다. 비교적 쉽게 작중인물의 개성을 나타낼 수 있지만 독자의 상상력을 제한하고 추상성에 빠지기 쉬우며 사건 진행에도 지장을 초래할 수 있다. 그러나 이 방법이 필요할 때가 있으며, 작품의 수준과는 상관없다.

간접적(극적, 장면적) 방법은 등장인물의 행동·표정·대화·환경

등에 의하여 스스로 형성해가는 성격화 방법이다. 작가나 화자의 제한이나 개입 없이 인물의 행동이나 대화 등을 통해 독자가 상상력을 발휘해서 성격을 파악할 수 있다는 점에서 장점이 있다.

간접적 방법은 '보여주기(showing)' 방법이라고도 하며, 인물들이 자신의 언어와 행동을 통해 자신을 독자에게 드러내도록 하는 것이므로 작가로서는 그만큼 시간과 노력이 많이 들지만 독자에게는 훨씬 생생하고 구체적으로 인물의 개성을 전달할 수 있다. 앞의 묘사와 대화가 여기에 해당된다. 그러나 이 방법은 상당한 서술 시간을 요구하는 방법이며, 독자가 등장인물의 성격을 잘못 파악할 수도 있다. 많은 소설들은 이 두 방법을 적절하게 이용하고 있음을 보게 된다.

성격화의 방법

구분	직접적인 제시 방법(분석적 방법)	간접적인 제시 방법(극적 방법)
개념	서술자가 인물의 특성이나 성격을 직접 요약, 설명하는 법	인물의 행동이나 대화를 통해 장면적으로 보여줌으로써 인물의 성격이나 심리를 판단하게 하는 방법
의미	설명적→말하기(telling)	묘사적→보여주기(showing)
방법	성격이나 심리 상태에 대한 직접적인 분석과 설명(편집자적, 해설적)	성격에 대한 간접적인 표현 방법 (입체적, 장면적)
단점	추상적인 설명으로 흐르기 쉬움	작가의 견해를 나타내는 데 불편함.
구체적인 작품의 예	뾰쪽한 입을 앙다물고 돋보기 너머로 쌀쌀한 눈이 노릴 때면, 기숙생들이 오싹하고 몸서리를 치리만큼 그는 엄격하고 매서웠다. (현진건의 「B사감과 러브레터」)	"뱃섬 좀 치워 달라우요." "남 좋음 오는데, 남자 치우시관." "내가 치우나요?" "이십 년이나 밥 처먹구 그걸 못 치워."(김동인의 「감자」)

디트리히(R. F. Dietrich)와 순델(R. H. Sundell)의 다음과 같은 설명은 성격화 방법에 대한 훌륭한 결론이라 하겠다.

> 더욱 분명하게, 캐릭터는 다른 캐릭터와의 대조나 동일성에 의해서도 형성되어지고, 배경과의 대조나 동일성에 의해서 또는 물질적 존재의 묘사에 의해서, 또는 다른 캐릭터들의 평가에 의해서도 만들어지는 것이다. 예술적인 가치의식에 있어서는 하나의 방법이 다른 방법보다 더 좋은 것은 아니다. 얼마나 가치 있느냐 하는 것은 작가가 독자들에게 주제를 전달하고 플롯을 전개시키는 데 필요로 하는 인물 설정을 보여줌에 있어서 얼마나 효과적이냐 하는 데 달려 있는 것이다.[17]

● **심리묘사 방법**은 인물의 내적 체험을 내보여 줌으로써 성격을 창조해 나가는 방법이다. 여기에서 내적 체험을 보여준다는 것은 어떤 인물의 심리・기분・의식・정신・사유 등의 변화 과정을 재현한다는 의미이다. 이 방법은 미국의 작가 헨리 제임스가 실험하여 성공한 방법으로 20세기에 들어어 '**의식의 흐름**(stream of consciousness)'이라는 수법으로 발전하여 현대 소설의 주류를 형성하기에 이르렀다. 작가(화자)가 인물을 직접 설명해 주는 방법이 아니고 인물 스스로가 자기의 성격을 창조해 나간다는 점에서 간접묘사 방법의 하나라고 할 수 있다. 그러나 행동・대화・표정 등에 의해서가 아니라 의식적・무의식적 심리에 의해서 그 성격 창조가 이루어지고 있다는 점에서 간접묘사 방법과 구별된다.

'**의식의 흐름**' 수법은 감각지각이 의식적 혹은 무의식적인 사고, 기

---

17) 윤명구・이건청 외, 앞의 책, 186~187면.

억, 연상 등과 뒤섞이게 되는 등장인물의 끊임없는 의식의 흐름을 표현한 것이다. 이것은 의식과 무의식을 넘나드는 인물의 무한한 사고를 통해서 의식과 무의식의 연속적인 흐름을 제시한다. 겉으로 보기에 비문법적 언어의 흐름을 하나로 묶는 결속체는 논리적 관계를 나타내는 문법의 틀보다는 이미지의 병치에 의해 작동하는 연상적 논리다. 감각, 기억, 상념, 연상이 계속적으로 일어나는 것을 인위적인 장치 없이 떠오르는 그대로 기술한다는 점에서 자동기술법이라고도 한다. 제임스 조이스, 버지니아 울프, 윌리엄 포크너 등에 의하여 많이 이용되었으며, 우리의 소설에서는 이상, 박태원, 오상원 등의 소설들에서 이러한 경향을 찾을 수가 있다.

> 그런데 초조한 건 마음속에서 이 흉포한 괴물이 꿈틀거리고 있는 일이다. 저 푸른 잎으로 덮인 숲, 영혼이 사는 깊숙한 곳에 작은 가지가 우지끈 부러지는 소리가 들리고, 괴물의 발굽에 마구 짓밟히는 것을 느낀다. 만족한 생각, 평안한 기분 같은 건 도저히 얻을 수 없다. 언제 그 괴물이 다시 움직이기 시작할지 모른다. 특히 병을 앓은 이래 이 분노는 제멋대로 설쳐서 척추를 삐걱삐걱 소리 나게 하고 고통으로 이 몸을 아리게 한다. 그것은 육체적인 고통을 줄 뿐만 아니라 아름다움, 우정, 건강, 남에게서 사랑받는 일, 내 가정을 즐거움의 장소로 만드는 일 등의 이 세상의 쾌락 일체를 뒤흔들고 공포에 떨게 하고 뒤흔들어 꺾어버린다. 이 분노는 마치 진짜 괴물이 숨어 있으면서 뿌리쯤의 흙을 자꾸 파헤치고 있는 것처럼 느끼게 만든다. (버지니아 울프의 『댈러웨이 부인』에서)

『댈러웨이 부인』은 버지니아 울프의 소설로서 내면세계의 리얼리티를 서정적 시선으로 포착한 작품이다. 작품은 제1차 세계대전이 끝난 지 5년 뒤인 1923년 6월, 하루 동안의 댈러웨이 부인의 행동과 심리를 다루고 있다. 부인은 저녁의 파티를 준비하느라 아침부터 분주하다. 그녀는 생각지 못했던 일들로 마음의 평정을 잃는다. 브른튼경 부인의 모임에 남편만 초대를 받은 데다 과거의 연인 피터 월시가 다시 돌아온 것, 정치가의 아내로서 세속적인 행복을 얻었지만 자신의 천성을 희생하며 살고 있다는 의식에 사로잡힌 부인의 내면이 세심하게 묘사된다. 인용문에서도 간단없이 연속되는 내면의 복잡한 의식의 흐름을 엿볼 수 있다. 버지니아 울프의 작품 속에서 시계가 나타내는 시간은 진정한 시간이 아니다. 내부의식의 '순수 지속'을 추구하는 작가의 진정한 시간은 문자화된 것이 아닌 '순수지속'일 뿐이다. 울프의 문학에서 과거는 항상 현재 속에 살아 있다. 극적인 것을 완전히 배제한 상태에서 인간심리의 가장 깊은 곳까지 파고들고자 했던 울프의 노력은 바로 낡은 세계에 대한 해체이자 인생이란 무엇인가에 대한 진지한 모색이었다.

메레디트(R. C. Meredith)와 피츠제럴드(J. D. Fitzgerald)는 『소설작법』에서 작중인물의 성격묘사(characterization)란 소유된 바 그 특성을 개개의 작중인물에게 부여하는 것을 뜻한다고 했다.

> 작가는 작중인물의 일반적, 신체적, 개성적 및 정서적 특성을 드러냄으로써 주도적인 작중인물의 면모를 보여주어야 한다. 작가는 풍요로운 성격묘사 기술과 통찰력을 겸비해야 한다. 그러한 풍요로움은 작중인물과 결합하여 주체성을 가진 작중인물의 특성을 만드는 데 기여한다. 통찰력은 주요 작중인물이 인생에서 바라는 것이 무엇인가를 작가 자신이 잘 인식하고 있는 데서 비롯

된다. 작가는 다음 네 가지 그룹을 통하여 성격을 묘사할 수 있다.

- 유전과 환경에 의해 형성된 – 일반적 특성
- 신체적 성질에서 표현된 것 – 신체적 특성
- 개인의 사회적 및 윤리적 측면에서 발견된 것 – 개인적 특성
- 개인의 정신적 또는 심리적 경향에서 발견된 것 – 정서적 특성

메레디트(R. C. Meredith)와 피츠제럴드(J. D. Fitzgerald)는 작가가 소설을 쓸 때, 작중인물의 일반적, 신체적, 개인적 및 정서적 특성을 드러냄으로써 주도적인 작중인물의 전 면모를 보여주어야 한다고 강조하며, 작중인물의 성격을 드러내고 그 인물을 입체적이고 3차원적으로 만드는 기법을 다음과 같이 제시한다.

첫째, 환경과의 갈등은 성격을 드러내 준다.

둘째, 성격의 참된 면모는 행동에 의해서만 드러난다. 동시에 독자는 그 행동이 취해지기 이전에 작중인물의 정신적 반응에 대해 알고 있어야 한다.

셋째, 자아발견과 자아 각성은 성격을 드러내준다.

넷째, 동기가 부여된 행동은 성격을 드러내준다.

다섯째, 작중인물의 성격을 첨보(添補)하면 성격묘사에 도움을 준다 (신체적·외관상·습관적·좋아하는 표현을 통한 톡성의 첨보).

여섯째, 주변인물의 두드러진 특성을 한 가지만 강조하면 성격 묘사에 도움이 된다.

일곱째, 작중인물을 서로 대조하면 성격 묘사에 도움이 된다.

여덟째, 이름은 성격묘사에 도움을 준다.

아홉째, 갈등은 성격을 드러내준다.

열째, 진리의 순간은 성격을 드러내준다.

열한 번째, 고백은 성격을 드러내준다.

열두 번째, 작중인물에게 선택권을 부여하면 성격을 드러낼 수 있다.

열세 번째, 해설을 사용하며 성격을 밝히라.

열네 번째, 묘사를 사용하여 성격을 밝히라.

열다섯 번째, 서술을 사용하여 성격을 밝히라.

열여섯 번째, 행동을 사용하여 성격을 밝히라.[18]

---

18) R. 메레디트 & J. 피츠제럴드, 김경화 역, 『소설작법』, 청하, 1983. 135~156면.

제8장 소설의 주제

1. 정의

주제는 영어로 theme, subject, 프랑스어로 모티프(motif), 독일어로 thema라고 부른다.

문학 연구가들 사이에서도 주제에 대한 정의는 다양하게 나타나고 있다. 달스트롬은 『문학적 상황의 분석』에서 주제를 '지배적 관념, 도덕의식, 과제, 언명'이라고 정의하고, 이를 다시 다섯 가지로 세분하고 있다. 첫째, 물리적 측면—분자로서의 인간 : 이 때 시간과 공간이 지배적 관심사가 된다. 둘째, 유기체적 측면—원형질로서의 인간 : 이 때 섹스에의 유혹과 그에 대한 거부감이 지배적 관심사가 된다. 셋째, 사회적 측면—사회적 존재로서의 인간 : 이 때 교육, 정치, 선전 등이 문제가 된다. 넷째, 이기적 측면—개인적 존재로서의 인간 : 이 때 사회에 대한 자아의 반응이 문제가 된다. 다섯째, 신적 측면—영혼의 소유

자로서의 인간 : 이 때 신적인 힘이 인간에 존재한다는 것이 문제가 된
다.1)

프라이는 『동일성의 우화』에서 이야기 구조의 통시적 현존성과 반
복성을 강조하면서 주제를 첫째 우의성 사상, 둘째 문장으로 된 성찰
의 내용, 셋째 주제는 요지보다 덜 추상적이고 우의적 해석보다는 직
접적이며, 넷째 주제는 동시적 단일성으로 설명되는 플롯2)이라고 정
리하고 있다.

메레디트와 피츠제럴드는 『소설작법』에서 작가의 목적 명시는 주제
로 귀결된다고 하면서 주제에 대한 견해를 몇 가지로 나누어 제시하고
있다. 첫째, 전통적 소설의 주제는 선악의 투쟁에서 유도된다. 둘째, 환
경 자체 또는 그 가운데 있는 어떤 것은 작가에 의하여 정의된 바 선
또는 악을 산출해야 한다. 환경이 선을 야기시킬 때 주인공은 보통 악
을 대표해야 하며, 환경이 악을 초래하면 주인공은 선의 의미를 대표
해야 한다. 셋째, 모든 전통적 소설에서 선악 중 어느 한쪽만이 승리하
며 선악의 투쟁 결과가 소설의 주제를 이룬다. 넷째, 소설에서 주제의
의미는 인생에 대한 과장된 감동에서 생긴다.3)

브룩스와 워렌은 주제는 사상이요 의미이고, 인물과 사건에 대한 해
석이며 전체적 서술 속에 구체화된 침투적이고 단일화된 인생관이라
고 정의했다.4)

캐실(R. V. Cassill)이 『소설작법』에서 "주제는 스토리에 대한 의미이

1) Joseph T. Shipley, *Dictionary of World Literatures* (Adams & Co, 1972), p.417.
2) N. Frye, *The Fable of Identity* (Harcourt, Brace & World, Inc., 1963), p.24.
3) R. 메레디트 & J. 피츠제럴드, 김경화 역, 『소설작법』, 청하, 1983, 83~91면.
4) C. Brooks & R. P. Warren, *Understanding Fiction* (New York: Appleton - Century -
   Crofts, Inc., 1959), p.273.

다. 그것은 모랄도 아니다. 그것은 결말의 행위에 의거한 계시도 아니다. 그것은 제재와 혼동될 것도 아니다."라고 설명한 것은 주제는 주제의식에 의해 선택된 제재를 형상화하면서 나타내야 할 그 무엇이라는 것이다.

퍼시 러보크는 주제의 중요성을 다음과 같이 강조한다. "소설에 있어서 가장 최초로 존재하는 것은 주제라고 볼 수 있다. 따라서 어떤 주제를 발견할 능력이란 그 작가의 기초적인 재능이라고 할 수 있다. 이 주제가 제출되기 전까지는 작가는 아무 손댈 곳을 모른다. 주제는 소설의 시초요 전체다. 주제에 의하지 않고는 소설은 그 형태를 이룰 수 없다."

정한숙은 주제는 작품에 나타나 있는 의미이며, 작가의 중심사상이요, 소재를 해석해 나간 통일된 힘이라고 정의하며, 어떤 작가가 어떤 문제를 취급하려고 할 때, 그 취급하려는 문제가 주제라고 설명한다. 그는 이어서 주제는 동기에서 잉태되며, 소재의 재구성 속에서 분만된다. 그러나 여기서 주제가 완결되는 것은 아니다. 이것은 작가의 인생관과 작품을 쓰는 의도에 따라 성장한다고 말한다. 또한, 주제는 작품의 가장 중요한 요건이지만 가장 보이지 않는 것이어야 한다. 만일 주제를 밖으로 그대로 그러낸다면 그 소설은 흥미도 없고 작가가 노리는 긴밀한 효과도 사라지게 된다고 말한다.[5]

즉, 주제는 추상적 관념으로 존재하는 것이 아니라 소설이라는 전체속에 용해되고 구체화된 모습으로 형상화되어야 한다는 것이다. 다시말하면 주제는 어떤 사상의 설명이 아니라 내면화·무형화되어 소설

---

5) 정한숙, 『현대소설작법』, 장락, 1994, 37~39면.

속에 녹아 있어야지 생경한 관념형태로 표면에 드러나서는 그 작품은 실패할 수밖에 없다. 어떤 의미에서 보면 주제는 작가의 의도대로 읽히지 않고 작품을 해석하는 독자에 의해서 최종적으로 완성되는, 독자의 몫이기도 하다.

따라서 첫째, 주제는 동기에서 비롯되지만 동기 그 자체가 주제는 아니다. 둘째, 제재는 그 스토리 속에 형상화되지만 그것이 주제는 아니다. 셋째, 주제는 작가가 이 작품을 쓰고자 하는 의도나 목적과 관련은 있지만, 그 목적 자체는 아니다. 넷째, 주제는 작가의 인생관이나 사상에서 이루어지지만, 그것 자체가 주제는 아니다. 그것은 주제의식일 뿐으로, 작품에 용해된 사상이어야 주제라 할 수 있다. 그러므로 작가는 주제의식, 곧 인생관이나 세계관과 같은 사상을 심화시켜서 거기에 알맞은 제재를 형상화하여 주제를 나타내야 할 것이다.6)

그런데 작품 속의 내포작가의 사상 또는 관념이 반드시 작품 밖에 있는 실제작가의 사상이나 관념과 일치할 필요는 없다. 바흐친에 의하면 실제작가와 내포작가, 작중인물, 그리고 독자의 관계는 대화적 관계일수록 훌륭한 문학이 된다. 그의 대화이론의 핵심은 바로 다성성이다. 다성적 문학을 한 마디로 정의한다면 그것은 하나 이상의 다양한 의식이나 목소리들이 완전히 독립적인 실체로서 존재하는 문학을 가리킨다. 이 경우 작중인물은 단순히 작가에 의해 조종되는 수동적인 객체가 아니라 어디까지나 작가와 나란히 공존하는 능동적인 주체이다. 작품에 표현된 관념이나 이데올로기 역시 작가 자신의 것이라기보다는 예술적으로 형상화된 관념이나 이데올로기로서의 이미지에 지나

---

6) 구인환, 『소설론』, 삼지원, 1996, 322~325면.

지 않는다. 반면에 단성적 문학에서는 작품에 나타나는 여러 목소리나 의식들은 작가의 목적이나 의도에 의해 엄격히 통제된다. 다시 말해서 작품에는 오직 하나의 진리, 즉, 작가의 의도만이 존재할 따름이다. 거기에는 오로지 작가의 단일한 의식이나 목소리만이 존재할 뿐이며, 작중인물들은 작가의 의식이나 목소리를 전달하는 수동적 존재에 지나지 않는다. 바흐친은 도스토예프스키의 문학을 다성적 문학으로, 톨스토이의 문학을 단성적 문학으로 평가했다.[7]

2. 주제의 양상

주제란 작품 속의 소재를 다루어 나가는 통일 원리로서, 작가의 뜻이 형상화되어 작품 속에 구체적으로 나타나는 중심사상이요, 핵심적인 의미를 말한다. 한 마디로 그 작품 속에 나타난 작가의 중심생각이요, 인생에 대한 해석이며, 작품 내용상의 핵심이다.

작가들이 창조하고 형상화한 주제는 매우 복잡하여 여러 양상으로 나타난다. 그것은 시대에 따라 다를 수도 있고, 작가의 취향이나 사상에 따라 다를 수도 있다. 작가는 항상 독창적인 주제, 개성적인 주제를 창조하고자 한다. 인생의 새로운 의미를 발견하고 새로운 삶의 지향을 보여주기 위해 피나는 노력을 경주하는 것이다.

이러한 주제의 양상은 시대나 개인의 지향성에 따라 몇 가지의 유형으로 나눌 수 있다. 이것은 소설의 다양성을 말하며, 인생이 넓고 다양함을 말한다. 만일 같은 시대의 모든 작가가 같은 주제의 작품을 쓴

---

7) 김욱동, 『대화적 상상력』, 문학과지성사, 1988, 160~179면.

다면 그것은 인생의 획일적인 의미의 정립에 그쳐, 인생의 올바른 의미의 발견이나 해석을 못하고 말 것이다.

조남현은 20세기 한국소설이 실제로 자주 내보였던 모티프로는 귀향자, 부자갈등, 아비 찾기, 위선자, 이주민, 감옥, 노동자, 사랑, 죽음, 가족, 농민, 질투, 허무주의 등을 들 수 있다고 했다. 그리고 1920년대와 1930년대의 우리 소설에는 첫째, 감옥이나 옥살이 모티프가 빈번히 나타났는데, 이광수의 「재생」, 김동인의 「태형」, 한설야의 「귀향」, 김남천의 「경영」과 같은 작품을 예로 들었다. 둘째, 홍수 모티프를 취한 작품도 많았는데, 이광수의 『무정』, 최서해의 「큰물 진 뒤」, 이기영의 「홍수」, 박화성의 「홍수전후」 등이 예라고 했다. 셋째, 만주이주 모티프도 많이 나타났는데, 최서해의 「홍염」, 강경애의 「원고료 이백원」, 한설야의 「인조폭포」, 김동인의 「붉은 산」, 이효석의 「기우」 등이 예이다, 넷째, 귀농모티프의 소설도 다수 발표되었는데, 이광수의 『흙』, 심훈의 『영원의 미소』와 『상록수』, 이무영의 「흙의 노예」 등이 예이다.

그리고 해방직후에는 좌우 대립의 모티프를 비중 있게 다룬 작품이 많았다고 했다. 가령, 김송의 「고향 이야기」, 김동리의 「형제」, 이근영의 「탁류 속을 가는 박 교수」 등이 그것이다. 그는 소설에서 반복해서 나타나는 주요 모티프는 그 나라의 역사의 흐름을 반영한다고 보았다.[8] 결국 반영론적 관점에서 소설은 현실에 가장 밀착해 있는 장르이며, 그것이 주요 모티프의 반복으로 나타난 것으로 해석할 수 있다.

주제의 유형을 따로 말하는 것은 무의미하다. 로버트 스탠톤(Robert

---

8) 조남현, 『소설신론』, 서울대출판부, 227~229면.

Stanton)이 "소설의 주제는 어떤 인간 경험의 의미에 상응하는 것이다. 그것은 어떤 경험을 기억하도록 해줄 수 있는 것이면 모두 다 해당될 수 있다"[9]고 했다. 옳은 말이다. 소설이 다루는 것은 인간이고, 인간은 심리적 존재이면서 사회적 존재이고, 역사적 존재이므로 인간 자아가 겪는 심리적 사회적 역사적 모든 문제가 소설의 주제로 다루어질 수 있기 때문이다.

포스터가 현대 소설이 '사랑', '죽음', '밥', '탄생', '수면'으로 압축되는 인간사를 다루고 있다고 한 것, 지올코우스키가 독일 현대 소설은 시간, 죽음, 30년대 주인공, 범죄, 정신병 등 다섯 가지 문제를 집중적으로 다루고 있다고 지적한 것, 제라파가 현대 소설이 탄생, 죽음, 밥, 수면, 사랑 등 다섯 가지의 제재를 주로 다루고 있다고 한 것, 웨인 부스가 작가들이 갖는 관심 구조를 지적 혹은 인식적 관점, 심미적 혹은 질적 관심, 실제적 관심으로 분류한 것은 바로 소설의 주제가 아니라 바로 우리 인생의 문제요, 주제가 아니던가.

우리는 오락적인 영화 한편을 보고도 그 주제에 대해서 생각할 만큼 주제를 중요하게 여기며, 많은 역사주의적 작품 해석, 사회문화적 작품 해석, 신화·원형적 작품해석까지도 주제를 논하고 있음에도 우리나라에서 정작 주제론을 체계적으로 연구한 저서를 발견하기는 쉽지 않다.

이재선은 『한국문학 주제론』이라는 저서에서 "문학적 주제론이란 시대를 통한 지속을 강조하면서 문학작품의 예기치 않은 차원을 노출하고 고형의 신화나 이미지들이 어떻게 현대성을 발휘하는지의 현상

---

9) Robert Stanton, *An Introduction to Fiction*, 박덕은 편역, 『소설의 이론』, 새문사, 1989, 35면.

을 확인하는 연구방법이다. 뿐만 아니라 테마 모티프(motif)·소재·이미지·상징들이 어떻게 살아 있는 것으로 반사되고 또 지속적인 것으로서 포착되는가를 보여주는 방법"이라고 정의한다. 그는 "연구사의 측면에서 보면 소재사, 테마톨로지(thématologie)에 해당되는 분야이면서, 이의 갱신을 통해서 이들이 지닌 협소한 한계를 넘어서려고 하는 것이다. 그런 점에서 프랑스식 테마비평과는 다소의 상이성을 갖는다"고 했다.

그리고 엘리자베트 프렌첼의 여섯 가지 주제론을 소개하고 있다. 직선적 전개(서구문화의 율리시즈 테마), 시대적 단면(낭만시에 있어서의 모티프로서의 나이팅게일), 민족문화의 한정 연구(영문학에 있어서의 나폴레옹 상), 인류학으로 확장된 연구(신화·문학·심리학에 있어서의 신동), 그리고 시학적 연구(서사시·극·오페라에 있어서의 니벨룽겐 테마의 처리) 등이다.10)

이재선은 자신의 저서에서 테마, 이미지, 모티프, 상징, 그리고 소재까지도 주제론의 대상으로 포괄한다. 그리고 한국문학의 주제론 연구의 대상으로 기형의 탄생-그로테스크의 계보, 금기와 장벽의 시간대-지킴과 깨트림의 항등양식-변신의 논리, 한국문학과 악의 사상, 거울의 상상력-문학에 있어서의 거울의 역사와 의미, 수수께끼의 시학, 꿈, 그 삶의 대수학-문학에 있어서의 꿈, 표현의 장으로서의 신체-문학과 신체의 원근법, 한국문학의 색채론, 길의 문학적 상징체계, 술의 문학적 위상, 한국문학의 사생관-죽음의 문학사, 한국문학의 시간관, 한국문학의 금전관, 집의 공간시학, 한국문학의 사계표상 등의 수

---

10) 이재선, 『한국문학의 주제론』, 서강대학교 출판부, 1998, 7면.

많은 주제들을 연구하고 있다.

3. 주제 표출 및 파악의 방법

주제는 작가와 작품에 따라 다르기 때문에 그 표출의 방법도 다양하다. 디트리히(R. F. Dietrich)와 선델(Roger H. Sundell)은 『소설의 기술』에서 같은 주제가 대화나 독백 또는 플롯에 의해 나타나기도 하지만, 일반적으로 소설 전체의 효과에 의해 나타난다고 본다.

> 주제는 물론 성격이나 톤, 플롯, 그 밖의 소설의 모든 요소의 전체적 효과에서 추출하게 된다. 그러나 많은 소설에서는 주제의 요점이 어느 특출한 계획이나 인물에 의해 전해지기도 한다.

정한숙은 주제의 표출과 파악을 같이 묶어서 언급한다. 주제는 작가 편에서는 표출하는 것이요, 독자편에서는 파악하는 것이므로 일리가 있는 방법이라고 할 수 있다.

그는 소설이 주제와 구성과 인물의 성격이 상호 유기적인 관련 아래 형성되는 하나의 용해체인 이상, 그것의 주제를 알아내는 방법도 이러한 유기성에서 출발해야 한다고 보며, 액션(action)을 통한 주제파악, 톤(tone)을 통한 주제파악, 대단원을 통한 주제파악, 분위기를 통한 주제파악 등의 네 가지 요소를 제시하며, 이것들은 한 요소로서만 주제를 구현하지 않고 소설의 전체적인 효과를 놓고 주제를 파악하는 것이 올바른 태도라고 충고한다.[11]

---

11) 정한숙, 앞의 책, 41~52면.

그런데 장편과 같은 경우에는 많은 부수적인 주제가 있을 수 있는데, 이것을 모티프(motif)라고 하며, 모티프는 주요 주제를 나타내기 위하여 작품을 전체 속에서 여러 차례 되풀이되는 도안이요, 사상이요, 이미지다. 그러므로 독자들은 이러한 부수적 주제인 모티프를 주제로 혼동해서는 안 된다고 설명하고 있다.

그리고 주제 설정은 첫째, 참신하고 독창적이어야 한다. 둘째, 자기 역량을 넘지 않게 설정해야 한다. 셋째, 시대성이나 역사성에 맞게 설정해야 한다는 점에 유의해야 한다고 말한다.

주제는 작가의 사상인 주제의식을 제재와 기법에 의해 주제화하기 때문에, 행동은 물론이요 분위기, 대화나 독백 등 작품 전체에 형상화되어 있어야 한다. 하지만 주제는 행동이나 분위기 또는 대화 등 작품의 한 부분에 역점을 두어 표현되기도 한다.

① **행동**(action) : 브룩스와 워렌은 액션을 "중요하고도 통일성이 있는 일련의 사건"으로 정의했다. 액션은 작품의 핵심적 사건으로서 주로 주역과 상대역의 갈등으로 나타난다. 따라서 장편소설에서 부차적인 사건에 집착하여 주제를 그릇되게 파악하는 일을 경계해야 한다. 소설의 주요한 갈등의 양상을 고찰하는 것은 주제파악의 지름길이다.

갈등(conflict)이란 소설에서 등장인물들이 겪게 되는 대립적 관계로서, 개인의 어떤 정서나 동기가 다른 정서나 동기와 모순되기 때문에 그 표현이 저지되는 현상이다. 갈등은 인물의 정신생활을 혼란하게 하고, 내적 조화를 파괴하기도 하면서, 결국 주인공의 내적 · 외적 관계를 본질적으로 규정해 주는 역할을 한다.

사회갈등론의 입장에서 갈등은 가치 및 희소한 지위, 권력 그리고 재화에 대한 요구를 둘러싼 투쟁, 상대방을 무력하게 만들고 해치며 또는 제거하는 것이 적대자들의 목적이 되는 투쟁을 의미한다.12) 루이스 A. 코저는 갈등을 부정적 개념으로 보기보다는 갈등에도 사회적 기능이 있다고 주장한다. 그는 "어느 정도의 갈등은 집단형성과 집단생활의 영속에 있어서 필수적인 요소이다"라는 논거하에 '갈등의 사회적 기능'이란 저서의 논리를 전개하고 있다.

심리학에서 갈등은 둘 또는 그 이상의 양립할 수 없는 동기들이 동시에 일어나는 것으로서, 불쾌한 정서를 초래하게 하는 것으로 정의된다. 그리고 갈등의 유형으로 접근－접근(두 가지의 바람직한 목표를 추구할 때), 회피－회피(두 가지의 바람직하지 못한 대안들로부터 벗어나야 할 때), 접근－회피(바람직한 속성과 피하고 싶은 속성을 다 같이 지니고 있는 한 가지 목표에 대해서), 이중 접근－회피(바람직한 속성과 회피하고 싶은 속성을 지니는 두 가지의 목표 사이에서 고민하게 될 때) 등으로 분류하고 있다.13)

사회학적 갈등론은 작품 속에 나타나는 사회적 갈등의 양상을 파악한 데 도움을 줄 것이며, 심리학적 갈등론은 인간심리에 나타나는 갈등을 분석해 보는 데 도움을 줄 수 있을 것이다.

소설론의 갈등의 양상으로는 다음과 같은 것으로 분류할 수 있다.

내적 갈등 : 인간의 자아 내부의 도덕·가치·욕망 등의 심리적 모순 대립에 의한 내적인 갈등. 심리소설에서 주로 다루는 갈등.

---

12) 루이스 A. 코저, 박재환 역, 『갈등의 사회적 기능』, 한길사, 12면.
13) Kagan and Haveman, 김유진 외 공역, 『심리학개론』, 형설출판사, 335～336면.

인간 대 인간의 갈등 : 주동 인물과 반동 인물들과의 사적인 이해관계의 대립에서 일어나는 갈등. 김유정의 「동백꽃」에서 닭싸움을 통해 서로 대립하고 있는 '점순'과 '나'의 대립과 갈등이 나타나고 있다. 대체로 멜로드라마에서 볼 수 있는 갈등.

개인 대 사회의 갈등 : 등장인물과 사회의 관습·제도와의 대립에서 일어나는 갈등. 채만식의 「레디메이드 인생」에서 인텔리가 취업을 제대로 할 수 없는 일제하의 사회적 상황과 식민지적 구조의 갈등을 다룸. 대체로 사회소설에서 흔히 발견되는 갈등이다.

인간 대 자연의 갈등 : 등장인물과 이들의 행동을 제한하는 자연 현상과의 갈등. 김정한의 「사하촌」에서 극심한 가뭄이라는 자연 현상과 이에 시달리는 사하촌 사람들의 갈등이 표면구조의 갈등이다. 하지만 정작 「사하촌」은 인간 대 자연의 갈등이 아니라 일제하 농촌에서 일어나는 농민수탈의 구조적 모순과 절과 농민으로 상징화된 지배-피지배의 갈등을 보여준다.

인간 대 운명의 갈등 : 한 개인이 인간의 조건과 대결하는 과정. 즉, 피할 수 없는 질병이나 죽음과의 대결과정을 다룬 갈등.

② **분위기**(atmosphere) : 분위기는 배경이나 인물 주제 등에 의해서 제기된 일반적이고 보편적인 정조로서 작품 전체에 흐르고 있는 상황이 주는 느낌이다. 그것은 작품이 냉소적이라든지 목가적이라든지 하는 톤(tone)과 달리 작품 전체의 흐름과 배경이 주는 인상, 심리적 효과 등을 통해 주제를 암시한다.

③ **대화**(dialogue) : 대화는 인물의 의식과 성격을 가장 직접적이고 단적으로 나타내는 방법으로서 성격창조의 핵심적 역할을 한다. 대화는 드라마의 고조된 긴장감이나 성격과 상황을 제시해주며, 플롯에 의한 행동과 배경, 분위기, 톤이 가져 온 것을 집약하기 때문에 주제를 표출시키는 핵심적인 방법이다.

④ **서술**(narration) : 서술의 방법은 작가가 서술을 통해 직접 주제를 노출시키는 주제설정의 한 방법이다. 이 방법은 주제를 선명하게 보여주는 효과는 있으나 독자로 하여금 감상에 의한 주제의 추출을 방해하는 단점도 있다. 서술에 의한 주제의 설정은, 작가의 인생에 대한 새로운 해석과 삶의 지표를 간명하게 표현하는 것이 좋다.

⑤ **대단원** : 대단원은 한편의 소설이 끝나는 결말이므로 작품이 어떻게 결말지어졌느냐는 주제파악의 중요한 관건이다. 주제는 마지막에 가서 극적으로 표출되는 수가 많다.

⑥ **제목**(title) : 주제는 제목에 의해 나타내기도 한다. 원래 제목이 작품의 구조나 인물, 주제를 암시할 수 있게 상징적으로 지어지기 때문이다. 제목에 의해 주제를 나타나게 할 때는 주제가 집약되거나 상징할 수 있게 명명해야 한다. 주제는 감추면서도 선명하게 나타나야 한다. 그것은 작품 전체에 주제를 형상화해서 암시하거나 작품의 어느 부분에 주제를 분명하게 나타내야 한다는 말이다. 여기에서 "작가의 일은 기법을 감추는 데 있고 비평가의 일은 그것을 다시 찾아내는 데

에 있다"는 리드의 말을 상기해 볼 필요가 있다. 결국 작가는 주제의 식을 심화시키고 시대와 같이 가거나 앞서 가게 심화시켜, 기법으로 형상화하여 암시하도록 최선을 다해야 한다.

⑦ **작품에 반영되고 있는 작가의 태도(tone), 혹은 목소리** : 톤이란 소재와 독자에 대한 작가의 태도가 스토리 속에 반영된 것으로, 소설에서의 그 효과는 매우 광범위하고 중요하게 작용한다. 이상, 채만식, 손창섭, 최인훈 등의 작품은 톤의 파악이 주제의 해석에 매우 중요하다.

이외에도 상징이나 알레고리 등과 같은 문학적 장치들도 주제를 파악하는 데 상당한 정도의 도움을 주며, **시점·문체** 등을 통하여서도 주제를 발견하는 데 도움을 얻게 된다.

로버트 스탠톤은 주제파악에 있어서 우리가 경계해야 할 몇 가지 태도를 충고하고 있다.

첫째, 적절한 해석은 작품에 있어 모든 주요한 세부를 설명해야 할 것이다. 이것이 가장 중요한 기준이다. 분석에 있어 가장 흔한 오류는 많은 뚜렷한 사건들을 고려치 않은 주제를 택한다는 것이고, 이러한 사건들을 합당한 것으로 하기 위해 억지 같고 부자연스러운 의미를 부여한다는 것이다. 이것은 위해서 액션을 통해서 주제를 파악하라는 말과 상통한다.

둘째, 적절한 해석은 작품의 어떤 세부와도 모순되어서는 안 된다. 독자는 모순된 증거에 예민해야 하며, 필요하다면 그의 해석을 바꿀 수 있어야 한다는 것이다.

셋째, 해석은 작품에 의해서 명확히 진술되지 않거나 함축되지도 않은 증거에 의존해서는 안 된다.

마지막으로 해석은 작품에 의해 직접 제시되어야 한다. 다시 말해 주제가 용기라면 우리는 용기의 어떤 명백한 발현이나 그것에 대한 언급을 보기를 기대할 수 있다. 가령, 일출부터 일몰까지의 하루를 묘사한 시를 인간의 삶에 대한 사소한 은유조차 없는데도 곧바로 인간의 탄생부터 죽음까지의 삶에 대한 상징으로 추측하는 것은 옳지 않다는 것이다. 끝으로 작품의 주제를 찾는다는 것은 '왜 작가가 이런 작품을 썼는가?', '무엇이 그 작품을 쓸만한 가치가 있도록 만들었는가?' 하는 의문을 독자 스스로에게 제기하는 것뿐임을 명심해야 한다고 충고한다.14)

---

14) Robert Stanton, *An Introduction to Fiction*, 앞의 책, 40～41면.

제9장 소설의 시점

서사문학의 요체는 이야기의 제시이기 때문에 이야기 전달자(화자 narrator)가 있어야 한다. 이 이야기 전달자가 작품 속의 내용을 바라보는 위치가 시점이다. 화자가 텍스트 안에서 텍스트의 내용을 바라보고 있다면 그것은 1인칭 시점이 되고, 화자가 텍스트 밖에서 텍스트의 내용을 바라보고 있다면 그것은 3인칭 시점이 된다. 여기서 '바라본다'는 것은 단순히 물리적이고 시각적인 것이 아니라 일정한 대상에 대한 화자의 감각, 인식, 관념 따위를 포괄하는 추상적인 개념이다.[1]

시점(point of view)의 문제는 곧 서술의 초점(focus of narration)과 같은 성격을 띤다. 시점이 '누가 말하는가'라는 목소리의 주체를 중시하는 반면 초점은 '누가 보는가'라는 보는 주체 혹은 경험하는 주체를 중시하는 개념이다. 같은 사건을 이야기하는 데 있어서도 말하는 사람의 신분에 따라 이야기의 성격이 달라진다. 소설에서도 마찬가지이다. 소

---

1) 한용환, 『소설학사전』, 고려원, 1992, 273~275면.

설의 플롯을 세우려는 작가가 가장 기술적으로 도달해야 할 문제가 바로 누구의 눈과 입을 통하여 스토리를 전달케 하느냐 하는 서술의 초점에 관한 것이다.[2]

시점은 스토리가 어떤 위치(각도)에서 말해지는가의 문제이다. 즉, 위에서, 주변적인 위치에서, 중심부에서, 정면에서, 유동적인 위치에서 등으로 말해질 수 있다. 어떤 시점을 선택하느냐에 따라 소설의 외형은 물론 내용(분위기)도 사뭇 달라진다. 가령, '위에서' 이야기를 이끌어나가면 관념소설의 형태를 지니게 되며, 주변적인 위치에 서면 행동소설의 형태로, 중심부에 서면 심리소설의 분위기로 나타나게 된다.[3]

로버트 스탠톤은 독자들에게 있어서, 시점의 문제는 다음과 같은 세 가지로 이루어져 있다고 말한다.

첫째, 등장인물들과 사건에 대한 우리의 관계는 무엇인가? 우리는 그것들에 대해 얼마나 가까이 있는가? 우리는 그 인물이 생각하는 것을 듣고 있는가, 아니면 단지 그들이 보고 듣는 것만을 듣고 있는가? 우리는 한 인물의 시점에 국한되어 있는가, 아니면 여러 시점이 동시에 혹은 연속적으로 사용되고 있는가?

둘째, 우리가 등장인물의 시점을 공유한다면 그것은 어떠한 것일까? 즉, 그 인물의 특징들이 사물에 대한 그의 관찰을 어떻게 채색하는가? 그의 해석은 신뢰할만한가?

셋째, 작가는 이런 시점을 바로 이런 방법으로 사용해서 무엇을 성취하였는가? 왜 이 방법이 다른 것보다 작가의 목적에 더 적합한가? 그것이 그의 작품에 어떻게 어울리는가?[4]

2) 정한숙, 『소설기술론』, 고려대학교출판부, 1974, 132〜133면.
3) 조남현, 『소설원론』, 고려원, 1982, 228〜229면.

소설이론 가운데서 가장 정교하게 확립되고, 가장 객관적 타당성을 인정받고 있는 분야가 아마도 시점이론 분야일 것이다. 이 분야에 대한 관심은 영미권에서 제일 먼저 일어났다. 이 시점에 대하여 맨 처음 의식하고 문제를 제기했던 사람은 헨리 제임스(Henry James)였다. 그러나 맨 처음 이론적인 체계를 세웠던 사람은 퍼시 러보크였다.[5]

퍼시 러보크는 1921년에 발간한 그의 『소설의 기술』에서 "소설의 기술에 있어서 방법이라는 복잡한 문제 전체는 시점의 문제, 즉, 화자가 스토리에 대해 갖는 관계의 문제에 달려 있다고 나는 생각한다"[6]고 말함으로써 시점의 중요성을 강조했다. 그는 시점이 소설의 형태를 결정하는 중요한 요소임을 알고 있었던 것이다. 그 후 시점에 관한 관심이 소설 이론 분야에서 높아진 것은 전적으로 그의 공로라 하겠다.

1. 시점 이론의 발달

지금까지 영미 계통이 대체로 화자의 시각 문제인 시점에 관심을 가져왔다면, 독일 계통은 화자의 본질문제에 관심을 갖고 화자의 성격에 기반을 두는 시점 이론을 개발했다. 그리고 프랑스에서는 화자의 시각 문제를 주로 다루어오면서도 영미 계통과는 다른 시점 이론을 개발했다. 여기서는 이 세 계통의 시점 이론을 모두 개관할 필요가 있을 것으로 생각된다. 왜냐하면 이론의 출발이 되는 발상 자체가 서로 다

---

4) Robert Stanton, *An Introduction to Fiction*, 박덕은 편역, 『소설의 이론』, 새문사, 1989, 51~52면.
5) 김천혜, 『현대소설의 구조의 이론』, 문학과지성사, 1990, 99~100면.
6) Percy Lubbock, *The Craft of Fiction* (London, 1921), 1957, p.251.

르기 때문이다.[7]

1) 영미의 시점 이론

시점에 대하여 맨 먼저 이론적 체계를 세웠던 퍼시 러보크는 오늘날 우리들이 알고 있는 정도의 시점 이론에는 도달하지 못했다. 그러나 시점 이론을 주제와 결부시켜 문학 작품을 분석하는 비평의 한 방법으로 제시한 것은 그의 공적이었다.

그 후 토마스 어젤은 『설화 기술』(1934년 개정3판)에서 시점 유형을 분류하여 오늘날 우리들이 생각할 수 있는 거의 모든 유형을 열거하였다. 실로 시점 이론의 가장 큰 공로자는 어젤이다. 그의 시점 유형을 살펴보면 다음과 같다. 그는 우선 시점을 다음과 같이 넷으로 분류한다.[8]

① **전지적 시점** : 작가가 전지적인 신의 위치에서 사건을 서술한다. 모든 작중인물의 마음속을 들여다볼 수 있다. 3인칭 서술에만 가능하다.

② **주인물 시점** : 작가가 주인물의 입장에서 서술한다. 주인물의 마음속은 독자에게 알려지지만 다른 인물의 마음속은 공개되지 않는다. 1인칭과 3인칭의 두 형태가 있다.

③ **부인물 시점** : 부인물 중의 한 사람의 입장에서 주인물의 이야기를 서술한다. 주인물의 마음속에 일어나는 일은 부인물이 알 수가 없

---

7) 김천혜, 앞의 책, 100면.
8) Thomas Uzzell, *Narrative Technique*, 3rd ed. (New York, 1934), pp.410~437.

다. 또한, 부인물이 없는 곳에서 발생한 사건에 대하여서도 화자인 부인물이 알 수 없기 때문에 독자에게 공개되지 않는다. 역시 1인칭과 3인칭의 두 형태가 있다.

④ **객관적 시점** : 등장인물들의 마음속을 들여다봄이 없이 바깥에 나타나는 동작·표정·대화만을 기록한다.

어젤은 이렇게 시점을 네 가지로 나누지만 주인물 시점과 부인물 시점을 다시 각각 1인칭과 3인칭으로 나누기 때문에 어젤의 시점 유형은 도합 6가지가 된다.

브룩스·워렌, 노먼 프리드먼, 로렌스 페린, 바네트·버먼·버토의 이론들은 용어와 분류 방식에 다소의 차이를 보이고 있지만 어젤의 이론에서 크게 벗어나 있지 않다.

영미의 시점 이론에 있어서 기본이 되는 분류 기준은 '마음속에 들어가기'다. 다시 말하면 화자가 작중인물의 마음속에 들어가느냐 들어가지 않느냐, 들어가면 어느 정도 범위의 인물에게 들어가느냐 하는 것에 의해 시점 분류가 이루어진다. 여기에는 물론 화자가 허구의 소설 세계에 어느 정도 개입하느냐 하는 인칭의 구별도 역시 함께 분류의 기준이 된다.

대표적인 예를 바네트·버먼·버토의 이론에서 살펴보기로 한다. 이들은 시점을 다음과 같이 분류하고 있다.9)

　　① 참여자 시점(1인칭)
　　　* 주인공이 화자인 시점
　　　* 부인물이 화자인 시점

---

9) Barnet/Berman/Burto, *An Introduction to Literature* (Boston 1967), pp.36~37.

② 비참여자 시점(3인칭)
  * 전지적 시점
  * 선택적 전지 시점
  * 객관적 시점

위의 시점 분류를 좀더 자세히 살펴보면, 시점은 화자가 서술되고 있는 사건에 참여하고 있느냐 있지 않느냐에 따라 1인칭과 3인칭으로 크게 나누어진다. 다시 1인칭 시점은 화자 자신이 사건의 주인공으로 자신의 이야기를 하느냐, 그렇지 않으면 주변인물로서 주인물의 이야기를 서술하느냐에 따라 '주인물 시점'과 '부인물 시점'의 둘로 나누어진다.

3인칭의 경우는 화자가 인물의 마음속에 들어가는 정도에 따라 셋으로 나누어진다. 첫째, 신과 같이 거의 무제한으로 어느 인물의 마음속에나 들어가는 경우가 '전지적 시점'이다. 그리고 여러 명의 작중인물 가운데 한 사람만 선택하여 그의 마음속에 들어가는 경우가 '선택적 전지 시점'이다. 나아가 작중인물의 마음속에 들어감이 없이, 행동과 음성만 드러나는 영화 장면을 서술하듯, 바깥 모습만을 서술하는 경우가 '객관적 시점'이다.

바네트 등은 또한, 전지적 시점의 경우를 화자가 논평을 가하고 모습을 드러내는 '논평적 전지'와 아무런 논평도 없고, 모습을 드러내지도 않는 '중립적 전지'로 구별한다.

이러한 바네트 등의 시점 이론은 지금까지 제기되었던 대부분의 가능성을 거의 다 포괄하는 이론으로 생각된다. 그러나 본질적으로는 어젤의 이론과 별 차이가 없다.10)

2) 프랑스의 시점 이론

프랑스의 시점 이론을 이야기함에 있어서 가장 중요한 인물은 장 푸이용(Jean Pouillon)과 츠베탕 토도로프(Tzvetan Todorov)일 것이다. 푸이용은 『시간과 소설』에서 시점을 다음과 같이 셋으로 분류했다.

① **뒤로부터의 시점** : 이것은 전지의 화자가 사건과 인물의 뒤쪽에서 모든 것을 꿰뚫어보는 시점이다. 영미식의 전지적 시점에 해당된다.

② **동반적 시점** : 이 시점은 한 작중인물의 눈을 통해서 사물을 인식하는 시점이다. 작중인물이 듣지 못하거나 보지 못하는 사건은 화자 역시 듣지도 보지도 못한다. 작중인물이 모르는 사실은 화자 역시 알지 못한다. 영미식의 용어로는 선택적 전지 시점에 해당되고, 또 1인칭 시점에도 해당된다. 여기서 화자는 작중인물과 '함께' 사물을 인식하거나(3인칭의 경우), 화자 자신이 바로 작중인물이 된다(1인칭의 경우).

③ **밖으로부터의 시점** : 이것은 화자가 작중인물의 마음속을 들여다봄이 없이 바깥 모양만 서술하는 경우다. 영미 이론의 객관적 시점에 해당된다.

푸이용의 이론은 본질적으로 영미 이론과 다를 것이 없다. 단지 분류의 기준을 정하는 시각이 다를 뿐이다. 그런데 토도로프는 이 푸이용의 이론을 다소 변경시켜 상당히 유용한 시점 도식을 만들어냈다. 토도로프는 화자가 작중인물과 비교하여 사건에 대하여 알고 있는 정도가 어느 정도냐 하는 데 분류의 기준을 두고 있다. 그리하여 그는 다음과 같이 등호와 부등호를 사용한 세 개의 도식을 제시한다.

---

10) 김천혜, 앞의 책, 100~102면.

① 화자 〉 작중인물
② 화자 = 작중인물
③ 화자 〈 작중인물

첫째는 푸이용의 '뒤로부터의 시점'과 같은 경우로 화자가 작중인물보다 사건에 대하여 더 많이 알고 있다. 둘째는 푸이용의 '동반적 시점'과 같은 경우로 화자가 알고 있는 정도가 작중인물이 알고 있는 정도와 같다. 셋째는 '밖으로부터의 시점'과 같은 경우로 화자가 작중인물보다 사건에 대하여 적게 알고 있다. 화자가 작중인물의 마음속에 들어가지 못하기 때문에 화자가 알고 있는 정도가 작중인물보다 못한 것이다.[11]

3) 독일의 시점 이론

영미 계통이 시점에 주력해왔다면 독일은 화자의 본질 문제에 주력해왔다고 할 수 있다. 시점에 대해서는 영미의 시점 이론보다 발달이 늦어 영문학자 프란츠 슈탄첼(F. K. Stanzel)이 확립한 시점 이론이 일반적으로 통용된다. 그는 1964년에 발간한 저서 『소설형식의 기본유형』에서 서술상황으로 본 소설의 유형을 다음과 같이 분류하고 있다.[12]

① 주석적(작가적) 소설
② 1인칭 소설
③ 인물시각적 소설

---

11) 위의 책, 102~104면.
12) F. K. Stanzel, 안삼환 역, 『소설형식의 기본유형』, 탐구당, 1983, 24~101면.

슈탄첼의 분류 기준은 영미권과는 본질적으로 다르다. 영미권의 시점 분류가 화자(또는 작가)가 작중인물의 마음속에 들어가느냐 들어가지 않느냐 하는 화자(또는 작가)의 입장에 의한 분류라면, 슈탄첼의 이론은 화자의 존재가 독자에게 느껴지느냐 느껴지지 않느냐 하는 독자의 입장에 의한 분류다. 이것은 화자 이론에서 화자가 전면에 모습을 드러내느냐(논평적 화자), 이면으로 후퇴하느냐(중립적 화자) 하는 점을 원용한 것이다. 이야기를 들려주고 있는 어떤 존재가 독자에게 느껴지지 않고, 마치 독자 자신이 소설 속의 인물로서 사건의 현장에 있는 듯한 느낌을 주는 경우, 그 시점은 '**인물시각적 시점**'이다. 그러나 화자 또는 기록자의 존재가 독자에게 분명히 의식되는 경우, 그 화자가 자신이 겪었던 이야기를 들려주면, 그것은 '**1인칭 시점**'이고, 타인의 이야기를 들려주면 '**주석적 시점**'이다.

그러나 이 세 가지가 확연하게 구별되는 것은 아니다. 애매한 중간 단계가 있을 수 있다. 특히 인물 시각적 시점과 주석적 시점은 한 작품 안에서도 뒤섞여 나오는 경우가 있고, 심하면 한 문장 안에서도 섞여 나오는 경우가 있다.

슈탄첼의 시점 이론은 독자가 화자, 즉, 이야기꾼의 존재를 느끼느냐, 느끼지 않느냐, 느끼면 어떤 종류냐에 따라 시점을 구분하는 확실한 체계를 갖추고 있다. 그러나 영미의 이론만큼 세분되어 있지 않다. 그러므로 영미 이론이 분명히 구별하는 전지적 시점(무제한적 전지 시점)과 선택적 전지 시점을 구별할 수 없고, 경우에 따라 전지적 시점과 객관적 시점을 구별할 수도 없다. 그러나 영미 이론으로는 구별이 안 되면서도 우리가 분명 다른 시점으로 느끼는 차이를 이 분류법은 밝혀

준다.

슈탄첼의 시점 이론은 서술하는 화자의 위치가 어디냐에 대하여 명백하게 설명하고 있다. 즉, 주석적 소설에서는 화자는 인물의 바깥에 있으면서 시선이 작중인물 쪽으로 향하고 있다. 때로는 작중인물의 마음속을 꿰뚫고 그가 무슨 생각을 하는지 들여다보기도 한다. 인물시각적 소설에서는 화자는 인물 내부에 위치해 있으면서 시선이 바깥으로 향해져 있다. 이런 경우에는 화자가 마치 작중인물의 두개골 속에 자리를 잡고서, 그의 눈을 통해 보고, 그의 귀를 통해 듣는 것처럼 여겨진다. 그러므로 서술은 화자가 하고 있지만 사물을 인식하는 시각은 화자와 작중인물의 시각이 겹쳐진 이중 시각인 것이다.

그러나 화자가 어디에도 존재하지 않는 '절대적 시점'이 있다. 희곡처럼 순수한 대화체가 될 때가 이 시점으로, 위르겐 페터젠이 슈탄첼 이론의 보완책으로 제시한 시점이다.

이와 같이 슈탄첼의 시점 이론은 화자의 성격을 밝혀주는 장점을 가지고 있다. 전면에 나서기를 좋아하는 화자인가 아닌가를 밝혀주고, 또 그 화자가 사건을 서술할 때 어디에 위치하고 있는가도 밝혀준다.[13]

2. 시점의 분류

시점을 선택할 때에는 이 스토리에 가장 적합한 서술 형태가 일인

---

13) 김천혜, 앞의 책, 104~109면.
　　Franz K. Stanzel, 안삼환 역, 『소설형식의 기본유형』, 탐구당, 1982, 24~101면.

칭인가, 삼인칭인가를 결정해야 한다. 일인칭은 제한된 전지적 권한의 사용을 강요하는 내부적 관점으로 화자가 텍스트 안에서 내용을 바라본다. 삼인칭은 작가가 이야기하는 스토리에 따라 달라지므로 제한된 또는 비제한된 전지적 권한을 선택할 수 있는 외부적 관점으로 화자가 텍스트 밖에서 텍스트의 내용을 바라본다.

여기에서 무엇보다 중요한 것은 시점의 우월성이 아니라, 소설 전체에 대해 어떤 일관성을 가정한다는 것이다. 작가가 소설의 한 부분에서는 제한된 전지적 권한을 사용하다가 다른 부분에서는 비제한적 전지적 권한을 사용한다면, 그것은 자칫 소설 전체의 흐름, 즉, 일관성을 잃기 쉽다. 그러니까 작중 인물 한 사람의 사고와 감정으로 몰입할 것인가, 아니면 여러 명의 사고 및 감정으로 몰입할 것인가를 미리 결정해야 한다.

시점이란 시각의 문제고, 또한, 화자가 어느 인물에 초점을 맞추고 있는가 하는 초점의 문제고, 또는 화자가 작중 인물의 마음속에 어느 정도로 들어가느냐 하는 화자 능력의 문제이기도 하다. 화자가 어떠한 위치에서 작품을 서술하느냐에 따라 독자에게 주는 일련의 감동과 정서의 효과는 달라질 수밖에 없다. 같은 사건과 성격의 이야기라고 할지라도 이것을 바라보는 각도와 사람에 따라서 그 효과가 얼마든지 달라질 수 있고, 이것을 서술하는 위치에 따라서 전혀 엉뚱한 효과가 나타날 수도 있기 때문에, 이 시점의 문제는 소설 구성에 있어서 절대적인 영향을 미친다고 할 수 있겠다.

『소설의 기법』에서 퍼시 러보크(Percy Lubbock)는 특히 이 시점의 문제를 대단히 중요시했다. 그리하여 그는 극적 효과를 거둘 수 있는 장면 위주의 '보여주기'를 우월한 형식으로 채택하게 된다. 이것은 객관적이고 묘사적인 화자의 관점으로 독자에게 더 많이 텍스트에 참여할 수 있는 여지를 주고, 다의성을 제공한다. 그리하여 화자의 권한과 역할은 되도록 축소해야 한다는 쪽으로 시점의 기법은 변화되어 갔다.[14]

1) 브룩스와 워렌

브룩스와 워렌이 쓴 『소설의 이해』에는 매우 단순화되고 도식화된 형태가 나온다. 브룩스와 워렌의 이론은 일인칭 주인공 시점, 일인칭 관찰자 시점, 작가 관찰자 시점, 전지적 작가 시점 등으로 나뉜다.

	사건의 내면적 분석	사건의 외면적 분석
화자가 소설의 등장인물일 때	주인공이 자신의 이야기를 한다 (1인칭 주인공시점)	부차적 인물이 주인공의 이야기를 한다 (1인칭 관찰자 시점)
화자가 소설의 등장인물이 아닐 때	분석적이며 전지적 작가가 이야기 한다 (전지적 작가시점)	작가가 외면적 관찰자로서 이야기 한다 (작가관찰자 시점)

① **1인칭 주인공 시점** : 소설 속의 주인공이 자기 자신의 이야기를

---

14) 이재인 외, 『현대소설의 이해』, 문학사상사, 2003, 168～169면.

하는 것으로서 인물과 서술의 초점이 일치한다. 이 시점은 심리 소설, 서간체 소설, 과거 회상식 소설 등에 많이 쓰인다. 이 시점은 독자에게 친밀감을 주기는 하나, 객관성의 결여라는 생각을 불러일으킬 수도 있는 시점이다.[15)

1인칭 주인공 시점은 성격의 초점과 서술의 초점이 일치되는 시점이다. 여기서 말하는 성격의 초점이란 그것이 누구의 이야기인가 하는 문제로서, 소설에 있어서 중심인물을 말한다. 대개의 단편소설은 하나의 인물이 중심이 되고 부수적인 인물이 나온다. 소설의 기본공식에서는 이를 시점인물이라고 부르고 있다. 1인칭 주인공 시점에서는 화자가 곧 주인공이 되어 나타난다는 얘기다. 즉, 1인칭서술에 있어서는 '나'라는 주인공이자 서술자로서 '나는 이렇게 저렇게 보았다, '나는 이렇게 저렇게 하였다', '나는 이렇게 저렇게 느꼈다는 식으로 작품을 서술해 간다. 물론 여기에서 독자들은 '나'란 픽션화된 인물임을 잘 알면서도 '나'라는 주인공이 실제 사실을 말하는 것처럼 듣는다. 서술자와 피화자(被話者)의 혼란을 가져오는 것도 주인공이 바로 화자와 서술자인 데 있다. 말하자면 이것은 문학에 있어서 하나의 묵계(convention)이다. 독자들은 리얼리티의 환상, 즉, 이것은 진실한 이야기라는 환상 속에서 이 '나'의 이야기를 받아들인다. 그래서 1인칭 주인공 시점은 독자에게 깊은 신뢰감을 준다.

그러나 이 시점은 인간의 외면세계를 객관적으로 그리고 보여주는데는 3인칭 시점만 못한 면도 없지 않다. 이런 시점은 전기소설이나 고백적 소설이 되어, 그 행위가 신변적인 일에 그치고 일반성이 결여

---

15) 위의 책, 170면.

될 위험성도 있다.16)

② **1인칭 관찰자 시점 :** 소설 속에 등장하는 부수적인 인물이 주인공의 이야기를 하는 경우의 시점이다. 이러한 경우에는 서술자는 주인공의 외면 세계만 묘사할 수 있다. 그래서 주인공 행동에 대한 해석, 설명자가 될 수 있다.17)

일인칭 관찰자 시점에서 화자는 소설에 나오는 부(副)인물로서 하나의 관찰자에 불과하고, 성격의 초점은 주요인물에 주어진다. 서술방법은 1인칭으로 되고, 소설의 스토리는 객관적인 관찰자의 눈에 비친 인간의 외면세계이다. 그리고 이 시점은 본격적인 이야기를 하기 위한 서두의 설명이 따르기 때문에 서두시점이라고도 할 수 있다.

그리고 이 시점은 서술자인 '나'에 관한 이야기는 주관적인 특색을 가지게 되고, 주인공에 대한 이야기는 순전히 관찰자의 눈에 띈 객관적인 세계라는 점에서 종합적인 효과를 준다. 그러나 이 시점의 근본은 어디까지나 소설에 있어서 부수적인 등장인물 중의 하나가 주요인물에 관해 관찰하고 서술한다는 데 있다. 1인칭 관찰자 시점에 의한 소설은 서술자의 관찰 기회가 제한되어지고, 또 서술자는 자연히 일종의 해석자가 되어 작품을 설명해 간다는 한계가 있다. 그러나 같은 관찰자 시점이면서 작가가 관찰자로 되는 세 번째의 경우에 비하여, 부인물이 관찰자로 되는 두 번째의 시점은 마치 1인칭 주인공 시점이 그랬던 바와 같이 관찰과 경험의 기회에 있어서 제한되어 있다는 점이 특색이다. 1인칭으로 서술해 가기 때문에 독자들에게 신뢰감을 준

---

16) 구인환, 『소설론』 삼지원, 1996, 241~242면.
17) 이재인 외, 앞의 책, 170면.

다.[18]

③ **작가 관찰자 시점** : 이 시점은 작가가 자기 주관을 배제한다. 등
장인물의 마음속을 들여다봄이 없이 외부적으로 관찰된 동작, 표현,
대화만을 서술하는 것으로 삼인칭 관찰자 시점이라는 말로도 표현한
다.[19]

등장인물이 모두 3인칭으로 제시되고, 작가가 내세운 어떤 인물에
의하여 관찰되고 서술되는 경우이다. 이 경우에 화자는 전적으로 외부
적 관찰에 의존하며 주관이나 상상이 개입할 여지가 없다. 이는 보다
객관적 입장에서 현실과 인생을 그려보려는 태도에 기초하는 것이며,
독자의 상상적 해석과 참여의 폭을 넓힐 수 있다.[20]

이는 근대적인 리얼리즘 문학에 있어서 많이 사용됐던 기법이고, 특
히 인생의 단면을 예리하게 그리는 단편소설에 있어서 매우 알맞은 방
법이라 하여 널리 쓰이고 있다. 그것은 플로베르(Flaubert)가 "작가는 인
생의 테두리 밖에서 손톱을 깎으며 바라보면 된다"라고 한 것과 같이
객관적으로 관찰하는 반영의 문학이다. 이 작가 관찰자 시점의 기본적
인 특색은 극적이고 객관적이라는 점에 있다. 작가는 주인공의 행동이
나 언어나 모습과 같이 외부적인 세계를 그릴 뿐으로, 사랑이라든지
감정이나 심리 등은 직접적으로 표현하지 않는다. 그리고 작가는 아무
런 해설과 평가를 붙이지 않고 오직 객관적인 위치에 서서 외적 사건
만을 독자 앞에 그려서 보여주며, 인생은 이렇다고 암시할 뿐으로 모

---

18) 구인환, 앞의 책, 242~244면.
19) 이재인 외, 앞의 책, 170면.
20) 윤명구・이건청 외, 앞의 책, 230면.

든 것을 독자들이 직접 판단하도록 한다. 그러므로 이 3인칭 시점은 항상 구체적인 사건과 인물의 묘사와 표현이 있기 때문에 설명 위주의 추상적인 관념에 떨어지지 않는다. 그러나 작가의 논평과 설명을 붙일 수가 없는 기법으로 작가가 아무리 뛰어난 사상과 관념을 가졌다고 해도 좀체 독자들에게 전달할 수 없다는 한계가 있다. 전지적 작가 시점이 나오게 되는 이유가 여기에 있다. 3인칭 시점, 객관적 시점, 외면적 시점인 이 작가 관찰자 시점은 극적 시점이라고도 할 수 있다.

여기에 한 가지 덧붙일 것은, 이 시점도 서술자의 위치가 고정되어 있는 경우와 이동하는 경우의 두 가지가 있다는 점이다. 즉, 작가가 사건의 밖에 서서 객관적으로 관찰한다는 점에 있어서는 하등 차이가 없지만 '인물의 초점'을 누구에게 두느냐에 따라서 큰 차이가 생기게 된다. 보통 주인공 한 사람에게 '성격의 초점'을 설정하여 집중적으로 그를 클로즈업시키고, 나머지 부수적 인물들은 그의 그늘 뒤에 두어 흐릿하도록 그리는 경우가 있고, '성격의 초점'을 한 인물에게 고정시키지 않고 A→B→C 등으로 이동시킴으로써 독자로 하여금 다각적인 위치에 서서 사건을 바라보도록 하는 경우가 있다. 특히 후자의 경우는 서술자의 위치가 변화하므로 이동서술법이라고 한다. 흔히 장편소설에서는 3인칭 시점의 경우라 할지라도 이처럼 시점을 이동시키는 것이 일반적이다.

이와 같은 작가 관찰자 시점은 생생한 묘사와 구체적인 표현을 통하여 사건의 진전을 전해 준다는 점에 있어서 매우 효과가 있지만, 반면에 너무 단조롭고 평면적인 느낌을 주며, 특히 심오한 사상을 붙이거나 논평을 할 수 없기 때문에 장편소설에서는 전지적 작가시점이 알

맞다고 할 수 있다.[21)

④ **전지적 작가 시점** : 이 시점은 화자가 작중 인물의 마음속에 마음대로 들어간다. 즉, 작가가 모든 것을 알고 쓰는 시점으로서 모든 작중인물들의 심리 상태, 감정, 행동 등을 서술할 수 있는 시점이다. 이 것은 서술이 가장 자유롭기 때문에 장편 소설에서 주로 사용된다. 전지적 시점에서 화자는 인간이 아니라 신의 입장에서 이야기를 이끌어 나간다. 전지적 권한은 독자에게 스토리를 보다 잘 이해시키고 인식시키기 위해 작중 인물, 환경 및 사건에 관한 정보를 전달하는 데 사용된다. 그러나 작가가 너무 개입함으로써 독자가 상상하고 텍스트를 즐길 수 있는 여지를 반감시키는 면도 있다.[22)

전지적 작가 시점은 전지전능하고 자유자재로 인생이나 역사적 삶을 투시하고 형상화하는 시점이다. 가장 전통적 시점으로 '올림프스(olympus)적 시점'이라고도 불린다. 곧 올림프스 신이 자기 영웅들에게 그러했듯이 누구보다도 월등하여 위로부터 확실성 있게, 그리고 실수 없이 자신이 만든 인물들의 행동을 인도하고 지도하는 것이다. 다시 말해서 전지적이고 분석적인 작가가 작중인물의 사상과 감정 속에 뛰어 들어가서 스토리를 서술하는 기법이다. 그리고 화자인 작가는 등장 인물들의 외부적인 행동과 태도는 물론 그들의 심리적인 내부세계까지도 설명하고 해석할 수 있는 준비가 되어 있어, 그 작품에 관한 한 신과 같은 전지전능을 구사한다. 그러니까 전지적 작가 시점은 작가가 그 작품에 등장하는 인물의 외면과 내면을 전부 관장함은 물론 행동에

---

21) 구인환, 앞의 책, 244~246면.
22) 이재인 외, 앞의 책, 170~171면.

관한 설명 및 심리적 변화의 의미까지도 해석한다. 특히 이 시점에 있어서는 작가의 뛰어난 사상이나 지적 관념을 적당히 배합시켜 소설을 이끌어 가고, 화자의 위치를 자유자재로 이동시켜 인생의 총체적인 모습을 다각적으로 그려 간다. 장편소설의 기법으로 널리 쓰이는 이 전지적 작가 시점은 주인공의 감정상태를 분석하고 심리적 변화를 설명할 수 있어서, 소위 '성격의 내향성'을 알게 해 준다. 1인칭 주관적 시점의 경우에도 심리적인 표현을 할 수 있지만, 주인공을 이해하는 데 필요한 심리분석에 있어서의 완숙과 분리와 훈련은 전지적 시점에서만 할 수 있는 것이다.

그러나 이 시점도 작가가 전지적 재량을 마음껏 발휘하여 직접적으로 인물에 대하여 논평하는 '논증적 전지의 시점'과, 전지적 서술에 바탕을 두되 비교적 객관적 서술에 충실하려고 노력하는 '객관적 전지의 시점'이 있다.

이 시점은 현대소설에서뿐 아니라 고대소설의 전형적인 기법으로 사용되어 왔다. 고대소설의 작가들은 공통적으로 사건을 바라다보는 점이 전지전능하다. 표면에 나타나는 사건이나, 인물의 행동, 등장인물의 심리, 정서, 과거사, 예측되는 운명 등을 모두 알고 있다.[23]

브룩스와 워렌의 도식을 확대시켜보면, 일인칭 시점을 첫째 주인공 시점, 둘째 관찰자 시점, 셋째 참여자 시점으로, 삼인칭 시점을 넷째 전지적 시점, 다섯째 관찰자 시점, 여섯째 제한적 시점으로 분류하는 방식이 있다. 첫째는 화자가 '나'이면서 주인공이 되는 경우, 둘째는 화자가 '나'이면서 사건에 대한 단순한 보고자인 경우, 셋째는 화자가

23) 구인환, 앞의 책, 247~249면.

'나'이지만 주인물은 아닌 경우를 말한다. 넷째는 가장 전통적이고 널리 활용된 서사 전달의 방식일 것이다. 화자는 문맥에 직접 드러나지는 않지만, 그는 작품 내용에 대한 모든 것을 알고 있고 마음대로 그 정보를 사용한다. 다섯째는 화자의 개입을 최대한 막으면서 극적인 방식으로 서술하는 경우다. 여섯째는 현대에 와서 집중적으로 사용되는 시점인데, 주로 등장인물들의 의식을 중심으로 삼아서 소설 속의 내용이 서술되는 경우를 말한다.[24]

2) 메레디트와 피츠제럴드

메레디트(Robert C. Meredith)와 피츠제럴드(John D. Fitzgerald)의 『소설작법』에는 여덟 가지로 시점을 분류한다.[25]

① **화자가 일인칭 주인공 시점인 경우** : 이 시점의 화자는 단수의 주인공이다. 소설을 써보지 않은 비전문가도 쉽게 채택할 수 있는 시점으로, 해설의 오류를 피하게 해준다. 그리고 주인공이 관심의 중점이 되기에 독자는 주인공과 동일한 입장에 서서 사물을 대하게 되고, 주인공과 동일한 경험을 할 수 있다. 즉, 독자는 주인공의 내부에 있는 사고, 감정 및 태도를 공감하게 되며, 이야기에 깊이 빠져 들어가서 일체감과 동일시를 느낄 수 있다. 또한, 화자는 자신감 있게 실감나는 이야기를 한다. 따라서 독자는 어떤 의문도 없이 편안하게 글 속에 빠져들 수 있는 것이다. 그러나 이 시점의 단점은 작가의 전지적 권한이 제

---

24) 이재인 외, 앞의 책, 171면.
25) R. 메레디트 & J. 피츠제럴드, 『소설작법』, 청하, 1983, 63~81면.

한을 받고, 주인공의 개인적 틀 안으로 관심을 제한시켜야 하는 불편함이 있다. 당연히 화자는 어떤 시기에 반드시 한 장소에 있어야만 한다. 화자는 겸손해야 하며, 독자가 자칫 지루해 할 수 있으므로 따분해지지 않도록 주인공을 다채롭고 자극적이 되게 만들어야 한다. 또한, 주인공의 묘사도 제한된다. 디포우의 『플랑드르의 창녀』, 헤밍웨이의 『무기여 잘 있거라』, 이상의 「날개」, 김훈의 『칼의 노래』 등이 여기에 속한다.

> 내가 적을 이길 수 있는 조건들은 적에게 있을 것이었고, 적이 나를 이길 수 있는 조건들은 나에게 있을 것이었다. 임진년 개전 이래, 나는 그렇게 믿어왔다. 믿었다기보다는, 그렇기를 바랐다. 그 바람은 숨 막혔다. 좀더 정직하게 말해보자. 사실 나는 무인 (武人)된 자의 마지막 사치로서, 나의 생애에서 이기고 지는 일이 없기를 바랐다. 나는 다만 무력할 수 있는 무인이기를 바랐다. (김훈의 『칼의 노래』에서)

② **화자가 삼인칭 주인공 시점인 경우** : 이 시점은 작가가 제한된 또는 비제한된 전지적 권한을 사용할 수 있다. 화자는 주인공을 묘사할 수도 있고, 주인공이 모르는 것을 독자에게 암시할 수도 있다. 이 시점은 '나'라는 대명사가 주는 확신과 친밀감을 제외하고는 일인칭 주인공 시점이 갖는 장점을 모두 가지고 있다. 초보자는 오류에 빠질 수 있고, 자칫 이 시점은 일인칭 주인공 시점과 마찬가지의 단점을 가질 수 있다. 그러나 화자는 주인공이 알지 못하는 내용을 독자에게 전달할 수 있다. 헨리 제임스의 『대사들』, 김인숙의 「모텔 알프스」 등이 있다.

윤이 알프스 근방으로 되돌아온 것은 이미 밤이 늦은 시간이
었다. 밤늦은 시간, 모텔 바깥에서 바라보는 러브호텔 밀집지역은
세상에서 가장 화려하고 아름다운 동네처럼 보였다. 건물들은 할
수 있는 한 모든 기교들을 뽐내 고풍적이거나 초현대적으로 지어
져 있었고 하나같이 다 밝은 네온을 뿜어내고 있었다. 그 밝은
네온 빛 사이로, 멀리 언덕 위에 알프스의 간판도 보였다. 1년
전 건물 개축을 하면서 사장은 엄청난 돈을 들였으나, 아무래도
세련된 것과는 거리가 먼 사장은 네온도 꼬마전구가 반짝이는 정
도로만 만족했다. 그러나 윤에게는 언덕 위 그 간판이 정겨웠다.
윤은 언덕 아래에서 그 간판을 올려다보며 한 동안 망설였다. 아
직은 사장을 면대할 용기가 나지 않는 듯싶었다. 윤은 한숨 끝에
왔던 길을 되짚어 걷기 시작했다.

(김인숙의 「모텔 알프스」에서)

③ **보조적 작중 인물을 일인칭 화자로 사용하는 경우** : 보조적 작
중인물은 주인공의 친척, 친구, 동료이며, 주인공에 대하여 동정적 또
는 비동정적일 수 있다. 이러한 관점은 믿기 어려운 비실제적인 이야
기를 그럴듯한 것이 되도록 만들어 주는 효과가 있다. 주인공이 말하
면 믿기 어려운 것도 보조적 화자가 말하면 독자는 신뢰하게 되는 속
성이 있는 것이다. 물론 여기에서도 '믿을 수 있는 화자'와 '믿을 수 없
는 화자'가 달리 작품 전달의 효과를 낼 수 있다. 게다가 작가는 독자
가 주인공에 대해 지루함을 느낀다고 생각되면, 다른 작중 인물에게
화제를 바꾸거나 하여 흥미를 지속시킬 수 있다. 일인칭 보조적 화자
가 일인칭 주인공 화자보다 더 자유롭게 표현할 수 있어 전지적 제한
을 덜 받는다고 할 수 있다. 그러나 독자는 주인공과 어느 정도 거리를
가지게 되고, 독자는 화자가 행위에 참여하는 정도로만 참여할 수 있

다. 그리고 "그가 내게 말했다" 등의 쓸데없는 표현을 빈번하게 사용하게 된다. 윤흥길의 「아홉 켤레의 구두로 남은 사내」에서 주인공 권씨를 관찰하는 화자는 권씨가 세든 셋집 주인인 교사이다.

> 멋쩍은 듯이 그는 어설프디어설프게 웃었다. 보자기 바깥으로 비죽비죽 내민 것으로 보아 권씨의 아내가 이고 온 짐은 취사도구일 것이었다. 그게 농담이 아니고 진담이었다면 결국 쌀을 익히고 빨래하고 그리고 깔고 덮는 데 쓰는 몇 점 세간이 이삿짐의 전부인 셈이었다. 아무리 셋방으로 나도는 살림이라지만 그쯤 되고 보면 해도 너무했다. 내가 어안이 벙벙해 있는 동안에 사내는 슬그머니 한쪽 다리 바지자락에다 구두코를 쓰윽 문질렀다. 이어서 발을 바꾸어 같은 동작을 반복했다. 먼지가 닦여 반짝반짝 광이 나는 구두를 내려다보면서 비로소 그는 자기 구두코만큼이나 해맑은 표정이 되었다. 아마 모르긴 몰라도 틀림없이 재고 정리 바겐세일 바람에 하나 주워 걸쳤을, 지그재그 무늬의, 때 이르고 유행 지난, 후줄근한 여름옷과는 영 안 어울리게 그의 구두는 제법 신품이었고 알맞게 길이 난 호사품이었다. (윤흥길의 「아홉 켤레의 구두로 남은 사내」에서)

④ **삼인칭의 보조적 화자 :** 콘라드가 『로드 짐』에서 5장부터 끝까지 이 시점을 사용하였지만 대부분의 작가들은 이 시점을 사용하기를 꺼린다. 작가는 화자가 주인공을 '그'라고 부르는 것처럼 화자를 '그'라고 표현하지 않으면 안 된다. 이 경우는 주인공과 보조인물이 모두 3인칭으로 나타난다. 따라서 이 방법은 거의 장점을 갖지 못하며, 초보자에게는 사용하기 어려운 방법이다.

⑤ **화자가 일인칭의 주변 인물일 경우** : 이것은 보조적 작중 인물을 일인칭 화자로 사용한 경우의 관점보다 더 떨어져서 서술한다. 이것은 주인공의 관점에서 말하면 독자가 쉽사리 믿을 수 없는 이야기를 실제적이고 그럴듯하게 만든다. 이 관점은 화자가 주인공을 묘사하도록 만든다. 화자는 주인공에 대해 자신이 알고 있는 바를 설명하도록 독자에게 소환되지 않는다. 독자는 암묵적으로 주인공이 어느 시기에 화자에게 그러한 이야기를 들려주었다고 추측한다. 이러한 점이 바로 독자의 흥미를 유지시킨다. 작가는 독자가 주인공에게서 지루함을 느끼면, 즉시 화제를 바꿔 화자 자신이나 다른 등장인물에 대한 흥미롭고 자극적인 이야기를 들려줄 수 있다. 그런데 이러한 시점도 독자가 화자가 행위에 참여하는 것만큼만 행위에 참여할 수 있는 제한된 관점을 가지고 있고, 또한, 자칫 주인공에 대한 일관성을 상실하고 엉뚱한 이야기를 늘어놓을 수 있는 가능성이 많다.

주인공이 화자에게 자신의 문제를 직접 이야기하게 하기도 하며, 작가의 철학을 깊이 있게 드러내놓을 수도 있다. 단점으로는 작가의 전지적 능력을 제한하고, 주변인물의 이야기 범위 내에서만 독자가 반응하며, 화자가 일인칭 주인공 시점인 경우와 보조적 작중 인물을 일인칭 화자로 사용한 경우의 유형보다 냉정한 느낌을 준다. 서머 셋 모옴의 『달과 6펜스』, 슈터른의 『트리스트람 샌디』가 이 시점을 사용하였다.

> 그해 여름 나는 여러 차례 스트릭랜드 부인을 만났다. 가끔 그녀의 아파트에서 열리는 즐거운 오찬 모임이라든가 좀더 거창한 티파티에도 나갔다. 그녀와 나는 이상하게도 마음이 맞았다. 내가

젊었으므로 문학이라는 험한 길에 첫 발을 내딛는 나를 잡아주고 싶다는 마음이 있었는지 모른다. 또 나로서도 사소한 걱정거리라도 있을 때 찾아가면 반드시 주의 깊게 들어주고 적절한 조언도 해줄 수 있는 사람이 있는 것은 마음 든든한 일이었다. 스트릭랜드 부인은 천성적으로 동정심이 많은 여자였다. 동정심은 분명히 사람 마음을 흐뭇하게 해주지만 그 반면 또 본인이 그것을 의식적으로 남용할 우려가 있는 것이기도 하다. 왜냐하면 그 속에는 탐욕스럽고 잔인한 마음이 있기 때문이다. (서머 셋 모옴의 『달과 6 펜스』에서)

⑥ **화자가 삼인칭의 주변 인물일 경우** : 이 관점은 문법적 형태로 인한 난점 때문에 잘 사용되지 않는다. 여기서는 대명사를 사용하기가 어렵다. 대명사를 쓰지 않고 등장인물의 이름을 끊임없이 반복해야 하는 이러한 시점은 많은 문제점을 안고 있는 것도 사실인 듯하다. 따라서 존재하기는 하나 거의 안 쓴다. 모옴의 「면도날」은 이 시점을 성공적으로 사용한 작품이다.

⑦ **일인칭 화자의 관점이 이전되는 경우** : 화자의 관점이 바뀌는 것은 능란하게 다루지 않으면 독자에게 큰 혼란을 준다. 화자가 둘 이상인 경우이다. 이인화의 『내가 누구인지 말할 수 있는 자는 누구인가』(1992)는 일인칭인 '은우'와 '정임'의 시점이 장을 달리하여 교차 서술된다.

⑧ **삼인칭 화자의 관점이 이전하는 경우** : 이것은 일인칭 화자의 관점이 이전되는 경우의 문제점을 야기하지는 않지만, 다음 사항들을 항

시 염두에 두어야 한다.

첫째, 가능하면 장의 서두에서 새로운 관점의 화자를 소개하라. 즉, 남자 주인공 관점에서 여자 주인공 관점으로 넘어갈 때 장을 구분한다면 독자의 혼란이 줄어든다. 이것은 작가가 독자에게 알리기 위하여 스스로 작중 인물의 사고 및 감정으로 몰입함으로써 관점을 이전시키는 경우가 많다.

둘째, 일단 독자가 여러 명의 화자와 친숙해져 그들의 관점을 정확히 구별할 수 있다면 관점은 한 장면의 중간에서도 이리저리 이전될 수 있다. 이러한 관점이 지닌 장점은 작가가 제한시키거나 비제한적인 전지적 관점을 선택할 수 있게 한다. 또한, 한 명 이상의 화자를 사용하면 소설을 훨씬 더 이해하기 쉽다. 나아가 관점이 이전되면 다양성이 있게 되어 독자의 지루함이 줄어든다. 또한, 독자는 화자들 인격의 상호작용에서 감동을 받을 수도 있다. 즉, 작가는 자신이 원하는 어떤 지점에서는 화자를 떠날 수도 있고, 또는 노골적으로 작가임을 나타낼수도 있다. 이러한 방법을 통해 독자는 더 많은 감정을 전달받게 된다. 이는 메타픽션의 기법으로서 포스트모더니즘 소설에서 많이 쓰인다.

일인칭 주인공 화자 유형 다음으로 일반화된 유형이다. 작가의 선택권이 크며, 독자에게 폭넓은 정서세계를 전달할 수 있다. 이문열의 『영웅시대』는 삼인칭의 '동영'과 '정인'의 시점이 장을 달리하며 교차된다. 신경숙의 「부석사」는 장에 따라 초점화자 달라진다. 제1장, 그녀, 제 2장 그, 그리고 마지막 장인 제3장에서는 그와 그녀의 시점이 한 단락 안에서 문장을 교차하며 이동한다. 김원일의 『도요새에 관한 명상』도 제 1장은 병식, 제 2장은 병국, 제 3장은 아버지, 제 4장은 비제한적인 전지적 삼인칭 화자로 장을 달리하여 화자가 바뀌고 있다.

> 그녀의 목소리가 귓결에 머무는데도 그는 눈을 뜨지 못했다.
> 박PD는 돌아갔을까? 희미한 범종소리가 눈을 뜨지 못하는 그의
> 귀에 머문다. 그들이 찾지 못한 부석사가 바로 근처에 있는 겐가.
> 그녀도 범종소리를 들었는지 손을 뻗어 첼로소리를 줄인다. 종소
> 리가 눈발 속의 골짜기를 거쳐 그들을 에워싼다. 여기에서 빠져
> 나갈 방법을 찾아봐야 한다고 생각하는 건 마음뿐이다. 어깨가
> 내려앉는 듯한 피로에 점령되어 그는 점점 잠 속으로 빠져 들어
> 간다. 그녀는 보온 통을 기울여 종이컵에 커피를 따른다. 커피를
> 들지 않은 한 손으로 자꾸만 자신의 얼굴을 쓸어내리고 있다. 문
> 득 잠든 그와 자신이 부석처럼 느껴진다. 지도에도 없는 산길 낭
> 떠러지 앞의 흰 자동차 유리창에 희끗희끗 눈이 쌓이기 시작한
> 다. 또 얼마나 지났을까. 그녀가 뒷자리에 개켜져 있는 담요를 끌
> 어와 그의 무릎을 덮어준다. 그녀의 기척에 가느스름하게 눈을
> 뜬 그는 이 순간만은 반복되지 않을지도 모른다고 생각한다. 혹
> 시 저 여자와 함께 나무뿌리가 점령해버린 옛집에 가볼 수 있을
> 는지. 이제 차창은 눈에 덮여 바깥이 내다보이지도 않는다. (신경
> 숙의 「부석사」 제3장 결말 부분)

3) 그 밖의 이론들

웨인 부스(Wayne C. Booth)가 『소설의 수사학』에서 내포작가(implied
author)라는 개념을 수립하고 극화된 화자, 극화되지 않은 화자로 분류했
다. 다시 극화된 화자 중에는 관찰자로의 화자, 행위자로서의 화자, 자
의식적 화자, 전혀 의식하지 않는 듯한 화자, 특권을 지닌 화자(전지적
화자), 특권이 제한된 화자(제한된 화자)등도 있다고 했다. 신뢰할 수

있는 화자, 신뢰할 수 없는 화자라는 개념도 그가 만들어냈다.

극화 여부에 따라	극화된 화자 극화되지 않은 화자
화자가 작가로 의식되는 지의 여부에 따라	자의식적 화자 비자의식적 화자
화자의 특권 정도에 따라	전지적 화자 제한적 화자
내포작가, 화자, 다른 인물, 독자의 관계에 따라	신빙성 있는 화자 신빙성 없는 화자

채트먼(S. Chatman)은 실제작가, 내포작가, 서술자, 실제독자, 내포독자, 수화자와 같은 용어로 설정하였으며, 서사물—소통의 상황을 다음과 같은 도형으로 보여주었다.

서사물 텍스트

실제작가 ⋯▸ | 내포작가 ▸(서술자)▸(수화자)▸ 내포독자 | ⋯▸ 실제 독자

네모꼴은 내포작가와 내포독자만이 서사물에 내재하고 서술자와 수화자는 선택적이라는 것(괄호로 표시됨)을 나타낸다. 실제작가와 실제독자는 물론 궁극적인 실제적인 의미에서는 불가결의 요소지만, 그 자체로서는 서사적 거래의 외부에 존재한다.[26]

쥬네트는 『서사담론』의 4장 서술법(mood)에서 '초점화(focalizations)'[27]라는 용어를 사용하며, 다음과 같이 서술의 유형을 분류했다.[28]

① **제로 초점화(비초점화)** : 서술자가 등장인물보다 훨씬 많이 알고 더 이야기하는 것.

② **내적 초점화** : 서술자가 정해진 등장인물이 알고 있는 것만을 말하는 것.

　고정된 초점화 : 특정한 한 인물의 눈으로 바라보는 경우-『대사들』.

　가변적 초점화 : 초점이 다른 인물에게로 옮겨가는 경우-『보봐리 부인』.

　복수 초점화 : 동일한 사건이 여러 인물의 관점으로 여러 번 서술되는 것-로버트 부라우닝의 서술시, 『반지와 책』.

③ **외적 초점화** : 서술자가 등장인물이 알고 있는 것보다 적게 말하는 것-대쉬얼 헴메트의 소설, 헤밍웨이의 「살인자들」.

---

26) S. 채트먼, 최상규 역, 『원화와 작화』, 예림기획, 1998, 202면.
27) '초점화(focalization)'란 초점 화자가 특정한 대상을 향해 자신의 지각을 보내는 행위를 가리킨다. 그 속에는 시각적인 의미만이 포함되어 있는 것은 아니다. 특정한 대상에 대한 초점화자의 감각, 인식, 관념적인 지향도 그 용어는 아울러 포함한다. 작가 관찰자 시점의 경우 흔히 초점화자와 화자가 겹치지만 일인칭 시점의 소설일지라도 화자로서의 나와 초점 화자로서의 나 사이에 최대한의 심리적 거리가 있을 때 그러한 양상은 나타난다.
28) 쥬네트, 권택영 역, 『서사담론』, 교보문고, 1992, 177~182면.

비초점화	서술자가 등장인물이 알고 있는 것보다 더 많이 알고 더 이야기 하는 소위 '전지적 시점'
내적 초점화	서술자가 정해진 인물의 눈에 비친 것만을 이야기하는 '제한된 시점'으로, 인물에 속박된 초점화, 혹은 인물-초점화로 칭해짐 고정된/가변적/복수 초점화로 나뉘어짐
외적 초점화	서술자가 인물이 알고 있는 것보다 더 적게 이야기하는 경우, 인물에 속박되지 않은 초점화 혹은 화자-초점화로 칭해짐

또한, 쥬네트는 제 5장 음성(voice)에서 모든 서술에서 서술차원(겉 이야기, 속 이야기)과 스토리와의 관계(이종 이야기, 동종 이야기)에 의해 다음과 같이 4가지 화자의 기본유형을 이끌어냈다.[29]

① 겉 이야기·이종 이야기(extradiegetic-heterodiegetic) 패러다임
② 겉 이야기·동종 이야기(extradiegetic-homodiegetic) 패러다임
③ 속 이야기·동종 이야기(intradiegetic-homodiegetic) 패러다임
④ 속 이야기·이종 이야기(intradiegetic-heterodiegetic) 패러다임

---

29) 위의 책, 201~252면.

스토리 와의 관계	동종(homodiegetic) 화자	이야기에 참여
	이종(heterodiegetic) 화자	이야기에 불참
서술 차원	겉 이야기(extradiegetic)화자	화자가 자신이 서술하는 이야기보다 상위, 일급 화자
	속 이야기(intradiegetic)화자	화자가 자신이 서술하는 이야기 내의 인물, 이급 화자

여기서 겉 이야기·동종 이야기 패러다임이란 화자가 이야기에 참여하면서도 자신이 서술하는 이야기보다 상위에 있어서 이야기에 대한 전지적인 태도를 취하는 경우로서, 예컨대 일인칭 화자가 자신의 과거 이야기를 회상하는 경우에 해당된다고 할 수 있다. 화자가 자신의 과거를 회상하는 경우, 이미 화자는 과거 사건의 전말을 모두 알고 있기 때문에 일반적인 일인칭 시점의 이야기와는 달라질 수밖에 없다. '겉 이야기'는 번역자에 따라 '이야기 외적'으로, '속 이야기'는 '이야기 내적'으로 달리 표현된다.

김동인의 「붉은 산」은 '나(余)'가 만주 여행시에 겪은 이야기를 회상한 회상체 소설이다. '나'는 이야기에 참여하는 동종화자이며, 사건의 주인공인 정익호를 관찰하여 그려낸다. 단순히 일인칭 관찰자 서술이 아니라 나는 이야기의 전모를 알고 있는 '겉 이야기 화자', 즉, 자신이 서술하는 이야기보다 상위에 있는 화자이다. 따라서 나는 단순한 관찰자의 위치가 아니라 전지적 위치, 객관적 위치에 서있다. 이러한 화자로 인해 이야기는 주관성을 벗어나 객관성과 사실성을 확보하게 된다.

랜서(S.S.Lanser)는 『서사행위론』[30]에서 시점을 다음과 같이 분류했다.

동종제시 : 이야기 속의 화자
이종제시 : 이야기 밖의 화자
자동제시 : 이야기의 주인공으로서의 화자

---

30) S. 랜서, 김형민 역, 『시점의 시학』, 좋은 날, 1998.

제10장 분위기·어조·거리

1. 배경과 분위기

한 작품을 일관하는 특징적인 인상, 혹은 그 작품을 전체적으로 압도하는 지배적인 정서를 분위기라고 하는데, 이를 조성하는 결정적인 요인은 배경적인 자질이다. 고즈넉하고 전원적인 분위기는 그러한 분위기에 맞는 공간적 배경의 도입에 의해, 분망하고 숨 막히는 도회지적 분위기는 그러한 도회지적 공간의 묘사에 의해 환기되겠기 때문이다. 그러나 배경이 분위기를 조성하는 주요하면서도 결정적인 요인이기는 하지만 유일한 요인은 아니다. 오히려 분위기는 작가의 수사적 노력에 의해 더욱 직접적으로 환기된다고 할 수 있다.[1]

브룩스와 워렌은 "분위기는 배경, 인물, 주제 등과 같은 한 편의 소설 안에 있는 다양한 요소들에 의해 나타난 일반적이고 보편적인 느

---

1) 한용환, 『소설학사전』, 고려원, 1992, 190~191면.

낌, 전체 작품을 다룬 일반적인 효과. 배경(setting)과 어조(tone)와 구별되어진 것"2)이라고 했다. 분위기는 "문학 작품 속에 넓게 스며있는 색조로서, 행복하거나 비참하거나 간의 사건 전개에 대한 독자의 기대를 촉진시키는 것"3)이다. 분위기는 사건 전개와 밀접한 관련이 있다.

발터 벤야민은 물건이 그 자체로 있으면서 또 동시에 그것을 둘러싸고 있는 시간과 공간, 그리고 보는 사람의 내면생활에 깊이 이어져 있는, 보이지 않는 기운을 분위기라고 불렀다.

> 먼 곳이 문득 가까운 곳이 되는, 일회적인 사건이 분위기이다. 여름 한낮에 고요한 휴식 속에서, 지평선의 산맥이나 작은 나뭇가지가 보는 이의 눈에 비치고 있는 그러한 순간에, 그러한 것들의 이미지를 바라보고 있노라면, 그 때의 순간은 이러한 현상들과 하나로 엉키는 듯한 느낌을 주는 수가 있다. 이 때에 말하자면 이 산, 이 작은 가지의 분위기가 숨쉬고 있는 것이다.

벤야민이 분위기라고 부르는 현상은 단순히 기분의 문제 곧 일시적으로 생기는 심미적인 환상의 문제가 아니다. 그것은 사람의 행복한 삶에서 사물과 사람이 떼어놓을 수 없는 상호 삼투의 관계에 있는 것을 말하는 것에 다름 아니다.4) 벤야민은 물건과 사람이 쉽게 대체가능한 기술복제시대의, 즉, 분위기에서 오는 강력한 힘이 사라진 현대의 비극적 상황을 개탄했다.

일반적으로 소설의 분위기를 조성하는 것은 배경이지만 그 배경은

---

2) C. Brooks, R. P. Warren, *Understanding Fiction* (Prentice-Hall, Inc., 1979), p.509.
3) 권택영, 최동호, 『문학비평용어사전』, 새문사, 1985, 112면.
4) 김우창, 『지상의 척도』, 민음사, 1981, 20면.

객관적인 것이 아니라 작가가 배경을 묘사하는 의도, 대상을 바라보는 시각, 즉, 세계관에 따라 달라진다. 대상과 접촉하는 인간의 심리적 태도 여하에 따라 동일한 배경의 분위기는 달리 창조될 수밖에 없다. 결국 대상을 바라보는 사람의 주관적이고 심리적인 태도가 분위기를 조성하는 결정적인 동인이 된다.

분위기는 소설에서 주제, 구성, 인물만큼 비중이 크지 않지만 인물이나 플롯이 특정한 시간과 장소의 구도 가운데서 생생하게 떠오르게 하는 활력원이라는 측면에서 중요시된다. 소도구의 조직으로서 배경을 이해한 오스틴 워렌은『소설의 이론』에서 배경이 작품 내에서 은유나 상징으로 전이되는 경우에 대해 설명하고 있다. 여기서 소도구란 용어는 배경의 물질적 현실적 속성을 내포하여 지각된 것을 뜻하고 있는데, 이것이 심리적 현상으로 상승될 때에 배경은 본질적으로 심화되며 그 자체의 기능을 최대한으로 발휘하게 된다는 것이다. 그리고 이때에 나타나는 작품 효과가 이른바 분위기(atmosphere)라고 부르는 것이다.[5]

소설의 분위기는 배경에만 의존하는 것은 아니다. 문체, 어조(tone), 작중인물의 태도, 사건 등이 상호 작용하며, 또한, 이들은 상호 결합되어 하나의 독특한 분위기를 창조한다. 그러나 이 경우, 물질적 배경은 제 요소의 구심점이 된다. 브룩스와 워렌은 "배경의 묘사는 단순히 사실적 정확성이라는 관점에서 판단되는 게 아니라, 그것이 스토리를 위하여 무엇을 달성했는가의 관점에서 판단되어야 한다"라고 했다. 즉, 배경이 얼마나 사실적으로 재현되었는가는 소설에서 그다지 중요하지

---

5) 정한숙,『현대소설작법』, 장락, 1994, 162~163면.

않다. 문제는 그것이 소설적 은유나 상징으로 전이되어, 즉, 분위기 창조에 성공하여 주제를 암시하였는가가 중요하다.

한편 브룩스와 워렌은 분위기와 어조를 구분하고 있는데, 이러한 구분은 분위기를 이해하는 데에 도움이 된다. 어조는 "드러나고 있는 것을 향한 작가의 태도(그가 말한 것을 한정하는 화자의 목소리의 어조)"이다. 반면에 분위기는 "요소들 자체에 의해 제공된 일반적인 자격(명랑한, 즐거운, 우울한 분위기 등)"이다. 어조가 문장의 의미를 '한정'한다면, 분위기는 문장의 의미를 '확산'시킨다고 볼 수 있을 듯하다. 한정은 작가에 의한 것이고, 확산은 독자를 향한 것이다.

2. 어조(tone)

어조(語調)는 한 작가가 이야기의 서술 속에서 소설 내적 요소나 독자들을 향해 가지는 태도의 특성을 말한다. 서술의 모든 국면을 총괄하는 작가의 존재와 관련되어 있기 때문에 이것은 일관된 하나의 태도나 입장을 가지고 지속적으로 나타난다고 간주되며, 어조를 통어하는 것은 물론 내포작가이다. 따라서 내포작가가 행하는 진술상의 모든 특징, 혹은 그가 지닌 개성이 바로 어조이다.

현대의 문학이론에서 어조에 대한 관심을 주도적으로 제기한 사람은 리처즈(I. A. Richards)이다. 그는 『실천비평』에서 어조가 "화자의 듣는 이에 대한 태도"를 가리킨다고 정의하면서, "그의 말의 어조에는 그가 말을 하고 있는 상대에게 자기가 어떤 자세를 취하고 있는가에 대한 자기의 느낌이 반영되어 있다"고 말한다. 즉, 어떤 사람이 말하는 방식을 보면 그가 듣는 이의 사회계급과 지능과 감수성에 대해서 어떻게 생각하고 있는가, 듣는 이에 대한 그의 개인적 관계가 어떠한가, 그리고 듣는 이에게 어떤 자세를 취하고 있는가 하는 점이 미묘하게 드러난다고 보는 것이다. 브룩스와 워렌도 "톤이란 소설에 있어서 소재나 독자에 대한 작가 태도의 반영"이라고 설명하고 있다. 즉, 소설에 있어서 인물과 사건에 대한 작가의 태도 또는 독자에 대한 태도가 어조이다.

때로 어조 대신 목소리(voice)라는 용어도 쓰이는데, 이 용어는 내포작가의 진술에서 드러나는 특징보다는 그 인물 자체의 고유한 개성에 좀더 초점이 맞춰진 좁은 개념이다. 하나의 문학작품을 읽어갈 때 독자들은 문학 속의 모든 소재를 그러한 방식으로 선택하고, 배열하고, 묘사하고, 표현한, 서술의 어느 국면에나 침투해 있는 하나의 존재를 인식한다. 이것이 바로 '목소리' 혹은 넓은 의미의 어조이다.6)

소설은 특정한 인물이 특정한 어조로 특정한 사물에 대하여 특정한 사람에게 하는 말이므로 작가는 그가 말하고자 하는 내용과 주제에 대하여 어떤 특이한 태도나 입장을 취하게 된다. 그것은 엄숙·장엄·비탄·조롱·풍자·고백·분개·냉소 등의 다양한 태도로 나타난다. 이때 겉으로 내세운 어조와 뒤에 숨겨진 내포작가의 목소리의 차이는 구분되며, 독자는 그 목소리의 허구적인 요소에서 저자의 숨긴 의도를 알아챈다. 어조란 주제를 드러내기 위한 효과적인 방법으로서 작가가 자신의 모습을 감추고자 한 일종의 탈이다. 가면을 쓴 작가(내포작가)에게 독자 역시 어떤 특정한 입장에 서게 되는 것이다. 채만식의 풍자

---

6) 한용환, 앞의 책, 301~302면.

적 톤, 이상의 냉소적 톤, 김유정의 해학적 톤, 손창섭의 자조적 톤 등 작가가 개성적으로 사용하는 어조가 있다.[7]

어조는 실제 작품에서는 작품 전체를 지배하는 분위기의 형태로 나타난다. 작품 전체의 분위기는 그 해당 작품의 총체적 의미나 주제의식을 간접적으로 밝혀 주는 장치가 될 수 있다. 즉, 톤은 서술 방법이나 시점에 관한 보충개념이 되면서 동시에 주제와도 깊은 관계를 갖게 되는 것이다.[8]

3. 거리(distance)

거리는 내포작가-화자-수화자-내포작가-내포독자로 이어지는 서사 소통의 모든 단계에서 발생할 수 있는 것이지만 일반적으로는 작가-화자-독자를 중심으로 고찰되며, 여기에 서사 내용의 주체이자 핵심적 기능이라는 의미에서 등장인물이 거리 발생의 한 요소로 추가된다.

전통시학에서는 소설에서의 거리를 흔히 시점과 관련시켜 논하게 된다. 브룩스와 워렌에 의하면 등장인물과 독자 간의 거리는 1인칭 주인공 시점의 경우에 가장 짧아지고, 관찰자 시점의 경우에는 상대적으로 멀어지며, 전지적 시점의 경우에는 작가의 태도에 따라 달라진다고 본다.

1인칭 주인공 시점의 경우는 독자가 등장인물의 시점 속에 들어가

---

7) 이재인 외,『현대소설의 이해』, 문학사상사, 2003, 59~60면.
8) 이규정,『현대소설의 이론과 기법』, 박이정, 2004, 282면.

그와 동일한 사고와 감정을 갖게 된다. 즉, 1인칭 주인공 시점에서 독자와 등장인물과의 거리는 가장 짧아지는데, 이 거리의 소멸이 동일시 효과를 발생시킨다. 동일시란 독자가 주인공과 자신을 같은 존재로 느끼고, 독자 자신이 사건의 현장에 있는 듯한 환상을 갖는 것을 의미한다. 즉, 독자가 작중인물이나 작품 속의 세계와 거리를 없애고 감정이입이 되는 경우이다.

조르쥬 풀레는 독서에 의해 자아가 완전한 망각 상태가 이루어지는 것을 동일시라고 정의했다. 본래, 자아가 몰수되고 낯선 자아가 자리를 차지하는 자아의식의 교환이 일어나는데, 여기서 낯선 자아란 작가의 자아가 아니라 작품의 의인화라고 할 수 있다. 결국 독서에서 독자는 다른 사람이 생각해낸 사고를 사고하지만 그럼에도 독자는 이 사고의 주체가 된다. 여기서 '주체와 객체의 분열'이 소멸되는 것이다. 풀레는 이를 '중간의식'이라고 불렀다. 이러한 동일시는 독자의 심리현상이지만 이 현상은 소설 자체의 구조에서 발생한다.

동일시가 일어나는 소설에는 어떤 구조적 특징이 있는가? 서술속도가 빠른 소설, 주석적 화자보다는 중립적 화자의 소설, 기록자적 시점보다는 인물 시각적 소설, 1인칭 전지적 시점보다는 1인칭의 객관적 소설이, 3인칭의 비제한적 전지시점보다는 3인칭의 선택적 시점이 더 많은 동일시를 일으킨다. 그리고 요약보다는 장면 묘사를 많이 쓰고, 간접화법보다는 직접화법을, 간접적 내적 독백보다는 직접적 내적 독백을 많이 쓰는 곳에, 인물 묘사에서 간접적 제시보다는 직접적 제시가, 가상소설보다는 현실표방소설에서 더 많은 동일시가 일어난다. 무엇보다도 작가의 설득력, 즉, 입담이 좋으면 더 동일시가 쉽게 일어난

다.9)

작가 관찰자 시점의 경우에는 등장인물과 독자 사이에 제3의 화자가 개입하여 주로 보여주기 수법에 의존한다. 따라서 독자들은 작품 안의 세계와 일정한 간격을 유지하게 되는데, 때로는 그 간격이 작품 내의 세계에 대한 독자의 비판적 시각으로 작용할 수도 있다. 즉, 모든 소설이 동일시를 추구하는 것이 아니다. 어떤 소설들은 독자로 하여금 거리를 갖고 소설을 대하도록 유도한다. 이 때 독자는 흥분되지 않은, 객관적이고 차분한 자세로 소설을 관찰하고 분석하여 소설의 의미를 추출해낼 수 있다. 대상에 대하여 낯선 느낌과 이질감을 갖는 현상을 이화(異化, 또는 탈환상화라고 한다. 이러한 효과는 브레히트의 서사극 이론에 의하면 이화, 소격효과, 소외효과 등으로 불린다.

글쓰기의 과정을 보여주는 메타소설, 누보로망, 액자소설, 작가가 소설의 전면에 드러나는 소설 등에서 이러한 이화효과는 증대된다. 그리고 동일시와 반대되는 구조적 특징에서 이화효과는 쉽게 일어난다.10) 이화는 일종의 거리두기로서 작품과의 동일시를 중지하고 작품을 객관화하는 과정이다. 즉, 작중인물과 독자가 심리적 거리를 가지고, 감정이입보다는 지적인 방식으로 인물을 바라보는 비판적 태도인 것이다. 여기서 독자는 인물에 대한 아이러니한 태도에 의해 객관성을 유지함으로써 직접적인 반응에 대한 어느 정도의 제어능력을 갖는다.

거리 : 서술자와 독자, 서술자와 작중 인물, 작중 인물과 독자와의 원근감

---

9) 김천혜, 『소설구조의 이론』, 문학과지성사, 1990, 233~240면.
10) 위의 책, 240~242면.

	1인칭 주인공시점과 전지적 작가시점 **말하기**(telling)	1인칭 관찰자 시점과 작가 관찰자시점 **보여주기**(showing)
서술자와 작중 인물(대상)	가깝다	멀다
서술자와 독자	가깝다	멀다
독자와 작중 인물(대상)	멀다	가깝다

　결론적으로, 소설에서 '거리'란 작가와 작중인물 사이에, 작중인물과 독자 사이에, 작가와 독자 사이에, 화자와 작중인물 사이에, 화자와 작가 사이에 발생하는 심미적인 거리, 미적 거리를 의미한다. 그리고 그것은 우연히 발생하는 것이 아니라 작가에 의해서 철저히 기술적으로 의도된 것이다. 능력 있는 작가라면 작품마다의 개성 및 효과의 극대화를 위해 다양한 소통관계들 간의 거리를 자유자재로 조절할 수 있어야 한다. 다시 말해서 독자가 등장인물의 감정이나 태도를 공유해야 할 필요가 있을 때는 그 인물의 시점 속으로 독자를 끌고 들어가 소설적 세계를 독자들이 생생하게 체험하도록 하며, 반대로 비판적 시각을 유지해야 할 때는 허구적 세계로부터 독자를 분리시켜 일정한 거리, 즉, 비판적 거리를 유지하도록 소설기술상의 테크닉을 발휘할 수 있어야 한다.

　이런 점은 독자에게도 마찬가지로 요구되는 독서태도라고 할 수 있다. 독자는 공감적 독서가 필요한지 비판적 독서가 필요한지에 따라 작품과의 거리를 조절할 수 있어야 한다는 뜻이다. 특히 독자가 주체적인 판단능력이 부족할 경우에, 더욱이 독서대상이 되는 작품이 상업소설 등으로 질적 수준이 낮을 때는 작중인물이나 작품의 세계에 무조건적으로 빠져드는 동일시는 결코 바람직하지 않다.

제11장 문체

1. 문체와 문체론

'문체'라는 용어는 영어의 'style'의 번역어이다. 그러나 'style'을 '문체'라고 번역할 경우에는 '짓기, 작문법'으로 그 의미가 한정된다. 우리의 경우 문체의 의미는 이보다 널리 쓰여 '글의 체제', '문장의 양식'이란 뜻을 지닌다.

하지만 문학에서의 문체란 로버트 스탠톤이 말했듯이 작가가 언어를 사용하는 태도이다. 가령, 두 작가가 똑같은 플롯과 인물과 배경을 사용하게 될지라도 그 결과는 서로 다른 두 작품이 될 것이라는 것이다. 왜냐하면, 그들의 언어는 복잡성, 리듬, 문장 길이, 미묘함, 유머, 구체성, 그리고 이미지와 은유의 수 및 종류 등의 면에 있어서 서로 다르기 때문이다. 각 작품에서 그러한 성질의 것들을 독특하게 배합하는 것은 그 작품의 문체를 구성할 것이다. 스탠톤은 문체에 대한 안목을 높이려면 여러 작가들의 작품을 읽어야 하며, 독자가 문체에 대해서 민감하게 되는 최대의 이유는 그것을 즐긴다는 점에 있다고 했다. 즉, 독자는 문체가 창조해내는 인물의 행동과 광경과 생각의 허상을 즐기고, 작가가 보여주는 언어의 기교에 감탄하지만 동시에 문체는 작품의 목적과 상관이 있을 수 있다고 했다. 결국 문체는 작품의 주제에 적합하게 선택된다는 것이다.[1)

문체론의 필독서인 J. M. 머리의 『문체론강의(The Problem of Style)』에서는 문체의 의미, 문체의 심리, 시와 산문, 문체의 중심문제, 창조적 문체의 과정, 영어, 성서와 장중체 등의 문체의 제 문제를 논의한다. 그의 책에서 논의된 문제들을 소개함으로써 문체론이라는 문제에 접근해 보겠다.

언어학적 입장에서 문체론은 소쉬르와 같이 언어활동을 사회적 측면에서 파악하고자 하는 랑그의 연구와 개인적 측면에서 파악하고자 하는 파롤의 연구로 구분할 때, 개인적인 언어인 파롤의 연구를 중심으로 하는 것이다. 랑그는 사회적 제약으로서 개인차를 초월한 사회적 제약의 바탕에 성립하는 기호의 세계로서 객관적 수단으로 개인 밖에서 파악된다. 그러나 파롤은 같은 언어활동이면서 그 이야기하는 사람의 개성적·심리적·주체적인 요소를 강하게 가미하고 있으므로 이를 언어학적 단위로 분해할 수는 없다. 따라서 파롤은 같은 국어에 있어서도 개인마다에 의해서 개성적 모습을 취하는 것으로, 또한, 거기에 쓰이는 의미들도 전후관계에 의해 일회적인 특수한 성질을 띠게끔 된다.

---

1) Robert Stanton, *An Introduction to Fiction*, 박덕은 편역, 『소설의 이론』, 새문사, 1989, 52면.

이와 같이 언어활동을 개인에 의한 창조활동을 가미한 것으로 파악하고자 하는 데에 문체론의 영역이 열린다. 따라서 이러한 문체론은 언어학 중에서도 문학연구에 접근한 것이라고 말할 수 있다. 문학비평에서 '문체'는 극히 애매한 용어이나 문학연구를 내용론과 형태론으로 양분할 때에 문체론은 형태론을 중심으로 하는 것이다. 문학은 언어를 매재로 하는 것으로 문학의 형태란 언어의 표현 형태이다. 이 점에서 문학비평으로서의 문체론은 언어표현의 가능성에 대한 관심이 없이는 성립되지 못하는 것이다. 따라서 언어학적 문체론과 문학비평적 문체론은 출발의 기점은 다르지만 종국의 귀결은 같은 것이다.

머리(J. M. Murry)는 문체를 첫째, 작가의 특이성으로서의 문체, 둘째, 표현기법으로서의 문체, 셋째, 보편적 의미내용이 작가의 독특한 개성적 표현을 통해서 결실되어 구현될 경우에 있어서의 문체라는 세 가지 의미로 분석했다. 그리고 문체라는 용어가 혼란을 일으키는 것은 이 세 가지의 의미를 함께 사용하는 데서 기인한다고 지적하였다.

머리는 세 번째의 문체가 절대적인 의미로서의 문체라 하였고, 이는 "개성과 보편성의 완전한 결합"이며, 문학작품의 최종적인 목표라고 했다. 작가의 특이성으로서의 문체는 당연히 그 작가의 독특한 사물을 느끼는 방법, 생각하는 방법에 밀착해서 요구되는 표현의 형태로서 그 자체가 평가기준이 되지는 않는다. 예를 들면 춘원이나 동인의 문장에는 어떤 유의 특색 또는 버릇이 있어서 많은 독자에게 느껴지는 것이 있으나 그것 자체가 평가기준이 되지는 않는다. 독특하다고 하는 것은 그것 자체가 결코 가치 있는 것이 아니고, 또 이상한 것이라 해서 결코 배척해야 할 것도 아니다. 물론 기이함을 자랑하는 문체는 분명 사도로서 배척해야 하는 것이다.

또한, 일견 기이하게 생각되는 것에 대해서도 비평가는 일단 겸허하게 몸을 굽히지 않으면 안 된다. 요컨대 작가의 표현상의 버릇과 같은 것을 표현하기 위해 사용된 경우의 문체는 그 내용을 이루고 있는 작가의 느끼는 방법, 생각하는 방법과 관련지어 고찰해야 하는 것으로 그 자체를 독립시켜 논하는 것은 위험한 것이다.

표현기법으로서의 문체에서 이것도 내용을 떠나서 그 가부를 논하는 것은 안 된다. 문법에 맞든가 수사학적 훈련을 받았다고 하는 것은 문학에 있어서 평가기준이 되지 않는다. 문학작품에 있어서는 그 내용을 이루는 작가의 느끼거나 생각한 것과 그 표현기법과를 별도로 갈라서 고찰할 수는 없다는 것이다. 또 기법적이라는 의미는 일반적으로 나쁜 뜻을 갖기 쉽다. 다분히 빈약한 내용임에도 불구하고 표현만의 완벽성이나 미문적 장식을 노린 것은 마음에 감동을 주지 않으나 내용에 맞게 고심하고 연구하여 잘 나타낸 표현은 그것이 아무리 기법적으로 보인다 해도 내적 필연성이 있는 것으로 높이 평가해 마땅하다.

요컨대, 문체란 작가의 감정적·지적 체험의 핵심에 밀착되어 있는 것으로 작가가 인생으로부터 직접적인 감명을 받는 영감의 힘이 쇠해졌을 때에는 그가 아무리 노력해도 그 문체는 단순한 기교와 장식이 돼버리는 것이다.

끝으로, 절대적 의미로서의 문체란 문학작품의 마지막 가치를 결정하는 의미를 지니고 있다. 이는 풍격(風格)이라 할 수 있는 것으로 결국 독특한 성질을 지니면서 거기에 보편적 가치를 나타내고 있는 문장이다. 이는 실로 문예 일반에 걸친 본질을 이루는 것으로서 보편적·개념적 형식에서 사상(事象)을 표현하고자 하는 철학적·과학적 방법에 대하여 개성적·구체적 형식에서 사상을 표현하고자 하는 예술적 방법을 의미하는 것이다. 머리는 그 절대적 의미의 문체, 즉, 풍격으로서의 문체를 중심으로 하여 이 문체의 내부구조 그리고 이 문체의 창조과정 등을 문제로 하여 문체의 심리를 구체적으로 진행해 나간다.

「문체의 심리」에서 머리는 작가의 문장의 형태가 그 작가의 경험양식과 어떻게 합치하여 생생한 관련을 갖는가를 내부에서 해명하고 있다. 작가의 경험양식이란 결국 감동하는 것이라고 머리는 말한다. 하지만 작가에는 두 유형이 있으니 그것은 개성적 작가와 몰개성적 작가이다. 개성적 작가는 감정표현에 있어서 직접적이고 소박하며 서정적이다. 머리는 하디, 콜리지, 워즈워드, 셸리 등을 예거한다. 몰개성적 작가란 단순 소박한 감정에서 창작하는 작가가 아니고 그 경험양식이 복잡하고 포괄적이며, 다양한 감정적 체험과 인상이 서로 작용하고 보완해서 서서히 지속적 감정의 습관을 형성하는 것이다. 대작가의 사상이란 결국 기억된 감정의 잔류물이라는 것이다. 작가의 사고활동은 철학자나 과학자의 그것과 달리 추론적이 아니며 추상적 일반화를 피한 특수에서 특수로 나아가는 감정을 그 핵심으로 하는 것이라고 했다.

소설의 제작과정에 대하여 머리는 플롯과 등장인물에 언급하며 보들레르의 말을 인용해서 작가가 선택하는 플롯은 "생의 깊은 의미가 전면적으로 그 모습을 제시하는 것이 아니면 안 된다"라고 하여, 등장인물의 주위에는 작가의 다양한 감정적 경험이 마치 포화용액에 적셔진 실 주변의 결정과 같이 집적해 가는 것이라고 했다. 또 낭만주의 작가는 플롯을 과거 혹은 전적으로 관념적이라 할 상상의 생활의 연장에서 선택하고, 사실주의 작가는 일상생활에서 그 플롯을 선택하나 위대한 작가는 모두 이 양면을 지니고 있으니 플로베르·발작·위고·셰익스피어·괴테·톨스토이 등이 그렇다고 했다.

그는 개인적 인상을 보편적인 법칙에까지 고양시키는 것에서 가치를 찾았으며, 객관적인 작품은 자기를 객관화하는 혼이며, 그 표현은 혼의 표현이며, 거기서 문체가 나타난다고 보았다. 따라서 개인적인 것을 억제하고자 하는 노력은 훌륭한 훈련이며, 작가에게 있어 자신의 근원과 능력을 찾는 데 도움이 된다고 했다. 그리고 셰익스피어야말로 가장 위대한 작가라고 했다.

머리는 「문체의 중심문제」에서 문학이란 작가·독자의 감정을 정확히 전달하는 것으로, 전달한다는 것은 작가가 목표로 하는 심리적 효과를 독자의 마음속에 환기하는 것으로 보았다. 그리고 이를 어떻게 해야 가능한가에 문체의 중심문제, 창작의 중심문제가 있다고 보았다. 그는 "문체란 주어진 하나의 사상에 그 사상이 나타내는 모든 효과를 분명히 하기 위해서 적절한 모든 상황을 부가하는 것"이라는 스탈당의 말에 동의하면서 스탈당이 말한 '사상'이란 용어는 사고라기보다는 작가의 직관·신념·감정 등을 의미하는 것이며, 또한, 상상력을 나타내는 것이라고 했다. 그에게 문체의 중심문제는 단순한 표현의 문제를 넘어서서 언어예술로서의 문학 그 자체의 내부구조를 해명하는 것이 되었다.

한편, 머리는 「창조적 문체의 과정」에서 문체에서의 결정작용이란 인생에서의 어떤 사상(事象)이 작가에게 감동을 주었을 때, 그 감동을 정확히 독자에게 전하기 위해서는 그 감동을 이끌어낸 사상을 기술할 수밖에 없고, 이 기술이 다만 평범한 설명적 기술에 그치지 않고 독자의 마음에 작가의 감동을 다시 불러일으키게 됐을 때 그 문체는 성공한 것이고, 상징이 된 것이며, 작가의 감동과 문장이 하나로 결합한 것이며, 이것이 머리가 말하는 결정작용이다. 작가의 감동을 바르게 환기하는 문장이야말로 문학에 있어서의 언어의 기능이며, 실로 셰익스피어의 위대함은 그 인생철학이나 극작법에 있는 것이 아니라 그가 영어를 참으로 잘 다루어 영어에 신선한 생기를 불어넣었다는 데 있다고 했다. 그야말로 영어의 최대 언어 예술가이며 살아 있는 은유창조자라고 극찬했다. 또 머리는 문체의 비밀은 삶의 파악이며, 오늘의 어떤 유파의 시인·작가처럼 이미지를 위한 이미지를 추구하는 것은 새로운 형식문에 그치고 혼란을 초래할 뿐 감동을 바르게 전하는 집중적인 효과를 나타내지 못한다고 했다.

결론적으로, 머리의 태도는 문체의 문제를 내부에서 언어표현의 창조로서 파악하여 문학과 사상이나 철학과의 혼동을 피해, 문학은 언어를 매재로 하여 언어의 기능을 그 극한까지 발휘하게 하는 예술, 즉, 비유적·상징적·기술적, 이 모든 문체의 형식을 작가의 감정적 체험에 밀착시켜 고찰하여 그 문체의 평가를 독자의 마음속에 환기하는 감동의 적확함으로 강조하고 있다.2)

한편 쇼러(M.Schorer)는 문체를 오로지 기법이라는 측면에서 주목한다. 그에게 기법이란 내용, 즉, 경험과 성취된 내용, 즉, 문학작품 사이에 개재하는 것이며, 그 구체적인 드러남이 곧 문체이다. 그가 말하는 기법이란 발견의 수단, 즉, 경험 속에서 가치를 발견하는 수단이다. 문

---

2) 이상은 J. M. 머리, 최창록 역, 『문체론강의(The Problem of Style)』, 현대문학, 1992년에 수록된 「무로즈미 가츠오의 해설문」을 요약한 것임, 171~180면.

체란 "저자를 둘러싸고 있는 세계의 개인적인 여과의 반영"이다. 개인적인 여과란 선택의 문제와 직결되며, 작가가 어떤 문체를 선택할 때 그 선택 속에는 이미 작가의 세계관이 반영된다.

시대에 따라 문체관도 변모하는데, 고전주의적 전통에서 문체는 개인적 세계관의 반영이나 개성의 표출이 아니다. 시대를 지배하는 집단적 세계관의 규범적 문체를 배우는 것이 작가에게 우선시 되었다. 하지만 낭만주의가 지배하던 시대에 문체는 어디까지나 작가의 고유한 개성의 표현으로서 집단적 세계관이 요구하는 문체적 규제와 전범들로부터 벗어나는 것이 작가들의 중요한 과제가 된다. 낭만주의자들은 문체란 생득적인 것으로 후천적으로 획득될 수 없는 것이란 주장까지 펴게 된다.

아무튼 문체가 내용이냐 형식이냐는 문제는 계속 논자들의 논란의 쟁점이 되어 왔다. 문학에서 수사적 기능을 중시하는 입장은 문체를 내용이라고 보는 반면, 경험적 가치를 우선적으로 고려해야 한다고 주장하는 논자들은 문체를 문학의 부수적 가치에 불과한 것으로 평가하는 경향이 있다.[3]

엔크비스트는 문체를 여섯 가지로 유형화했는데 첨가로서의 문체, 선택으로서의 문체, 개성적인 특성의 세트로서의 문체, 표준에서의 일탈로서의 문체, 집합적인 특성의 세트로서의 문체, 문장보다 광범한 자료 면에서 언급할 수 있는 언어 실체 사이의 관계로서의 문체 등이 그것이다.

문학작품을 대상으로 문체를 연구할 때 가장 풍부한 관찰 자료를

---

3) 한용환, 『소설학사전』 고려원, 1992, 155~156면.

가진 것은 소설이다. 소설은 서술자의 역할이 크고, 작가의 직접적인 통제를 받고 있어서 작가의 개성을 찾아내기가 수월하다. 작가의 살아 있는 목소리며 동시에 작가의 실제 음성과는 다른 독자의 머릿속에 재구성된 음성, 곧 '목소리의 문체'인 것이다. 텍스트를 구성하고 있는 어휘들이 만든 문장의 성격 및 서술어의 형태, 대상에 대한 인식 문제 등을 관찰해서 문체 특징을 규명할 수 있는데, 이들을 '관찰의 문체'라고 한다. 한편 작가 자신도 의식하지 못한 '언어적 습관, 그 작가만의 특징적인 '사물을 경험하고 해석하는 습관적 방법'을 찾아낼 수 있는데 바로 이것을 '정신 문체'라고 한다.

소설은 다른 문학 장르와 마찬가지로 언어를 매체로 하여 형성된다. 이 때 소설 속에 조직화되고 질서화 된 언어의 개성적 측면을 문체라 한다. 문체는 언어의 표층 구조가 지니고 있는 일련의 특성을 전경화(前景化)하는 데 주로 의존한다. 개인과 사회 또는 주제와 독자 등에 따라서 전경화되는 요소는 다를 수밖에 없다. 이 때 전경화 된 요소들은 수량적인 것이며, 계산이 가능하다.

한 편의 소설을 쓸 때, 작가는 다양한 표현의 가능성 속에 놓인다. 언어와 문학 양식의 재량권 안에서 작가는 가장 적절하다고 생각하는 하나의 표현을 선택할 수가 있다. 이러한 선택에 의하여 작가의 개성이 드러나게 된다. 즉, 어떤 작가에게서만 볼 수 있는 지속적 리듬·반복적 인품·지식·흥미·이상 등에 의한 선택의 결과이다. 그리고 이러한 개성적 측면이 우리에게 어떤 특정한 문체론적 인상을 심어 줄 수가 있다.

또한, 현대에 오면서 문체론은 촘스키의 변형생성문법에 영향을 받아 심층 구조와 표층 구조의 개념을 도입한다. 변형생성문법에 의하면 인간의 정신 속에 깊이 자리 잡고 있는 언어생성능력 즉, 심층구조가 만들어낸 문장은 개인적·사회적 문맥에 맞도록 변형되어서 표출되는 데, 이것이 표층구조이다. 인간이 문장 생성에 무한한 가능성을 지녔으며, 언제나 쇄신적이면서도 긴밀성과 적절성을 띤 언어의 창조적 능력을 지닌 것은 바로 이 때문이다. 즉, 심층 구조에서 동일한 문장일치라도 어떤 변형 규칙이 적용되었느냐에 따라 다양한 문장의 생산이 가능한 것이다. 때문에 문체론은 어떤 개인적·사회적 변형 규칙이 사용되었는가를 분석함으로써 그 문장의 특성을 밝힐 수가 있다.[4]

2. 문체론 연구의 방향

문체론은 언어표현의 자연적 내지는 환기적인 정의적 규칙성을 연구하는 기술적 문체론인 **표현의 문체론**과 '한 사람 또는 작가군, 어느 시대의 작품이나 작가의 문체를 연구하려는' 스피처 등의 **개성의 문체론**을 상설하고 있으며, 프랑스의 기로(P. Guiraud)도 그의 『문체론』에서 "문체론은 두 가지 형태의 현대의 수사학(修辭學)이다. 곧 하나는 표현의 과학이요, 또 하나는 개성적인 문체의 비평이다"[5]라고 문체론의 두 방향을 지적하고 있다.

따라서 문체론은 크게 두 가지 체계로 나누어진다. 소쉬르(F. de Saussure)의 제자인 샤르 바이(Charles Bally) 등에 의해 주도된 언어의 표

---

4) 송현호, 『한국현대소설론』, 민지사, 2000, 103～105면.
5) P. Guirand, *La Stylistique* (Paris, 1957), pp.1～39.

현효과에 대한 연구인 표현의 문체론인 **언어학적 문체론**이 그 하나의 경향이고, 머리(J. M. Murry)를 위시하여 스피처(L. Spitzer), 울만(Ullmann), 루카스(Lucas) 등의 문체론은 문학작품에 나타난 개인적 특이성을 추구하여 작품을 해석하는 방법을 취하는 개인의 문체론인 **문학적 문체론**이다.6)

결국 문학연구와 비평에서 관심을 두는 문체론이란 개인의 문체론이다. 즉, 랑그(langue)로서의 문체론이 아니라 파롤(parole)로서의 문체론이다.

르네 웰렉과 오스틴 워어렌도 『문학의 이론』에서 문학연구의 방법론으로서 문체론은 문학작품에 미적 관심이 중심이 되어야 한다고 다음과 같이 지적하고 있다.

> 문체론을 순수하게 문학적, 미적으로 사용하기 위해서는 미적 기능과 의미로 특징이 나타날 수 있는 작품이나 작품군에 그 범위를 한정시켜야 한다. 단지 이 미적 관심이 중심적일 때라야만 문체론은 문학연구의 일부분이 되는 것이다. 문체론적인 방법만이 문학의 독특한 특질을 밝힐 수 있는 것이기 때문에 매우 중요한 분야가 된다.7)

그리고 그들은 문학연구방법으로서의 문체론적 분석의 두 가지 방법을 제시한다. 하나는 작품의 언어상의 체계의 체계적 분석으로부터 출발하여 그 작품의 미적 목적에 의하여 총체적 의미로서의 작품의 특징을 설명하는 것이다. 스타일은 그 때 어떠한 작품의, 혹은 일군의 작

---

6) 구인환, 『소설론』, 삼지원, 1996, 297면.
7) 르네 웰렉·오스틴 워어렌, 백철·김병철 역, 『문학의 이론』, 신구문화사, 1975, 241면.

품의 개성적인 언어체계로서 나타난다. 또 하나의 방법은 개성적 특색의 총화를 연구하는 방법이다. 이 점에서 이 체계는 다른 비교할 수 있는 체계와는 다르다. 이 경우의 방법은 대조에 의한 방법이다. 우리들은 정상적인 용법으로부터 일탈한 것, 왜곡된 것을 관찰하며, 그 미적목적을 발견하려는 것이다.[8]

개인적 문체론은 문학적 언어에만 관심을 한정시키고, 개인의 문체에 주로 관련되어 있다. 이러한 연구는 다음의 세 가지의 가정을 기초로 한다.

첫째, 어떤 작가에게 특별한 언어의 습관, 즉, 개인의 문체가 있다.

둘째, 이 개인의 문체는 작자의 마음과 경험에 밀접한 관계가 있다.

셋째, 그리고 그것은 그의 개성의 표식(stamp)을 포함하고 있다.

이 세 가지 가정 밑에 개인의 문체론은 출발하고 있다. 이 문체론은 작가의 독자적이며 개성적인 표현의 특이성을 분석하여 작가의 인격과 예술관 또는 작품의 모티프와의 관련성을 밝혀 작품을 이해하고 평가하려는 것이다. 말하자면 리드(H. Read)의 "문체는 어디까지나 일반화가 불가능한 개성적인 것이다. 그 어구의 뜻 그대로 문체는 사람이다"[9]라고 한 설명이나, "문체란 인간과 접촉을 갖는 수단이다"[10]라고 문체가 개성과 인격의 표현임을 설명한 루카스의 문체에 대한 견해가 개인의 문체론적 연구의 기저가 되어 있다. 스피처는 모든 표현의 특이성은 작가의 마음과 기질에 근거를 두고 있으며, 그 특이성은 의미적인 통일성을 가지고 있다고 한다. 그리하여 이 통일성을 문체라고

---

8) 위의 책, 242면.
9) H. Read, *English Prose Style* (London, 1957), p.162.
10) F. L. Lucas, *Style* (London, 1955), p.44.

한다. 또한, 그의 문체론은 '심리학적 문체론'이라 불리어지는데 그것은 작가의 정신이 바로 언표가 된다고 강조하기 때문이다.

이상에서 본대로 스피처는 언어를 순수한 문장의 형식에서 발견할 수 있는 창조 혹은 예술적인 표현으로 보려는 것이다. 따라서 스피처는 문체를 연구하려면 작품 속에 내재한 것에 직관으로 들어가 전체로서의 작품을 이해하여야 한다고 그의 『언어학과 문학사』에서 말하고 있는데, 그 내용을 자세히 검토해 보기로 한다.

> 첫째, 작품 비평은 작품에 내재한 것이 아니면 안 된다. 결국 비평가는 문장의 내부에 파고들어가 직관으로써 그 작품에 내재한 생명을 이해하고 그 작품에 표현된 언어현상을 연구하여 작품을 내적으로 평가하여야 한다는 것이다. 이것이 문체론적 비평의 기조를 이룬다.
> 둘째, 모든 작품은 전체를 형성하고 내적 원리인 정신적 실체가 구체상(具體像)과 관련을 가진다.
> 셋째, 연구자로 세부를 통하여 중핵(中核)에 돌입한다.
> 넷째, 연구자가 작품에 투입하는 것은 직관에 의한다.
> 다섯째, 재구성된 작품이 전체에 통합된다.
> 여섯째, 이러한 연구는 언제나 그 출발점을 언어에 둔다.
> 일곱째, 개인적 문체론의 기초는 통례와 실용에서 오는 작가 개인의 일탈이다.
> 여덟째, 문체론은 결론으로서 공명(共鳴)의 비평이 되어야한다.

스피처는 처음에는 문체론과 문장론을 동일시했는데, 포슬러가 관념론을 지양(止揚)하여 문체론의 독자적인 방향을 수립하였다. 곧, 문체론이란 문학적인 언어에 관심을 두고 개성적인 문체를 분석하여 그 표현의 특이성을 작가의 인격이나 모티프와 관련시켜 연구하자는 것이다. 이어 그는 문체론적 비평을 시도하게 되는 방향으로 나아간다.[11]

문체론의 연구 목표로 작품의 순수한 평가와 이해를 강조하고 있는 스피처의 작품 비평의 태도에 대해 다음과 같이 말하고 있다.

> 첫째, 비평은 작가가 아닌, 작품에 한하여 행하여야 하고 이룩되어야 한다.
> 둘째, 작품의 본질은 작가의 정신에 있지 물질적인 사정에 있는 것이 아니다.
> 셋째, 작품은 적절한 분석의 표준으로서 대하고 독단적이 아닌 비평을 전제로 하여야 한다.
> 넷째, 언어는 작가의 개성적인 표현이며 그가 사용한 모든 표현방법과 분리할 수 있다.
> 다섯째, 작품은 직관과 공명만으로써 접근할 수 있다.

문체론은 단순히 문장으로써 구체화된 언어표현의 연구에만 그쳐서는 안 된다. 문장의 뒤에 숨어 있는 작가의 살아 있는 혼, 생생한 인격과 사상의 관련성을 연구하여야 된다.[12]

그런데 이처럼 랑그와 파롤을 분리한 소쉬르의 언어학을 계승하여 파롤의 문체론을 연구하는 머리(J. M. Murry)를 위시하여 스피처(L. Spitzer), 울만(Ullmann), 루카스(Lucas) 등의 문체론에 바흐친은 다른 견해를 개진한다. 그는 소쉬르의 랑그와 파롤 사이의 체계적인 분리, 즉, 언어의 공시적인 면과 통시적인 면 사이의 구분은 언어학에서 존재하지 않는다고 했다. 그는 랑그와 파롤, 개인과 사회, 공시성과 통시성으

---

11) 구인환, 앞의 책, 300~302면.
12) 위의 책, 302~304면.

로 언어문제를 구별하여 분석하는 것을 인정하지 않는다. 둘은 서로 상이한 것이라기보다는 함께 작용하며, 따라서 서로 분리시켜 생각할 수 없다. 그에 의하면 언어행위는 어떤 상황에서도 결코 개인적인 현상이 아니라 전적으로 사회적 현상이다.

바흐친은 소설의 스타일학을 연구하는 데 있어 가장 기본적인 임무로 "언어와 스타일의 특수한 이미지의 연구, 이런 이미지의 구성, 이런 이미지의 유형, 소설 전체 안에서 언어의 이미지의 결합, 언어와 목소리의 전이와 전환, 그리고 그것들의 대화적 상호관련성을 들고 있다. 그에 의하면 소설은 어느 다른 장르보다도 언어에 대해 매우 민감하게 반응을 보이는, 언어 사용에 있어서 가장 자의식이 강한 장르이다. 시가 구심력이 강한 장르라고 한다면 소설은 원심력이 강한 장르이다. 그는 이어성과 대화성, 다성성, 상호텍스트성이야말로 소설의 대표적인 특징이라고 보았다.[13)]

3. 문체의 요소

소설에서 문체는 작가의 언어사용기법을 말한다. 즉, 작가가 사용하는 언어의 리듬, 문장의 길이, 뉘앙스, 해학성, 그리고 일련의 이미지와 은유 등의 복합적 특성들이 모여 개성적 문체가 형성된다. 작가의 개성으로서의 문체란 그가 체험이나 인식을 느끼고, 조작하는 방법을 독자에게 드러내 주는 것이다.

소설의 문장은 화자가 말하는 지문과 등장인물이 말하는 대화로 이

---

13) 김욱동, 『대화적 상상력』, 문학과지성사, 1988, 226~233면.

루어지는데, 소설의 문체는 이 양자를 통해서 형성된다. 지문이란 소설에 있어서 대화를 제외한 모든 문장을 말하는데, 이는 곧 화자 혹은 작가의 말이다.

희곡이 무대상연을 위한 행동과 대화의 예술이어서, 극중인물의 대화가 특히 부각되고 문장의 묘사력이 부차적인 것인 반면에, 소설은 서술과 묘사를 마음껏 구사할 수 있는 언어예술로서 '가장 산만한 문예형식'이다. 캐실(R. V. Cassill)은 소설의 요소를 기술적 요소와 개념적 요소로 범주화한다. 전자에 묘사, 서술, 장면, 반장면, 전이와 대화가 포함되고, 후자에 인물, 플롯, 톤 주제와 기술적 계산으로 받아들이기 어려운 것들이 포함된다고 했다.14) 문장은 곧 소설을 이루는 기술적인 요소로서, 소설의 내용요소를 제외한 나머지 요소는 언술로 집약되는 것이다. 이 언술의 요소들은 문장의 표현방식으로도 중요한 것이므로 구체적인 고찰을 필요로 한다.15)

한편, 바흐친은 총체로서의 소설은 문체가 다양하고 언어와 표현이 각양각색의 현상을 보인다고 하면서 소설의 문체구성적 단위체의 기본유형을 다섯 가지로 제시한다.

① 작가에 의해 직접적으로 이루어지는 문학적·예술적 서술 및 그 변형들.
② 다양한 형태의 일상구어체 서술의 양식화 — 스까즈(skaz, 이야기).
③ 다양한 형태의 준 문학적 (문어체의) 일상서술의 양식화 — 편지나 일기 등.
④ 작가에 의한 다양한 형태의 비예술적 문예언어 - 윤리적, 철학적, 과학

---

14) R. V. Cassill, Writing Fiction (New York, 1962), p.25.
15) 구인환, 앞의 책, 306~307면.

적 진술이라든가 수사학적, 인종학적 묘사, 비망록 등.
⑤ 작중인물들의 독특한 개성이 담긴 발언.

위와 같은 이질적인 문체적 단위체들은 소설 속에서 결합하여 구조화된 하나의 (단일한) 예술적 체계를 형성하며. 그 결과 전체로서의 작품이 지니는, 위의 어떤 문체적 단위체와도 동일시될 수 없는 보다 차원 높은 문체적 통일성에 종속하게 된다.

장르로서의 소설이 지니는 문체적 특징은 바로 이러한 상호의존적이면서도 상대적 자율성을 지닌 단위체들이 서로 결합함으로써 전체로서의 작품이 지니는 보다 높은 차원의 통일성이 창조된다는 점에 있다.[16]

1) 설명

설명의 목적은 어떤 사물이나 대상을 알기 쉽게 풀어서 그것이 무엇인가를 알게 해주는 것으로, 독자가 전연 모르거나 확실히 모르는 대상의 내용을 이해시키고, 그에 대한 정보를 제공하는 것이다. 또한, 어떤 상황을 분석하거나, 어떤 용어의 정의를 내리거나 필수적인 지식을 전달하려는 것 등이 해당된다.

설명의 일반적인 방법에는 '무엇이냐, 누구냐' 하는 질문에 '무엇이다, 누구다'라고 대답하는 지정(확인), 피정의항와 정의항, 예를 들면 '사람(피정의항)은 사회적 동물이다(정의항)'로 이루어지는 정의, 분류, 비교와 대조, 예시 등이 해당된다.

---

16) 미하일 바흐친, 전승희 외 역, 『장편소설과 민중언어』, 창작과비평사, 2002, 67~68면.

예컨대 '그것이 무엇인가, '그것은 무엇을 의미하는가, '그것은 어떤 구조를 지니는가, '그것은 언제 일어난 것인가, '그것의 중요성은 무엇인가, '그것의 효용은 어느 정도인가 등의 질문에 대한 응답이 바로 설명이 되는 것이다.

소설에서 설명 곧 해설은 독자가 인물이나 이야기를 이해하고 믿기 위해서는 반드시 알아두어야 할 정보를 제공하는 것이다. 이러한 기법은 대화를 사용하여 한 인물이 다른 시점인물에 대해 정보를 제공하기도 하고, 등장인물의 과거에 대한 정보를 둘 또는 그 이상의 인물의 회상기법을 통하거나 혹은 논쟁의 방법을 통해 나타내기도 한다. 그리고 때로는 작가가 직접 분석적으로 요약하여 제시하기도 한다. 그러나 이러한 기법을 효과적으로 사용하기 위해서는 독자가 인물이나 사건을 이해하고 믿는 데 있어서 필수적인가, 그리고 어떠한 방법으로 시점인물이 이러한 정보를 알게 되었는가를 반드시 검토하여야 한다. 작가가 그리고자 하는 소설의 유형, 그리고 다루려는 제재는, 구사하려고 하는 전지적 능력이 제한되는 것이냐, 제한되지 않느냐를 결정한다. 다시 말하면 해설의 전지적 성격 여부에 따라 작품유형과 제재가 결정된다.17)

2) 묘사

묘사란, 언어로써 대상에서 받은 인상을 구체적인 대상 자체의 표현을 통하여 개성적으로 그려내는 방법이다. 어떤 대상에 관한 정보나

---

17) 구인환, 앞의 책, 307면.

지식의 전달에 목표가 있는 것이 아니고, 그 대상에서 받은 인상을 전달하고자 하는 데 있다는 점에서 설명과 구별된다. 묘사는 대상에 대한 인상을 실감 있고, 생생하기 전달하기 위해서 대상의 모양, 색깔, 향기, 감촉, 소리, 맛 등의 오감을 환기함으로써 감각적으로 그려내는 기술방법이다.

소설에 있어서 묘사는 작가가 객관적인 위치에서 인물, 배경, 장면 등을 구체적으로 드러내는 표현방법이다. 그러므로 묘사는 독자들의 눈앞에 구체적인 심상을 생생하게 재현시켜 준다. 조선시대 소설이 서술중심의 소설이었거나 설혹 묘사가 있다 해도 천편일률적인 타입(type) 묘사에 그쳤음에 비하여, 근대소설의 특징은 바로 본격적인 묘사의 기법에 있다고 해도 과언이 아니다.

묘사는 독자의 감각에 호소한다. 그것은 독자들에게 정서적 반응을 일으키게 하며, 인물과 배경을 사실적이고 믿을 만한 것으로 만들어 준다. 묘사에는 몇 가지 원칙이 있다. 소설 내의 인물, 배경, 장소 또는 사물들을 구체화하는 것은, 시각, 청각, 후각, 미각, 촉각 등 다섯 가지 감각의 하나 또는 그 이상의 것들의 문체가 되도록 해야 하며, 간결성, 구체적 선택, 정확성, 그리고 상징적 호소 등이 핵심적이며, 관찰자의 시점과 동기화를 설정하여 최소한으로 줄이고, 독자의 정서적 반응, 뚜렷한 인상을 야기하도록 유도하여야 한다. 따라서 늘 다시 쓰고 수정할 때에 생생한 묘사가 나타나는 것이다.

소설에 있어서 묘사의 기능은 일반적으로 인물과 장소의 환상을 깊게 하는 것, 즉, 독자의 상상 속에 그들의 실재를 재생시키는 것이므로, 독자는 스스로 진실성의 면전에 있다고 믿으려고

한다. 또 다른 기능은 등장인물의 정서적인 상태를 비추어 주는
것이다.

캐실(R. V. Cassill)이 지적했듯이 소설에서 묘사는 중요한 역할을 한
다. 따라서 묘사를 할 때는 행동이나 장면, 혹은 심리를 정확하고도 간
결하게 묘사하는 것이 중요하다.[18]

3) 서술

서술은 설명하는 문장으로서, 소설의 설화성(說話性)을 충족시켜 주
며, 인물·사건·배경 등을 직접적으로 표현하는 방법이다. 그러므로
서술은 해설적이고 추상적이며 요약적인 표현으로서, 소설을 출발시
키고 그 흐름을 빨리해 준다는 점에서 중요한 기능을 담당하는 것이
다. 서술은 그 기간 동안에 무슨 일이 일어났는가와 그 통일성을 암시
함으로써, 그 기간을 비교적 짧은 몇 마디로 재빨리 간파하도록 한다.

소설은 아무런 재미나 의미가 없는 사건을 최소한의 단어로 말함으
로써 시간과 사건의 교량 구실을 할 때 서술의 방법을 사용하며, 성격
과 스토리를 구현하고 전개시키며, 생동만으로는 드러내거나 믿음을
줄 수 없는 성질의 내용을 대체하기도 하며, 독자를 과거로 향하게 할
때 또한, 사용된다.

대체로 소설의 문장은 묘사와 서술의 기법이 알맞게 섞여 사용되는
것이 일반적이다. 서술만 하면 소설의 구체적 형상화와 리얼리티의 환
상을 잃기 쉽고, 묘사에만 의지하면 소설의 플롯을 전개하기 어려울

---

18) 위의 책, 308~310면.

뿐만 아니라 그 흐름이 산만해질 위험이 있다.[19]

서술과 묘사는 대화와 쉽게 구별되나, 그들 상호간에는 구별이 쉽지 않다. 이는 지금까지의 우리의 관념과 그들 간의 상호침투성에 기인한다.

사실 19세기에 이르기까지 서술과 묘사는 엄격한 구별이 없었다. 때문에 우리는 서술과 묘사를 같은 범주로 인식해 왔다. 그들이 변별적으로 인식되기 시작한 것은 19세기의 일이다. 소설이 회화적 수법을 수용하면서 묘사는 새롭게 인식되고 중요시되기에 이른다. 아울러 묘사와 서술 간의 엄밀한 구별도 시도된다. 19세기 프랑스 고등학교용 수사학 교과서에서 서술(narration)과 추상(portrait)을 구분하고 있는 것이 그 대표적인 예이며, 이후 그에 대한 논의가 더욱 심화되어 쥬네트에 오면 그들 간의 변별성과 상호침투성까지가 명쾌히 정리되고 있다.

서술은 서사라고도 명명되는데, 행동과 사건을 설명해주는 부분이다. 대개 사건이나 그 진행 과정을 실감할 수 있도록 쓰려고 할 때 취해지는 산문담화법(prose discourse)이다.

서술과 묘사는 변별적 담화법이지만 내면적으로 상호침투적 경향이 대단히 강하다. 이에 대해 쥬네트는 대단히 적절한 지적을 하고 있다. 원칙적으로 순전히 묘사적인 텍스트—일체의 시간적, 사건적 차원을 배제하고 공간적 존재로서만 재현하는 텍스트를 상정하는 것은 가능하다. 이는 일체의 묘사가 배제된 순수한 서술을 상정하는 것보다 쉬운 일이다. 때문에 묘사가 서술보다 더 중요하다고 하지 않을 수 없다. 사실 이야기하지 않고 묘사하는 것이, 묘사하지 않고 서술하는 것보다

---

19) 위의 책, 311~312면.

용이하지 않던가. 그런데 묘사가 서술 없이 존재할 수는 있으나 묘사
는 항상 이야기의 보조역에 불과하며, 정작 중요한 것은 그것이 묘사
없이 존재할 수 없음에도 서술이라는 점이다.[20]

4) 대화

대화(dialogue)는 등장인물 사이에 주고받는 말을 의미한다. 대화는
대개 사건의 전개와 인물의 묘사에 활용된다. 허드슨(W.H. Hudson)은
대화의 활용은 작가의 시금석이라고 하면서 '희곡에서와 마찬가지로
플롯을 진행시키기 위해 활용되기도 하지만 그것의 주목적은 성격을
구현하는 데 있다고 언급하고 있다.[21] 그런데 대화에 의하여 사건이
전개될 때는 다소 긴박감이 떨어질 수 있다. 때문에 서사와 혼재되어
사용되곤 한다. 또한, 대화에 의하여 성격이 묘사될 때는 많은 시간이
요청된다.[22]

소설을 써보려는 의욕을 지닌 초심자는 대화 처리의 어려움에 흔히
당황스러움을 느끼게 된다. 그래서 가능하면 그것을 피하거나, 숫제
한 사람의 등장인물의 대화에만 한정시켜 버리는 경우가 허다하다. 그
만큼 소설의 창작에 있어서 대화의 기법문제는 까다로운 것임에 틀림
없다.

대화의 주된 기능은 사건의 전개와 인물묘사에 있다고 할 수 있다.
허드슨(W. H. Hudson)은 "대화를 알맞게 전개시키는 기교는 작가의 시
금석이라고 해도 좋다"고 하여 그 중요성을 지적하고, "대화는 희곡에

---

20) 김화영 편역, 『소설이란 무엇인가』, 문학사상사, 1986, 160면.
21) W. H. Hudson, *An Introduction to the Study of Literature* (London, 1958), p.154.
22) 송현호, 앞의 책, 105~107면.

서와 같이 플롯을 진행시키기 위하여 사용되고 있지만, 그 주된 목적은 성격을 나타내는 데 있다"라고 지적하고 있다. 그는 대화는 스토리와 유기적으로 결합되어야 하고, 말하는 사람의 성격과 일치할 것, 말하는 경우에 알맞을 것, 자연스럽고 참신하며 생생히 살아있고 재미있을 것, 다시 말하면 자연스럽고 알맞으며 극적이어야 한다고 설명하고 있다. 곧 이는 대화가 인물의 성격과 일치하고 자연스러워야 함은 물론, 스토리와 유기적으로 결합되고, 등장인물의 환경에 적합하고 진실성을 지닌 극적 표현이어야 함을 강조한 것이라 할 수 있다.

또 캐실은 다음과 같이 대화의 중요성을 설명하고 있다.

> 대화에서 중요한 것은 대화가 성격과 일치하고 자연스러워야 한다.…… 대화는 자연스럽게 말해져야 하고 그 중요성은 소설의 그것을 위한 열쇠가 되어야 한다.

대화는 행을 바꾸어 인용부호 속에 쓰는 직접화법과 지문에서 쓰는 간접화법이 있다. 대화를 서술하는 화법에는 세 가지가 있다. 인용된 대화, 서술된 대화, 설명적 대화가 그것이다. 인용된 대화는 직접 인용부호를 활용하여 인물의 말을 그대로 옮긴 것이라면, 서술된 대화는 인물의 말을 간접적으로 진술한다.[23]

비유적인 표현처럼 대화 역시 독자가 요구하는 '구체적 사실'을 드러내 주는 수단이다. 허구적인 대화와 실제 사람의 대화 간에는 이야기의 요구와 작가의 기호에 따라 다소 차이가 있다. 즉, 대화문장이 작가의 문체에 깊은 기반을 두고 있다는 것이다. 대화제시에서 고려해야

---

23) 스티븐 코헨·린다 샤이어스, 임병권·이호 역, 『이야기하기의 이론 : 소설과 영화의 문화기호학』, 한나래, 1997, 141면.

할 점은 다음과 같다.

첫째, 작가가 느끼는 것 하나하나의 뉘앙스를 사실적으로 표현하는 것은 지겹게 될 우려가 있기 때문에 너무 장황하게 지껄여서는 안 된다. 꼭 필요한 대화만을 적재적소에 배열해야 한다.

둘째, 생생한 대화를 그려야 한다. 가능하면 대화는 압축되고, 선별되고, 증류된 느낌을 주어야 한다. 그것은 생략된 문장이 아니라 압축되고 암시된 성질의 것이어야 한다.

셋째, 너무 직접적이고 분명한 정보를 알리는 대화를 사용하려는 오류를 피해야 한다. 대화가 너무 상식적이면 독자는 곧 싫증을 느껴 상상적 참여요구를 갖지 못하게 된다.

넷째, 화법의 문제를 고려하여야 한다. '그가 말했다', '그녀가 말했다' 등 간접화법의 매개동사 '말했다'식 표현은 비록 단순하기는 하나, 중요한 것은 말해진 것 자체이므로, 다른 부가어로 대치될 경우(예를 들어 '충고했다', '되풀이했다', '추측했다', '절규했다' 등) 오히려 더 큰 혼란을 야기시킬 우려가 있다.

다섯째, 대화를 통해 직접 인물의 감정을 드러내고 싶을 때는 전달동사 다음에 단순히 한두 마디를 첨가하는 것이 좋다. 예컨대 '그는 화내면서 말했다' 등과 같이 대화에는 화자가 누구라는 것이 언제나 명시될 필요는 없다. 혹은 '그는 눈물을 흘리며 조용히 말했다' 그리고 지루한 지문을 중화시키기 위해 무의미한 어사, 즉, '응, 뭐라고' 등을 지나치게 사용하는 것도 작품의 긴장을 느슨하게 할 위험이 있다.

요컨대, 소설의 문장은 서술과 묘사와 대화가 적절히 배합되어서 한 편의 작품으로 완성된다고 할 수 있다. 특히 묘사와 대화는 소설에 있어서 극적인 장면을 이루어서 생생한 리얼리티의 효과를 주고, 서술은 사건전개를 빨리 해주며, 집중적·요약적 설명을 가능하게 한다.

요약기법은 곧 서술에 해당하고, 장면의 수법은 묘사와 대화에 해당한다고 볼 수 있다고 하겠다. 즉, 파노라마의 방법은 작가에 의해서 요약되고 압축된 설명이며 서술이고, 장면의 방법은 묘사와 대화를 혼용하여 극적인 효과를 자아내는 표현이라 하겠다.[24]

5) 어법·심상·구문

문체를 소설의 문장 상에 드러난 개성적 특징이라 할 때, 이 말은 언어의 구성, 즉, 작가의 언어 사용 방식과 밀접한 관련을 맺음을 알 수 있다. 문장을 비롯하여 언어를 구사하는 모든 행위와 관련되는 것인데, 여기서는 이를 편의상 어법(diction)·심상(imagery)·구문(syntax)의 세 요소로 나누어 간략하게 살펴보자.

어법은 작가의 어휘 선택을 뜻한다. 따라서 작가가 선택한 낱말의 성격을 검토함으로써 우선 작가의 문체에 접근할 수가 있다. 소설의 경우에도 작가나 작품에 따라서 외연의 언어나 내포의 언어를 사용하게 되는데 이는 진술과 암시라는 서로 다른 극을 나타내는 것으로 작가의 정신과 개성, 또는 소설에 대한 작가의 요구나 작가의 기질과 관련이 있다.

어법과 심상의 구분은 사실상 어렵다. 심상은 낱말로 구성되고, 한 개의 낱말이 심상이 될 수도 있기 때문이다. 실제로 소설을 읽어나가면 어휘가 환기시키는 심상도 떠오르지만, 작품 전체나 중요 부분들이 환기시키는 심상의 집합체가 형성되기도 한다. 어떤 작품에서는 심상이 반복되기도 하며, 비유에 의하여 형성되는 심상과 상징에 의하여

---

24) 구인환, 앞의 책, 312~315면.

형성되는 심상도 있다. 어떤 작가나 소설이 심상 형성에 어떤 방법을 채용했는가 하는 것을 이해하는 것은 개성적인 문체에 접근하는 방법이 될 수 있다. 작가가 체험하고 지각한 것을 구체화시키는 과정에서 문체가 형성되기 때문이다.

작가가 문장을 구성하는 방식인 구문은 문체의 기본적 요소이다. 단문과 복문의 사용 비율은 물론이며, 일인칭 서술체인가 아닌가 하는 것은 작가의 통찰력이나 섬세함 또는 서술자의 위치와 태도를 간접적으로 드러내는 것이다.[25]

4. 문체의 유형

시프리(Shipley)는 쿠퍼의 『문체론』, 레이니의 『문체의 요소』, 머리의 『문체의 문제』 등을 참고하는 가운데 문체의 분류작업을 시도하였다. 그는 문체를 작가, 시대, 전달매체, 주제, 지리적 위치, 청중, 목적의식 등 7가지 관점에서 나눌 수 있다고 하였다. 그리고 작가를 기준으로 한 문체의 예로 밀턴 식, 단테 식, 호머 식, 칼라일 식 등을 들었다.

조남현은 산문의 문체로서 간결체, 화려체, 강건체, 우유체, 만연체, 건조체 등의 분류는 정설로 굳어졌으며[26], 우리 소설에서는 어휘를 광범위하게 끌어오면서 만연체와 우유체를 섞어 쓴 염상섭 식, 매우 제한된 어휘를 쓰면서 간결체와 우유체를 혼합한 황순원 식, 관념어와 논설체를 거리낌 없이 쓴 최인훈 식, 토속어를 풍부하게 구사하며 비

---

25) 윤명구·이건청 외, 『문학개론』, 현대문학, 1989, 218~219면.
26) 조남현, 『소설신론』, 317면.

판과 해학을 혼합한 이문구 식을 들 수 있고, 시대적으로는 고전소설의 잔재가 남아 있는 개화기의 문체, 한국어의 자원이 풍부했던 1920, 1930년대 문체, 외래어와 번역투가 많은 1950, 1960년대 문체, 일상어와 소설어가 거의 비슷해진 1970, 1980년대 문체 등으로도 나누어 볼 수 있다고 했다.27)

구인환은 이광수의 평이하고 계몽적인 설명체의 문장, 김동인의 박력있고 남성적인 긴축체, 염상섭의 만연한 난삽체, 이효석의 서정적 시적 문체, 이태준의 부드러운 우아체, 박태원의 만연체, 김동리의 논리적 문체, 황순원의 감정적 톤의 간결체, 박경수의 유연하고도 구수한 문체, 김유정의 토속적·해학적인 1인칭 독백체, 최상규의 짤막한 간결체, 이호철의 흐름의 가락이 담긴 문장, 이문희의 요설체, 남정현의 풍자적 문장, 최인훈의 지적 소피스트케이션(궤변, sophistcation) 문체를 비롯하여 장용학, 강용준 등 독특한 소설문체를 개척한 작가들이 많다고 했다.28)

시프리는 전달매체라는 관점을 취하여 화려체, 은유체, 비문법적인 문체, 동어 반복적인 문체 등을 열거하였으며, 주제라는 관점에서 문체를 법적인 것, 역사적인 것, 과학적인 것, 철학적인 것, 희극적인 것, 비극적인 것, 애상적인 것, 계몽적인 것 등으로 나누어 보았다. 지리적 위치에 따른 문체의 유형으로 도시적인 것, 시골풍의 것, 법정 식, 설교 식 외에 각 지명을 따온 것이 제시되었다.

끝으로, 시프리는 작가적 의도라는 기준에서 문체를 5가지로 분류했다. 첫째 감상적 문체, 둘째 풍자적 문체, 셋째 위무적(慰撫的)이거나 외

---

27) 위의 책, 323~324면.
28) 구인환, 앞의 책, 305~306면.

교적인 문체, 넷째 장중하거나 고상하거나 위엄 있는 문체, 다섯째 지식전달을 목표로 한 문체가 그것이다.

조남현은 시프리의 작가적 의도라는 기준에서 분류된 다섯 가지의 문체 유형론에 의거하여 감상적 문체를 잘 구사했던 작가로서 최서해, 이효석을 들었으며, 풍자적 문체를 잘 구사한 작가로는 채만식, 한설야, 이문구, 성석제 등을 들었다. 위무적이거나 외교적인 문체를 잘 구사했던 작가로는 이광수를, 장중하거나 고상하거나 위엄이 있는 문체로는 이광수, 이기영, 이청준 등을, 지식전달을 목표로 한 문체, 주로 사상소설이나 관념소설을 잘 쓴 작가 최인훈, 이청준, 이문열, 최명희 등의 작품에서 쉽게 찾아볼 수 있다 하였다.29)

소설가 전상국은 『당신도 소설을 쓸 수 있다』에서 창작론적인 측면에서 문체를 다음과 같이 논하고 있다.30)

(1) 자기 목소리만이 자기 세계를 만든다.

소설독서를 많이 한 독자들은 문장만 보고도 작가를 금방 알아낸다. 그렇게 이미 자기 목소리를 가진 작가야말로 작가로서의 위치를 굳힌, 좋은 작품을 남긴 작가일 것이다. 작가가 자기목소리를 갖지 못했음은 소설을 통한 자기세계를 구축하지 못했다는 말과 같다. 소설에서의 자기 목소리란 문체(스타일)를 의미한다. 곧 소설이나 시에서 화자 혹은 작가가 말하려는 바를 드러내는 방법이다. 생각하는 방법이나 개성의 반영이라고도 할 수 있다.

---

29) 조남현, 앞의 책, 323~324면.
30) 전상국, 『당신도 소설을 쓸 수 있다』, 문학사상사, 1991, 251~262면.

(2) 창조되는 모든 것은 나름의 스타일이 있다.

표현하는 투, 말하는 방법은 작가의 개성에서 비롯된다. '문체는 곧 그 사람이다'란 뷔퐁의 말처럼 작가의 개성과 인격이 문체를 결정짓는다.

(3) 문장이 소설의 옷, 문체는 옷의 색과 모양새다.

문장이란 옷이 입혀져야 비로소 소설이라 명명한다. 같은 말이라도 그 색이나 모양에 의해 사람의 성격과 개성이 드러나듯, 작가는 나름의 방법을 통해 소설을 만든다. 작가의 의도와 이야깃거리에 따라 문체는 달라진다. 사랑이야기는 되도록 부드럽게, 어떤 문제에 대한 불만이나 은폐된 비리의 폭로는 보다 냉소적인 어휘구사에 의한 강직함을 필요로 한다. 그러나 사랑이야기를 잘 쓰는 작가가 사회고발적인 얘기까지 잘 쓰란 법은 없다. 결국 작가는 자기 목소리에 맞는 이야기를 찾아내기 마련이다.

(4) 솔직한 말, 자신 있는 얘기에서 자기 목소리가 나온다.

잘 아는 이야기, 직접 체험한 것, 자신에게 가장 절실한 문제, 결코 감춤이 없다는 허심탄회한 심정일 때 문체는 자연스레 선택된다. 잘 풀리는 이야기는 그 얘기에 걸맞은 문체가 저절로 생겨난다.

(5) 자기 말버릇에 옷 입히기, 그것이 문체다.

문체는 작가의 말투, 즉, 말버릇에 의해 결정된다. 어떤 사람은 상냥한 말투, 어떤 사람은 무뚝뚝한 말투를 쓴다. 목소리를 착 낮게 깔아

조용조용 말하는가 하면, 처음부터 목소리를 높여 좌충우돌 듣는 사람의 혼을 빼는 말투도 있다. 물론 작가의 말투는 주제나 제재에 따라, 독자의 층에 따라 달라질 수도 있다.

(6) 문체를 결정짓는 요소, 첫째가 언어 선택이다.

말투는 당신이 선택하는 언어에 의해 만들어진다. 작가는 자신이 선택한 어휘에 의해 자기 목소리를 만든다. 때로는 고상하고 우아한 말투를, 때로는 야비하고 천박한 말투를 구사하는 것도 모두 작가가 선택한 어휘에 의해 결정된다.

예) ―인간은 그 <u>생명의 유한함</u>을 <u>망각</u>할 때가 허다하다.
　　―<u>사람</u>은 자신이 <u>죽는다는 것</u>을 늘 <u>잊고</u> 지낸다.
　　―니두 내두 다 <u>뒈진다는 거</u> 몰랐냐?

어떤 작가는 한자어를 많이 구사하는 일이 문장 만들기에 편하다고 하고, 다른 작가는 순우리말을 쓰는 것이 좋다고 한다. '곤충'이라고 써야 어울릴 때가 있고, '벌레'가 어울릴 때가 있으며, '버러지'는 또 다른 느낌을 준다.

(7) 문장의 구조도 문체를 결정짓는 요소의 하나다.

선택된 어휘를 어떤 질서에 의해 나열하는가, 어떤 구문이 효과적인가를 익히게 되면 그것이 자기 말투를 이루는 중요한 계기가 된다.

문장의 길이나 단문과 복문의 비율도 문장의 구조에 속한다. 복문의 긴 문장을 구사하는 작가의 호흡과 짧은 문장을 구사하는 작가의 호흡은 차이가 난다.

(8) 수사, 그것은 문장의 패션이다.

문체를 결정짓는 또 다른 요소는 비유의 쓰임과 빈도이다. 문학적 문장은 대체로 표현하려는 대상을 비유적 언어로 처리한다. 직유와 은유로 대상을 실감나게 표현하는 게 비유적 언어의 사용이며, 속담이나 격언의 구사, 상징적인 말, 풍유, 대유, 의성, 의태 등도 비유에 해당한다. 작가로서의 재능도 비유를 통한 소설문장의 묘미를 보여줌으로써 확인된다. 귀에 익은, 죽은 비유는 문장을 진부하게 만들므로, 되도록 참신한 비유를 써야 자기 문체의 효과를 얻는다.

> 예) 비는 분말처럼 뭉근 알갱이가 되고, 때로는 금방 보꾹이라도 뚫고 쏟아져 내릴 듯한 두려움의 결정체들이 되어 수시로 변덕을 부리면서 칠흑의 밤을 온통 물걸레처럼 질펀히 적시고 있었다.

(9) 문체는 선택하는 게 아니라 신명에 의해 우러나오는 것이어야 한다.

자기 개성에 맞는 문체, 억지로 만드는 문장에 의한 문체가 아닌, 그 이야기를 할 때가 가장 신명나는 문체를 찾아야한다. 그러나 어느 작가에 의해 이루어진 것을 선택해서 쓰거나 흉내 내는 것이 아니다. 자기 개성에 맞는 문체, 쓰려는 이야기에 맞는 말투, 그것을 읽는 독자의 수준이 가늠되어 독자가 매료되는 그런 말투를 찾아야한다.

(10) 그 작품을 쓰는 태도, 당신의 어조를 결정하라.

어조(tone)도 문체를 결정짓는 요인이다. 어조란 작가의 제재에 대한 혹은 독자에 대한 태도를 의미한다. 쓰려는 이야기에 대한 작가의 기분이며, 그 작품 전체를 지배하는 배경음 같은 것, 혹은 바탕색 같은 것이다. 작가와 독자가 서로 묵시적으로 통하는 기분이며 공감대라 할 수 있다.

(11) 작품발상 때의 기분, 그 의도를 문체와 연결시켜라.

문체는 작품이 발상될 때의 기분, 그 흥분상태에서 결정된다. 발상 때의 기분이 하나의 흐름이 되어 초고 문장을 만들기 때문이다. 초고 때 떠오르는 어휘, 비유적 언어, 그 분위기를 되도록 살려야한다. 그 흐름을 놓쳐선 그 작품에 걸맞는 문체, 자기 호흡이 담긴 자신의 문체를 갖기 어렵다. 즉, 작품을 쓰려는 의도가 그대로 문체를 결정짓는다는 말이다.

(12) 당신의 이야기를 쓸 때 당신의 문체가 생긴다.

당신의 문체를 얻기 위해 되도록 당신의 개인적 체험, 당신이 절실하게 생각한 바로 그 문제부터 쓰는 일이 중요하다. 자기가 잘 아는 이야기, 자신이 겪은 이야기는 자기의 목소리가 그대로 나올 수 있다.

(13) 간결한 문체

소설을 처음 쓰는 사람은 간결한 문체를 써야한다. 긴 문장은 자신이 하려는 이야기를 모호하게 만들거나 산만하게 할 우려가 크다. 우선은 단문(單文)을 쓰는 것이 좋다. 단문(單文)과 단문(短文)은 구별되어야 한다. 간결한 문장과 간단한 문장은 다르다. 문장을 짧게 끊어 쓰는 게 좋다고 해서 생각을 토막 내서 단순화시켜선 안 된다. 간결한 문장은 뜻이 최대한 함축된 것이요, 단순한 문장은 생각을 토막 내서 나열한 데 불과하다.

> 예) 단문(短文) : 나는 시계를 보았다. 새벽 다섯 시였다. 그때 잠이 깬 것이다. 바깥은 아직도 캄캄했다. 옷을 찾아 입었다. 양말도 신었다. 세수를 했다. 양치질도 했다. 차표를 확인했다. 며칠 전 예매해둔 것이다.
> 단문(單文) : 잠이 깬 것은 다섯 시, 밖은 아직도 칠흑의 어둠이었다. 옷부터 챙겨 입고 세수를 했다. 며칠 전 예매한 차표를 확인하는 일도 잊지 않았다.

(14) 문체는 독자에게 낯설어야 한다.

이왕이면 표현효과가 큰 문체를 써야한다. 남들이 항상 쓰는 진부한 표현으로 효과를 얻기 힘들다. 독특하고 참신한 말투로 독자를 긴장시켜야 한다. 이미 일반화한 뻔한 체험을 뻔한 말, 상식적인 말로 표현해서는 작가의 개성을 찾을 수 없는 별것 아닌 글이 되고 만다.

(15) 문체의 여러 유형

습작기의 많은 작가들이 좋은 문체를 본떠 자기목소리를 찾는 작업은 꼭 필요하다. 그러나 그것이 남의 문체를 모방하는 작업이어선 곤란하다. 그 작가가 보여주는 문체의 힘을 인식하는 일이 무엇보다 중요하다. 그 인식에 의해 자기의 목소리를 찾도록 해야 한다.

문학사에 남는 좋은 소설을 쓴 작가들은 모두 나름의 문체를 통해 작품의 형성화에 성공했다. 소설을 쓰려는 당신은 개성과 체질에 문체를 개발해야 된다.

그리고 전상국은 우리 작가들의 외형적 문체로서 다음과 같은 다양한 유형을 제시했다.[31]

* 강건하면서도 그 흐름이 유연한 문체
* 평이하면서도 담백한 설명조 문체
* 작가 주장의 피력과 설득에 역점을 둔 문체
* 절제된 어휘 구사로 남성적 박력을 드러내는 문체
* 미적 감각의 시적, 서정적 문체
* 간결하면서도 탄력 있는 문체
* 관념적·추상적 어휘구상의 현학적 문체
* 지적 포즈의 모던한 문체
* 소박·진솔하여 질깃질깃 구수한 문체
* 어둡고 음산한 문체
* 우아하면서도 화사·현란한 문체
* 단문 중심의 호흡이 급박한 문체
* 사물관찰의 깊이와 밀도를 중시하는 묘사체 문체
* 건조하고 딱딱하나 이미지 전달이 인상적인 문체
* 풍자적인 요설과 유머·위트의 감칠맛 나는 문체
* 속어의 거침없는 구사에 의한 생동감 있는 문체
* 의지적인 어투의 다소 장황한 문체
* 난삽하나 지적 욕구 충족을 주는 난해·알쏭달쏭한 문체
* 미문의식에 의한 화려한 문체
* 감각적·관능적 문체
* 의식의 흐름, 혹은 내적 독백의 주관적 문체

---

31) 위의 책, 262~263면.

＊전통적 운율을 가진 운문체. 혹은 만담조의 컬컬한 문체
＊대화중심의 구어체 문체
＊접속어 · 조사 절제의 간결 · 명쾌한 문체
＊띄어쓰기 등을 무시한 격식 깨기의 부정과 실험의 문체
＊주어 생략이 많은, 서술부 중심의 문체
＊방언과 조어(造語) 혹은 의성어 · 의태어 등 개인어 활용의 탐구적 문체
＊아이러니에 의한 감춤과 드러냄의 배배 꼬여 뒤틀린 문체

5. 동 · 서양의 문장규범론

우리 문학에서 가장 뛰어난 문장가로 꼽히는 이규보의 '구불의체'와 근대 중국의 문학자이며 백화문학의 제창자이기도 한 호적(胡適)의 '문학개량추의', 미국의 문장가 와트(W. Watt)가 『미국 문장론』에서 제시한 '좋은 문장의 요건'을 살펴보면 좋은 문장에 대한 기준, 혹은 문학관이 그대로 일치하고 있어서 서양의 문학 이론에만 지나치게 의존적이었던 점을 반성하게 된다.[32]

1) 이규보의 구불의체(九不宜體)[33]

① 만노불승체(挽弩不勝體) - 너무 잘 쓰려다 재능이 욕심을 이기지 못한 글.
② 음주과량체(飲酒過量體) - 여과되지 못한 감상으로 취한 듯 쓴 글.

---

32) 윤채한 편, 『신소설론』, 우리문학사, 1996, 140면.
33) 이규보는 『백운소설』에서 시에 아홉 가지 좋지 못한 체가 있음을 스스로 깊이 터득하여 정리해 놓았는데 이 '구불의체'는 이규보가 대시인이 되기까지의 수련과정과 독창적인 안목을 약여하게 보여주고 있다. : 김진영, 『이규보 문학연구』, 집문당, 1984, 76~77면.

③ 재귀영거체(載鬼盈車體) - 자기 뜻보다 남의 글을 가득 인용한 글.
④ 졸도이금체(拙盜易擒體) - 남의 뜻을 훔쳐 써서 쉬이 발각되는 글.
⑤ 낭유만전체(莨莠滿田體) - 필요 없는 수식, 비유로 번잡한 글.
⑥ 강인종기체(强人從己體) - 억지 부리는 논리로 남을 설득하려는 글.
⑦ 설갱도맹체(設坑導盲體) - 일부러 뜻이 애매한 글을 써서 남을 미혹시킴.
⑧ 능범존귀체(凌犯尊貴體) - 성인이나 선배를 무턱대고 공격하는 글.
⑨ 촌부회담체(村夫會談體) - 별 뜻도 없는 은어, 속어, 사투리로 가득한 글.

2) 와트의 '좋은 문장의 요건'[34)]

① 내용성 - 내용이 충실해야 함.
② 독창성 - 개인이 갖는 창의적 능력, 이규보의 신의(新意)와 연결됨.
③ 정직성 - 표절하지 말 것.
④ 성실성 - 자기다운 글을 정성스럽게 쓸 것.
⑤ 경제성 - 필요한 곳에 필요한 만큼의 말만 쓸 것.
⑥ 타당성 - 논리적으로 억지 부리지 않음.
⑦ 정확성 - 문법, 맞춤법 등을 정확하게 쓸 것.
⑧ 일관성 - 내용, 문체, 어조 등의 일관성을 지킬 것.
⑨ 자연성 - 가식 없이 자연스럽게 쓸 것.
⑩ 명료성 - 애매하지 않게, 쓰고 있는 것을 분명히 알 수 있게 쓸 것.

---

34) 김봉군, 『문장기술론』, 삼지원, 1988, 32~94면.

제12장 소설의 미래

1. 스토리텔링의 이동

근래 우리나라에서는 천만의 관객을 동원한 영화들이 속출하고 있다. 최근의 〈왕의 남자〉를 비롯하여 〈실미도〉와 〈태극기 휘날리며〉 같은 영화들이 그 예이다. 할리우드 영화가 세계의 영화판을 석권하고 있는 상황에서 우리 영화의 관객 동원력에 대해서는 정말 경탄을 금하지 않을 수 없다. 하지만 최근의 스크린쿼터를 축소하겠다는 정부의 발표에서 언제 우리의 영화시장이 미국에 잠식당할지 한편으로 불안감이 없는 것도 아니다. 최근 아시아에서 불고 있는 한류 바람, 즉, 영화나 텔레비전드라마, 가요 등의 우리의 대중문화의 힘에 대해서 나 역시 커다란 자부심을 느끼고 있다.

하지만 우리의 대중문화가 발산하고 있는 폭발적인 힘을 생각하다가 나의 전공인 소설로 관심을 옮겨오면 그 자부심이나 흥분을 내가 결코 편안히 즐길 수만은 없는 처지라는 데에 나의 고민이 있다. 그 고민이란 바로 문학의 위기 또는 문학전공자의 정체성의 위기와 직결되어 있다. 이러다간 소설에 집중되었던 '스토리텔링'이 영화나 텔레비전드라마로 영영 옮겨가고 소설이라는 장르는 빈 껍질만을 움켜쥘 날이 오지 않을 것인가에 대해서 위기의식을 느끼지 않을 수 없는 것이다.

그런데 이 스토리텔링이란 것도 따지고 보면 원래 소설에 속해 있던 것이 아니었다. 그것은 서사시와 신화를 비롯한 설화문학에 속해 있던 것을 근대에 와서 소설이 흡수했을 뿐이다. 현대에 와서 소설이 서사시나 구전되는 설화와 경쟁해야 할 일은 없어졌다. 단연 소설의 경쟁력이 우위를 차지해왔다. 문제는 경쟁대상이 서사시나 설화, 로망스가 아니라 영화나 텔레비전드라마 같은 영상매체라는 데에 있다.

영화의 시나리오와 드라마의 대본으로 능력 있는 이야기꾼들이 몰려가는 현상은 대학 내에서도 금방 확인할 수 있다. 글쓰기의 능력이 뛰어난 학생들이 시나 소설보다는 영화나 텔레비전드라마의 시나리오를 선호하는 쏠림현상이 최근 눈에 띄게 드러난다.

이런 현상은 비단 문학계에서만 일어나는 현상은 아니다. 신문의 경우에도 종이신문을 읽는 것은 구세대에 속하며, 젊은이들은 인터넷에서 뉴스를 얻는다. 그것도 그들이 좋아하는 흥미로운 기사만을 선택하여 검색한다. 이것은 당연히 지식과 정보의 편향성으로 나타나고, 그 편향성은 보편성과 균형감각을 상실한 인간성으로 나타날 게 뻔하다.

요즘 쉽게 확인할 수 있듯이 인터넷 세대가 특정 사건에 대해서 보여주고 있는 무비판적인 쏠림현상과 댓글을 통해서 보여주고 있는 군중심리의 폭력성에 대해서는 정말 우려하지 않을 수 없다. 개인의 주민등록번호를 도용한 각종 범죄도 극성스럽다. 인터넷의 장점과 편리성은 일일이 열거하기 어려울 정도로 많지만 그로 인한 폐단 또한, 심각한 수준에 와 있는 것이다. 더구나 2008년부터 시행되리라는 전자주민등록증은 IC칩이 내장된 스마트카드형이 되리라고 하는데, 이 IC 칩에는 주민번호는 물론이며, 지문, 주소, 개인 인증서, 개인비밀번호, 인터넷 부가서비스용 연계 열쇠 등의 정보가 내장될 것이라고 한다. 게다가 전 국민의 휴대폰 소지로 인해 위치 추적까지 가능해졌으니, 그야말로 공상과학소설이 보여주던 가상현실이 실제현실로 다가와 버린 것이다.

주민등록번호 하나만 입력하면 개인의 신상정보가 줄줄이 쏟아지는 첨단통신기술사회의 일원으로 살아가는 요즘 나는 새삼스레 1949년에 영국의 소설가 조지 오웰이 썼던 반유토피아 소설 『1984년』을 떠올리지 않을 수 없다.

사람들은 인터넷의 편리함과 속도에 현혹되어 인터넷 유토피아를 꿈꾸지만 '유토피아'라는 말은 그 어원이 '없다'라는 뜻을 가진 'u'와 '장소'라는 뜻을 가진 'topos'가 결합된 복합어이다. 결국 유토피아란 '어디에도 없는 땅'이란 뜻이다.

인터넷에서 확인할 수 있듯이 누리꾼(네티즌)들이 보여주는 무비판적인 대중적 군중심리, 전자주민등록증, 권력기관에서 행해지고 있는 개인에 대한 감청과 도청…… 이런 것들은 조지 오웰이 『1984년』에서 경고했던 우려가 허구가 아니라 현실로 구체화되고 있다는 느낌으로부터 자유로울 수 없게 만든다.

소설 속의 오세아니아는 첨단통신기술을 가진 권력기관에 의한 개인생활의 감시와 통제, 사상의 억압 등이 일어나는 전체주의 사회다. 그런데 그런 전체주의 사회가 소설 속의 오세아니아에서만 존재하는 것이 아니라 바로 우리가 살아가고 있는 이 사회가 될 수도 있으며, 아니 우리 사회는 점차 『1984년』의 전체주의적 사회와 흡사하게 닮아가고 있다. 인터넷이야말로 현대사회의 권력의 정점에 서 있는 가공할 '빅부라더'인 것이다.

그런데 흥미로운 것은 요즘의 누리꾼들은 인터넷을 통한 정보의 공유뿐만 아니라 과거에는 상상하기 어렵던 개인의 경험들, 과거에는 일기장에나 적힐 내용들(글, 사진, 동영상)을 자발적으로 인터넷에 올려 익명의 검색자들과 공유하려는 과감한 노출증을 보여주고 있는 것이다. 이는 기성세대로서는 도저히 이해할 수 없는 현상이다.

며칠 전에 배달된 신문에서 디지털방송 활성화를 위해 아날로그방송을 중단이 예정되었던 2010년에 앞서 조기 중단하는 특별법 제정이 추진된다는 기사를 읽었다. 어떤 의미에서 우리 사회의 디지털화는 정부 주도적으로 이루어지고 있다 해도 과언이 아니다. 전자정부를 표방하는 것이 그 대표적 예인데, 이제 유비쿼터스의 정착을 위해서 더 한층 박차를 가하고 있다. 그런데 전(全) 정부행정의 전산화는 몇 해 전 교육계에서 일었던 교육행정정보시스템(네이스)에 대한 교사들의 반대에서 보여주듯이 개인에 대한 인권침해가 심각하게 우려된다.

소설의 스토리텔링이 영상매체로 이동해버린 문화의 지형도나 전자화된 우리의 실존적 상황을 고민하면서 나는 이 책의 첫 장에서 인용했던 미하일 바흐친Mikhail Bakhtin)에 대해서 다시 생각하지 않을 수 없다. 그는 소설은 여타의 문학 장르나 비문학적 장르까지도 흡수하고 병합시키는, 즉, '소설화'시키는 데서 소설의 장르적 특성을 찾고 있다, 그는 "소설의 발전과정은 아직 끝나지 않았다. 소설은 오늘날 새로운 국면으로 접어들고 있다"[1]라고 소설의 정의를 한정짓거나 미래를 예측하는 일이 거의 불가능하다고 말한 바 있다.

하지만 오늘의 소설은 예전에 소설이 다른 문학 장르와 비문학 장르까지 흡수하고 병합했던 것처럼 영상이나 멀티미디어에 대해서는 결코 공격적 입장에 서 있지 않다. 아니 소설은 수세의 방어적 입장, 아니 위기에 처해 있다고 할 수 있다. 소설은 이미 영상매체와의 경쟁에서 판정패를 당한 것으로 보아지며, 디지털 매체에 대해서는 어떤 입장에 서 있는가?

2. 글쓰기 환경의 변화

전자 매체의 발달과 더불어 문학 영역에서 나타난 가장 대표적인 변화 양상은 원고지를 대신하여 컴퓨터에 글을 쓰기 시작했다는 점이다. 이제 사람들은 펜을 쥐고 종이 위에 글을 쓰는 것이 아니라 컴퓨터의 모니터를 바라보며 키보드를 두드리는 것으로 쓰는 행위를 대신한다. 글쓰기의 환경이 펜과 원고지에서 키보드와 컴퓨터로 전환된 지는 벌써 오랜 전의 일이며, 이제 전자적 글쓰기와 읽기가 가능한 하이퍼텍스트의 시대로 접어들었다.

그러면 전자적 글쓰기의 대표적 형식인 하이퍼텍스트(hypertext)란

---

1) 미하일 바흐친, 전승희·박유미 역, 『장편소설과 민중언어』, 창작과 비평사, 2002, 61면.

과연 무엇인가? 하이퍼텍스트란 말을 처음으로 사용한 넬슨(T.H. Nelson)에 의하면 이 용어는 전자적 텍스트의 형식, 근본적으로 새로운 정보 기술과 출판의 양식을 지칭하는 것으로서, "비연속적인 글쓰기, 즉, 독자가 선택하여 읽을 수 있도록 허용하고 상호작용적 스크린 상에서 가장 잘 읽혀질 수 있는 텍스트"를 뜻한다. 또한, "복잡한 방식으로 상호 결합된 글로 씌어졌거나 혹은 그림으로 된 일군의 자료들"로서 "종이 위에서는 쉽게 재현할 수 없는 것"이며, "그 자체의 내용이나 상호관계들에 대한 요약, 개요, 다른 학자들의 주해, 첨언, 그리고 각주를 포함" 하고 있을 수도 있는 것이다. 또한, 볼터(J. D. Bolter)는 "전자적 글쓰기는 시각적 언어적 기술이다"[2]라고 했다.

하이퍼텍스트는 다음과 같은 특징을 갖는 것으로 논의된다. 첫째, 적극적 독자를 전제한다. 둘째, 하이퍼텍스트는 유동적, 중층적이지 고정되거나 단일하지 않다. 셋째, 하이퍼텍스트는 시작이나 종결이, 중심과 주변이, 안과 바깥이 없다. 넷째, 하이퍼텍스트는 다중심적이고 한없이 재중심화할 수 있다. 다섯째, 하이퍼텍스트는 망을 이루는 텍스트이다. 여섯째, 하이퍼텍스트는 합동적이다. 일곱째, 하이퍼텍스트는 반위계적이고 민주적이다. 이 같은 특징들을 타당하다고 할 때, 하이퍼텍스트가 문학텍스트로 전용되면, 종래의 '문학하기'가 커다란 도전을 받게 될 것임은 분명하다.[3]

글쓰기를 언어의 기술이 아니라 시각까지를 포함한 것이라 한 볼터의 정의는 글쓰기의 형식과 내용, 텍스트와 비평, 생산과 수용 사이의

---

2) J. C. Bolter, *Writing Space: The, Computer, Hypertext, and the History of Writing*, (N.J.: Lawrence Erlbaum and Assouciates, 1991).
3) 강내희, 「디지털시대의 문학하기」, 『문화과학』 1996년 여름호, 77~79면.

변화를 당연히 초래한다. 즉, 글쓰기의 패러다임을 혁명적으로 바꾸어 놓는다. 전통적 글쓰기가 문자언어의 사용에 국한되었다면 전자적 글쓰기는 각종 멀티미디어의 사용과 함께 독자들을 작품구성에 적극적으로 참여시켜 공동창작의 형식 등 자유로운 피드백과 상호작용을 추구한다.

가령 최근의 인기드라마는 웹상의 홈페이지에 올리는 시청자들의 발언이 드라마의 진행과 결말을 변화시키는 상호작용이 빈번하게 일어나고 있다. 과거에는 저자(author)가 제시하는 플롯을 수용자가 일방적으로 수용할 수밖에 없었다면 이제 수용자가 오히려 작가에서 플롯의 전개방향을 제시하고 수정을 요구한다는 점에서 쌍(양)방향적이며, 그에 따라 저자의 권력은 축소되고 약화되었다고밖에 말할 수 없을 것이다. 후기구조주의 이론가인 롤랑 바르트가 '저자의 죽음'을 선언한 것은 일종의 은유겠지만 저자와 독자, 발신자와 수신자 사이의 전통적 관계가 변화한 것만은 부정할 수 없는 현실이 되었다.

그런데 다시 생각해보면 우리의 역사에서 저자가 일방적으로 독자(수용자)에게 권위를 갖던 시대는 책이 인쇄되어 팔리던 근·현대의 100년 정도에 불과하다는 것을 상기하지 않을 수 없다. 과거에 고전소설들은 필사본으로 베끼면서 수많은 이본(異本)들을 양산했고, 동네 사랑방에서 구술되던 이야기책은 구술자의 기분대로 또는 수용자의 요구대로 얼마든지 수정이 가능했다.

어떤 측면에서 본다면 인쇄매체시대의 종이책조차도 독자의 읽기 습관에 따라 플롯의 진행을 마음대로 선택할 수 있다. 가령, 사건의 결말이 궁금한 독자라면 소설책의 마지막 장을 먼저 읽을 수도 있다. 또

첫 장이 재미없어진 독자라면 장을 건너뛰어 제 3장으로, 제 5장으로 책장을 넘길 수도 있는 것이다. 읽기의 비선형적 방식은 종이책에서도 가능했던 경험을 우리는 가지고 있다. 물론 이것은 일반화된 독법은 아니었지만 종이책의 저자가 첫 페이지부터 순차적으로 글을 읽으라고 독자에게 강요한 적은 없다. 다만 우리는 일종의 묵계이자 관습으로 순차적으로 읽어온 것일 뿐이다.

그런데 하이퍼픽션에서는 하나의 경로가 끝나면 반드시 다음 경로를 선택해야만 플롯이 진행된다. 저자가 미리 결정한 인과법칙에 따른 확정된 하나의 플롯은 더 이상 존재하지 않는다. 플롯은 고정된 형태가 아니라 경로에 따라 비확정적으로 열려 있는 것이다. 이는 저자의 의도에 따라 유기적으로 짜여진 완결체로서의 서사의 의미를 회석시키고 해체한다. 즉, 하이퍼픽션은 하나의 완결된 텍스트를 거부한다. 하이퍼텍스트 픽션은 무엇보다도 시작-중간-끝의 유기적인 조직화를 중심으로 한 아리스토텔레스 이후의 플롯 개념을 원천적으로 부정하고 있는 셈이다. 랜도우에 의하면, 하이퍼텍스트의 출현은 아리스토텔레스가 『시학』에서 정립한 플롯 개념과 함께 (1) 고정된 연속(fixed sequence) (2) 확정적인 시작과 끝(definite beginning and ending) (3) 스토리의 "특정의 확정적인 크기 혹은 양"(a story's certain definite magnitude) (4) 통일성(unity) 혹은 전체성(wholeness)의 개념 등을 근본적으로 재검토하도록 만들고 있다.[4]

선형적 논리를 거부한 채 비선형적 읽기를 통해 저자의 권위에 도전하는 디지털 시대의 독자의 위상은 저자와 어떤 관계에 있는가? 그

---

4) 정형철, 「하이퍼텍스트 픽션에 관한 연구」, 『영미어문학』 39호, 새한영어영문학회, 1998.

는 저자와 완전히 평등한 관계에 있는가? 단언하건대, 그는 읽기에 있어서 저자가 제시한 범위를 완전히 벗어나는 존재는 아니다. 그는 플롯의 마디들을 임의로 링크하여 다양한 이야기를 구성해낼 수는 있다. 이것이 하이퍼텍스트의 특징이다. 그는 플롯의 선택은 가능하지만 그것은 어디까지나 기존의 저자가 구축해 놓은 컨텐츠의 범위내에서만 가능하다. 저자의 영향권을 완전히 벗어나지 못한다는 점에서 그의 위치는 여전히 종속적일 수밖에 없다. 물론 독자에게 공동창작의 기능까지를 부여한 구성적 형태의 하이퍼픽션에서 독자는 수정 및 변형도 가할 수 있지만 과연 이와 같은 적극적인 독자가 몇이나 될 것인가? 그가 완전히 종속적인 지위를 벗어나는 길은 그 스스로 저자가 되는 길밖에 없다.

내가 『디지털 구보 2001』를 읽어본 경험에 의하면 어머니와 이상과 구보의 시간별 경로를 선택하여 읽는 작업은 결코 흥미를 자아내지 못하였다. 이것은 단순히 세대 차이의 문제는 아니다. 비선형적 읽기가 기술적으로 다양한 플롯의 조합을 만들어낼 수는 있지만 진정 독자가 원하는 것이 그것인지 질문하지 않을 수 없다. 다양한 플롯을 선택하는 재미와 최선의 플롯의 즐기는 재미의 선택의 기로에서 나는 갈등할 여지없이 최선의 플롯을 원한다고 확신한다. 다양한 플롯의 선택은 의미 없는 시간낭비라는 생각이 들었던 것이다. 도대체 한 작품에 그처럼 여러 개의 플롯을 선택해가며 읽기보다는 그 시간에 다른 작품들을 읽는 것이 훨씬 다양성이 있고, 여러 모로 바람직하다는 생각을 하지 않을 수 없었다.

어떤 의미에서 디지털 저자는 그의 머릿속에서 생성된 다양한 아이디어에서 최선의 것을 가려내서 완결된 저서를 만들 필요도 없이 아이디어가 생성되는 대로 다양한 경로를 만들어둠으로써 취사선택을 독자에게 맡겨버려도 된다. 과연 그 텍스트가 예술적으로 어떤 가치가 있을까? 하이퍼픽션의 저자는 다양한 플롯이 가능하도록 플롯의 마디를 끊고, 최종본에서 삭제한, 어쩌면 휴지통에 던져버린 가치 없는 수많은 세련되지 못한 차선과 차차선의, 또는 최악의 플롯들을 다양하게 제시함으로써 다중의 저자(multi-author)로 남아 있게 된다. 그런데 그것은 개성도, 창조적 가치도, 예술성도, 주체성도 상실한 무기력한 저자일 뿐이다. 과연 디지털 시대의 독자는 그런 저자를 원하는가? 아니 그런 텍스트를 소비하길 원하는가? 그는 더 이상 예술가가 아니라 게임 시나리오의 프로그래머처럼 스토리텔링의 프로그래머에 불과해진다.

현대의 기술혁신은 하이퍼텍스트로서의 픽션, 즉, 하이퍼픽션을 기술적으로 가능하게 했지만 과연 그 길로의 진행이 예술적 가치면에서 바람직하며, 우리가 진정 원하는 것인가는 심각하게 재고해 보아야 한다.

3. 우리나라의 상황

디지털 매체의 특성은 흔히 쌍방향성, 비선형성, 통합성의 특성을 지닌 것으로 규정된다. 이런 기능을 모두 갖춘 것이 하이퍼픽션이다. 컴퓨터가 만들어진 후 하이퍼텍스트 저작도구를 사용하여 본격적으로 씌어져 상업적으로 팔린 최초의 소설은 마이클 조이스(Michael Joyce)의 『오후』(1987)이다.5) 그런데 우리나라에서는 완벽한 하이퍼픽션이 출현하기 전의 과도기적 형태의 인터넷 소설이란 것이 발표되고 있다. 이 것은 정보통신 기술의 발달로 PC통신과 인터넷이 생활화하면서 나타 난 현상이다.

인터넷 소설이란 인터넷상에 발표되는 소설을 지칭하는 용어이다. 1990년대 초반부터 이우혁의 『퇴마록』(1993) 등이 사이버공간에서 발 표되었다가 종이책으로 출판되어 화제가 된 적이 있다. 2천 년대에 접 어들자 십대를 중심으로 '인터넷 소설'이 더욱 큰 인기를 끌게 되었다. 십대들은 이제 독자가 아니라 직접 저자로 등장하게 된 것이다. 인터 넷상에서 '귀여니'라는 필명을 사용하는 고등학생 작가의 작품 '도레 미파솔라시도', '그놈은 멋있었다' 등이 오프라인 서적으로도 출판돼 베스트셀러에 올랐을 뿐만 아니라 〈그 놈은 멋있었다〉, 〈엽기적인 그 녀〉, 〈늑대의 유혹〉 등은 영화로까지 만들어졌다. 인터넷소설 〈옥탑방 고양이〉는 텔레비전드라마로 제작되어 큰 인기를 끌었다. 이처럼 더 이상 인터넷 소설은 비단 온라인상의 누리꾼들에게서만 공유되던 전 유물이 아니다. 이제 문학계 전반에 걸쳐 차츰 그 비중을 넓혀 가고 있 고, 사회 전반에도 많은 영향을 미치고 있다.

인터넷상에 소설을 발표하는 사람들은 대체로 작가로 등단한 경험 이 없는 10대들이 대부분을 차지한다. 물론 기성작가들 중에서도 복거 일, 송경아, 김영하 같은 작가는 인터넷매체를 적극 활용한다. 웹상의 문학잡지도 다수 생겨나고 기존의 문학잡지들도 별도로 웹상의 홈페 이지를 통해서 종이책의 내용들을 게재하고 있다. 독자참여를 위한 게 시판도 별도로 운영하고 기성작가에 의한 작품지도도 하고 있다. 인터

---

5) 배식한, 『인터넷, 하이퍼텍스트 그리고 책의 종말』, 책세상, 2000, 26면.

넷 잡지들도 등단제도를 마련한 것으로 알고 있다.

아무튼 인터넷 작가들은 그들의 발표공간으로 인터넷을 활용하며, 이를 통해서 독자들의 반응을 살펴본다. 마치 영화제에서 이루어지는 프리마켓처럼 자신의 소설이 종이책이나 영화로 만들어질 경우 상업성이 있을지의 여부를 점쳐보는 공간으로 인터넷을 활용한다. 여기서 성공의 가능성이 점쳐지면 뒤에 오프라인에서 종이책으로, 영화로, 드라마로 복제된다.

인터넷 소설의 대부분은 십대 취향의 로맨스소설, 판타지 소설이 대종을 이루는데, 이 소설들의 가장 큰 문제는 문학성의 결여라고 할 수 있다. 이들 소설의 문체적 특징은 문학성이 요구되는 묘사적 지문은 거의 없고, 배설에 가까운 대화중심이다. 그리고 언어적 측면에서 어휘적으로 은어와 비속어의 과도한 사용, 의성어와 의태어의 사용, 음운적으로 탈락, 첨가, 소리 나는 대로 표기하기, 모음교체, 유의음 속어, 형태·통사적 특징으로 축약, 형태변이, 경어법, 의미적 특성으로는 의미전이가 있다. 이밖에 상징기호화와, 암호화 등의 특징을 나타낸다.6) 이것은 사이버상의 채팅언어를 분석함으로써 얻어진 결론이지만 인터넷 소설에는 이러한 언어적 현상이 고스란히 옮겨져 있음을 볼 수 있다. 말하자면 현대에는 지역적 계층적 방언보다는 연령에 따른 방언 특히 10대들은 그들만의 언어를 사용함으로써 그들끼리의 공감대를 확대할 뿐만 아니라 다른 세대와의 의도적 단절을 지향한다.

이와 같은 인터넷소설은 쌍방향성(interactivity), 비선형성(nonlinearity), 통합성(audio-visuality)의 특성을 제대로 구현했다기보다는 일종의 전자

---

6) 권연진, 「사이버 공간의 채팅언어」, 부경대학교 인문사회과학연구소 편, 『디지털 시대의 신풍경』, 푸른사상, 2004, 29~66면.

책과 같은 형태로 발표되는 소설이라고 이해하면 된다. 비교적 하이퍼 픽션에 가까운 형태가 『디지털 구보 2001』 정도라고 할 수 있는데, 이 마저도 비선형성 정도의 특성을 갖추고 있을 뿐이다.

영상매체에 독자들을 빼앗긴 소설이 나아갈 길은 멀티미디어 매체를 적극 활용하는 방안이 있을 것이다. 종이책의 단조로움을 벗어나서 영화의 재미와 소설의 예술성을 모두 포괄하면서 그래픽·사진·애니메이션·음향·음악을 복합적으로 사용하는 소설을 일컫는다. 이것은 하이퍼픽션의 조건 중에서 통합성의 기능을 적극 활용한 소설이다. 하지만 이것이 문자언어의 경계를 뛰어넘으면 애니메이션, 영화 등으로 장르의 전환을 한다는 점에서 언어적 요소와 비언어적 요소 사이에서 무엇이 주가 되고 무엇이 부가 될 것인가를 잘 따져 보아야 한다.

그리고 이런 하이퍼픽션에서 글쓰기의 저자는 오디오와 비디오 매체의 기술을 보유한 감독들과 어떤 관계에 있어야 하는가가 문제가 될 수 있다. 더 이상 그는 작품의 전체를 총괄하는 저자는 될 수 없다. 그야말로 문학, 음악, 영상 등의 공동작업이 되기 때문이다. 이 경우에 문학, 음악, 영상을 총괄하는 총감독의 역할이 커지리라는 것은 명약관화하다. 이 때에 저자는 총감독이 요구하는 대로 영상에 적합한 형태로 서사를 다시 만들라는 명령을 거절할 수 없게 될 것이다. 이는 시나리오 작가가 감독의 요구대로 대본을 수정하는 것과 마찬가지이며, 영화감독이 제작자의 상업적인 요구를 무시할 수 없는 경우와도 맥락을 같이한다.

활자와 책의 문화가 하이퍼텍스트 때문에 종식될 것이라는 예단은 성급한 것이다. 하지만 하이퍼텍스트 양식의 활용은 문학을 포함한 모든 글쓰기 영역에 영향을 미치고 있다는 사실을 부정할 수는 없다. 특히 정보검색의 효율성 측면에서 하이퍼텍스트는 기존의 종이책과는 전혀 비교가 되지 않는다. 그렇다고 현존하는 인쇄 매체의 책들이 모두 디지털 하이퍼텍스트로 대체될 것으로는 볼 수 없다. 활자와 디지털 양식의 공존과 상호침투는 당분간 지속될 것이다. 그 미래가 어떤 모습으로 전개될 것인지를 단언할 수는 없다.

> 테크놀로지는 예술과 마찬가지로 인간의 상상력을 고도로 발휘하는 것이다. 예술은 상징적인 용어로 의미를 표현하기 위해서 경험을 미적으로 배열하는 것이며, 새로운 인식틀과 물질적 형태로 자연을-시공의 속성들을-재배열하는 것이다. 예술은 그 자체가 목적이다. 즉, 그 가치가 내재적인 것이다. 테크놀로지는 효율적인 수단이라는 논리 안에서 인간의 경험을 도구적으로 질서화하고, 자연을 통어하여 실질적 이익을 얻기 위해 그 힘을 사용한다. 그러나 예술과 테크놀로지는 장벽으로 서로 분리된 영역은 아니다. 예술은 그 자신의 목적을 위해 테크네를 이용한다. 테크네 역시 문화와 사회구조 사이에 사다리를 놓고, 그 과정 속에서 양자 모두를 변형시키는 예술의 한 형태이다.[7]

다니엘 벨(Daniel Bell)이 말했듯이 테크놀로지도 예술과 마찬가지로 인간의 상상력을 고도로 발휘하며, 특히 예술과 테크놀로지는 장벽으로 서로 분리된 영역이 아니며, 예술이 그 자신의 목적을 위해 테크네를 이용하라는 메시지는 전자사회로 급속하게 사회가 재편된 지금 예술가들이 경청할 만한 발언이라고 하지 않을 수 없다.

---

7) Daniel Bell, *The Winding Passage -Essays and Sociological Journeys*, 서규환 역, 『정보화 사회와 문화의 미래』, 디자인하우스, 1996, 57~8면.

이제 문학은 테크놀로지의 변화라는 주변 환경의 변화로 인해서 문학 이외의 매체들과 진정한 공존을 적극적으로 생각해야 할 단계에 이르렀다. 타 매체와의 공존을 미적미적 미루다가는 오히려 타 매체로부터 잠식당할 위협이 도처에 도사리고 있다는 것을 직시하지 않으면 안 된다. 그런데 타 매체와의 공존은 단순한 혼합이 아니라 문자언어적 표현양식의 전격적인 변모를 요구하는 패러다임 자체의 변화, 즉 혁명적 변화가 될 것이다.

제13장 소설 읽기의 현장

1. 산 너머 저쪽으로 간 소설가 ─ 이문구

지난 2월말(2003.2.25)에 소설가 이문구 씨가 오랜 지병 끝에 타계
했다.

> "요새처럼 먹을 것 지천인 세상에 깨금은 따서 워따가 쓴다구
> 깨금낭구를 못 길러서 저 극성이랴. 시방 아이덜은 밤두 안 먹구
> 감두 안 먹구 대추두 안 먹는 거 뻔히 보면서 저런다니께는"

> "그러니께 역사와 즌통을 지키기 위해서 깨금낭구를 지른다.
> 그러니께 나는 죽어서 새끼덜이 지사를 지내줘두 빠나나 같은 외
> 국 과일은 쳐다두 안 보구 오로지 깨금 같은 것만 먹겠다. 그러
> 니께 죽어서 구신 노릇을 혀두 지게구신 노릇은 졸업을 허지 않
> 겠다… 잘─ 헌다. 살어 생전 과일을 알어두 으름 머루 다래 깨
> 금… 과일두 아니구 아닌 것두 아닌 것만 알게 허길래 혹 죽어

서나 과일 같은 것 좀 흠향해볼래나 했더니 그것두 복이라구. 이 승서 웬수는 죽어서도 웬수구먼그려."

위에서 인용한 구절은 2000년 동인문학상 수상작인 이문구의 『내 몸은 너무 오래 서 있거나 걸어왔다』에 수록된 「장이리 개암나무」에 서 뜬금없이 개암나무를 가꾸는 주인공 전풍식에게 그의 아내가 퍼붓 는 지청구다. 질박한 충청도 사투리에서 묻어나는 맛깔스런 정감도 정 감이려니와 그 말투 속에 담긴 풍자가 독자를 사로잡는다. 이문구는 각종 인스턴트식품과 수입과일 맛에 길들여진 세태를 "팔도의 아이들 이 컵라면으로 입맛의 평준화를 이룩한 마당"이라고 간단히 비꼰다. 그리고 '장이리의 전풍식'을 등장시켜 난데없는 개암나무 가꾸기로 개 암이라는 과일이 세상에 존재하는지도 모르며, 넘쳐나는 수입과일 탓 에 식성마저 국적불명이 되어버린 세태를 나무란다. 개암나무를 가꾸 는 전풍식의 바보 같은 행동도 행동이려니와 그것이 아니꼽다는 듯 시 비를 거는 그 아내의 말 한 마디 한 마디에서 시대착오적인 전풍식이 란 인물에 대한 힐난이 아니라 점차 정체성을 잃어 가는 세계화시대의 세태에 대한 풍자가 번득임을 읽지 않을 수 없다.

이문구는 우리 소설사에서 중요하게 평가되는 굵직굵직한 작품들을 발표해왔다. 그의 평생의 소설적 화두는 농촌이었다. 농촌은 그가 태 어난 고향이자 근대화와 산업화에 밀려 우리가 버리고 떠나온 우리들 의 근원이자 본향이다. 그의 『관촌 수필』과 『우리 동네』 연작에는 우 리들의 고향인 농촌에 대한 그리움과 근대화의 그늘에서 점차 황폐화 되고 일그러져 가는 농촌 모습이 특유의 해학적 문체와 풍자적 시각으 로 잘 그려져 있다. 특히 6·25나 근대화와 같은 우리 현대사의 거대

담론들을 토속어의 아름다움으로 빚어내는 그의 탁월한 연금술은 민충환 교수의 『이문구소설어사전』에서 잘 정리되고 있다.

그리고 1972년에 발표한 중편소설 「해벽(海壁)」에는 박정희 시대의 개발독재에 대한 비판이 탁월한 사회학적 상상력으로 작품화되어 있다. 그는 1970년대 초반부터 이미 탈식민주의 의식으로 미국의 제3세계에 대한 신식민주의적 지배구조를 비판하여 왔음을 그의 소설을 연구하면서 알게 되었다.

2001년의 9·11테러는 역설적이게도 우리로 하여금 미국의 중동을 비롯한 제3세계에 대한 오만과 편견을 재인식하게 만드는 계기를 제공했다. 그후 학술계에서도 오리엔탈리즘을 비롯하여 탈식민주의에 대한 관심이 아주 높아졌다. 새삼 이문구의 소설을 읽으면서 느낀 점은 그야말로 선구적인 탈식민주의 소설가라는 것이다.

1996년 〈문학의 해〉를 맞아 서울 프레스센터에서는 기념심포지엄이 열렸었다. 그 자리에 패널리스트로 참석했던 나는 프레스센터 부근의 한 카페에서 오세영 교수, 이숭원 교수, 그리고 이문구 선생과 간단한 뒤풀이 모임을 가진 적이 있다. 그는 투박한 외모에다 꼭 그의 소설 속의 주인공이 소설 밖으로 외출이라도 나온 듯 구수한 충청도 사투리를 구사하는 넉넉하고 친근감 넘치는 이웃집 아저씨 같은 사람이었다.

> 산 너머 저쪽엔
> 별똥이 많겠지
> 밤마다 서너 개씩
> 떨어졌으니.
>
> 산 너머 저쪽엔

바다가 있겠지
여름내 은하수가
흘러갔으니.

— 이문구의 「산 너머 저쪽」

그를 소설가로만 알고 있는 사람들이 대부분이다. 하지만 그는 동시집 『개구장이 산복이』를 출간한 바 있으며, 또 한 권의 동시집 『산에는 산새 물에는 물새』가 유고시집으로 곧 발간될 예정이란다. 그가 쓴 동시 「산 너머 저쪽」은 한번도 가본 적이 없는 산 너머 저쪽에 대한 유년의 동경심이 잘 표현되어 있다. 이제 그는 살아서는 한번도 가본 적이 없는 '산 너머 저쪽'의 세계로 가서 '너무 오래 서 있거나 걸어왔던' 고단한 몸을 눕히고 긴 휴식에 들어가 있을 것이다. 그가 다시는 돌아올 수 없는 저쪽에서 이쪽에 있는 사람들을 향해 느릿느릿한 충청도 사투리로 "니들이 이짝 시상 맛이 워떤지 알기는 아는감!"이라고 여유 있는 일갈을 하고 있을 것만 같다.

2. 사랑의 길에서 자유를 꿈꾼다 ─ 박숙희

내가 박숙희라는 소설가를 알게 된 것 지난해 『키스를 찾아서』라는 도발적인 제목의 소설을 통해서였다. 성담론에 대한 평론을 쓰기 위해 적절한 텍스트를 찾던 나의 눈에 '키스를 찾아서'라는 제목이 확 들어왔다. 책을 펼쳐 작가소개를 보니 그는 부산대학교 사회학과 출신으로 1995년 한국일보 신춘문예를 통해서 등단한 소설가이다.

소설 『키스를 찾아서』는 성담론이란 주제의 평론을 쓰기에는 충분한, 사회학과 출신답게 매우 담론적 성격이 강한 작품이다. 작품은 낭만적 사랑과 결혼의 일상성 사이의 갈등을 주제로 다루고 있다. 많은 여자들은 결혼을 '낭만적 사랑의 결실'로 생각하고 결혼이라는 제도에 진입하지만 남자에게 결혼은 그저 생활에 필요한 울타리요, 편리한 제도일 뿐이다. 그가 설령 작중의 남자 상대역처럼 시인이라는 낭만적 직업을 가졌다고 할지라도 크게 달라질 게 없다. 오히려 남자들은 결혼한 이후부터 밖으로 눈을 돌리고, 다른 여성과의 낭만적 사랑을 꿈꾸는 유구한 전통을 갖고 있지 않은가? 그래서 남자들은 서슴없이 결혼을 사랑의 무덤으로 표현하는 데 주저하지 않는다.

결혼한 지 1년이 된 여자주인공은 문득 자신의 결혼생활에서 키스가 사라졌다는 사실을 자각한다. 그래서 주인공이 찾아 나선 '키스'는 결혼의 일상성 속에서는 결코 찾을 수 없는 낭만적 사랑이다. 주인공은 금기를 깬 일회적 일탈을 통해서 자신이 찾아 나선 낭만적 사랑이 허구에 불과했음을 깨닫는다. 하지만 현실 속의 수많은 여성들은 여전히 낭만적 사랑과 결혼의 일상성이라는 도저히 화해할 수 없는 긴장 속에서 무미건조한 자신들의 결혼생활에 대해서 갈등하고 있으리라.

박숙희의 새로운 소설 『사르트르는 세 명의 여자가 필요했다』라는 작품이 신문의 신간란에 소개되었을 때, 제목만 보고도 이 역시 담론적 성격이 매우 강한 소설이라고 직감했다. 역사적 실존인물이었던 실존주의 철학자요, 작가, 평론가였던 사르트르는 우리에게 시몬느 드 보봐르와의 계약결혼으로 더 유명한 인물이다. 당연히 독자들의 호기심이 일지 않을 수 없다. 사르트르가 세 명의 여자들을 통해서 추구한 각기 다른 빛깔의 사랑은 무엇일까, 작가 박숙희는 이번에는 어떤 성 담론을 가지고 독자들과 생각을 나누고자 하는가?

작중의 세 명의 여자는 사르트르의 영원한 동반자인 시몬느 드 보봐르, 영원한 젊음의 상징인 올가, 그리고 독점적 사랑을 꿈꾸었던 제3의 연인 돌로레스이다. 이 작품에는 사르트르, 보봐르, 장 주네를 비롯하여 실존했던 인물들이 실명으로 등장하며, 주인공인 돌로레스 역시 실존인물이다. 사르트르가 1945년 '콩바'지의 특파원으로 미국을 방문했을 때 만났던 미국여성 돌로레스 바네티에게 사르트르는 보봐르 이후에 최고의 연인이라 칭하며 열정적인 사랑을 고백한다. 한때 사르트르는 돌로레스와 결혼하여 미국에 정착하길 원했지만 돌로레스가 이를 거절했다.

작품은 5년간 사르트르와 연인관계에 있었던 돌로레스가 미국생활을 정리하고 파리에서 정착을 하려는 시점에서 발단된다. 1인칭 주인공 돌로레스의 시점으로 씌어지고 있는 이 소설은 사르트르와의 계약결혼, 개방결혼을 받아들일 수 없는 돌로레스의 내적 갈등을 다루고 있다. 하지만 소설은 사르트르와 돌로레스 두 사람을 통해서 사랑과 자유라는 결코 양립하기 어려운 문제에 대해서 말하고자 한다. 즉, 배타적이고 독점적 소유관계로 고착시키고자 하는 사랑과 그 폐쇄성을 벗어나 자유를 추구하고자 하는 개방적 사랑 사이의 갈등이다. 특히 돌로레스는 사르트르의 유일한 사랑은 자신뿐이라고 믿었던 신뢰가 배반되는 현실에 절망한다. 그녀는 보봐르까지는 견딜 수 있었지만 젊은 여성 미셸에게 빠져 있는 사르트르는 결코 용납할 수가 없다. 보봐르는 사르트르의 개방결혼을 인정하고 다른 여성들과의 개방적 관계를 인정했기 때문에 평생을 사르트르의 동지이자 연인으로 남을 수 있었지만 사르트르를 평범한 한 남자로서 사랑하고 독점적 사랑을 꿈꾸었던 돌로레스에게 보봐르의 그런 개방적 자세는 위선적으로 느껴진다.

> 한 상대에 대한 열정을 처음부터 끝까지 똑같은 상태로 유지할 수 있기를 기대하는 것은 인간이 영원히 죽지 않기를 바라는 것처럼 불가능한 것이오. 그럼에도 사랑이 찾아올 때마다 영원한 열정과 사랑을 꿈꾸는 것은 나 역시 마찬가지요. 늘 사랑은 어이없는 아이러니이기 때문이오. 그렇다고 사랑을 부정하거나 거부하는 것 또한, 어리석고 용기 없는 행동인 것 같소. 어처구니없는 비합리성과 아이러니에도 불구하고 어차피 사랑은 불가피한 것이며, 그렇다면 두려워하거나 비겁하게 도망치는 것보다는 당당하게 그것을 인정하고 나름대로의 방법을 찾는 것이 최선이 아니겠소. 그래서 나는 기왕이면 사랑을 솜씨 있게 다룰 수 있는 방법을 모색하기 시작했소. 보봐르와 계약결혼도 그런 차원에서 이루어진 것이었소. 보봐르를 사랑하면서 당신을 사랑할 수 있고, 당신을 사랑하면서 미셸을 사랑할 수 있는 것도 같은 맥락이오.

사랑의 열정을 영원히 유지할 수 없기에 계약결혼과 개방적 관계를 통해서 이 아이러니를 해소하길 바란다는 사르트로의 말은 돌로레스에게 사랑의 상처를 어느 정도 완화시켜준다. 하지만 독자에게 그것은 사르트르의 지극히 자기중심적인 합리화에 불과한 것처럼 느껴질 것이다. "보봐르를 사랑하면서 당신을 사랑할 수 있고, 당신을 사랑하면서 미셸을 사랑할 수 있는 것도 같은 맥락이오"라고 말하기보다는 "예전에는 당신을 사랑했지만 이제 그 사랑은 변했소"라고 말하는 것이

잔인하지만 더 솔직한 인간다운 고백이지 않을까? 그 어떤 열정적인 사랑도 변한다는 것은 만고의 진리일 터이다. 그런데 그것을 솜씨 있게 다루는 방법이 동시에 여러 이성과 관계를 유지하는 개방결혼이라는 사실을 일부일처제의 규범 안에 있는 우리나라의 독자들이 쉽게 수긍하기는 어려울 것이다. 일부일처제의 폐쇄적이고 소유적 관계는 인간을 숨 막히게 만들지만 동시에 개방적 계약관계가 더 이상적이지 않다는 것은 돌로레스의 내적 갈등에서 이미 드러났다.

> 사르트르에게 배반당한 것이 아니라 변덕스럽고 불가해한 사랑의 속성에 조롱당한 것이라는 자각은 사르트르에 대한 부정적인 생각을 많이 완화시켜준다. 결코 피해갈 수 없는 사랑의 아이러니에 좌절하거나 집착하기보다는 오히려 그것을 다루고 넘어서려는 사르트르의 용기 있는 시도는 기꺼이 수긍해줄 만하다. 그렇다고 사르트르와 내가 같아질 수는 없다. 때문에 다시 사르트르에게로 돌아갈 일은 없을 것이다.

돌로레스는 불가해한 사랑의 속성에 조롱당한 것이 아니라 적어도 이 작품에서는 지극히 이기적이고 충동에 따라 움직이는 남성 사르트르에게 배반당했다. 다만 사르트르는 그것을 그럴듯한 논리로 포장하는 철학자다운 솜씨가 있었다는 것이 차이라면 차이일 것이다. 그리고 그것은 사랑과 결혼에 대한 관습의 차이를 가진 프랑스와 미국의 차이로 해석되는 측면이 있다. 즉, 계약결혼과 개방결혼이 일상화된 프랑스와 일부일처제의 규범 안에 있는 미국의 차이를 프랑스인 사르트르와 미국인 돌로레스에게서 발견하게 된다. 개방결혼이든 폐쇄적인 일부일처제든 두 남녀가 서로 일치되는 가치관을 가지고 있다면 문제는

없다. 하지만 그것이 일방적일 때에는 상대방에게 상처가 되고 구속이
된다.

배반당하는 것을 두려워한다면 그 사람은 사랑에 빠질 자격이
없다. 사랑할 자유와 배반할 자유, 이 두 가지를 다 용납하는 자만
이 진정 사랑을 할 수 있고, 또 사랑으로부터 자유로워질 수 있지
않을까.

> 사랑에 빠진 연인들이 원하는 건 영원히 변치 않는 사랑이
> 만 그들을 기다리는 건 끝없는 배반, 날마다 사랑을 의심하며 벼
> 랑으로 떨어지면서도 그들이 꿈꾸는 건 영원한 사랑.
> — 송명희의 「영원한 사랑」 전문

이것은 사랑이라는 주제를 집요하게 천착한 나의 시집 『우리는 서
로에게 가는 길을 잃어버렸다』에 수록된 「영원한 사랑」이란 시의 전
문이다. 돌로레스가 원했던 것은 사르트르와의 영원한 사랑이었을 것
이다. 그래서 미국생활을 정리하고 파리에 정착하려 하지 않았던가.
그런데 그 순간 그를 기다리고 있는 것은 '영원한 사랑'이 아니라 '차
디찬 배반'이었다. 사르트르로부터 차디찬 배반을 당하고도 돌로레스
는 미래의 새로운 사랑에 대한 기대를 저버리지 않는다. 결국 '영원
한 사랑'이란 명제는 '끝없는 배반'이라는 현실 속에 놓여진 인간에
게 실현될 수 없는 욕망이다. 실현될 수 없고, 실현되지 않았기에 인
간은 그 욕망에 계속 집착하는 모순된 존재이다. 이 모순이야말로 사
랑에 빠진 인간이 영원히 떨칠 수 없는 적과의 동침이 아니겠는가.

3. 부석사 가는 길 ─ 신경숙

창 밖은 온통 장맛비에 잠겨 있다. 아파트의 앞 동만이 희미하게 드러날 뿐 얼마나 많은 비가 퍼붓는지 천지가 비에 잠겨 근경조차 제대로 보이지 않는다. 때로 우리 인생도 이처럼 앞이 전혀 보이지 않는 미로 속에 갇혔다고 느껴지는 순간이 있다.

요즘 방학을 맞아 학기 중에는 틈이 없어 읽지 못했던 소설들을 매일같이 읽고 있다. 마치 소설의 폭우 속에 빠지듯이…. 그 가운데는 신경숙의 소설집 『종소리』도 들어 있다.

신경숙의 장편소설가로서의 역량에 대해서는 회의적이지만 그의 단편소설의 문체가 환기하는 삶의 내밀함과 섬세함에 대해서 동의하는 데는 주저하지 않아 왔다. 그런데 이번 소설집은 다소 지루하다. 내밀한 문체들이 읽는 이의 감성을 환기하기보다는 너무 지루하게 반복되고 있다는 인상이다. 내가 신경숙의 장편소설을 신뢰하지 않는 이유는 그의 소설에는 탄탄한 서사가 존재하지 않기 때문이다. 이번 소설집에는 거의 중편에 해당될 만한 길이의 작품들이 수록되어 있는데, 여전히 뚜렷한 서사구조가 보이지 않는다. 그래서 지루한 느낌에서 벗어날수 없다.

이번 소설집에는 2001년도에 이상문학상을 수상한 「부석사」도 수록되어 있다. 이 작품은 몇 넌째 소설론 강의시간에 '시간착오기법'과 '이동하는 시점'을 설명할 때 예로 들어 왔던 소설이다.

「부석사」는 인간관계에서 상처받은 두 남녀가 정월 초하룻날 경북 영주시 부석면 북지리에 위치한 부석사를 찾아가는 이야기이다. 결론부터 말하자면 이 작품의 남녀는 부석사에 가지 못한다. 어쩌면 이들에게 부석사란 장소는 아무런 의미가 없다. 이들에게 중요한 것은 부석사가 아니라 일단 서울을 떠나는 일이었을 터이므로.

여자와 남자 두 사람은 모두 과거에 자신에게 치명적인 상처를 입힌 사람의 방문을 피하여 도피하듯 서울을 떠나온다. 모두 세 개의 장으로 구성된 이 작품은 제1장은 여자를 초점화자로 삼은 3인칭 시점으로, 제2장은 남자를 초점화자로 삼은 3인칭시점으로, 제3장은 두 사람이 교차하는 3인칭 이동시점으로 서술된다.

이번 소설에서 중요한 것은 부석사를 찾아가는 길에서 드러나는 두 사람의 과거이며, 이들을 지배해온 상처이다. 두 사람은 모두 애인이나 동료로부터의 배신에 상처를 입고 오랫동안 그 상처에서 벗어나지 못한 채 정신적 공황상태에 빠져 있다. 여자는 당연히 결혼할 것으로 믿었던 남자로부터 배신을 당했으며, 남자는 사랑하는 여자로부터 배신을 당했을 뿐만 아니라 모처럼 마음에 맞는 파트너라고 여겼던 직장 동료로부터도 배신을 당했다. 그리고 차에 동승한 개까지도 거듭해서 인간들로부터 버림받은 존재이다.

두 사람은 새해 첫날 부석사를 찾아 길을 떠나지만 풍기에서부터 길을 잘못 들어 통신수단은 끊기고, 차는 진창에 빠졌는데, 알고 보니 그곳이 낭떠러지다. 설상가상으로 밤은 깊어가고 사위가 모두 깜깜한데 눈까지 내린다. 여자는 같은 오피스텔에 사는 "그에게 부석사에 가자고 인터폰을 넣기 전까지 그녀는 자신이 P라는 낭떠러지 앞에 서 있는 것 같았다. 낭떠러지에 스스로 떨어지는 일을 해서는 안 된다고 생각"했음을 상기하며, P라는 낭떠러지를 피해온 이 낯선 산길에서 마주친 것은 또 다른 낭떠러지가 아닌가 생각한다.

그런데 시간이 경과할수록 소백산에는 달이 떠오르고 어디선가 희미하게 범종소리가 들려오며 둘은 잠에 빠져든다. 그리고 차창은 눈에 덮여 바깥이 내다보이지 않는다. 여자는 남자에게 담요를 덮어주며 남자와 자신이 닿지 않고 떠있는 부석(浮石)처럼 느껴지고, 남자는 여자와 함께 옛집에 가볼 수 있을는지 생각한다. 즉, 사랑과 소통의 가능성을 보여주고 있다.

> 그녀는 문득 잠든 그와 자신이 부석처럼 느껴진다. 지도에도 없는 산길 낭떠러지 앞의 흰 자동차 앞 유리창에 희끗희끗 눈이 쌓이기 시작한다. 또 얼마나 지났을까. 그녀가 뒷자리에 개켜져 있는 담요를 끌어와 그의 무릎을 덮어준다. 그녀의 기척에 가느스름하게 눈을 뜬 그는 이 순간만은 반복되지 않을지도 모른다고 생각한다. 혹시, 저 여자와 함께 나무뿌리가 점령해버린 옛집에 가 볼 수 있을는지. 이제 차창은 눈에 덮여 바깥이 내다보이지도 않는다.

만약 그들이 서울을 떠나오지 않고 그들에게 상처를 입힌 사람들을 만났다면 그들은 결코 상처로부터 빠져 나오지 못했을 것이다. 아니 깊은 낭떠러지에 떨어져 진창에서 허우적거리게 되었을지도 모른다. 실로 부석사 가는 길은 그들의 과거의 상처의 근원을 찾아 떠나는 의식화의 길이다. 그래서 실재하는 부석사에 닿지 못했음에도, 더욱이 나아갈 길을 잃은 낭떠러지의 끝에서 비로소 그들은 낭떠러지를 벗어나게 된다.

살아간다는 것은 어쩌면 누군가에게 상처를 입히고 상처를 받는 과정이다. 그런데 우리에게 상처를 주는 사람은 결국 가장 가까운 사람들이 아닌가. 나와 아무 상관이 없는 사람으로부터 상처를 받는 것이 아니라 부부간, 애인 간, 친구 간, 동료 간에 서로 상처를 주게 된다. 그리고 한때는 가장 가까웠던 사람으로부터 상처를 받았기에 더욱 그 상처는 깊고 오래 간다.

점심을 같이 먹자는 J와의 약속도 취소하고 장맛비에 막혀 앞이 전혀 보이지 않는 창 밖을 멍하니 바라보다가 나는 엉뚱하게도 눈에 덮여 바깥이 전혀 보이지 않는 〈부석사〉의 마지막 장면을 떠올렸다. 달이 떠오르고 범종소리가 들리며 눈이 펑펑 쏟아지는 소백산의 겨울밤 풍경이 장엄한 화엄의 한 장면처럼 떠올랐다. 작품 속의 남자와 여자는 길을 잃은 낭떠러지의 끝에서 오히려 과거의 상처를 벗어나는 길을 찾게 된다. 인생은 어쩌면 낭떠러지의 끝자락까지 가보아야 되돌아 나오는 출구를 찾을 수 있는 것인지도 모른다는 생각을 해본다. 어느새 빗줄기는 가늘어져 있다.

4. 삶은 죽음을 향해 가고, 죽음은 삶을 향해 간다 — 김 훈

신문에서 단지 세 편의 소설을 썼을 뿐인데, 두 개의 유명 문학상을 수상하게 되었다고 호들갑을 떠는 기사를 읽었다. 나는 김훈의 첫 번째 장편소설이자 2002년 동인문학상 수상작인 『칼의 노래』를 읽고 실망한 적이 있었기 때문에 금년도 이상문학상심사위원회가 김훈에게 28회 이상문학상을 수상하기로 한 결정을 속으로 비웃었다. 『칼의 노래』는 임진왜란의 영웅 이순신의 일기 형식으로 되어 있다. 1인칭의 독백조의 소설은 당연히 전쟁의 총체성을 드러내는 데 실패했다. 그렇다고 하여 1인칭이 장점을 발휘할 수 있는 내면분석에도 『칼의 노래』는 성공한 것이 아니다. 지나치게 짧은 단문형식의 문체가 그런 실패를 불러오지 않았나 싶다.

나는 이미 실망한 작가 김훈의 수상작품집 『화장』을 사다 놓고도 바로 읽지 않은 채 놓아두었다가 대체 또 어떤 작품에 상을 주었는지 알아보기 위해 책장을 펼쳤다. 첫 장을 읽고 났을 때, 나는 이번에는 제대로 작품을 선정한 것 같다고 고개를 끄덕였다.

「화장」은 생노병사에 관한 이야기이다. 작품에서 다루어진 서사적 시간은 뇌종양으로 죽은 아내의 장례를 마치기까지의 4일간이다. 하지만 이 짧은 시간 속에 인간의 생노병사에 대한 작가의 사색이 다 들어 있다. 작품에는 화자이자 주인공인 화장품 회사의 상무인 '나'를 둘러싸고 그의 아내와 화장품 회사의 신입사원으로 입사했다가 결혼하여 아이를 낳고 마침내 남편을 따라 미국으로 가기 위해 회사를 그만 둔 추은주라는 여자가 등장한다. 화자인 나는 아내에 대해서는 절제된 연민을, 추은주에 대해서는 표현하지 않은 억제된 연모의 감정을 가지고 있다. 그러나 두 여자는 결국 한 여자의 일생을 보여주고 있다. 아내는 지금 "성기 주변에도 살이 빠져서 치골이 가파르게 드러났고 대음순은 까맣게 타들어 가듯 말라붙어 있었다. 나와 아내가 그 메마른 곳으로부터 딸을 낳았다는 사실은 믿을 수 없었"음에도 추은주처럼 분명 젊고 아름다웠던 한 때가 있었고 아내를 닮은 딸을 낳았다. 나는 추은주를 향해 "그 아기의 걸음을 바라보면서, 저는 당신과 닮은 아기를 잉태하는 당신의 자궁과 그 아기를 세상으로 밀어내는 당신의 산도(産道)를 생각했습니다. 그리고 거기는 너무 멀어서, 저의 생각이 미치지 못 했습니다"라고, 또한, "당신의 아기의 분홍빛 입 속은 깊고 어둡고 젖어 있었는데, 당신의 산도는 당신의 아기의 입 속 같은 것인지요."라고 독백한다. 추은주의 산도는 죽어가고 메말라 붙은 아내의 산도와 극명하게 대비된다. 까만색과 분홍색, 메마름과 젖음으로 대비되는, 그것은 늙음과 젊음의 대비이며, 죽음과 생명의 처연한 대비이다. 아내의 몸은 더 이상 생명을 잉태할 수 없으며 죽음을 향해 있고, 추은주의 몸은 생명을 잉태할 수 있는 젊음을 가지고 있다. 그러나 그 젊음도 언젠가는 늙고 병들 것이며, 죽음을 맞게 될 것이다. 추은주는 젊은 날의 아내이며, 아내는 늙은 날의 추은주일 것이다. 그 역시 한 때는 젊은 남자였다. 젊은 아내를 욕망하고, 그의 아내와 아내를 닮은 딸을 낳았다. 화자가 가 닿을 수 없는 것은 추은주의 산도뿐만 아니라 간절히 욕망하지만 결코 다시는 돌아갈 수 없는 자신의 젊음이다. 아내가 뇌종양으로 죽어 가는 사이 그도 지금 전립선염으로 배뇨가 되지 않는 병든 몸이 되어 있지 않은가. 그러니 그의 독백은 추은주에게 가 닿지 못한 채 홀로 떠돌고, 그의 눈길은 추은주의 몸 구석구석을 샅샅이 응시하지만 그의 몸은 추은주에게 가 닿지 못하여 고통스럽다.

추은주에 대한 에로스를 성본능을 환기하는 '질'이 아니라 아이를 낳는 길이라는 의미의 '산도'로 표현한 것은 성본능과 종족보존의 본능이 다르지 않다는 암시인가. 그도 아니면 프로이트가 말하지 못한 남성들의 무의식을 지배하는 자궁선망을 보여주는 것인가.

아내는 화장되었고, 추은주는 회사를 사직했고, 아내가 키우던 보리 (아내는 개의 이름을 사람으로 태어나라는 뜻으로 '보리'라고 지었다) 는 수의사에 의해서 안락사 되었다. 그는 비뇨기과에 들러 방광의 오줌을 빼냈고, 오줌을 빼낸 그의 방광은 들판처럼 허허로웠다. 빈 방광보다 더 허허로운 것은 아내와 추은주를 떠나보낸 그의 심경일 것이다. 결말에서 그는 장례기간 내내 결정하지 못하고 있던 '내면여행'과 '가벼워진다'는 두 개의 광고 컨셉트 가운데 '가벼워진다'로 결정하고 깊고 깊은 잠에 빠져든다.

이 작품의 메시지는 죽음까지 가는 과정(삶)은 무겁지만 정작 죽음은 가볍다는 의미인가? 아내의 발병 이후 2년간의 긴 고통의 투병과정과 간병과정이 있었지만 아내는 결국 한 줌의 유골과 5600만원의 부의금을 남기고, 5년 동안 주인공이 홀로 연모의 정을 키워왔던 추은주는 사직서를 제출하고 가볍게 그의 곁을 떠났다. 아내의 삶은 화장으로 지워졌고, 추은주에 대한 연모의 정은 끝내 표현하지 못한 채 지워졌다. 개의 목숨은 주사 한 대로 끝났으니 더 간단히 지워졌다. 이처럼 죽음과 이별은 가볍고 간결하다. 사랑하던 이들과의 별리도 이토록 가벼운데, 굳이 여름 화장품의 광고 컨셉트를 무겁고 추상적인 내면여행으로 해야 할 이유가 없다. 결말에서 광고를 '가벼워진다'로 결정하는 것은 장례라는 통과의례를 거치고 나니 인생이 이토록 허망한데, 그까

짓 광고 문구 하나에 지지고 볶고 할 필요가 없지 않은가라는 의미인가.

하지만 개의 이름, 사람으로 태어나라고 지은 보리라는 이름은 또 무엇을 의미하는가? 죽음은 또다시 태어남을 의미하는 반복인 것인가? 삶은 죽음을 향해 가는 과정이고, 다시 죽음은 삶을 향해 가는 반복인 것인가? 여자들은 매일 아침 화장을 하고 저녁이면 그 화장을 지운다. 매일 같이 화장을 하고 지우기를 반복하는 여자들이야말로 프로이트 식으로 표현할 때에 에로스와 타나토스의 모순된 충동을 반복하는 존재, 대상을 향해 가고 또 가는 삶을 사는 존재이지 않은가.

이 작품을 다 읽은 소감은 결코 가벼운 것이 아니다. 그러고 보니, 요즘 삶의 경박함만으로 빛나는(?) 소설들을 읽다가 오랜만에 삶의 무거움을 다룬 작품을 읽은 것 같다.

2002년에 김훈을 만났을 때, 그는 자신은 소설을 쓸 때만 소설가이고, 그렇지 않을 때는 신문쟁이라고 말했다. 그의 말은 무척 인상적이었다. 그는 그때 두 편의 소설밖에 쓰지 않은 자신이 소설가로 불리어지는 것에 대해서 부끄러움을 느끼는 듯했다. 겸손이라면 겸손일 수도 있는 태도였다. 그 때 그는 다시 신문사의 평기자로 입사하여 사회부의 사건현장에서 뛰고 있었다. 1980년대 말, 나는 한국일보사 문화부의 한 귀퉁이에 앉아 있던 그를 만난 적이 있다. 그 때 그는 기자가 아니라 작가의 분위기를 물씬 풍겼다. 그가 신문사를 그만두고 전업 작가로 나섰다는 기사를 읽었을 때 나는 오래 전 그의 인상을 떠올리며, 그 때의 나의 직감이 틀리지 않았다는 생각을 한 적이 있다.

5. 우리 시대에 낭만적 사랑은 존재하는가 — 정이현

　나는 얼마 전에 금년도에 유명 문학상을 수상한 한 남성작가의 소설을 읽으려고 시도하다가 지루해서 읽기를 그만두었다. 대신에 같은 날 샀던 『낭만적 사랑과 사회』(2003)라는 젊은 여성작가 정이현의 소설집은 한숨에 다 읽었다. 나는 남성작가의 작품 읽기를 그만 둘 수밖에 없었던 이유와 여성작가 정이현의 소설을 단숨에 다 읽은 이유를 잠시 생각해 봤다. 두 작가의 작품이 갖는 차이가 무엇일까. 여성으로서의 독자와 여성작가의 감각이 맞아떨어졌던 것일까, 요새 유행하는 말로 남녀 사이에는 서로 다른 코드가 존재하는 것은 아닐까 하는 생각들이 꼬리를 물고 일어났다.

　앞서 말한 정이현의 『낭만적 사랑과 사회』는 동명의 재클린 살스비의 여성학 저서의 제목의 패러디이다. 정이현은 이 소설집에서 낭만적 사랑이 갖는 이데올로기적 속성이나 순결 이데올로기의 허구성을 날카롭게 해부한다. 표제작은 여태까지 한국의 소설에서 찾아보기 어려운, 낭만적 사랑에 대한 신화를 철저하게 해부하고 있어 통쾌한 전율마저 느끼게 한다. 최근 한국 여성소설에서 낭만적 사랑의 신화에 대해 이처럼 신랄한 야유를 보낸 적이 있었던가? 특히 현재 페미니즘의 범주 안에서 논의되는 여성작가들마저 낭만적 사랑이라는 명제에 부딪치면 그저 흐물흐물 무너져 내린다.

　840쌍이 새로 결혼하면 398쌍이 이혼하는(2003년도 통계) 이혼대국인 우리나라의 현실과 낭만적 사랑은 매우 동떨어진 담론이란 생각을 하지 않을 수 없다. 이혼율의 급격한 증가에서 보듯 낭만적 사랑과 그 결실로써 맺어지는 행복한 결혼이 현실에서 점점 찾아보기 어려운 상황에서 왜 우리 여성작가들은 낭만적 사랑의 신화에서 깨어나지 못하고 그토록 이에 집착하는가? 이것은 현실의 반영이라기보다는 출판시장의 상업주의와 관련된 것이라는 생각이 든다. 즉, 낭만적 사랑이란 달콤한 마취제로 고달픈 현실을 망각시키는 효과 같은 것 말이다.

만약 그렇지 않다면, 현대 여성들은 노동시장의 절반을 점유하며 사회와 가정에서 이중으로 일하면서도 과거의 여성들보다 정신적으로 더 나약해져 있다는 것인가. 즉, 남성에게 더 의존하고 있으며, 그 의존을 낭만적 사랑으로 위장하고 있는 것은 아닌가 깊이 생각해볼 일이다. 아무튼 요즘 소설들은 낭만적 사랑이 감추고 있는 성의 정치학을 출판자본을 앞세워 유포하고 있는 듯한 혐의를 짙게 풍긴다.

근대 초기의 우리의 제1세대 여성작가들은 결코 오늘날의 여성작가들처럼 낭만적 사랑이란 명제에 집착하지 않았다. 나혜석은 「경희」에서 가부장제하의 인형화된 삶을 벗어나 근대적 인간으로서 주체성을 바로 세우기 위해서는 여성도 근대교육을 받아야 한다고 역설했다. 또한, 일엽 스님으로 더 유명해진 김원주도 「자각」에서 신여성과 자유연애에 빠져 처에게 이혼을 종용하는 남편과 당당히 이혼을 하고 자신은 근대 교육을 받아 주체적 인간으로 자립하는 자존심 강한 여성을 그려냈다. 그 당시 낭만적 사랑에 연연하던 것은 오히려 남성작가들이었다. 이광수는 『무정』과 『개척자』에서 자유연애혼을 주장하며, 개인의 자유의사에 의한 배우자 선택과 낭만적 사랑의 감정이 근대적 결혼에서 얼마나 중요한 요소인가를 거듭 강조했다. 유감스럽게도 오늘의 우리 여성작가들은 씩씩한 여전사였던 제1세대 여성작가들의 전통을 이어받는 대신에 남성작가들의 전통을 이어받음으로써 과거보다 나약해진 여성상을 그려내고 있는 것이다.

그런데 정이현의 소설에서 낭만적 사랑은 결코 존재하지 않으며 철저히 계산된 신분상승의 자본주의적 각본만이 현실을 지배한다. 또한, 낭만적 사랑의 결과로서 이루어지는 낭만적 결혼은 존재하지 않는다. 결혼은 더 이상 사랑이 깃들 집이 아니라 철저히 거래로 이루어진 타협의 궁전이다. 정이현은 이 모든 것들을 낱낱이 해체하여 우리 앞에 펼쳐 보인다. 표제작 「낭만적 사랑과 사회」의 여자주인공은 27평의 서민아파트에서 살고 있다. 그녀는 결혼으로 계층 상승을 하기 위해서 남자친구들과의 교제에도 분명한 선을 긋는다. 하지만 정말 그가 배팅하고 싶은 남자가 나타났을 때에는, 청순함이라는 컨셉트로 철저하게 자신의 이미지를 관리하다가 마침내 그녀의 처녀성을 걸고 올인을 시도한다.

> 다음날부터 나의 컨셉트는 청순함이었다. 아주 어려운 일은 아니었다. 흰색이나 파스텔 계열의 원피스를 입고, 머리를 정성껏 드라이하여 어깨쯤에서 찰랑이게 하고, 말을 많이 하는 대신 수줍은 미소를 지으면 되었다. 스킨십에 있어서도 조신하려고 애썼다. 그렇다. 마침내 내 인생 스물두 해를 걸고 배팅해 볼 만한 남자가 나타난 것이다.

정이현은 여성작가가 아니라면 도저히 표현할 수 없는 섬세한 감각으로 현실을 섬뜩하도록 분석해 낸다. 또한, 순결 이데올로기의 허구성이 철저히 해부되는데, 완전무결한 첫날밤(요즘은 첫날밤이란 단어를 결혼식을 치른 첫날밤이란 뜻으로 사용하지 않는다는 것을 알게 되었다)을 치르기 위해 여주인공이 연출하는 수칙인 십계명을 보라. 작가가 순결 이데올로기에 대해 보내는 야유는 얼마나 신랄한가.

① 샤워는 혼자서, 남자보다 먼저 해라
② 속옷 선택에 신중해라
③ 머리를 촉촉하게 적셔라
④ 배뇨감을 없애라
⑤ 은은한 화장을 해라
⑥ 적당한 시점에 타월을 깔아라
⑦ 조금 머뭇거려라
⑧ 엉덩이를 들지 마라
⑨ 모든 것을 그에게 맡겨라
⑩ 혈흔은 함께 확인해라

하지만 어찌 된 탓인지 여자에게서 순결의 표지인 혈흔이 나오지 않는다. "평범한 집안에서 반듯하게 자란 귀여운 아가씨"와 결혼할 거라던 남자는 진짜 뤼이뷔통 핸드백 하나를 선물로 던져줄 뿐 더 이상 결혼 이야기를 꺼내지 않는다. 결혼 운운해온 것도, 호텔에 들어가서까지 침착하게 "괜찮겠어?"라고 말하며 전혀 치근거리지 않았던 것도 결국은 계층상승을 꿈꾸는 여자가 자발적으로 헌신해올 것을 계산에 둔 남자의 전략이었던 셈인가? 혈흔이 나오지 않자 여자는 처녀가 아닌 짝퉁으로 취급받지만 그 남자야말로 "스물두 해를 걸고 배팅해볼 만한" 진짜가 아니라 짝퉁이었다. 약은 체하던 여자가 결국 남자의 고도의 전략에 말려들고 만 것이다.

정이현의 전복적 글쓰기는 김동인의 「김연실전」을 뒤집은 「이십세

기모던걸」에서 한층 빛난다. 신여성과 페미니즘에 대해서 적대적이었던 남성작가 김동인의 작품에서 삭제되고 왜곡됐던 신여성의 목소리가 작가의 패러디에 의해서 복원되며 원전에 대한 야유와 비판이 이루어진다. 서양에서는 이러한 패러디가 여성작가들 사이에 많이 이루어지고 있다. 우리나라에서도 이남희의 「허생의 처」나 은희경의 「빈처」를 비롯하여 몇몇 작품에서 이러한 패러디적 글쓰기가 시도된 바 있다. 나는 김동인의 「감자」나 염상섭의 「만세전」, 또는 이효석의 「메밀꽃 필 무렵」 같은 작품을 읽을 때마다 이 소설들을 패러디 하여 다시쓰고 싶은 반발과 욕망을 느낀다. 즉, 페미니즘 평론가로서 비평이 아니라 아예 소설로 다시 쓰고 싶을 만큼 이 작품들은 남근주의적 사고와 남성중심적 경험에 의해 철저히 여성인물이 왜곡되고 여성의 경험이나 사고가 삭제되고 있다. 앞으로 우리 문학사의 정전으로 여겨지는 남성작가의 작품들이 다수 여성주의적 패러디에 의해서 수정되어야한다. 우리의 문학사에서 억압되고 삭제된 여성의 목소리를 복원하는 일이야말로 여성작가들이 추구해야 할 과제의 하나일 것이다.

6. 환상을 현명하게 다루는 법 ― 김형경

어렸을 적 겨울날 아침에 자고 일어나 보면 유리창에 온갖 신비스런 무늬가 생겨 있곤 했다. 바로 성에가 낀 것이다. 나는 아직 잠이 덜깬 눈으로 성에를 바라보며 상상에 잠기기를 즐겼다. 그러다가 유리창으로 다가가 만져보면 그것은 나의 상상을 깨뜨릴 만큼 손바닥에 차디

찬 감각이 와 닿았다. 온갖 신비로운 환상을 심어주던 성에는 해가 떠오르고 바깥 날씨가 풀리면서 녹아내려 아쉽게도 사라져 버리지만 나는 성에가 낀 겨울날 아침을 몹시 좋아했다.

　김형경의 새로운 소설 『성에』는 온갖 상상과 환상을 불러일으키다가 금방 사라지는 성에처럼 삶에서 환상, 특히 성과 사랑의 환상은 어떤 기능을 하는가를 다루고 있다. 몇 년 전 김형경의 『사랑을 선택하는 특별한 기준』(2001)을 감명 깊게 읽었기에 신문의 신간소개란에서 그의 신작소설 『성에』에 관한 서평을 읽자마자 나는 서점에서 책을 사서 신학기의 바쁜 와중에도 틈틈이 읽어나갔다. 그런데 나는 지금 '단숨에 읽었다'라고 말하지 않고 '틈틈이'라고 말했다. 소설을 틈틈이 읽었다는 말은 그만큼 독자를 끌어들이는 흡인력이 떨어진다는 말이다. 나는 웬만한 소설은 한번 잡으면 계속해서 읽는 습관이 있다. 그런데 이 소설은 '틈틈이' 읽었을 뿐만 아니라 처음부터 계속해서 읽지 않고 여기저기 들춰가며 읽었다.

　『사랑을 선택하는 특별한 기준』이 정신분석학의 지식에 깊게 기대어 씌어진 소설이라면 2004년도에 신작으로 발표한 『성에』는 정신분석학을 비롯하여 동물생태학 등의 생물학과 인류학적 지식 등의 다양한 학문적 지식에 기대어 씌어진 소설이다. 김형경이 작가로서 많은 지식세계에 의욕적으로 탐구심을 보이는 것은 바람직한 일이라고 생각한다. 특히 『사랑을 선택하는 특별한 기준』이 보여주었던 정신분석학에 대한 진지한 탐색은 나에게 깊은 감동을 주었기에 나는 새로운 소설 『성에』에 각별한 기대를 걸었다. 거기에다 책의 서문에서 생물학을 언급하고, 소설을 쓰는 동안에 마을 뒷산에 매일 올라가서 산이라는 생명체가 생장하고 열매를 맺고 소멸하는 과정에서 우주적인 비의를 느꼈다든가 오감을 열고 산의 마음을 느껴보려 애썼다고 하는 작가의 말에 더욱 큰 기대를 하며 책장을 넘기기 시작했다.

김형경은 이번 소설을 쓰기 위해서 많은 공부를 한 것 같다. 하지만 아는 것이 너무 많다는 것이 때로 좋은 글에 방해가 될 때가 있다. 왜냐하면 그 지식이 무르녹지 않을 때나 글쓴이의 지식에 대한 욕구가 과도할 때 글의 실패를 불러올 수 있기 때문이다. 말하자면 이번 소설이 그런 종류이다.

내가 읽기에 『성에』는 『사랑을 선택하는 특별한 기준』에 이어 성에 관한 탐구를 보여주는 소설로 보이는데, 작가는 그것이 환상에 대하여 쓴 소설이라고 말한다. 그래서 작품의 도입부분과 결말부분에서 환상이라는 화두에 대하여 길게 풀어놓고 있다. 아마도 작가는 성 그 자체보다는 인간의 성에 대한 환상에 대해서 쓰고 싶었던 것 같다. 아니, 인간의 성에 대한 욕망이 결국 환상이라는 뜻으로 그렇게 말했는지도 모른다. 성에 대한 인간의 욕망이 환상이라는 것은 맞는 말일 것이다. 라캉 식으로 말하자면 욕망은 정신적 욕구와 육체적 요구 사이, 그 틈새에 존재하며, 다가가는 순간 사라지는 환상이다. 욕망 중에서도 성욕은 욕망의 그러한 속성을 고스란히 보여주는 것일 것이다.

작가는 성에 대한 남자의 환상은 성적 다양성을 추구하는 에로스에의 환상이며, 여자의 환상은 누군가에게 유일하고 영원하며 특별한 연인이 되고 싶은 욕망, 나르시시즘적인 희구나 허황한 로맨스에의 환상이라고 말한다. 그리고 남자의 성적 환상과 여자의 사랑에의 환상은 결코 일치점을 찾지 못하는 "어긋나는 희구"라고 결론을 내린다.

약혼자가 있는 남자 세중과 몇 년째 교제한 남자로부터 청혼을 받고 있는 여자 연희가 크리스마스이브에 충동적으로 떠난 여행에서의 체험은 인간의 에로스에의 충동은 결국 타나토스(죽음)의 충동과 다르지 않다는 것을 보여준다. 폭설로 길이 끊어진 강원도 산골 귀틀집에서 그들은 사회적 금기를 깨고 며칠 동안 온갖 성적 환상을 체험한다. 그 며칠은 두 사람이 죽음의 경계까지 나아가는 다양한 성적 환상을 체험하는 시간이다. 마치 성 중독증 환자처럼 삶과 죽음의 경계를 넘나들며 갖가지 성적 도착과 탐닉을 보여준 위반의 시간들은 에로스적 충동이 타나토스적 충동에 다르지 않다는 프로이트적 명제를 확인시킨다.

그런데 그곳엔 또 하나의 이야기가 있다. 즉, 인간이 품은 성적 환상으로서, 공산제적 성의 공유라는 환상을 다루고 있다. 세 구의 시체로 발견된 두 명의 남자와 한 명의 여자가 추구했던 성의 공평한 분배의 이야기가 그것이다. 하지만 이 환상은 여자의 임신으로 태어날 아이가 어떤 남자의 아이인가라는 가부장적 가족관에 따른 소유의 문제가 일어나자 세 명이 서로 죽이고 죽는 유혈극으로 파국을 맞는다. 그리고 그 죽음은 공산제적 성의 공유가 유토피아적 환상에 불과하다는 것을 입증한다. 결국 인간의 성에 관한 또 하나의 환상인 공산제적 성의 공유에 대한 욕망은 현실에서는 이루어질 수 없는 환상에 불과할 뿐이다.

소설 속의 인물들은 다양한 환상을 가지고 살아간다. 세계일주를 하기 위해 북에서 귀순한 남자의 환상이 있는가 하면, 일확천금과 스위트홈을 꿈으로 간직한 남자도 있다. 두 남자에게 공평하게 성을 분배하며 평화롭게 살 수 있다고 생각하는 여자도 있다. 하지만 그 모든 환상은 환상으로 존재할 때에 아름다운 법이며, 그것을 현실화할 때에는 환멸과 죽음을 불러올 뿐이다. 작가는 환상을 현실화하려고 하지 말고, 환상으로 그대로 둘 때에 환상은 아름다운 법이라고 말한다. 그러나 삶에서 환상은 반드시 필요하다고 말한다. 왜냐하면 환상은 "고된 일상에 대한 위무의 기능을 하고, 현실과 길항하는 기제로서 생의 에너지원이 되고, 창조력의 근간이 되는 촉매로서의" 기능을 하기 때문이다. 또한, 작가는 결말에서 환상을 현명하게 다루는 법에 대해서 다음과 같이 적고 있다.

연희가 그때와 달라진 점이 있다면 객관적 실체로서의 환상을 인식하게 되었다는 점, 그 환상을 어떻게 다루어야 하는지 어렴풋이 짐작하게 되었다는 점이었다. 연희가 생각하기에 환상을 다루는 가장 현명한 방법은 산속에서 살던 그 남자처럼 하는 것인 듯했다. 일상은 치밀하고 안정되게 운용하면서 한편으로는 가장 허황하고 실현 불가능한 일을 꿈으로 설정해두고 그 앞에서 죽을 때까지 청맹과니 흉내를 내는 것이었다. 그 남자는 세계일주가 불가능하다는 사실을 남한에 오자마자 알았을 것이다. 그럼에도 그는 한 번도 세계일주의 꿈을 버리지 않았고, 그러면서도 결코 세계일주를 위한 어떤 노력도 기울이지 않았다. 아마도 그는 누군가가 여권과 항공권, 완벽하게 준비된 여행가방까지 챙겨다 주었어도 결코 세계일주를 떠나지 않았을 것이다.
연희가 생각하기에 환상을 대할 때에 가장 조심해야 하는 것은 맹목적으로 그것에 끌려가거나 일방적으로 그것을 쫓아가서는 안 된다는 점이었다. 자신의 내면에 어리석은 환상 따위를 키우지는 않는다고 큰 소리를 쳐서도 안 되며, 재수 없는 환상이라는 놈을 기어이 때려잡아 박멸하고 말겠다고 기염을 토해서도 안 될 것이다. 그중에서 가장 조심할 일은 환상을 현실 속에서 성취해서는 안 된다는 점이었다. 환상을 손에 넣는 순간 즉시, 필히 환멸로 바뀌고 말 것이기 때문이었다.

『성에』는 환상과 현실, 에로스와 타나토스, 일부일처제와 일처다부를 포함한 공산제적 가족관계 등 수많은 화두를 한 편의 소설에서 다 다루려는 넘치는 의욕을 보여준 작품이다. 하지만 작가의 소설에 대한 의욕이 너무도 커서 성공하지 못한 소설로 보아진다. 지나친 의욕은 작품과 미적 거리를 유지하지 못함으로써 결국은 예술적 균형을 깨뜨리고 마는 수가 많다. 옛말에 '과유불급(過猶不及)'이란 말이 이런 경우에 그대로 들어맞는 말인 것 같다.

7. 돌아갈 수 없는 젊은 날에 대한 애틋한 그리움
─ 박완서

박완서의 장편소설 『그 남자네 집』은 연작관계에 있는 『그 많던 싱아는 누가 다 먹었을까』와 『그 산이 정말 거기 있었을까』의 후속편이라고 할 수 있다. 전자가 고향 박적골에서의 유년기의 체험과 서울로 이사 와서 보낸 소녀기의 체험을 담고 있다면, 후자는 6·25의 발발과 대학을 중퇴하고, 미군 P.X.의 판매원이 되었다가 거기서 만난 토목기사와 결혼하는 대목까지 그리고 있다. 그리고 최근에 새로이 출간한 『그 남자네 집』은 이미 노년이 된 일인칭의 화자가 회상하는 첫사랑의 대상인 '그 남자'와의 풋풋한 사랑과 결혼 이후의 삶을 그려내고 있다.

작품은 주인공이 땅이 있는 단독주택으로 이사한 후배의 초대를 받는 것으로부터 발단된다. 그런데 우연하게도 그 동네가 자신이 처녀시절에 살았던 곳이며, 또한, 첫사랑의 대상인 그 남자네 집이 있었던 돈암동 안감천변이다. 옛 생각이 나서 자신이 살았던 집을 찾아보지만 어딘지 알 수 없고, 다행히 그 남자네 집—단아하고 고풍스런 홍예문이 있던 기와집—이 아직까지 건재하고 있음을 발견한다.

50년 전 첫사랑의 남자가 살았던 기와집이 아직 남아 있는 것을 발견한 주인공은 자연히 1950년대 초반 전쟁의 폐허 속에서도 구슬처럼 빛났던 첫사랑의 이야기를 기억 속에서 끄집어내게 된다. 정지용과 한하운의 시를 읊고 음악을 즐겼던 로맨티스트인 그 남자네 집이 건재하고 있다는 것은 매우 상징적이다. 그것은 화자의 기억 속에 그 남자에 대한 추억과 기억이 훼손되지 않고 보물처럼 간직되어 있다는 의미일 것이다. 하기야 그 누구라도 자신의 비밀스런 첫사랑의 추억을 보석처럼 가슴 속에 간직하고 싶지 않으랴.

사실 나는 『그 산이 정말 거기 있었을까』에서 연애감정을 갖고 매일같이 만나다시피한 '그 남자'와 주인공이 결혼하지 않고 엉뚱하게도 다른 남자와 결혼한 사실을 이해할 수 없었다. 솔직히 '그 남자'도 사기를 당한 기분이었을 것이다. 그런데 이 작품에서 바로 그 남자의 이야기를 하겠다고 해서, 궁금증이 더욱 일었다.

박완서는 『그 많던 싱아는 누가 다 먹었을까』를 발표하면서 자신의 기억력에 의지해서 자화상을 그리듯이 쓴 작품이라고 말한 적이 있다. 『그 남자네 집』도 자전적 성격의 소설이다. 우선 주인공의 연령이나 아파트 생활을 청산하고 단독으로 이사를 갔다는 사실이 실제작가 박완서와 일치한다. 그리고 이미 여러 작품들에서 말한 대로 서울대학교를 중퇴하고 미군 P.X.에 취직했던 사실도 그렇다. 그러나 보다 더 많은 부분들이 허구적으로 구성되었음을 발견하게 되는데, 우선 '그 남자'의 이름은『그 산이 정말 거기 있었을까』에서는 '지섭'이었는데, 여기서는 '현보'로 바뀌어져 있다. 그리고『그 산이 정말 거기 있었을까』에서 어머니는 딸이 전쟁통에 중퇴한 대학에 복학을 하지 않고 결혼을 한다는 사실에 크게 실망한 나머지 "너 같은 애가 뭣 하러 시집가서 애 낳고 밥하고 빨래하고 구질구질하게 사는? 내가 너를 어떻게 길렀는데, 너는 보통 애하고는 다르다'라고 말한다. 반면에 이 작품에서는 "학교는 더는 못 보내니까 그런 줄 알라."라고 야멸차게 말해버린다. 더구나 남편의 직업이『그 산이 정말 거기 있었을까』에서는 토목기사였는데, 여기서는 은행원으로 바뀌어져 있다. 일찍이 어린 시절에 돌아가신 아버지가 이 작품에서는 6·25때 돌아가신 것으로 바뀌어져 있다. 그야말로 소설이 어떻게 자서전과 다른가를 잘 보여주는 대목들이다. 따라서 이 작품 속의 '그 남자'의 실존적 모델이 존재했다고 해도, 또한, 작가의 경험이 상당 부분 각색과 윤색을 거쳐 반영되었다 해도 이 작품의 이야기는 허구이다.

이 작품을 읽으면서 왜 주인공이 첫사랑과 결혼하지 않고 다른 남자와 결혼했는가에 대한 의심이 풀렸다. 그 남자(현보)는 외가 쪽의 먼 친척이며 나이가 한 살 어리다는 이유 이외에 아직 결혼할 준비가 안 된 철부지 학생일 뿐이다. 그러니 혼기에 달한 주인공이 결혼할 준비가 다 된 은행원 민호를 신랑감으로 선택할 수밖에⋯⋯. 영악한 주인공은 전쟁을 거치면서 결혼은 낭만적 감정이 아니라 생활이라는 사실을 자신도 모르게 터득했을 것이다. 그렇지만 결혼을 하고도 첫사랑의 남자를 그리워하고, 자신 때문에 그 남자가 망가졌을 것이라고 확신하며, 아이의 엄마가 된 이후에도 기회가 왔을 때 다시 그를 만나기를 주저하지 않고 양다리를 걸치는 모습에서 사랑의 이기적인 모습을 보는 듯했다.

> 그 남자가 했다는 첫사랑 소리가 내 가슴에 꽂히고 나서 나는 누님의 다음 말을 거의 귀담아 듣지 않았다. 내 이성을 마비시키기엔 그 말 한마디면 족했다. 종묘다방에서 그 남자를 만나주기로 날짜와 시간 약속을 하고 누님과 헤어졌다. 나는 아무 일도 없었던 것처럼 평상시와 마찬가지로 반찬거리를 사가지고 집으로 왔다. 첫사랑이란 말이 스칠 때마다 지루한 시간은 맥박 치며 빛났다. 그 남자를 다시 만나기까지는 일주일이나 남아 있었지만 오래간만에 맛보는 기다림의 시간은 황홀했다. 무엇을 입고 나갈까.

사실 이 작품의 이야기를 첫사랑의 이야기로만 읽게 된다면 아주 시시하게 느껴질 것이다. 요즘의 독자들이 감동할 만한 자극적인 사랑 이야기가 이 작품에는 없다. 역시 노작가가 쓴 연애소설에는 추억에 대한 그리움은 있을지 몰라도 사랑의 열정을 느끼기에는 역부족이다.

이 작품에는 몇 십 년 전 우리의 해방 1세대가 전쟁을 거치며 힘들게 살아온 풍경과 전후의 세태가 생생하게 펼쳐져 있다. 그리고 이 작품의 진정한 주인공은 여러 명의 조연들, 즉, 주인공의 윗세대인 시어머니, 어머니, 현보 어머니, 춘희 어머니를 비롯하여 동대문시장에서 옷감장사를 시작한 올케, 미군부대에서 일하다가 양공주가 된 춘희 들이다. 그들은 모두 어려운 시대를 살아오면서 가족의 생존을 위해서 강인한 모성으로 자신의 한 몸을 던졌던 여자들이다. 역사적으로 전혀 평가받지 못했던 여성들의 가족을 지켜낸 억척스런 힘과 희생정신이 오늘날의 풍요를 일구어낸 주역이라고 작가는 강하게 발언하고 있다. 비록 그가 춘희 같은 양공주라고 하더라도 그 누구도 그를 향해서 돌을 던질 수 없다고 항변한다. 물론, 이 작품에 남자들의 이야기가 없는 것은 아니다. 주인공의 남편인 은행원, 전쟁으로 군에 징집되었다가 넙적 다리에 부상을 입고 명예제대 한 첫사랑 현보, 고엽제 피해자인 광수 등……. 하지만 그들 남자들은 결코 서사의 중심에 놓여져 있지 않다. 그래서 이 작품은 박완서의 대부분의 작품이 그렇듯이 여성의 서사이다.

한 인터뷰에서 작가는 이렇게 말한다.

> 지금 세대들은 전후라면 피폐하고 남루했다고 생각하겠지만 그렇지만은 않았다. 풍요의 시대를 살고 있지만 오히려 그때가 더 빈곤하지 않았던 것 같다. 사람과 사람의 사이의 정이 가득했고 사람들은 살아남기 위해 그렇게 경쟁하면서도 인정이 넘쳤고, 유머가 있었으며 농담을 던졌다. 삶에서 한 걸음 비껴서 던지는 농담, 바로 그것이 문학이다.

노년기의 작가는 돌아갈 수 없는 그 시절을 '아름다운 시절'로 한없이 그리워하고 있다. 그 그리움 속에는 물론 풋풋한 첫사랑 그 남자의 이야기도 포함되어 있다. 삭막하고 무미건조한 인생을 살아가면서 가슴속 깊은 곳에 첫사랑 이야기 하나쯤 간직하고 있어야 현실을 견디어 낼 힘을 얻는 것이 아닐까. 노년의 작가는 첫사랑뿐만 아니라 지나간

시절 모두를 애틋한 그리움의 대상으로 재현한다. 다시는 돌아갈 수도 경험할 수도 없는 젊은 날에 대한 애틋한 그리움으로 이 작품을 썼으리라. "이 소설을 쓰는 동안은 연애편지를 쓰는 것처럼 애틋하고 행복했다."고 서문에서 고백했던 그 심정을 나는 충분히 이해할 수 있을 것 같다.

8. 우렁 각시가 우렁 총각으로 바뀐 의미심장한 패러디
― 송경아

직장 일을 마치고 지친 몸으로 집으로 돌아갈 때면, 어디엔가 우렁 각시가 숨어 있다가 집안일을 다 해 놓았으면 얼마나 좋을까 하고 생각해 본 적이 있다. 부랴부랴 돌아가 준비해야 할 저녁식사며, 집안청소, 빨래, 그리고 아이 돌보기 등…….

직장여성에게 집안은 휴식의 장소가 아니라 또 하나의 일터이다. 그래서 대부분의 직장여성들은 우렁 각시에 대한 환상을 한 번씩은 품어 봤을 것이다. 그런 환상을 어찌 취업주부만이 가져보았을까? 평생을 동일한 단순노동을 다람쥐 쳇바퀴 돌리듯 반복해온 전업주부들도 마찬가지가 아니겠는가.

송경아의 단편소설 「나의 우렁 총각 이야기」는 한국현대소설학회의 『2005 올해의 문제소설』에 최우수 추천작품으로 선정된 소설이다. 이 소설을 읽으며 나는 왜 남녀의 성(性)을 바꾼 '우렁 총각'에 대한 생각을 한번도 안 해 보았을까 하고 나의 상상력의 빈곤에 가슴을 쳤다.

이 작품은 우리의 옛 민담의 '우렁 각시 이야기'를 패러디한 소설이다. '우렁 각시'가 '우렁 총각'으로 바뀌었으니, 여기에 우리시대의 페미니즘의 반영을 읽을 수 있다. 유독『2005년도 올해의 문제소설』로 뽑힌 작품들 가운데는 판타지적 요소를 지닌 작품들이 많았다. 「나의 우렁 총각 이야기」도 판타지적 요소가 가미된 작품, 아니 알레고리적 요소가 강한 작품이라고 할 수 있다.

작품은 "우렁 총각이라면 하나 갖고 싶지. 내가 돌봐야 하는 남편은 싫어."라고 말하는 발칙한 신세대 싱글 여성 '이소현'이 주인공으로 등장한다. 결혼을 하라는 사촌언니 지영에게 그녀는 장난처럼 그렇게 말했던 것이다. 즉시 지영은 홈쇼핑에서 10개월 무이자 할부로 판매하는 우렁 총각을 선물한다.(물신화된 자본주의 시대이니, 우렁 총각을 홈쇼핑에서 판매한다는 것도 전혀 어색하지 않다.)

'우렁 각시' 설화는 다음과 같은 내용으로 구성되어 있다.

가난한 노총각이 밭에서 일을 하다가 "이 농사를 지어 누구랑 먹고 살아." 하자, "나랑 먹고 살지 누구랑 살아." 하는 소리가 들려왔다. 다시 말하자, 대답도 역시 같았다. 총각이 소리가 나는 곳을 찾아가보니, 우렁이 하나가 나왔다. 우렁이를 집에 가져와 물독 속에 넣어 두었는데, 그 뒤부터는 매일 들에 갔다 오면 밥상이 차려져 있었다. 이상히 생각한 총각이 하루는 숨어서 살펴보았더니, 우렁이 속에서 예쁜 처녀가 나와서 밥을 지어 놓고는 도로 들어갔다. 총각이 처녀에게 같이 살자고 하자, 처녀는 아직 같이 살 때가 안 되었으니 좀더 기다리라고 하였다. 그러나 총각은 억지로 함께 살았다. 하루는 우렁 각시가 들일을 나갔는데, 지나가던 관리가 보고는 자기 처로 삼으려고 데려오게 하였다. 우렁 각시는 자기를 데리러 온 관리의 하인에게 반지, 비녀, 옷고름, 겉옷을 차례로 내주면서 이것밖에 없더라고 말해 달라고 하였으나, 끝내 관리에게 붙잡혀가게 되었다. 이를 안 총각은 애를 태우다가 마침내 죽어서 파랑새[靑鳥]가 되고, 우렁 각시도 죽어 참빗이 되었다.

　이 민담에는 남녀의 만남조차도 쉽사리 이룰 수 없었던 하층민들의 운명적인 슬픔이나 현실적인 고난이 담겨 있다. 이 이야기는 일종의 비극인데, 이야기의 뒷부분은 생각이 나지 않고 전반부까지만 나의 머릿속에 간직되어 있었던 것은 너무 어린 나이에 이 이야기를 들었던 탓일까?

　송경아의 소설은 남녀의 만남이 자유로워진 시대, 아니 쉽게 결혼하고 쉽게 이혼하는 오늘날의 세태풍속을 보여주면서 다른 한편으로는 상처받는 것이 싫어서 결혼을 기피하는 요즘의 세태도 잘 드러내고 있다. 자기방어에 급급한 신세대들은 깊이 있는 인간관계를 회피하고 결혼마저 기피한다. 그러면서도 집안일을 다른 누군가가 해결해 주기를 기대한다. 소설 속의 주인공처럼 삼십 몇 만원의 할부금이면 해결되는 '우렁 총각'이 스트레스 받는 결혼보다 훨씬 낫다고 생각하는 것이다.

　이십대 후반의 빈둥거리며 취업도 결혼도 원하지 않는 주인공 이소현, 그녀는 이혼한 어머니와 함께 살고 있다. 이혼 위자료로 사둔 강남의 아파트가 값이 뛰어 수십억 재산가인 어머니가 분식집을 경영하기 때문에 그녀는 어머니를 부양해야 할 의무도 없다. 그렇다고 취직할 마음은 더욱 없어 외삼촌이 경영하는 카페에서 아르바이트를 하며 용돈을 벌어 쓰고 있다. 그녀에겐 심심하면 불러서 놀 수 있는 남녀 친구들이 이삼십 명이나 되니, 굳이 스트레스를 받아가며 폐쇄적인 결혼제도에 진입할 아무런 이유가 없는 것이다. 그녀가 결혼도 연애도 하지 않는 이유는 대학시절 이후 인간관계에 너무 깊이 빠져 드는 것을 회피하는 것이 현명하다는 생각에 빠져 있기 때문이다.

> 어떤 종류의 인간관계에는 너무 깊이 손을 들이밀지 않는 것이 좋다는 걸. 어떤 때는 사람과 사람 사이의 공간을 스치며 차갑고 단단하게 날아가는 우주선의 궤도들이. 서로 융합하는 핵보다 더 안정적이고 분명할 수 있다는 것을.

게다가 어머니의 이혼이나 결혼한 친구들의 결혼으로 인한 스트레스, 또한, 사촌언니 지영이 보여주는 지능지수가 퇴화해버린 듯한 결혼생활 등은 그녀에게 결혼이라는 환상이 전혀 작동할 수 없도록 만든다. 하지만 작품의 결말에서 그녀는 우렁 총각과의 경험을 통해서 생각이 바뀐다. 결혼을 하라는 사촌언니에게 그녀는 다음과 같이 말한다.

> "아직 결혼은 아냐. 결혼은 아닌데, 세상하고 관계를 조금 바꿔보긴 해야 할 것 같아. 내가 근 일 주일을 우렁이를 등 뒤에 두고 지냈잖아. 아무리 사람 형상이 아니라도, 일주일 동안 원망의 눈빛이 등 뒤에서 번쩍거리는데 그거 참 못할 짓이더라, 그런데 그러면서 이런 생각이 드는 거야. 내가 책임질 수 있고 책임져야 하는 관계를 계속 피해 다닌다면, 늘 이 모양 이 꼴이 아닐까. 항상 제로 상태인 것과, 주는 것과 받는 것이 플러스 마이너스 제로 상태를 이루는 게 정말 같은 것일까. 어쩌면 상처를 주거나 받더라도 생활이라는 구덩이에 빠져야만 얻을 수 있는 게 아닐까……."

그녀가 우렁 총각에게 원한 것은 "우렁이가 일하는 모습이 전혀 보이지 않고 우렁이를 사람으로 느끼지 않던" 모습이었다. 그런데 그녀는 취중에 보지 말아야 할 그를 보았고, 우렁 총각은 그녀에게 결혼을 해달라고 조른 것이다. 그녀는 단호하게 결혼을 거절했을 뿐만 아니라 인터넷을 통하여 우렁 총각을 팔아버린다.

나는 어쩌면 지난 시대, 아니 오늘날까지도 여성들은 수조로 상징화된 집안에서 그림자 같은 존재로 집안일이나 하며 살아온 존재가 아닐까 하는 생각이 들었다. 남자들이 아내에게 원한 것은 귀찮은 집안일에 대한 서비스일 뿐 감정이 있는 인간이 아니었던 것이다. 그것이 우렁 총각의 패러디를 통해서 선명하게 드러났다. 그런데 사회는 급변하여 여자들의 결혼 거부와 출산 거부로 인구감소가 사회적 현안으로 부상한 시대, 그리고 호주제 철폐의 법적 수순을 밟고 있는 시대가 도래하였다.

이 작품의 중요한 메시지의 다른 하나는 다음과 같은 소현의 말 속에서 드러난다.

> 난 심지어 우렁이의 원망의 눈초리가, 내가 응당 해야 할 일을 남한테 미룬 사람이 받는 업보가 아닐까 하는 생각도 했어. 내가 먹고 자고 싸면서 나오는 것들은 기본적으로 내가 어떻게든 책임져 보려고 해야 하는 것인데, 그걸 남한테 미루려면 돈뿐 아니라 감정까지도 오가는 것을 허용해야 하는 게 아닐까.

집안일이란 대체로 "먹고 자고 싸면서 나오는 것들"을 처리하는 일이다. 남녀를 공(公)과 사(私)로 구분하는 사회에서는 이 가사노동을 여자에게 부과해 왔다. 그리고 남자들은 생활비를 벌어들인다는 명목으로 큰소리를 쳐온 것이다. 우렁 각시를 우렁 총각으로 비튼 이 패러디 소설에서 정작 작가 송경아가 말하고자 하는 바는 "먹고 자고 싸면서 나오는 것들"을 처리하는 일은 각자 스스로 해야 한다는 것이다. 그리고 그 일을 남에게 맡기려면 돈만으로는 결코 되지 않는다는 것, 여자도 감정과 욕구를 가진 인간이라는 것이다. 다시 말해 여자는 우렁이처럼 집안에 갇혀 가사노동이나 하는 그림자 같은 존재가 결코 아니라는 것을 작가는 강하게 웅변하고 있다.

■ 찾아보기